재조일본인이 그린 개화기 조선의 풍경

『한반도』 문예물 번역집

재조일본인이 그린 개화기 조선의 풍경

『한반도』 문예물 번역집

김효순 편역

역락

　본서는 조선에서 간행된 최초의 일본어 종합잡지 『한반도(韓半島)』
(1903~1906)의 <문학>, <소설 잡조(雜俎)>, <문예잡조>의 문예물을 번
역한 것이다. 잡지『한반도』는 러일전쟁을 전후하여, 한반도 진출을 계
획하고 있는 일본인에게 이민 혹은 이주를 촉진하고, 도한한 재조일본
인에게 경제적 실익과 생활상 정착에 필요한 한국에 관한 소개와 정보
제공을 목적으로 간행된 종합잡지이다. 이는 5호까지 발행—1903년
11월 제1호 발간, 1904년 1월 제2호 발간 후 중지, 1906년 3월~5월까지
제2권 제1~3호 발행—되고 폐간되어 비교적 단명으로 그쳤다. 그러나
일본인들의 초기 한국 연구 내용과 일본인들의 눈에 비친 개화기 조선
의 풍경을 알 수 있는 귀중한 자료라 할 수 있다.

　『한반도』가 간행된 시기는 일본국내에서의 정한론의 대두와 청일전
쟁을 거쳐 새로운 투자처이며 특권을 얻을 수 있는 새로운 장소로서 한
반도가 주목의 대상이 되었고, 만주와 한반도의 이권을 둘러싸고 러시아
와 일본 사이에 전운이 감돌던 시기였다. 이러한 상황에서 정치·경제적
필요성이나 생활상의 정착을 위한 정보에 대한 수요는 급증하였다. 그러
나 그것을 충족시켜 주는 출판물은 부족한 상태였다. 1903년 11월『한반
도』가 창간된 것은 바로 그러한 시대적 요청에 의한 것이다. 그것은 다카
기 마사요시(高木正義)의 발행 축하 글에 구체적으로 나타나고 있다.

어쩌다 한반도를 소개하는 저서가 있어도 대부분은 역사나 지리를 설명하는 데 그치며, 가끔 신문지상에 현재의 상태를 보도하는 것이 있지만 말하자면 수미가 일관하지 않은 영쇄(零碎)한 기사가 많아 도저히 한국을 연구할 만한 자료로서 만족할 수가 없다. (…중략…) 이에 우리는 늘 그 결점을 보완하는 것이 발행되기를 절실하게 기다리던 차에 하세가와군(長谷川君) 역시 이에 생각하는 바 있어, 역사에, 지리에, 사전(史伝)에, 문학에, 실업에, 교통에 기타 다방면으로부터 제종(諸種)의 재료를 모아 월간잡지『한반도』를 발행한다(「한반도 발간을 축하하다(韓半島の發刊を祝す)」『한반도』제1권 제1호).

　　한반도에 진출한 경제인으로서 한국의 '국정(國情)', '동포가 각지에서 발전하는 상태'에 관한 정보가 한정되어 있으며, 그래서 새로운 투자처, 이민지로서의 조선에 관한 다양한 정보의 필요성이 얼마나 절실한지, 결과적으로『한반도』에서 소개하는 '역사에, 지리에, 사전(史伝)에, 문학에, 실업에, 교통에 기타 다방면으로부터 제종(諸種)의 재료'에 대한 기대가 얼마나 큰 지 알 수 있는 글이다.

　　이와 같은 필요성에 의해 간행된『한반도』의 지면 구성은 논설, 사전(史傳), 지리(地理), 인정풍속, 문학, 소설잡조(小說雜俎), 문원(文苑), 실업, 교통과 안내, 근사요건(近事要件) 등 한국의 역사, 문학, 풍속, 지리, 경제

상황 등 다방면에 걸쳐 있다. 이 중 <문학>, <소설 잡조>, <문원>, <문예잡조> 등은 문예관련 지면으로, 이들 문예물에는 다음과 같은 내용들이 담겨 있다.

첫째, 조선인들에게는 당연한 조선의 전통적인 풍속이나 습관, 의식주, 자연, 일상생활 등이 재조일본인의 시선에 의해 이화(異化)되어 그려지고 있다. 예를 들어 「주막(술집)과 매춘가(갈보집)」(『한반도』 제2권 제2호)에서 김치는 '그 부인 앞에는 김치라고 해서 일본에서 말하는 야채절임─그렇다고 해서 단지 무우를 절인 것은 아니다. 무우를 사각형으로 썬것이나 푸성귀에 마늘, 그리고 고춧가루를 듬뿍 넣은 절임음식으로 최고의 안주'라고 설명되고 있고, 「경성의 남산에 오르다」(『한반도』 제2권 제1호)에서는, '보라. 주위의 산수는 웅려괴위(雄麗魁偉)하고 아침저녁 춘추로 변화무쌍하지만 한인이 살고 있는 가옥은 겨우 무릎만 간신히 들어갈 정도로 좁다. 그리고 그 구조는 천편일률적으로 멋이 없어 놀라울 지경이다. 왜 그렇게 산수와 모순이 심한지…'라고 경성의 가옥과 산수를 소개하고 있다. 또한 로쿠로쿠 한인(碌々閑人)의 「한국의 기생(韓國の妓生)」(『한반도』 제1권 제1호)은 조선 기생의 종류 등을 소개하고 있고, 아키우라세(明浦生)의 「궁녀(宮女)」(『한반도』 제1권 제1호)는 조선 궁녀의 지위, 역할, 인척관계 등을 소개하고 있다. 이외에도 조선의 무녀, 술집,

주막, 화류계의 여성들 등 조선 민중의 풍속, 음식, 습관을 외부인의 시선으로 소개하고 있다.

둘째, 조선의 풍속, 습관을 알 수 있는 자료로서 조선의 전통 문학이 소개되고 있다. 우에무라 고난(上村湖南)은 「한국의 소설(韓國の小說)」(『한반도』 제1권 제2호)에서 한국의 문학에 대해, '한국의 소위 소설패사(小說稗史)는 원래 역사적으로 봐서 청국인(淸國人)이 편저(編著)한 것을 번역한 것이 적지 않다'고 하면서도, '다만 모 한국인 작품 중에 『춘향전』, 『사씨남정기』, 『구운몽』 같은 것은 소위 명작이라 할 만하며 『춘향전』은 인정연애(人情戀愛)를 그린 것'이라고 평가하며, 『춘향전』의 대략을 번역 소개하고 있다. 이외에도 「한문학(韓文學)」(『한반도』 제1권 제1호)에서는 한국고유 문학의 역사를 설명하고 있고 「거문고상자(琴はこ)」(『한반도』 제1권 제2호)에서는 신라14대 왕 소지왕조의 왕비와 정룡에 관한 일화를 소개하고 있다. 「박명곡(薄命曲)」(『한반도』 제2권 제1호)은 백제 4대 임금 개루왕조와 도미의 처에 얽힌 일화를 번역한 것이며, 「열녀음(烈女吟)」(『한반도』 제2권 제1호)은 「박명곡」의 역자 가미무라 나미우네(上邨濤畝)가 원작을 소재로 지은 노래이다. 또한 「신라 배령자(爭寧子)」(『한반도』 제2권 제2호)는 신라 진덕왕조에 백제의 대장 의직(義直)의 침략을 받아 전사한 배령자 부자에 관한 일화이다. 이들 조선 전통문예물들은 풍속, 인정,

심상 등을 알 수 있는 자료로서 번역 소개되고 있다.

셋째, 당시 개화를 맞이하여 변화해가는 경성과 아직 개화되지 않은 경성의 옛모습이 공존하던 풍경이 그려지고 있다. 예를 들어 하세가와 자적(長谷川自適)의 「기차잡관(汽車雜觀)」(『한반도』 제1권 제2호)은 필자가 경인선을 이용하며 기차에서 바라 본 창밖의 풍경이나 객실 내의 풍경을 대문에서 오는 전차와 서대문, 남대문에서 오는 전차가 이곳에 사람들을 토해 놓거나 멍하니 서 있는 사람들을 흡수하여 떠나 버리는 외에는, 소를 끌고 땔나무를 팔러 다니는 한인들이 담배를 피우며 손님을 기다리는 정도에 지나지 않는다'라는 묘사에는 개화와 전통의 풍경이 혼재하고 있고, '성 밖에서 연인이 되어 하루의 환락을 구하기에는 동대문 밖에서 왕십리 사이가 가장 좋다. 멀리 송파의 경치는 절경이다'(「산영수성기(山影水聲記)」『한반도』 제2권 제3호)라는 묘사에는, 아직 개발되지 않은 자연 그대로의 경성의 풍경이 남아 있어 흥미롭다.

넷째, 재조일본인의 급증에 의해 일본인 거주지가 확대되면서 개발되는 인천, 부산, 통영 등의 풍경이 잘 그려져 있다. 아관거사(峨冠居士)의 「반도의 낙토(半島の樂土)」(『한반도』 제1권 제2호)는 이주지로서의 부산 체험담으로 일본인거주지가 팽창되면서 드러난 가옥이나 음식문제, 도로, 온천, 교통상황 등이 묘사되고 있고, 「통영유기(統營遊記)」(『한반도』

제2권 제3호)는 남해 일대를 배로 여행하면서 기록한 여행기로, 당시 일본의 진출에 의해 개발되는 상황이 진해, 통영, 거제도 등을 중심으로 그려지고 있어, 당시 재조일본인 거주지가 확대되는 모습을 생생하게 전달하고 있다.

다섯째, 러일전쟁 전후 한반도를 둘러싸고 러시아와 일본의 긴장된 국제정세와 그에 따라 불안정해진 일본인의 위상이 그려지고 있다. 예를 들어, '일본은 글렀으니 쇠고기장수도 목숨이 아깝다면 지금 러시아로 귀화하는 게 좋을 거야. 한국의 대관들도 대부분 러시아를 위해 일하고 있어. 현(玄) 대관, 길(吉) 대관도 아까부터 이야기를 하고 있지. 이제 곧 이 대관도 올 것이야."(「러일전쟁 개전 전 7일간」『한반도』제2권 제1호) 라고, 러시아와 일본 사이에 전운이 고조되면서 불안정해진 한반도의 정세가 그려지고 있다. 또한 「기생을 보지 못한 이야기」(『한반도』제2권 제2호)에서는, '주인여자는 매우 기뻐하며 맞이하고자 하다 우리들이 일본 복장을 하고 있는 것을 보고 매우 이상하게 생각한 것 같았다. 기생은 오늘은 다른 곳에 불려가서 한 명도 없다고 대답을 했다. 실패! 또 실패! (…중략…) 손님은 모두 한국의 양반이지만 일부러 일본 옷을 걸치고 재미있게 기생하고 놀고자 함이다, 일본인이라고 오해하여 모처럼 찾아온 고객을 놓치지 말라, 한다'라는 식으로, 일본에 대한 저항으로 인해 곤란을 겪는 재조일본인의 모습이 풍자적으로 그려지고 있다.

이상과 같이 『한반도』의 문예물에는, 재조 일본인들의 시선에 비친 조선 전통의 문화나 풍속, 문학, 자연, 개화기 조선 민중의 인정과 세태, 재조일본인의 급증에 따른 일본인 거주구역의 확대 모습, 러일전쟁을 전후로 급박하게 돌아가는 동아시아의 정세에 대응하고자 하는 재조일본인들의 모습과 한반도의 정세 등이 생생하게 재현되어 있다. 이를 통해 우리가 의식하지 못 했던 조선인들의 일상생활, 러일전쟁을 전후한 한반도의 국제정세, 전통과 개화가 혼재해 있던 한반도의 모습, 재조일본인들의 일상생활 등을 엿볼 수 있으리라 기대된다.

마지막으로, 본서의 번역의 가치를 인정하여 출판을 허락해 주신 역락 이대현 사장님, 많은 분량의 원고 편집에 끝까지 세심한 노력을 기울여 보기 좋은 책으로 만들어 주신 이소정 님께도 감사의 마음을 전하는 바이다.

2016년 3월
역자 김효순

···차 례

『한반도』

제1권 제1호(1903.11)

한문학(韓文學)

아유카이 후사노신(鮎貝房之進)[1]

여기에서 한문학(韓文學)이라 함은 일본에서 국문학이라는 하는 것과 마찬가지로 한국 고유의 문학을 가리키며, 한문(漢文) 및 유학(儒學)에 대해서는 시데하라 와타루(幣原坦) 문학사의 유학계통에 양보하고, 나는 한국고유문학에 대한 대강의 역사에 대해 기술하고자 한다.

한문학 즉 한국고유의 문학은 우리나라 중고(中古) 시대의 문학처럼 발달이나 진보와 같은 유망한 역사를 갖지 않는다. 그리고 그 진보와 발달을 방해하는 것은 단적으로 말하자면 한문학(漢文學)의 영향이다. 더구나 한국은 정치상, 지리상 한문학의 영향이 일본보다 훨씬 더 심해서 일본이 국문학의 비운에 빠지면서도 왕조시대의 여류작가, 가마쿠라시대(鎌倉時代) 승려의 손에 의해 한 줄기 명맥을 유지하여 오늘날에 이르러 혁혁한 빛을 발하고 있는 것과는 다르다. 한문학에 완전히 압도되어 겨

---

1) 아유카이 후사노신(鮎貝房之進, 1864.2.11~1946.2.24)은 일본의 언어학자이자 역사학자, 가인(歌人)이다. 그는 1884년 관비유학생으로서 도쿄외국어학교 조선어과(東京外國語學校朝鮮語科)에 입학하였고, 1894년 조선에 건너와 경성에서 5개 사립소학교 창설 책임자가 되었다. 1916년에는 조선총독부박물관의 협의원(協議員)이 되고, 1933년에는 조선총독부 보물고적명승천연기념물 보존회위원이 된다. 대표적 저작인『잡고(雜攷)』는 조선의 지명, 왕호 등을 연구한 것으로 1931년 5월부터 1938년 5월에 걸쳐 경성에서 출판되었다.

우 하등사회, 부인(婦人)사회 사이에서 겨우 간당간당 명맥을 유지해 왔다고 하는 매우 안타까운 형편이다. 이와 같이 그 처지가 다름에도 불구하고 과거 역사에 있어서는 매우 비슷한 점이 있어서 이를 연구하는 것도 상당히 흥미롭다.

어느 나라를 막론하고 문자 없이 문학이 발생하지 않는다. 우리나라 고대의 가요 문장도 만요가나(万葉仮名)[2]의 제작이 있고 나서야 비로소 그것이 전해지지 않았던가? 한국에서도 고대에 그런 가나(仮名)[3]의 제작이 있었다. 한국 고대문학이 후세에 전해졌는지 안 전해졌는지가 제일 먼저 드는 의문일 것이다. 한국에서 가자법(假字法)의 제작은 12세기 전반 신라통일 후 경덕왕 시대 설총이라는 사람의 창작에서 시작되었다. 우리나라 지토천황(持統天皇)[4] 대에 해당한다. 우리 만요가나 제작과 비슷한 시기에 창작되었다. 한국역사에는 소위 '총이명예기장박학능문이방언해구경의훈도후생우이리어제리예행어궁부(聰而明銳旣長博學能文以方言解九經義訓導後生又以俚語制吏禮行於宮府)'라고 나와 있는데 바로 이것이다. 이 문면에서 추측해 봐도 또 사실관계로 생각해 봐도 가자법에는 두 가지 종류가 있음을 알 수 있다. 첫째는 '이방언해구경의훈(以方言解九經義訓)'의 방법, 둘째는 '이리어제리예(以俚語制吏禮)'의 방법이다. 그리고 '이방언해구경의훈'의 방법은 곧 우리나라 만요가나와 같은 것으로 한자를 빌려 자국의 말을 옮겨 쓰는 것이다. 그렇다면 '이방언해구경의

---

2) 상고시대 일본어를 표기하기 위해 한자의 음을 빌려 사용한 문자. 『만요슈(万葉集)』의 표기로 대표되는 데서 나온 명칭.
3) 한자의 일부를 따서 만든 일본 특유의 음절 문자.
4) 일본의 제41대 왕(645-702). 제38대 왕인 덴지(天智)의 딸. 숙부인 제40대 왕 덴무(天武)의 왕비이며 왕의 사후(686)에 섭정을 하였음.

훈' 방법이란 어떤 것일까? 또 당시 한자를 빌려 자국 말을 옮겨 적는 완전한 방법을 발견했을까? 그것이 가장 큰 의문이다. 어떻게 생각하면 일본의 성음(聲音)은 매우 간단하고 지나자음에도 모두 있어서 문제없이 그것을 응용할 수 있지만, 한국에는 여러 종류의 다양한 이주민의 모여 있어서 성음의 수도 굉장히 많을 뿐만 아니라 지나음으로는 도저히 표현할 수 없는 성음도 있기 때문이다. 따라서 당시 완전한 방법을 설총이 창작했다면 그 고심이 상상할 수 없을 만큼 컸을 것이며, 이 가자법을 일상적으로 응용하는 것이 용이하지 않았음을 상상할 수 있다. 지금 이 방법으로 기재된 제 서적이 산견되고 있는데, 대단히 난해하여 한인(韓人)조차 읽을 수 없을 뿐만 아니라 고려사에서도 고대의 가요 같은 것은 단지 제목만 실려 있고 이어(俚語)라서 읽을 수 없다고 주를 붙이고 원문을 기재하지 않은 것을 보면 보통 일반인들은 응용할 수 없는 것이었음을 알 수 있다. 따라서 한국고대의 문학이 나타났다 사라진 것은 단지 한문의 영향뿐만 아니라 가자법이 불완전한 것이 그 주된 원인이라 해야 할 것이다. 다른 방법인 '이리어제리예'는 우리나라 가마쿠라시대의 서간문이나 공문처럼 오쿠리가나(送假名)[5]의 일부분을 다는 것이다. 한국에서는 그것을 이토(吏吐)라 한다. '토'는 오쿠리가나 즉 점의 뜻이고, '이'는 '이례(吏禮)'의 '이'이다. 일본학자들은 현재 이 이두만 존재하는 것으로 알고, 이토를 만요가나인 것처럼 설명한다. 이는 가장 큰 오류로, 깊이 연구하지 않은 데 원인이 있다. 이 이토는 일본의 오쿠리가나와 같이 일어일구(一語一句)마다 붙이는 것이므로 매우 편리하고

---

5) 한문을 훈독하기 위하여, 한자의 오른쪽 아래에 다는 가나(仮名).

문학상 큰 효과가 있을 것 같지만 전혀 편리하지 않다. 구두(句讀) 사이에 단순히 내어 쓰는 것인데, 그 구두도 일일이 그것을 내어 쓰는 것이 아니라 이서(吏胥)의 관례가 있어서 내어 쓰는 것이므로 마치 역문봉독(譯文奉讀)과 같다. 그러나 무점(無點)인 한문을 읽는 것은 매우 난해하므로, 한인들에게는 이토를 삽입하여 읽는 것이 매우 편리하다. 이것이 이토의 효용이다. 이와 같이 신라는 일본에 근접한 만큼 지나의 구속에서 벗어나서 약간은 독립의 체면을 유지했기 때문에, 설총과 같은 대문학자가 나와 국문을 위해 힘을 썼다. 그러나 오래 견디지는 못 했고 얼마 안 있어 다시 지나의 간섭을 받았다. 그러한 정치상 세력은 문학상에도 미쳐서 국문이 국인에게 완전히 망각되어 현재 고대 한문학(韓文學)은 전혀 남아 있지 않다. 유일하게 이토문만 고대문학 즉 신라의 유물로서 겨우 도필리(刀筆吏)[6]들의 노리갯감 정도로 사용되었을 뿐이다.

그 후 고려 오백 년 동안 지나와의 관계가 점점 더 깊어지고 친밀해져서 한문학은 실로 침윤의 극에 달했다. 국민은 오로지 한시, 한문만 있는 줄 알고, 국문, 국시(國詩)가 있는 줄 몰랐다. 고유의 언어조차 점차 쇠퇴하여 한어(漢語)를 그대로 사용할 뿐만 아니라 자국의 언어도 그 음이 한자음과 비슷한 것은 일부러 한어로 사용하는 등, 국문은 이어로서 동이(東夷)의 표식으로 멸시를 받았다. 지금 일례를 들어 보면 신라시대에 '금'이라는 말은 왕이라는 말이었는데 그에 '인군(人君)'이라는 한어를 붙여 그것이 임금이 되었다. 또한 '천(天)'이라는 말은 '하울'이

---

6) 도필은 칼과 붓. 글씨 쓰는 일. 옛날 중국에서 죽간(竹簡)에 글자를 기록하던 붓과, 글자가 틀렸을 때 죽간을 깎아 내던 칼. 이에 연유하여 도필리란 글씨를 쓰는 천한 벼슬 곧 아전(衙前). 도필지리(刀筆之吏).

라는 고유어가 있었는데 거기에 하을(夏乙)이라는 한어를 붙여 그 음을 취하고 뜻도 취해 자국어를 지나화한 것이다. 이러한 예는 일일이 예거할 수 없을 정도이다. 또한 명사는 매우 근소하여 초목과 금수의 이름 등 그 종류의 명사는 있어도 그 각각을 일컫는 명사는 지극히 적고 어쩌다 있어도 모두 한어이다. 동사도 자국 고유어는 겨우 5, 6백 종류에 불과하여 고유 언어가 얼마나 많이 사라졌는지 상상할 수 있다. 또한 한문(漢文)을 읽을 때도 일본에서는 일일이 오쿠리가나를 붙여 일본어로 번역해서 읽지만, 한국은 완전히 봉독(奉讀)으로 겨우 구 사이에 토를 붙이는 정도이다. 예를 들어 '위장자절지(爲長者折枝)'라는 문장을 일본에서는 '장자를 위해 가지를 꺾는다'라고 읽지만, 한국은 '위장자절지'라고 음독한다. 일본에서는 한어, 한문을 일본화하여 국문에 이용했지만, 한국은 오히려 자국어를 한화(漢化)시켰다. 이 점에 있어서는 완전히 반대의 현상이 일어났다고 할 수 있다. 사정이 이러하기 때문에 국문이 일어나지 않음은 물론 국문으로 고유의 글을 연구하는 것은 대개 사군자의 수치라 여겨졌다. 이러한 습속은 멀리 한문 수입당시부터의 인습인데, 고려 오백 년 동안이 가장 심한 시대였다.

이조 세종 때에 이르러서 문학상 일대 창작이 있었다. 언문제작이 바로 그것이다. 이 언문제작에 대해서는 진기함을 자랑하는 학자는 세종 이전부터 존재했다고 주장하지만, 이는 우리나라에서 고호대사(弘法大師)[7] 이전에 이로하(いろは)[8]가 만들어졌다고 하는 설과 마찬가지로 별

---

7) 구카이(空海, 774~835). 헤이안 시대(平安時代) 초기 승려.
8) 히라가나(平仮名) 47자를 한 자도 중복하지 않고 의미 있게 배열한 7·5조(調)의 노래 인 「이로하(いろはうた)」에서 나온 말로, 히라가나를 일컬음.

볼 일 없는 설이다. 설령 그 이전에 만들어졌다 해도 완전한 것이 아닐 뿐만 아니라, 보통 일반에서 사용되는 것이 아닌, 단순한 사적인 문자였다면 그것을 대성하여 보통 일반에게 알린 창작의 공은 세종에게 돌아가야 하는 것이 역사적으로 온당한 일이다. 하물며 세종 이전에 존재했다고 하는 것은 단지 억측에 지나지 않다. 국가 고유의 특성은 외부로부터의 세력 여하에 따라 강대해지므로 이를 빼놓을 수는 없다. 이상 언급한 것처럼 지나의 세력은 결하범람(決河汎濫)[9]의 기세로 반도의 창도(創度)를 지배했지만, 반도 고유의 특성을 표식하는 언어문장을 결코 모두 말살시키지는 못 하였고, 한국 스스로도 한어한문으로 시종 만족하지 못하고 자국의 언어를 표현할 수 있는 문자가 없음에 큰 불편을 느낀 것은 명백한 사실이다. 이미 신라시대의 문호 설총은 그러한 필연성에 의해 가자법을 창작했지만 그 가자법의 불편함이 한어한문을 사용하는 불편함보다 더 컸기 때문에 겨우 이토문을 사용한 것에 그쳤다. 그 이래로 10세기 동안 문학자 개인을 괴롭힌 것은 그러한 가자법이며 국민이 필요성을 느낀 것도 그 가자법이다. 그래서 지금 그 시대를 알수는 없지만, 한 사가(私家)의 초안으로서 그 후 다양한 기호를 고안하여 사용한 것은 확실하며, 현존하는 토(吐)라는 것은 일본의 가타카나(片仮名)처럼 한자의 일부 획을 빌려 만든 것이다. 그 외에 언문의 변체(變體)라는 것은 모두 그 필요성에서 나온 것이다. 그렇지만 이것들은 단지 한어한문 훈독에 사용하는데 그치고 자국의 언어를 써서 표현할 만큼의 진보 발달을 보지 못하고 끝났다. 국민의 필요성에 만족을 주지 못

---

9) 결하란 홍수로 강둑이 무너져 물이 넘침.

하고 끝난 것이다. 세종의 현명함은 실로 그와 같은 수천 년 동안의 국민의 갈망에 만족을 주고 겨우 한 가닥으로 유지되던 한문학의 명맥을 잇는 대성공을 거두었다는 점에 있다. 이조 오백 년의 치세를 태조태종은 무(武)로 수렴하고 세종은 문(文)으로 수렴하고자 했다. 백 년의 제도 모두 이 세종조에 제정되지 않은 것이 드물다. 당시 신하 신숙주, 정인지, 성삼문, 최항 등은 모두 실학경세(實學經世)의 재주로 세종의 유막(維幕)에 모여 치세의 대공을 거두었다. 언문제작 당시의 한국사를 보면 '상(세종)이위제국각제문자이기기국방언독아국무지수제자모이십팔자명왈언문개국금중명정인지신숙주성삼문최항등찬정지개주극가분위초중종성자수간이전환무극제어음문자소불능자실통무초중조한림학사황찬질문음운범왕래요동십삼도(上(世宗)以爲諸國各製文字以記其國方言獨我國無之遂製字母二十八子名曰諺文開局禁中命鄭麟趾申叔舟成三問崔恒等撰定之盖做克家分爲初中終聲字雖簡易轉換無極諸語音文字所不能者悉通無礎中朝翰林學士黃瓚質問音韻凡往來遼東十三度)'라고 나와 있다. 그리고 이 언문제작에 가장 힘을 발휘한 것은 신숙주이다. 『청야계집(淸野溪輯)』10)에는 당시의 사정을 기록하여 '독출입내전친수예재기오음청탁지변유자해성지법제유수성이(獨出入內殿親受睿裁其五音淸濁之辨紐字偕聲之法諸儒守成耳)'라고 하고 있다. 신숙주는 외국어에도 능통하고 문자음운학에도 능통한 사람이므로, 언문은 대부분 이 사람의 손에 의해 만들어졌음을 알 수 있다. 그 자체(字體)는 전주(篆籒)에 의하고 유자법(紐字法)은 운경(韻鏡) 등 지나의 음운학에서 나온 것으로 이는 요동에 가서 황찬(黃瓚)11)에게 가르침을 받은 것이 많다. 그

---

10) 미상.
11) 요동에 귀양 왔던 명나라 초엽의 한림학사. 음운학자. 조선시대 4대 세종은 훈민정음을

정교함에 있어 한국의 다른 제도에 비해 유례를 찾아볼 수가 없다. 그 정교한 언문제작은 한국의 문학상에 어떠한 효과를 주었을까? 세종은 위에서 언급한 바와 같이 자국의 언어를 기재할 수 있는 문자가 없어서 필요상 어쩔 수 없이 문자를 만들게 한 것은 당연하지만, 그로 인해 한문학(韓文學)의 향배를 바꾸어 고유문학을 일으키고자 하는 큰 목적까지는 갖고 있지 않았다. 아니 그뿐만 아니라 창작자인 자신도 완전히 한문(漢文)에 심취해 있었다. 다만 치국 상 하등사회, 부인사회가 한문을 전혀 모르기 때문에 한학의 취지를 알게 하고자 한 의도가 확실하기 때문에, 한글을 발명하고 제일 먼저 일으킨 정부 사업은 유서(儒書)의 번역 및 교과서용 언해(諺解)에 있었다. 언문을 이용한 국민적 저술이 하나도 없는 것을 보면 알 수 있다. 그렇지만 당시에는 중류 이상이면서 한문을 알고 있는 성년자 외에는 유교의 일단을 알 수 없었지만, 언문 창작 후에는 간단한 언문만 알면 부인동몽(婦人童蒙)이라도 그것을 습득할 수 있었기 때문에 사회에 미친 효과는 실로 컸다고 할 수 있다. 또한 한문언해의 문체는 다른 일절의 문학에 관한 저술의 문체 즉 한문번역체라는 것을 형태지웠기 때문에 문학상에 미친 영향도 현저했다. 그다음 평민적 사업으로서 민간에서 일어난 것은 전기소설(傳記小說)의 저작이다. 이 역시 처음에는 지나의 역사소설 『삼국지』, 『수호전』 등 요에 의해 저작되었다. 또한 한국에는 우창(優倡) 광대라는 담화사(談話師)가 옛날부터 있었다. 이 우창들이 하는 이야기도 역사소설의 남상(濫觴)[12]이 되었다. 우창이라는 것은 일본의 제문(祭文)과 기다유(義太夫)[13]

창제할 때에 음운을 묻기 위하여 신숙주, 성삼문 등으로 하여금 13차례나 방문하게 했음.
12) 사물의 맨 처음. 기원. 술잔이 뜰 정도로 적은 물. 양자강 같은 큰 강도 근원을 따라 올

를 반반씩 섞은 것이다. 말을 한다기보다는 오히려 노래한다고 하는 것이 적당할 것이다. 악기는 사용하지 않지만 옆에서 한 사람이 북을 치며 장단을 맞춘다. 사회의 정태와 사람들의 성격을 잘 파악하여 듣는 이로 하여금 기쁘게 하고 슬프게 하고 분노하게 하고 즐겁게 하는 데 뛰어나 확실히 미문의 자격을 갖추고 있다. 원래 한국은 말의 나라이지 글의 나라가 아니다. 우리나라(일본 : 역자주)에도 예부터 가라사에즈리(からさえずり)14)라고 하여 한국인이 말이 많고 실속이 적다고 비하하고 있는데, 한인(韓人)의 교언(巧言)은 정말이지 고유의 특성인 것 같다. 예부터 문자가 없었던 것도 교언의 한 원인일 것이다. 한인은 붓으로 적는 것은 매우 서툴지만, 한 번 입을 열면 잡변이 도도하고 논쟁 풍발(風發)하다. 이는 필경 의사를 붓으로 적는 방법이 없어서 자연히 변설의 재능이 양성되었기 때문일 것이다. 고로 한국의 소설도 우창이 이야기하는 것처럼 언문일치체로 써 내려가면 확실히 미문이 되겠지만, 한국도 우리나라와 마찬가지로 언문일치가 아니다. 예의 언해적 한문번역은 정취도 없고 윤색도 없는 노골적 문장으로 쓴 것이기 때문에 미문으로서 아무런 가치가 없다. 그리하여 한국의 전기소설은 모두 천편일률적으로 옛 영웅호걸의 사적(事跡)을 허구적으로 마치 모래를 씹는 것처럼 무미건조하고 삭막한 문장으로 쓴 것이며, 또한 우리의 도쿠가와시대(德川時代)에 창작된 『아라키무용전(荒木武勇伝)』(榮泉堂出版, 1988.6)이나

라가면 잔을 띄울 만한 가는 물줄기로부터 시작되었다는 말. 시초나 근원.
13) '기다유부시(義太夫節)'의 준말. 겐로쿠(元祿) 시대에 시작된 조루리(淨瑠璃)의 한 파.
14) '가라사에즈리(からさえずり, 唐囀·韓囀)'란 중국어나 한국어로 이야기하는 것. 또는 의미가 통하지 않는다는 말의 비유.

『다이코키(太閤記)』[15]와 같은 것이다. 지금 민간에서 창작된 것이 수십 종에 이른다. 대부분은 사본이지만 근래에는 간행본도 많다. 그중에서 가장 유명하여 우창이 가장 자랑스럽게 연출하는 것이 『춘향전』이라는 소설이다. 이 소설은 유명한 만큼 출중한데, 지금 그 취향에 대해 한 마디 평해 보고자 한다. 전라도 남원 군수의 아들 이도령이라는 자는 남원에서 제일가는 기생 월매의 딸 춘향과 해후하여 정이 맺어지기 전에 그 아버지가 군수직을 그만두고 모두 상경을 하게 되자 서로 해로의 약속을 하고 헤어졌다. 그 후 이도령은 아버지를 따라 상경하고 진사급제 후 암행어사의 관직을 받는다. 한편 춘향은 빈 방에서 약속을 지키며 고독하게 과처(寡處)하고 있었는데, 새로 부임한 군수가 그 용모가 뛰어나다는 말을 듣고 수청을 들게 하고자 했다. 춘향은 이도령과 한 약속이 있으므로 단호히 거절하며 말을 듣지 않았다. 새 군수는 몹시 화를 내며 춘향에게 죄를 씌워 감옥에 가둔다. 우연히 새 군수의 생일을 맞이하여 잔치를 열고 빈객(賓客)을 초대한다. 한 거지가 있었다. 파의파모(破衣破帽)의 행색으로 끝자리에 앉았는데 오만불손했다. 주인이 그를 쫓아내려 했지만 방법이 없었다. 그래서 망신을 주고자 시제(詩題)를 내어 응답하게 했다. 거지 역시 그에 응해 시를 지었다. 보니 그 뜻이 신임군수의 폭려무도(暴戾無道)를 풍자하는 시였다. 일좌가 경악하여 그 시선이 거지에게 모이는 순간 수많은 포리들이 대문으로 틈입(闖入)했다. 어사의 소재를 찾으니 아니 이게 웬일인가? 그 거지가 바로 어사 이도령이었다. 이도령이 정청에 앉아 군수를 투옥하고 춘향을 구했다. 순시 후

---

15) 도요토미 히데요시(豊臣秀吉)의 생애를 다룬 전기의 총칭.

함께 서울로 올라가 부귀영달을 누렸다는 내용으로 끝이 난다. 이는 대 강의 줄거리에 지나지 않지만, 이 소설이 다른 소설과 그 성격을 달리 하는 점은 재료를 지나에서 취하지 않은 점, 다른 소설은 전기소설에 지나지 않은데 이 소설은 연애소설 즉 일본의 인정본(人情本)이라는 점 이다. 그리하여 한국관리 사회의 정태 및 부인사회의 정태를 유감없이 그려내고 있을 뿐만 아니라 문장도 다른 무미 삭막한 언해와는 달리 출 중하다. 우선 한국소설로서 제일류로 꼽지 않을 수 없다.

이들 소설의 작자와 연대는 미상이다. 필경 한국에서는 소설작자라 는 직업은 아무런 이익도 명예도 없을 뿐만 아니라 오히려 정부의 눈 밖에 나서 화를 초래할 염려가 있기 때문에, 일부러 이름을 밝히지 않 은 것 같다. 그중에 소설작자로서 지금까지 이름을 남긴 것은 김춘택이 다. 호는 북헌(北軒)이라 한다. 그의 저작으로는 『전등신화』, 『사씨남정 기』, 『구운몽』 등이 있어 가장 인기가 있었음은 물론, 한문으로 쓴 것 도 있고 어머니의 청에 의해 언문으로 지은 것도 있다고 전한다. 이 사 람은 문벌도 높고 학식도 있는 유명한 인물이지만 세상을 등지고 학문 에 몰두하여 한국 양반들이 가장 멸시하는 평민문학을 남겼다. 그리하 여 한국 사람들 사이에서는 소설작자로서보다는 오히려 기행으로 유명 하다. 위 작품 중 『사씨남정기』는 가장 유명한 소설로서 당시의 왕인 숙종의 왕비 민 씨에 대한 것인데, 그 일족에 민묵(民黓)이라는 사람이 있었다. 당시 집권자인 외척 민정중(閔鼎重), 그 동생 유중(維重), 송시열 등의 권력을 빼앗고자 장 씨라는 여인을 궁중에 들여 마침내 중전 민 씨를 쫓아내고 장 씨를 중전으로 추대하여 반대파를 모두 제거한 후 정 권을 장악했지만, 6년 후에 숙종이 크게 깨달아 민암 등을 제거하고 다시 민 씨를 복위했다. 즉 사(謝) 씨는 민 씨이고 장 씨는 교(喬) 씨로, 당시의 상황을 풍자한 것이다. 『구운몽』은 성진(性眞)이라는 중이 하늘나라 궁전에서 팔선녀와 놀다가 하계로 쫓겨나고, 팔선녀는 어떤 이는 기생이 되고 어떤 이는 양반의 딸이 되고 어떤 이는 공주가 되어, 모두 성진과 해후하여 부귀영화를 누리다가 다시 하늘나라로 올라간다는 내용이다. 『전등신화』는 한문으로만 있고 언문으로 된 것은 없다. 소양이 있는 사람의 작품인 만큼 다른 소설보다는 훨씬 뛰어나다. 다음으로 허균의 작이라고 하는 『홍길동전』 역시 유명하다. 허균이라는 사람은 광해군조의 사람으로 자는 단포(端甫)이고 호는 교산(蛟山)이다. 『조야집요(朝野輯要)』16)에 의하면 어린 나이에 참기(讖記)17)를 지었으며, 세상에 전해지고 있는 문장은 독보적이다. 『수호전』을 가장 좋아하여 그 적장(賊將)의 별명을 취해 호로 삼았다. 또한 『홍길동전』을 지었다고 한다. 이 『홍길동전』의 주인공 홍길동은 서류(庶流)로서 큰 뜻을 품었지만 스스로 세상에 자신을 드러낼 수 없어서 침체하여 억울한 끝에 의적이 되어 스스로 주인공이 된다는 내용이다. 아마 한국에서는 서자라고 업신여기는 것이 심해 그러한 습속을 다루어 한편의 이야기로 만들었을 것이다. 허균 역시 모반을 꾀했다가 주살을 당한다. 즉 이 소설은 허균의 심사(心事)를 그린 것이다. 또한 『수호전』을 즐겨 읽는다고 하니 이 『홍길동전』도 동서(同書)를 기초로 지은 것이다. 그 외에 작자가 분명한 것은 없으며 한국에는 이들 소설본을 대여하는 가게가 있었다. 그런 가게에

---

16) 조선 건국으로부터 순조 초기까지를 편년체(編年體)로 기록한 역사책. 37권 20책, 필사본. 편자와 편찬 연대는 미상.
17) 미래의 일에 대한 주술적 예언을 기록한 책.

서는 영업상 지나소설 혹은 옛 영웅호걸의 사적(事蹟)을 번역하거나 저작에 사용하였다. 이러한 책들은 세책가에서 많이 애용되었을 것이다.

다음에 한 마디 더 하자면, 한국의 노래(歌)에 대해서이다. 한국에도 우리나라의 『만요슈』 같은 고대의 노래가 기록되었다면 문학상으로는 물론 역사상에도 큰 영향을 미쳤겠지만, 삼한삼국은 물론 신라, 고려시대의 노래 중 현존하는 것이 없는 것은 매우 유감스러운 바이다. 물론 그 시대에 한자로 기재된 것이 다소 존재하기는 했지만, 지금은 제목만 현존하고 이어(俚語)라서 읽을 수 없다고 주가 달려 있어 이를 연구하는 사람도 없고 자연 소멸한 것 같다. 현재 지어지고 있는 것은 그 종류가 매우 많다. 우조(右調), 이면(李面), 우악(右樂), 농(弄), 편(編), 가사(歌詞), 시조, 잡가 등이다. 모두 곡조가 다르기 때문에 그 종류가 다른 것이다. 우리나라와 마찬가지로 조(調)는 있지만 운(韻)이 없다. 조는 7, 8자로 맞추는 것이 통례이다. 개중에는 9, 10자, 11자인 것도 있지만 이는 예외적인 것으로 통례는 아니다. 그러나 마지막 한 구는 4자가 된다. 여기에도 아직 5, 6자인 것이 있지만 특별한 경우이다. 우리나라와 같이 볼 만한 노래가 없다. 하나하나 모두 음악에 맞춰 노래하는 것이다. 노래는 자수의 제한이 있고 대개 의미는 언외에 포함하기 때문에 가사가 간결하고 변화가 있으며 함축적이다. 또한 그 문구도 언문일치이기 때문에 삭막한 다른 번역문장과 달리 미문으로서 가치를 지닌다. 대부분은 남녀 간 사랑하는 마음을 읊은 것이며, 노래라기보다는 문장이라고 하는 것이 적당하다. 우창의 이야기도 예를 들면 '춘향타령'이라고 하여 한인은 노래로 부르지만, 이것들은 우리나라의 기다유와 같은 것으로 노래가 아니다. 그리고 이 노래의 작자는 우리나라 유행가처럼 누구의 작이라고 작자가 전해지지 않는다. 유명한 오성 이항복, 이황, 이퇴계 등이 지었다는 노래도 있지만 이름이 알려진 사람의 작품집에 실리는 경우도 많다. 지금 그런 종류의 노래를 모은 언문본이 간행되어 서점에서 발매되고 있다.

『한반도』 제1권 제1호, 1903.1

소설 첩

하세가와 자적(長谷川自適)

상

남색 바탕에 담쟁이덩굴 잎을 그리고 눈 모양으로 뿌옇게 염색한 유카타(浴衣)[1]에, 명주 천에 가로로 된 대나무 무늬, 남색 바탕에 가로 무늬가 나오게 뿌옇게 염색해서 그린 조릿대는 풀색으로, 요즘 유행하는 여름 오비(帶)[2]의 모양이 보기 좋은데, 갓 목욕을 하고 나온 아름다운 얼굴에 근심 어린 빛을 띠며 부채질을 하는 손에도 힘이 없다. 가만히 바라다보는 마당의 상록수에 뿌린 물방울이 반짝반짝 빛나고 화분의 석류꽃이 저물어가는 마당은 더한층 아름다웠지만, 그것조차 마음을 위로하는 풍경이 되지 못하니 지금은 바라는 바도 없다. 서늘한 눈을 감고 얼굴의 절반을 옷깃에 파묻음과 동시에 들고 있던 부채를 내던지고 흐트러진 머리칼을 쓸어 올린다.

오렌지색 달은 남산의 소나무가지를 스쳐지나 산에 면한 온돌 위로 마당에 있는 나무의 그림자를 비추고 있고, 왜성대에서 군가를 부르는

---

1) 목욕을 한 뒤 또는 여름철에 입는 무명 홑옷.
2) 기모노(着物)를 묶는 띠.

병사들의 목소리는 바람을 타고 전해져 늠름하면서도 감상적인 정취를 자아낸다.

나이는 스무 살에서 한두 살을 더 먹었을까? 옥 같은 얼굴에 원산(遠山)[3]의 눈썹, 눈가는 조금 촉촉한데 환한 표정을 지으면 얼마나 시원하고 사랑스러울지를 짐작케 한다. 피부가 흰 것은 물분을 발라서이기도 하겠지만 원래 피부가 곱고 분이 잘 먹어서 더 희게 보이는 것 같다. 코도 너무 높지도 않고 낮지도 않고 입가는 야무지며 웃을 때는 천금은 나갈 듯한 양볼의 보조개, 이것이 이 여자 특유의 모습으로, 미인을 증명하는 첫 번째 조건은 일빈일소(一嚬一笑)였다.

검은색 판자로 된 담 너머로 보이는 소나무와 흔히 있는 첩택(妾宅)도 사는 곳이 바뀌면 주거도 바뀌듯 온돌 주거에 아무개 모라는 표찰이 붙어 있는데, 알만 한 사람은 다 알고 있는 주인의 이름은 오스즈(お鈴)라고 하여 경성에서는 굴지의 미인이다.

지금의 오스즈가 기생으로 모 루(樓)에 쇼쇼(小笑)라는 이름으로 나가고 있을 때도 이 일빈일소에 마음을 빼앗긴 남자가 한둘이 아니었다. 하지만 좁은 지역에서 미인의 이름이 널리 퍼진 것은 쇼쇼에게 다행인지 불행인지 마침내 어느 한 사람의 꽃병의 꽃 같은 신세가 되었다.

그런 신세가 되기는 했지만 돈으로 여자를 사는 정도의 남자에게 진정한 애정이 있을 리도 없고 돈으로 몸을 파는 여자에게 훈계를 할 수도 없지만, 거짓에서 나온 훈계를 받고 신세를 지는 동안 어느새 남자에게 의지하는 마음이 생겨 돌아가야만 하는 밤에도 그만 붙잡고 싶고

---

3) 미인의 눈썹을 형용하는 말.

얼굴을 보지 못 하는 밤에는 정신없이 외로워 자기가 생각해도 이상할 만큼 남자가 보고 싶고 그리워 마음대로 되지 않는 신세를 한탄을 하며, 그저 신경이 날카로워지고 우울해지기 십상이었다. 그도 그럴 것이 첫째는 가을 하늘과 같이 변덕이 심한 것이 남자의 마음이라 했던가? 근 보름 동안 남자의 발길이 끊어졌고 또 다른 곳에 여자가 생겼다는 소문을 들었기 때문이다.

높아졌다 낮아졌다 늠름해졌다 슬퍼졌다 하며 바람결에 들려오는 병사의 군가도 지금은 조용해졌고, 하늘을 올려다보니 달만 높이 떠 있다. 무심결에 귓전을 스치며 저 멀리 구름 뒤에 숨어 피를 토하는 듯한 두견새의 노래가 들려오자, 오스즈는 뭐라 표현할 길 없는 외로움에 무정한 남자를 생각하지 않을 수 없었다.

오스즈는 한때 기생이었던 여자로 세상의 단 맛 쓴 맛을 다 보았기 때문에, 남자의 마음이란 믿을 만한 것이 못 된다는 것을 모르는 것은 아니다. 그러나 지금의 남편은 이렇게 자신을 돌보게 되기까지 보통 정성을 다한 것이 아니기 때문에, 이 사람에게 몸을 맡기면 나중에라도 가을의 부채처럼 버려지는 일도 없을 것이고 박정한 짓을 하지 않을 것이라고 믿었다.

믿었기 때문에 신세도 지게 된 것이고 일과 상관없이 그립고 보고 싶고 했던 것이다. 그리하여 반년도 채 되지 않아 다른 여자에게 마음이 떠났나 하고 생각하니 너무나 마음이 아팠을 뿐만 아니라, 게이샤(芸者)를 직업으로 하고 있던 자신이 남자에게 속았다고 생각하니 화가 나기도 했다. 하지만 사람 일이란 마음먹기 나름이라 운명은 돌고 도는 것이라고 체념하자면 할 수도 있다. 하지만 남편은 남편이다. 여자에게 미치는 것은 남자의 삶의 본분이라 하니 그것을 뭐라 할 수도 없지만 이렇게 신세를 지고 있는 처지를 생각해보면, 달리 위로해 줄 사람도 없다. 더듬더듬 잘 통하지 않는 말로 총각이 이야기를 해 줘도 도리 없고, 외톨이나 마찬가지인 나를 가끔씩이라도 찾아와 주면 좋으련만, 다른 곳에 여자가 생겼다고는 해도 너무나 계산적인 남자의 마음은 참으로 믿을 수 없다고 마음속으로 되뇌고 있는 것이다.

기둥에 몸을 기대고 생각에 잠겨 있던, 오스즈는 어느 새 꾸벅꾸벅 졸다가 꿈을 꾸었다. 남편이 와서 지금까지 원망하던 마음도 눈 녹듯이 사라졌고 불평을 하고 있나 싶을 때, 본처가 순사를 데리고 와서 대단한 기세로 자신의 머리카락을 쥐어뜯으며 남편을 불렀고 경찰서로 데리고 가겠다고 하며 잡아당겼다.

그것을 곁에서 남편이 보고 있으면서도 도와주지 않아서 그 박정함을 따지고 있는데 이번에는 남편이 마음을 옮긴 또 다른 여자가 찾아와서 남편을 끌고 가려 한다. 자신은 이 년이 하며 그 여자의 소매를 잡고 큰 소리를 내며 물어뜯었지만 자기 자신의 큰 목소리에 놀라 꿈에서 깼다. 깨어 보니, 온몸은 식은땀으로 흠뻑 젖어 있고 머리는 지끈지끈 아파 견딜 수 없었다. 마침 옆에 있던 나니와(浪花)의 매실을 관자놀이에 대니 마음이 조금 진정되었다. 총각에게 잠자리를 깔게 하고 혼자 쓸쓸히 잠자리에 들었다. 잠자리에 들기는 했지만 방금 전 꾼 꿈속에서 기뻤던 일, 무서웠던 일, 미웠던 일 등이 몇 번이고 환영처럼 떠올라 눈을 감아도 잠이 오지 않았다. 그래서 몇 번이나 뒤척이고 있는 사이, 여름밤은 짧아서 종로의 쓸쓸한 종소리가 귓전을 울리며 무어라 형언할 수 없을 만큼 슬프게 들려왔다.

"어머 벌써 12시나 되었네."

오스즈는 혼잣말을 한 후 무슨 생각이 들었는지 아픈 이마를 짚으며 잠자리에서 일어나 마당으로 면한 덧문을 소리 나지 않게 조용히 걷어 올리고 마당으로 나왔다.

14일 달은 중천에 높이 걸려 있고, 청량한 밤기운이 살에 와 닿는다. 그 바람에 기분이 좋아져서 심란했던 마음도 진정이 되어 무심코 올려다보니 남산은 수묵화처럼 실루엣을 드러내며 뭐라 형언할 수 없는 정취를 자아내고 있다. 게다가 마당의 상록수는 푸른빛을 띠고 있었고, 그 잎 끝 여기저기에서는 반딧불이 같은 이슬이 반짝반짝 빛나고 있었다. 오스즈는 자연스러운 이 밤 풍경에 마음을 위로받아 지금까지 품고 있던 원한도 비탄도 공포도 모두 잊은 듯이 아무 생각 없이 마당의 징검돌 위에 우두커니 서서 아름다운 밤풍경을 바라보고 있다. 마당 주위에 둘러친 울타리 저쪽에 달은 떠 있고, 한인이 부르는 아리랑 노랫소리가 구슬피 들려왔다. 소리가 나는 쪽으로 시선을 옮겼다. 애끓는 목소리가 나는 울타리 건너편으로 자기도 모르게 귀를 기울이고 있었다.

"어머 여보세요. 잠깐 기다려 주세요. 그렇게 성급하게 돌아가지 않으셔도 되지 않나요?"

이어서 들려온 목소리는 확실히 남자 목소리.

"이 봐, 그렇게 큰 소리로 말하지 않아도 들린단 말이야. 바보 같이."

뒤를 돌아보며 여자를 나무라는 남자는 역시 거북스러웠는지 여전히 빠른 발걸음으로 울타리를 지나가려 했다. 여자는 원망하는 듯한 어조로,

"그렇겠지요, 들리면 그 사람한테 미안할 테니까요. 하하하하."

자기도 모르게 이들 대화를 엿듣고 있던 오스즈의 눈썹이 움직이기

시작했고 눈은 괴상하리만큼 치켜 올라갔으며 박의 씨를 늘어놓은 것처럼 하얀 이에 입술을 꼭 다물어 시뻘개진 얼굴은 어쩐지 보기에도 끔찍해 보였다.

울타리 밖에 있는 남녀 두 사람은 길거리에 아무도 없는 것처럼 사람들 시선을 아랑곳하지 않고 딱 들러붙어 사뭇 가까운 사이인지 무언가 속삭이며 즐거운 듯한 그림자를 바닥에 길게 늘어뜨리며 진고개 (泥峴) 거리로 나왔다.

중

남편을 기다리는 동안 달을 구경하고자 하는 마음에 문밖으로 나와 한 손에 부채를 들고 어슬렁어슬렁 두세 칸(間)[4] 소요하고 있는, 둥글게 틀어 올린 머리에 수수한 유카타를 입고 가볍게 오비를 묶은 여자가 문득 맞은편에 인기척이 나서 혹시나 하고 마음을 졸이며 처마 밑에 몸을 숨기고 있는 것을, 이쪽 두 사람은 눈치 채지 못하고 그저 둘이 들러붙어 시시덕거리며 걸어오고 있다.

한 걸음 한 걸음 두 사람이 다가오자, 자신의 모습이 드러나는 것은 재미없다고 생각하여 처마 밑에 서 있던 여자는 집 안으로 쏙 들어가 문을 닫았다. 하지만 다시 문을 빠끔히 열고 바깥을 살펴본다. 신이 아니기에 남자도 그렇고 여자도 그렇고 그런 줄은 전혀 모르고 느릿느릿 다가와 발걸음을 멈춘다. 여자는 잡고 있던 남자의 소매를 놓는 것이 아쉬운 듯 얼굴을 올려다보며,

---

4) 길이의 단위로 1간은 약 1.8m.

"있잖아요, 당신, 2, 3일 안으로 꼭 오셔야 해요. 거짓말하시면 안 돼요. 알았죠? 네?"

남자는 집안을 살피는 기색으로 여자의 손을 뿌리치며 그 얼굴을 가만히 바라보았다.

"알았다구, 그런데 그건 그렇고 너 돌아가는 길에 딴짓하면 안 돼."

"어머나."

하고 여자는 원망하는 듯한 태도와 불만스런 표정을 보이며 남자의 얼굴을 가만히 바라보며,

"당신 같은 줄 아세요. 저는 그런 식으로 한눈을 파는 여자가 아니에요."

"그야 뭐 뻔한 이야기지."

라며 남자는 아직도 여자를 놀렸지만, 곧 태도를 바꾸어,

"자 어서 빨리 돌아가시게."

라고 하는 말을 던지고는 자기 집 처마 밑으로 들어갔다. 여자는 멈춰서서,

"꼭 오셔야 해요. 꼭."

목소리만 남자의 뒤를 쫓고, 이윽고 자신도 떠나기 위해 왔던 길로 되돌아가기 시작했다.

구름 한 점 없는 밝은 달빛을 받으며 땅에 길에 그림자를 드리우고 여자가 떠나는 뒷모습을 지켜보다 대문을 열고 들어간 남자는, 마당에 서 있는 아내의 모습에 움찔했지만 곧 표정을 바꾸어 쓴웃음을 지으며 아내를 속이려고 일부러 취했으면서도 취하지 않은 것을 증명하려는 듯한 태도를 보였다.

"오스마(お須磨), 늦었군. 항상 조선 시간이라 사람들이 모이는 것이

늦은데다 밤이 짧아서 말야."

라고, 남자는 완벽하게 속일 수 있다고 생각하고 자신만만하게 말을 걸었다. 그렇지만 그 효과는 억새 끝에 달라붙은 이슬만큼도 없어서 오스마의 화를 더 돋우는 재료가 되었을 뿐.

"아무도 늦었다고 뭐라는 사람 없어요. 당신 괜히 찔리니까 물어보지도 않은 말씀을 하시네요. 아무도 뭐라 안 할 테니 좀 어지간히 하시죠. 그 나이가 되어서 신문에 날 일이나 하고 다니는 것이 명예로운 일은 아니잖아요?"

아내는 생각나는 대로 분을 못 이겨 마구 내뱉었지만, 여자의 마음은 혹시나 남편의 기분을 거스르는 것은 아닐까 해서 눈물이 맺힌 눈으로 남편의 얼굴을 살피고 있다.

"내가 신문에 날 일을 했다고 대체 누가 그래?"

남편이 변명하려고 하자 오스마는 말을 끊고,

"아니 당신이 신문에 나오셨다고 하는 것은 아니지만, 신문에 종종 다른 분들 이야기가 나오니 너무 사람들 눈에 띠게 바람을 피우시면 안 된다는 거죠."

라고 오스마는, 말속에도 뼈가 있다고, 목소리는 온화했지만 남편의 행실을 나무랐다.

"내가 신문에 나올 짓을… 한심하군."

라고, 여자를 만들었다는 사실은 물론 방금 전 예기와 시시덕거리며 자기 집 문 앞까지 왔다는 사실도 오스마는 모를 것이라고 믿고 그렇게 말했다. 오스마는 남편에게 숨겨 둔 여자가 있다는 것도 또 예기에 미쳐 있다는 것도 소문으로 알고 있었지만, 이렇게 마당에 서서 일일이 그런 일을 끄집어내는 것도 한심하다는 것을 알고 있었기 때문에 남편에게 방 안으로 들어가자고 권했다.

"아, 취하는군, 취해."

라고 남자는 거북한 그 자리를 얼버무리려 그때까지 취하지 않은 척 애쓰던 것을 그만두고 거실로 들어가자마자 드러누웠다.

"여보, 좀, 하오리가 구겨지잖아요. 주무시려거든 방으로 들어가서 주무세요. 네, 여보…."

오스마는 누워 있는 남편 곁으로 다가와 하오리 끈을 풀며 축 늘어져 있는 남편의 손을 잡고 하오리를 벗기려 하지만, 남편은 자는척하는 것인지 아니면 정말로 취했는지, 오스마가 하는 대로 몸을 맡기고 눈을 감은 채 몸을 뒤척이며,

"아 취하는군, 취해. 냉수 좀 한 잔 줘."

라고 잠꼬대라도 하는 것처럼 물을 달라고 하더니 크게 코를 곤다. 남편의 자는 얼굴에 시선을 보내며 하오리를 개는 오스마는 혀를 끌끌 차며,

"정말 도리가 없군."

하

안 그래도 잠들기 힘든 여름밤을 박정한 남자를 계속 생각하니 짧은 여름밤도 매우 길어, 몸을 뒤척이다 날이 밝은 오늘 아침은 머리만 아픈 것이 아니라 감기까지 걸린 것 같다. 아침도 내키지 않아 하다못해 왜성대에라도 올라 사방을 둘러보며 울적한 마음을 달래 볼까 하고 스스로 마음을 다잡았다. 흐트러진 머리를 빗어 올리고 유카타 위에 쪼글

쪼글한 검은 비단 하오리를 걸치고 단장을 한 후, 슬슬 집을 나섰다. 생영관(生泳館) 앞을 똑바로 올라가던 오스즈, 뒤를 돌아보며 시내를 조망하니 어느 정도 우울한 마음이 풀렸다. 해는 높이 떴지만, 산보하는 인적은 드물고 남산의 소나무 청청한데 까치 울음소리 그윽하다. 기념비 옆을 지나 태신궁(太神宮)을 참배하고 돌아오는 길에 도리이(鳥居)5) 옆길의 잔디를 밟으며 옆을 향해 서 있는 기념비 앞으로 다가가 그곳에 있는 벤치에 앉아 시내를 내려다보았다. 잠시 재미있는 한성의 경치를 즐기며 가슴 가득한 울분을 잊었다.

"어머 쇼쇼 언니, 쇼쇼 언니, 누군가 했어요."

생긋 웃으며 돌계단을 올라온 것은 경성루의 나카이(仲居)6) 오하나(お花)였다.

"어머나, 혼자서 뭐 하는 거예요?"

라고 나카이 오하나는 돌계단을 다 올라와서 쇼쇼 옆으로 다가와 어깨에 손을 얹고 그렇게 물었다. 쇼쇼 오스즈는 돌아보면서 오하나의 손을 잡고 얼굴을 올려다보며,

"오늘 아침에 말야 두통이 나서 도리가 없지 뭐야. 그래서 이리로 슬슬 걸어 나온 거야. 태신궁을 참배하고 지금 막 여기에 앉은 참이야. 하나 너는 또 지금 이 시간에 여기 왜 온 거야?"

라고 쇼쇼는 오히려 오하나가 온 것을 이상하게 여기며 되물었다. 오하나는 뭔가 불만스러운 표정을 드러내며,

"나 말이야, 지금 언니 집에 갔다 왔어요. 그런데 언니가 지금 왜성

---

5) 신사(神社) 입구에 세운 문.
6) 요릿집, 유곽에서 손님을 응대하는 하녀.

대에 갔다고 이서방이 가르쳐 주길래 따라온 거예요… 정말이지 오늘은 아침부터 덥네요."

라고 소매 끝을 잡고 자기 얼굴 주위를 부치며,

"그것 참 미안하게 됐네. 그 대신 돌아가는 길에 하나 네가 좋아하는 에가와(江川)의 팥떡 사 줄게. 아니면 가메야(龜屋)의 파인애플이나 먹으러 갈까?"

"나 급히 올라와서 목이 말라죽겠으니까, 오늘은 팥떡도 파인애플도 다 그만두고 여름밀감 사 줘요. 사토(佐藤) 가게에 좋은 게 있으니까요."

오호호호 하고 웃으며 오스즈는 근 이삼일 동안 남들에게 보이지 않았던 미소를 지으며, 오하나에게,

"하나 너는 천진난만해서 좋다니까. 나도 다시 하나 너처럼 편안한 몸이 되었으면 좋겠어."

오스즈는 지금 천진난만한 오하나의 주문을 받고, 티 없이 맑은 마음속을 들여다보며 아무 근심 걱정 없었던 시절의 추억에 잠기려는데, 곁에 서 있던 오하나가 눈치를 챈 것 같다.

"아이, 언니 또 기분이 안 좋군요. 무슨 근심 걱정이 그리 많아요, 언니 참 이상하네요."

"그런 게 아냐, 경치가 너무 좋아서 그래. 그래서 그만 나도 모르게…."

"호호, 거짓말."

하고 오하나는 가볍게 오스즈의 어깨를 친다.

"아니 남의 어깨를 치다니!"

라고 오스즈는 오하나의 어깨를 되받아쳤다. 오하나는 용케도 그것을 피해 웃으며,

"근데 언니, 나 고즈마(小褸) 언니에 대해 알려 줄 것이 있어요. 나 화가 나서 견딜 수가 없어요. 우리 가게에서도 모두 그렇게 말해요. 하지만 서방님도 서방님이라 나 혼자 언니 편을 들어도 어쩔 수 없으니 답답해 죽겠어요."

라고 진지하게 이야기를 시작하니, 오스즈는 눈썹을 찌푸리며 듣고 있다가 오하나의 말이 끊기자,

"하나 너는 항상 친절해. 나 평생 못 잊을 거야. 하지만 말야, 나도 서방님 같은 변덕쟁이 같은 사람에게는 더 이상 신세 지고 싶지 않아. 어떻게 되든 상관없지만 말야. 고즈마가 나를 너무 바보로 만들어서 오기로라도 서방님하고 헤어지지 않을 거야. 어젯밤에도 이런저런 쓸데없는 생각을 하며 이제 가게에서 나올까 했지. 실은 어젯밤 잠을 못 자서 바람 쏘이러 이곳에 올라와 본 거야."

"정말로 고즈마 언니의 처사도 처사니만큼 언니가 화를 내는 것도 당연해요. 나도 정말 얄미워요. 언니 입장에서야 더 그렇겠죠…."

오하나가 동정심을 보이며 자기의 어깨를 토닥여 주니 오스즈는 너무나 기뻤다. 단순히 기쁠 것만이 아니었다. 혼자 여전히 결정을 하지 못 했던 방침을 정하는데도 크게 의지가 되는 것 같아서 더한층 신이 났다.

"나도 고즈마가 다른 가게 사람이라면 지금까지 수수방관 보고만 있지 않았겠지. 하지만 나도 신세를 진 가게니 말이야. 그곳에는 나름 사정이 있어서 오늘날까지 참고 보고 있었던 거지. 그러니까 만만하게 보고 고즈마가 저런 짓을 하니 나도 화가 나는 게 아니겠어?"

"정말 그래요. 하지만 고즈마는 언니의 마음은 전혀 알지 못하니 방

법이 없는 거죠."

"그래서 더 그 가게에서 나올까 하는 거야… 하지만 사람들이 이러쿵저러쿵 하는 것도 듣기 싫어서 말야."

오스즈는 북한산, 백악의 조망에 시선을 옮기며 다시 뭔가 생각에 잠긴다. 눈치가 빠른 오하나는 오스즈의 소매를 잡아당기며,

"그럼 언니는 어떻게 할지, 오이나리상(お稲荷さん)[7]에게 점이라도 보고 결정하면 되지 않아요?"

"그래 그럼 오이나리상을 찾아가서 참배할까? 하나 너도 같이 가 줄 거지?"

"물론 같이 가구 말구… 그럼 가기로 한 거 맞죠?"

두 사람은 벤치에서 일어나 서로 손을 잡고 무슨 이야기인지 서로 주고받으며 돌계단을 따라 왜성대를 내려갔다.

오스즈 즉 쇼쇼가 다시 예기가 되어 "여러분 안녕하세요!"하며 술자리에 모습을 드러내는 처지가 됨과 동시에, 고즈마는 어느 신사의 첩이 되어 경성루에서 그 모습을 감추었다.

그와 동시에 쇼쇼의 재 근무를 악의적으로 매도하는 사람도 있는가 하면, 쇼쇼의 수완을 칭찬하는 사람도 있었다. 남편이라는 남자가 여자에 무르다고 비웃는 사람도 있었지만, 고즈마도 결국은 쇼쇼와 마찬가지로 변하기 쉬운 남심을 가진 남편으로부터 가을날 부채처럼 내동댕이쳐질 날이 있음을 예상하는 사람은 지극히 적었다. 따라서 쇼쇼의 박복함을 동정하는 사람은 오하나를 제외하고는 거의 아무도 없었다. (끝)

---

7) 곡식을 맡은 신. 여기서는 그 신을 모신 사당.

여름의 왜성대

자적헌(自適軒) 주인

잠이 오진 않는 모기장에서 모깃불을 피우며 밤을 지새운 날 아침, 제2중대 기상나팔소리가 우렁차게 들리더니 잠시 후 대오를 가다듬고 왜성대로 몰려가는 발자국소리가 손에 잡힐 듯이 들려왔다. 나도 그대로 잠자리에서 일어나 허둥지둥 세수를 하고 그 뒤를 따라 왜성대로 올라가니, 마음도 기분도 상쾌하고 내려다보이는 한성의 집들, 그리고 백악, 북한산들이 그림과 같았다. 아름답구나, 아름다워 라고 혼잣말을 하면서 태신궁을 참배하고 박수를 치고 기념비 앞 벤치에 앉아 다시 한성을 조망하기에 여념이 없어 귀가하는 것도 잊고 있었는데 한심하게도 어느 새 공복이 느껴져 내려가기로 했다. 그 날은 일요일이라 내가 내려갈 무렵부터는 삼택신궁(三宅神宮)으로 다도를 배우러 다니는 여자애들 두세 명을 만났다.

공복 때문에 일단 집에 돌아오기는 했지만 시정 풍부한 왜성대 조망의 절경에 끌려 식사를 하던 젓가락을 놓자마자, 빵, 복숭아, 사과, 맥주, 해먹 등을 준비하여 다시 왜성대로 올라가 나무 사이에 들어가 나뭇가지와 가지 사이에 해먹을 걸어 놓고 그 안에 몸을 던졌다.

인간세상계를 떠난 지 얼마 되지 않아서 기분은 저절로 깨끗해지고 마음도 저절로 맑아져서 독서의 재미도 더한층 깊어졌다. 산을 내려가면 90 몇 도나 되는 염열이지만 이곳은 소나무 잎이 연주하는 음악이 가끔씩 귓전을 삭 스쳐 기분 좋게 부지불식간에 화서(華胥)의 나라[1])에서 놀고자 하는 내 꿈을 깨운다. 그 꿈에서 깨어 눈을 비비면 구름 봉우리는 북한, 백악 정상에서 움직여 내게 다가오려는 것 같다. 여기저기 근처 계곡 물에 빨래를 하는 모습이 보이지는 않지만 빨래방망이를 두드리는 소리는 이향에 있는 내게는 일종의 형언하기 어려운 외로움을 느끼게 하는 시청의 대상으로, 어느 것 하나 시제가 되지 않는 것이 없다. 왜성대에서 바라보는 조망은 자타가 공인하는 것이고, 일찍이 여름 피서지로서 즐길 뿐만 아니라 음력 3월 봄날의 왜성대도, 음력 10월의 가을날의 왜성대도, 희디흰 아름다운 눈으로 덮인 겨울날의 왜성대도 분위기를 바꿔가며 이곳에 객우(客寓)하는 유자(遊子)의 마음을 위로하는 바가 지극히 많다. 그렇지만 나는 이 사계절 중 겨울날 눈 쌓인 왜성대에 올라 "재미있구나, 누워서 보고 싶은 눈 내린 산을"라고 찬사를 읊거나, 음력 삼월 연둣빛으로 물들어 아름다운 한 폭의 그림 같은 왜성대에서 가장 볼 만한 태신궁, 그리고 기념비 주위를 소요하다가 그 자연의 미관에 감동하여 "재미있구나 고려의 도읍지도 눈은 녹아서 비취색 소나무의 목멱산, 오노우에(尾上)[2])에 떨어지는 흰 폭포에 맞춰 연

---

1) '화서씨(華胥氏)의 나라'라는 중국 고사에서 유래한 것으로 꿈의 나라를 의미. 중국 전설상의 황제인 황제(黃帝)가 꿈에서 본 이상적인 나라이다. 그곳에는 군주도 없고 모두가 자연 그대로 사는 이상의 나라이다.
2) 효고현(兵庫縣) 가코가와시(加古川市)의 지명. 오노우에신사(尾上神社)가 있으며 경내의 소나무는 다카사고(高砂)의 소나무, 오노우에의 소나무, 아이오이(相生)의 소나무라고도 불리웠다.

주하는 팔운금(八雲琴),3) 가구라(神樂)4)로 들리네 신사의 신 성스럽도다", 그리고 "저것 보세요, 어린 아이가 가리키는 쪽을 돌아보니 구름 속으로 솟아 있는 기념비, 높은 공을 세운 벚꽃, 산화한 국가 병사의 공이 그리워 잠시 멈춰 서 있는 잔디 위" 등 신체시를 읊기도 하고, 단풍 드는 가을날 음력 10월의 왜성대도 몹시 보고 싶지만, 여름 왜성대와 같은 아름다움을 느끼게 하는 것이 많지는 않다. 전술한 바와 같이, 여름 왜성대에서 한낮에는 시원한 유카타를 바람에 나부끼고, 밤에는 왜성대에 올라가서 본 정취 가득한 아름다움을 글로 쓰려 한다.

긴 여름의 햇발도 매미 소리와 함께 사라지고 까치가 둥지를 찾아 날아갈 무렵이 되면, 해는 소나무 한 그루가 서 있는 산 너머로 들어가고 그 여광(餘光)을 하늘에 반사하는 아름다움, 마침내 그 아름다운 구름의 색깔도 밤의 신진대사에 쫓겨 시시각각 옅어져 가는 것을 나뭇가지 사이에 묶어 놓은 해먹에 누워 바라보고 있자면, 눈앞의 소나무 가지도, 북한산, 백악과 기타 다른 산들도 점점 엷은 수묵화가 되어가며 자연의 아름다움이 얼마나 광대무변한지를 설명해 주는 듯하다. 그림에 별 마음이 없는 나도 이러한 자연미를 눈앞에 놓고서는 글로 표현할 수 없는 것을 그림, 그중에서도 유화로 그리고 싶은 생각이 새록새록 돋는다. 실로 아름답다고 탄식하며 파노라마와 같은 이 경치에 정신이 팔려 있자니, 기념비 저 편에서 '건너기 쉬운 안성(安城)5)/그 이름은 말뿐

---

3) 이현금(二弦琴)의 일종. 길이 1m, 폭 약 12cm의 목재 몸통 위에 2개의 현이 있다.
4) 신에게 제사 지낼 때 연주하는 일본 고유의 무악.
5) 가토 요시키요(加藤義清) 작사, 오기노 리키지(荻野理喜治) 작곡의 『나팔소리의 울림(喇叭の響)』(1894)이라는 노래의 첫 소절 가사. 이 노래는 청일전쟁 당시 나팔수였던 기구치 고헤이(木口小平)가 가슴에 탄환을 맞고 쓰러졌으면서도 총을 짚고 일어나 숨이 끊어질 때

인가'라고 우렁찬 군가가 산을 울리며 내 귓전을 스쳐 수비대 병사가 성대에 올라와 있음을 알았다. 나뭇가지 사이에 묶어 놓았던 해먹을 정리하고, '백만군병장악중(百萬軍兵掌握中), 발도도처기성풍(拔刀到處起腥風), 본국조선안무적(本國朝鮮眼無適), 일생성취풍신공(一生成就豊臣功)' 이라는 가토 기요마사(加藤淸正, 1562~1611.8.2)[6]의 시를 읊조리며 산을 내려왔다. 기념비 근처까지 내려가서 조감하니, 뭉게뭉게 저녁연기에 감싸인 한성의 집들은 막 밤으로 들어가려는지 여기저기 등불이 반짝이기 시작했다.

공사관(公使館) 부지 내에는 병사들이 둥글게 둘러서서 소리 높여 군가를 부르며 운동을 하는 늠름한 모습이 어두운 가운데에서도 하얗게 보인다. 그 우렁찬 군가를 들으면서 벤치에 앉아 바람이 취안(醉顏)을 쓰다듬을 때의 기분 좋음이란 붓으로 표현하기 힘들다. 잠시 후 동쪽 하늘이 선홍색으로 되고 다시 낮으로 돌아가려는 것처럼 구름 빛이 변하는가 싶더니 오렌지색 달이 나뭇가지 사이로 비치며 동쪽 하늘에 둥실 떠올랐다. 역시 오늘 밤이 17일인가 하고 손가락을 꼽고 있는 동안 달은 점점 더 높이 떠올랐다. 이슬을 맞아서 그런지 나무의 색깔은 더 한층 파래져서 그 아름다움은 표현하기가 힘들다. 나는 그 미관에 정신이 팔려 가만히 경치를 바라보며 달 감상에 푹 빠져 있는데, 더 한층 높은 소리로 불러대는 병사들의 군가가 어찌나 내 뇌를 자극하던지. 그뿐만이 아니다. 병사들이 운동하는 것을 보고 있는 많은 동포들이 시원

까지 돌격의 나팔을 불어 일본군의 사기를 북돋은 것을 기린 것.
6) 일본의 무장(武將). 많은 전투에서 전공을 세웠고 시즈가타케 전투에서 뛰어난 활약을 했다. 임진왜란이 일어나자 함경도 방면으로 출병했다. 세키가하라 전투에서 이에야스 측에 참전했다.

한 바람에 기분 좋게 홑옷을 날리며 즐겁게 여자아이와 놀고 있는 모습이나 해어화(解語花)[7]를 데리고 산보를 하는 모습을 보고 있자니 이 지역이 역사상 중요하다고 생각되는 만큼 더한층 신진대사의 재미가 가슴에 와 닿는다. 도히슈(藤肥州)[8]를 지하에서 일으켜 깨워, 정한(征韓)의 날 처음으로 욱일기를 이 대 위에 나부끼며 왜장대라는 명칭을 받은 땅이 오늘날 이렇게까지 우리 동포의 낙원지가 되어 있는 것을 보여준다면 귀신같은 장군도 미소를 띨 것이라고 이런저런 생각을 하다가 달빛을 밟으며 산을 내려왔다.

---

7) 해어화(解語花)는 '말을 알아 듣는 꽃'이라는 의미로 양귀비 같은 미인을 뜻하거나 기생을 말한다.
8) 가토 기요마사(加藤淸正)를 의미함과 동시에 '도히슈(東肥州)=히고노쿠니(肥後國)'를 의미한다.

우창소품(雨窓小品)

무명 산인(散人)

당적(檐滴) 여음(餘音)

바람은 세렴(細簾)을 걷어 올리고 비는 패연(沛然)

우후의 소루(小樓) 청화(淸話) 솟네

그중의 수절(數節), 어디 한 번 그것을 붓에 올려, 간단하게 쇼난(湘好)
사형(詞兄)에게 부치고자 한다. 사형 사람의 펜을 움직이게 하는데 능하다.

수달피 무역

근고(近古)에 한인은 즐겨 무역을 했다. 일본은 수달피로 피견(披肩)[1]
을 잘 만들었다. 피견은 즉 남바위이다. 한(韓)은 멋없이 무명으로 이를
대신했다. 이제 무명도 수명이 다하려 한다. 명종 21년(1888년) 조남명
(曺南冥)[2]이 조정의 신하에게 극언하여 통가죽을 덧붙였다. 일본인 곧
궁각(弓角)[3]을 수입하지 않고 이르기를, 만약 수달피 무역을 허락하면

---

1) 조선시대 방한구로 사용하였던 이엄(耳掩)의 별칭.
2) 조선 중기의 성리학자이자 영남학파의 거두 조식(曺植, 1501~1572)을 말함.
3) 활을 만드는데 쓰이는 황소의 뿔.

궁각을 가지고 올 것이라며 수달피는 금지하고, 조궁(造弓)은 폐할 수 없다고 했다. 한인 이에 대단히 당혹스러워했다.

일본 사신의 대우

구 막부에서 사절을 한반도에 보내면 왕이 정전에서 이를 두 번 접견하고 예조에서 다시 두 번 향연을 연다. 제 다이묘(大名)[4] 및 쓰시마의 사절은 왕이 편전에서 한 번 접견하고 예조에서 두 번 향연을 연다. 그 외에는 향연을 열 뿐. 향연이 열리는 동안 악관(樂官)이 이에 맞추어 음악을 연주한다. 기생도 역시 이에 참가한다.

원병(援兵) 신청

인조 5년 청인(淸人)이 대거 반도를 침략했다. 쓰시마에서는 조총 3백 정, 장검 3백 개, 그리고 연초(烟硝) 3백 근을 보내고 원병을 신청했다. 이는 우리나라 간에이(寬永, 1624~1643) 4년의 일로 도쿠가와 히데타다(德川秀忠, 1579~1632)[5] 태정대신의 치세였다. 당시 우리나라 외교의 기민함의 일단을 여기서 엿볼 수 있다.

위삼(僞蔘)의 정탈(定奪)

숙종 45년 통신사 황선(黃璿)이 이르기를, 교린의 도(道) 성신(誠信)을

---

4) 일본의 헤이안 시대부터 전국 시대까지의 무사를 일컫는 명칭이다. 당초에는 큰 묘덴을 영유하는 자, 나중에는 부하 일당을 거느리고 현지를 지배하는 유력한 무사를 말하였으나, 에도 시대에는 1만 석 이상의 무신으로서 장군에게 예속되어 있는 영주를 가리킨다.
5) 도쿠가와 이에야스(德川家康)의 3남으로, 에도막부(江戶幕府)의 제2대 장군.

귀히 여겨야 한다. 선물로 보내는 물건은 정선(精選)해야 한다. 효종 대에는 왕이 손수 그 물건을 살펴보고 일본에 보냈다. 지금은 인심이 교언영색하여 일본인이 가장 중시 여기는 인삼 같은 것은 선물로 조악한 물건을 보내고 심한 경우에는 납을 섞어 그 무게를 속인다. 발각이 되면 크게 국체를 손상할 일이다. 만약 위삼으로 밝혀지면 즉시 법에 비추어 정탈해야 한다라고 했다. 숙종이 이를 따랐다. 사소한 일이지만 역시 당시 덕의의 정도를 보여 주는 일이다.

정진애(淨塵埃)

소루(小樓)에서 청화(淸話)에 막 흥이 나려 할 때, 갑자기 사방이 어두워지고 번개가 치더니 취우 매우 쏟아진다. 주객이 서로 마주 보며 망연자실. 한 친구가 차를 홀짝이며 고시(古詩)를 읊는다. 소리는 낙숫물과 어울려 낭랑한 것이 들을 만하다.

흑운재기홀문뇌(黑雲才起忽聞雷), 백우시종야외래(白雨時從野外來),
사위행인세염열(似爲行人洗炎熱), 우종귀로정진애(又從歸路淨塵埃).

무선전화

비가 잠시 그치고 석양이 목멱산(木覓山) 허리에 걸쳤다. 화두는 곧 바뀌어 남산으로 향했다. 산인(散人) 정상을 가리켜 웃으며 이르기를, 이곳을 단지 왜성 터라 이르지 말라라고 이조의 풍우 오백 년 전 국토에서 무선전화 본국 역시 이곳 뿐. 객(客)이 산인을 보고 그 근거 없음을 힐난한다.

개화사의 한 자료

산인 천천히 설명하여 이르기를, 듣건대 올 봄 독일 해군은 군함에 켜진 탐해등(探海燈)의 빛을 이용하여 육상과의 무선전화를 시도하여 양호한 성적을 얻었다고 조선 봉수(烽燧)6)의 빛으로 무선 전화를 개통한 지 이미 오래되었다. 게다가 그 방법이 모두 구비되어 있다. 아마 반도 개화사의 한 자료로 삼기에 충분할 것이다.

남산의 오거(五炬)

남산의 봉수 동에서 서에 이르기까지 5개 있다. 첫째는 함경, 강원에서 경기를 지나 양주 아차산 봉우리로 들어온다. 두 번째는 경상, 충청에서 경기를 지나 광주(廣州) 천림산(天臨山) 봉우리로 들어온다. 세 번째는 평안, 황해에서 경기를 거쳐 육로 모옥(母獄) 서봉(西燧)으로 들어온다. 네 번째는 평안, 황해에서 경기를 지나 수로 모옥 서봉으로 들어온다. 다섯 번째는 전라, 충청에서 경기를 지나 양천 개화산 봉우리로 들어온다.

휴척(休戚)7)의 표현

평시에는 1거(一炬), 적의 모습이 나타났을 때는 2거, 경계에 다가오면 3거, 경계를 침범당했으면 4거, 접전이 벌어지면 5거, 연일 접전이

---

6) 조선시대 충청북도 음성군의 관에서 소식을 전하던 통신 방법.
7) 편안함과 근심됨. 주로 백성 생활과 관련하여 쓰임.

일어나면 섶나무를 쌓아 놓고 짐승의 똥을 사용하여 밤에는 불꽃을 피우고 낮에는 연기를 피운다. 남봉(南峰) 일말(一抹)의 연기, 이는 곧 거국적 휴척의 표현이다.

태평 도민(都民)

중앙전화 본국 총 보고는 경성에서는 부장병조(部將兵曹)에게 하고 다음날 새벽 입계(入啓)한다. 만약 변고가 있으면 밤이라도 이를 고한다. 그 외에는 오장진장(伍長鎭將)에게 고한다. 아아, 최근에는 무선전화는 폐지되어 그 흔적을 남기지 않았다. 태평한 이십만 도민은 남봉의 1거를 기다리지 않고 보신각 종소리에 베개를 높이 하고 편히 잔다. 다행한 일이다. 객이 허허 하고 웃는다.

무제록(無題錄)

다락재(茶樂齋)

- 결심, 결심, 결심만큼 못 믿을 것은 없다. 입으로는 남아의 결심이라며 철썩 같이 변하지 않을 것이라 호언장담한다. 그러나 행동은 그에 반하는 것을 자주 본다.
- 말과 행동이 일치하는 것은 겨우 1초간뿐. 1초만 지나면 이미 믿을 만한 것이 못 된다. 아아 왜 그럴까? 정실(情實)이 떡과 같고, 명리는 엿과 같기 때문이다.
- 약속을 지키는 것, 이는 믿음이다, 이는 의(義)이다. 약속을 어기는 것, 이는 불신이며, 불의이다. 그렇게 말들은 하지만 스스로 중용의 도를 지키겠다, 스스로 착실한 방침을 취하겠다 하지만 이미 약속을 지키는 것은 실패하여 도저히 불신과 불의의 사람이라는 비난은 피할 수 없다.
- 구름은 스스로 뭉쳤다 흩어졌다 하고 초목은 스스로 영고(榮枯)하는데, 오로지 만물의 영장인 인간만 자연스럽지 못하여 기좌(起坐)하면 곧 교식(矯飾)하고 진퇴함에 곧 교식하며 담론을 함에도 곧 교식한다.
- 아아, 천진난만하게 태어나서 교식에 빠지니 인간의 운명 원래 그

러하다. 우리 그 까닭을 알 수가 없다.

- 망치로 한 번 또 한 번 곤란한 일이 있을 때마다 한 번씩 망치로 쳐서 남자의 심장을 금강석처럼 단단하게 하라, 우리는 그런 사람이 나타나기를 크게 기대한다.

- 날은 저물고 갈 길은 멀다. 외로운 나그네 다리에 힘을 내서 앞으로 나아간다. 강물은 매정하게 거꾸로 흐르고 수양버들은 이리저리 날리며 동서를 분간하지 못한다. 이것이 바로 오늘날 우리의 상태이다.

- 오늘날 사회는 자기의 주의를 일관하고자 하지 않는다. 중요한 것은 정사(正邪)의 구별이 아니라 이해(利害)에 있고, 시비(是非)가 아니라 득실에 있다.

- 이는 요컨대 그 기(期)하는 바가 어떻게 도(道)를 행할까에 있지 않고 어떻게 우리 주머니를 두툼하게 할까에 있다는 것이다. 이러한 세태 하에서 불신불의의 무리가 많은 것은 이상한 일이 아니다.

- 지금 천지간 삼라만상이 모두 운무에 덮여가고 있다. 오늘날의 공기는 청정하지 않고 결백하지 않다. 그리고 이 부패된 공기는 사회의 상하를 불문하고 땅의 동서를 논하지 않고 맹렬한 기세로 움직이고 있다.

- 양두(羊頭)라 내걸고 구육(狗肉)을 파는 비루한 고지(故智)는 현 사회의 모든 일에 적용되지 않는 곳이 없다. 우리 눈이 미치는 한 혈루(血淚)의 씨앗이 아닌 것이 없다.

- 누가 이와 같이 한심하고 매정하고 사람의 도리를 모르고 인애를 모르며 악마의 소굴이자 죄악의 온상인 이 참담한 당대사회를 일

컬어 득의만만하게 천하태평, 국가안녕이라고 외치고 있는가?

- 우리가 우려해 마지않는 것은 청년계의 풍기 퇴폐가 하루하루 그 정도가 심해져 간다는 것이다. 그들은 기력이 없고 절조가 없으며 이성이 없고 도념(道念)이 없으며, 심한 경우에는 거의 인륜이 없고 법을 돌아보지 않는다.

- 그들은 늘 자신의 실력과 분수를 돌아보지 않고 함부로 대지대망 (大志大望)을 품고, 나폴레옹입네, 나도 사람입네, 원훈(元勳)감입네 하며, 가난한 서생들이 호언을 하며 사리를 분간 못하며 시세를 모른다.

- 또한 자신의 직책(職責)도 내던지고 경거망동 미쳐 날뛰며 일약 청 운(靑雲)에 오르려 한다. 하지만 그들의 속마음을 보면 그 뜻은 콩 알만 하고 편협하다. 학업을 수양하는 것도 단지 조금이라도 사회 에 이름을 알려 구구하게 일신의 영달을 구하기 위해서일 뿐이다. 어이 개탄하지 않으랴.

- 우리는 부패한 그들의 머리에 철퇴를 내리지 않을 수 없다. 아아, 청년의 활기는 운산만리(雲山萬里)의 땅으로 사라져 모호하여 볼 수 가 없다.

- 아아, 추성(秋聲)이 들리니 적료(寂廖)의 계절이 가까워지는 징조이 고, 서리가 밟히니 딱딱한 얼음이 얼 징조라. 그리고 오늘날 이는 무슨 징조인가? 내 생각이 여기에 미치니 단지 뜨거운 눈물이 앞 을 가릴 뿐이라.

- 위를 보면 한이 없으니, 일신의 사리를 계획하는 데 있어서는 족함 을 알아야 한다는 금언을 잊어서는 안 된다.

- 그러나 무릇 국가백년지대계를 논의하는 데 있어서는 절대로 고식의 마음으로 일시적 안녕을 얻는데 만족해서는 안 된다.
- 만약 그 정관밀찰(靜觀密察)의 눈으로 천하의 인심을 해부하고 선인 악인의 통계표를 만든다면 아마 고인(古人)들의 말처럼 선인은 적고 악인은 많을 것임에 틀림없다.
- 왜 악인이 많은지는 내가 주야로 그 해석에 고민하는 바이다. 하지만 요컨대 사리욕망에서 가장 큰 원인을 찾아야 한다.
- 오늘날 소위 공사 구별을 못 하고 사리를 추구함에 함부로 윗자리만 바라고 자기 밑에도 역시 사람이 있는 줄 모르고 국가대계를 논하는 것은 고식(姑息) 투안(偸安)1)에 해당한다 할 수 있다.
- 이는 대단히 잘못된 소이이며 또한 악인이 매우 많은 이유의 하나이다. 아니 오히려 이것 말고는 악인을 만드는 방법이 없을 것이다.
- 현세는 심하게 혼돈스러운 악운(惡雲)에 싸여 있는 것처럼 우리의 전후좌우 상하 종횡은 모두 이 악귀에 둘러싸여 있는 바, 비가 오지 않으면 탁류가 사방에서 범람하지 않는다. 애관(哀觀)의 저녁, 명상의 새벽, 오매불망 우리의 가슴을 떠나지 않는 것은 이 탁류뿐.
- 우리는 근심의 자식이며 분노의 자식이다. 분노가 한 번 마음속에 일면 미친 듯이 격동하지 않고서는 멈추지 않는다. 뇌정(雷霆)2)처럼 크게 울려 퍼지지 않고서는 멈추지 않는다.

---

1) 안락을 취하고 장래를 생각하지 않음.
2) 심한 우레.

『한반도』

제1권 제2호(1904.1)

첫 모습(はつ姿)

이초생(銀杏生)

상

연말 콩나물시루처럼 북적이는 거리를 제일은행에서 접이식 가방을 옆구리에 끼고 화장품과 향수 냄새로, 마침 동풍이 불어 짜증날 만큼 코를 찌르게 하는 그 남자는 스물대여섯 살.

오시마명주(大島紬)[1]로 된 서생 하오리(羽織)[2]를 입고 후쓰(風通)[3]허리띠에 찬 것은 18금으로 보이는데, 이는 한껏 사치를 부린 흔적으로 이 남자가 늘 자랑스럽게 입에 올리는 물건이다. 사각사각 소리가 나는 견직에 안감은 방모직으로 된 앞치마, 그 단은 거칠게 마무리되었는데 거기 그린 그림을 일부러 사람들에게 보여주고 싶은 듯하다.

"아, 어디 가시나? 일전에 인천에 갔다고 들었는데 언제 돌아오셨나?"

같은 무리(党派)로 땅딸막해 보이는 남자가 멈춰 서서 묻는다.

"음, 어제 오후에 돌아왔네."

---

1) 가고시마현(鹿兒島縣)의 오시마(大島)에서 나는, 붓으로 살짝 스친 것 같은 무늬가 많이 있게 짠 명주.
2) 일본옷의 위에 입는 짧은 겉옷.
3) 후쓰오리(風通織)의 준말. 날과 씨를 두 색실로 하여, 안팎에 반대 무늬가 나오게 짜는 방법. 또는 그렇게 짠 피륙.

"또 잘 놀다 왔지?"

라며 손을 두드려 장단을 맞추는 흉내를 낸다.

"물론이지, 약점을 찌르는 군."

"그야 인사지, 놀랐군."

"당연하지. 내가 자네도 아니고 말일세. 가끔은 만나야지… 무슨 말했나?"

"아하, 자네 여전히 속 편한 소리 하고 있군. 근데 그쪽 경기는 좀 어떤가?"

"엉망이지. 전쟁 이야기가 결말이 나야 경기가 안정이 될 텐데 말야. 도대체 우리 정부도 막 뭔가 되려는 시점에서 망설이고 있어서 말일세. 적은 점점 더 야심을 품고 있고 이럴 때는 대 결단이 필요하다는 것이지…"

"그렇다면 참 좋겠지만. 그런데 그 여자 앞에서는 정신을 못 차리던데, 상당히 축하할 만한 상황 아닌가 말야."

"농담하지 말게."

"하하하, 하하하핫."

"거 그렇게 얼버무리지 말게. 그런데 자네, 한 가지 묻고 싶은 게 있네."

"뭘 말인가?"

"그러니까, 아마 지난달 중순 무렵이었을 텐데. 예의 그곳에서 큰 난리가 나서 램프가 깨져 손해배상을 청구당한 분풀이로 점점 더 날뛴 결과 결국 장소를 바꾸어 이치야마(市山)에서 밤새워 마셨던 사람이 있었지? 그게 누구였지? 에 그러니까 예전에 손해배상을 청구당한 데 대한 분풀이만이 아니었지. 어쩌면 뭔가 다른 화나는 원인이 더 있지 않았나 하는 건 나 혼자만의 상상이지만 자네 그런 이야기 듣지 못했나?"

"모르네."

"뭣 모른다고? 얼버무리지 말게. 인천 요리점에서 자네하고 나 사이를 모르는 사람은 없네. 내 귀에 들어올 만큼 소문이 난 이야기를 최소한 친구인 내가 흘려들었겠는가? 어떤가, 자네 그렇지 않은가? 그리고 나도 좀 탐정(探偵)을 해 봤다네. 일단 내가 이렇게 눈을 부릅뜨고 탐색에 착수를 한 이상은 설령 1, 2년 전의 일이라도 흘려들은 일은 일찍이 없었네. 또한 소문에 빠르기로는 신문기자 저리 가라 정도 아닌가. 어떤가, 놀랐나? 내 활안(活眼)에. 천망회회소이불실(天網恢恢疎而不失)4)이란 아마 이런 경우를 두고 하는 말이겠지."

"그렇게 말하면 뭔가 내가 켕기는 일이라도 있다는 것처럼 들리는군. 이런, 괘씸하군, 가만히 듣고만 있을 수가 없네. 하지만 자네 왜 그런 일을 그렇게 파고들지?"

"파고드는 것이 아니라 물어보았을 뿐이네."

"무슨 필요가 있어서 그런 것을 물어보는 거지?"

"어허, 그렇게 흥분하지 마시게. 그런데 그것이 정말 자네였다면 자네에게 충고하고 싶은 일이 하나 있네."

"자네에게 충고를 들을 일 없네."

"아니, 자네 화를 내고 있군 그래. 화 낼 일이 아니네."

"화를 내는 것이 아니네. 화를 내는 것은 아닌데, 자네 대체 그런 이야기를 어디서…"

"잠깐 기다리시게."

---

4) 하늘의 법망은 눈이 성긴 것 같지만, 악인은 빠짐없이 걸린다(하늘은 엄정하여 악행에는 악보(惡報)가 있음의 비유. 노자(老子)의 말.

라고 손을 사용하여 제지하는데 저 멀리서 백발의 노신사가 다가왔다.
두 젊은이는 까딱 고개를 숙여 인사했고, 그에 답례를 하며 지나가는
뒤를 바라보며 아까 그 남자는,

"자네, 그럼 난 이만 실례하겠네."

"어허, 기다리시게. 별일 없잖나. 바쁜가?"

"음, 좀 2, 3일은…."

하며 두세 걸음 가다가 돌아보며 가방을 들어 보인다.

"지금 이야기인가?"

"음."

"그럼 오늘 밤 늦게 어딘가 가세."

"몇 시에 나갈까?"

"9시 지나서."

"그럼 9시 지나서 일진정(日進亭)에 있을 테니 오게. 기다리고 있겠네.
알겠나?"

고개를 끄덕끄덕하며 빠른 걸음으로 지나간다.

인력거가 덜커덩덜커덩하며 두 사람 사이를 가르며 지나간다.

동시에 빠른 걸음으로 가는 이노우에(井上)에게 까딱 목례를 하며 지
나가던 여자는 멈춰 서 있는 남자에게도 가볍게 인사를 하고 지나간다.

"어디 가나?"

"예, 잠깐 가메야(龜屋)에요…."

손가락으로 가리키며 싹싹하고 애교 섞인 웃는 얼굴로.

"좀, 놀러 오세요."

어디 나카이(仲居)인 것 같다.

중

일진정 깊숙한 작은 방에서 아까부터 서너 번이나 연거푸 하품을 하며 머리 위 전깃불에 담배연기를 푹푹 내뿜으며 무슨 생각을 하는지 싱긋 웃으며 마시던 브랜디를 벌컥 마셔버린 아까 그 남자는, 살짝 취한 얼굴을 한 번 문지른다. 그 순간 문이 빠끔이 열리며 귀여운 얼굴이 고개를 내민다.

이쪽을 잠깐 보고 인사를 하며 허리에서 시계를 꺼내 보는데, 주차대 (駐箚隊) 소등나팔이 긴 여운을 남기며 뽕하고 울렸다.

"딱하게도 혼자 있게 해서 죄송해요."

"뭘, 늘 있는 일인 걸… 그런데 아직 안 왔나?"

"많이 기다리셨죠?"

"뭐 약속이 되어 있으니까."

"보통 사이가 아니시네요."

"됐어. 이노우에야."

"아유, 이거 참 실례했어요."

"쳇 뭘 하고 있는 거야."

다시 문이 열리고 음식이 한두 접시 씩 들어왔다.

"아직 날 찾아온 사람이 없나?"

"앗… 예…."

라며 이상하다는 표정, 영문을 통 모르겠다는 것 같다. 여자는 물러가며,

"호호, 오시면 곧장 이쪽으로 오실 거예요. 훌륭한 판관이시네요."

보이는 나갔다.

"9시에 온다고 하기는 했는데."

혼잣말을 하며 다시 시계를 꺼내 본다.

"지금 울린 게 9시 나팔이었지?"

"예, 불을 끄라는 나팔이라고 해요."

물어보지도 않은 이야기를 한다.

"뭔가 일이 생긴 것이 아닐까?"

술잔에 찰랑찰랑 가득 채워진 술을 단숨에 벌컥 들이켜고 나니, 밖에는 부슬부슬 비가 내리기 시작하는 것 같았다. 함석지붕에 빗방울 떨어지는 소리가 나고 어디에선가 촉촉한 샤미센 소리도 난다.

"초저녁부터 흐렸다 싶더니 드디어 내리기 시작하네요."

라며 창문을 열고 밖을 보자 마침 휙 하고 불어온 바람에 얄궂게도 재먼지가 일어 남자는 머리에서부터 재를 뒤집어썼다.

"아유, 이런, 큰 실례를 했네요."

라고 옷에 묻은 먼지를 터는 찰나 문이 드르륵 열리며 고개를 쑥 내민 것은 이노우에.

"아, 늦었군." 정말로 판관처럼 들렸다.

"아이쿠, 실례했네."

나카이는 새로 맥주를 따고 있었다.

"아, 어서 앉게. 너무 늦었지 않은가? 이제 안 오나보다고 생각했네."

"실례했네, 실례했어."

"기다리는 사람도 그렇지만 늦은 사람도 힘들었겠지…."

이 남자의 농담은 좀 희한하다.

"호호, 혼자 계서서 기분이 좋지 않으셨어요."

"그랬나. 고마워. 언니 요즘 꽤 신경 써서 화장을 하네. 누구한테 보여 주려는 거지?"

"그야 당신이죠."

"나한테? 이것 참 황송한데."

"자, 자네, 한 잔 하세."

잔을 받으며, 이노우에는 잔을 따르는 여자의 얼굴과 컵을 번갈아 보는데 뭔가 농담을 한 마디 하고 싶어 입이 근질거린다.

"뭐, 괜찮지 않은가? 자네 이쪽을 보시게. 언니 뭐 한 가지 더 만들어 줘."

"네."

라며 예쁜 여자는 일어서서 나갔다.

"수표 발행했지?"

라며 이노우에는 궐련초갑에서 아무렇게나 한 개비 꺼내 입에 문다.

"그런데 그림 이야기인데 말일세."

"중간에 끼어들어 미안하기는 하지만 자네 정말 화내면 안 되네."

"그야 자네의 후의는 알고 있네."

"그런데 램프파괴 건 외에 또 화나는 일이 있지? 그 이야기를 듣고 싶은 것이네. 숨기지 말게. 숨겨도 소용없네. 대체 나한테 모든 것을 숨기고자 하는 자네의 그 생각을 이해할 수가 없네. 숨겨도 뻔하네. 그렇지 않은가? 숨기면 오히려 잘 드러나는 법일세. 자네는 나한테 너무 데면데면하게 굴어서 서운할세."

"음 알고 있네. 그럼 말하겠네. 실은 이렇다네."

"그렇겠지. 원인이 더 있겠지. 그것 보게. 모두 내가 예상한 대로일세. 그런데 그 원인이란 게 뭔가?"

"자네니까 숨김없이 말하겠네만, 실은 이렇다네. 들어 보게. 그러니까 지난달, 아마 17일쯤 이었을 것이네. 그 여자를 불러 한 잔 하지 않았겠나. 그야 이 경성에 편지로 두세 번이나 보냈지. 최촉장(催促狀)을 말일세. 이번에 올 때는 반드시 가지고 오라고 말해 두었네. 하지만 자네도 알다시피 이런 감시 하에서 불필요한 돈은 조금도 내지 않을 것이고 그렇다고 해서 쓰러뜨리겠다고 하지는 않겠지만 나도 좀 생각하는 바도 있고 목적도 있었다네. 그런데 자네, 그런 장소에서 정말이지 주인도 말을 꺼내지는 않을 것이라고 생각했는데, 참으로 예상 밖이었다네. 그 여자도 옆에서 듣고 있었겠지? 그 외에 다른데서 온 여자도 많이 있지 않았겠는가. 물론 처음에는 주인도 순순히 나왔다네. 그런데 자네 나도 좀 술기운 탓에 감정이 좀 격해 있었나 보네. 게다가 말일세. 하필이면 그런 장소에서, 사람이 한참 기분이 좋아져 있는데 이야기를 하고 있다며, 마음속으로 화가 나니까 자연히 퉁명스러워진 것이겠지. 그래서 더 목소리를 높여 언쟁을 한 것이 아니겠는가? 정말이지, 자네, 유감스러웠네. 돈이 있다면 그때 주인의 면상을 한 방 갈겨 주고 싶었는데…."

"우메가와 주베에(梅川忠兵衛) 찻집이라는 곳이지. 하지만 호색꾼은 돈도 권력도 없다고 해서 말일세. 그런데 자네는 난동을 부릴 만큼 힘이 있으니 신기하네. 하하하하…"

"비웃지 말게. 그래서 내가 말했지. 지금 당장 그렇게 많은 돈을 가지고 있지는 않으니 약속어음을 써 주겠다고 말일세. 그런데 말일세. 그 자식이 인정을 해 주지 않아서 방법이 없었네. 우리가 발행한 약속어음은 신용을 할 수 없다며 아무리 말을 해도 인정을 하지 않더군. 그렇다면 도대체 어찌하면 좋겠냐고 하니까 자네 놀라지 말게. 전신환으로 지금 당장 보내라고 하지 않겠나. 절체절명이었지. 일이 이 지경에 이른 이상 나도 더 이상 참을 수 없게 되었다네."

"그래서 일을 벌인 것인가?"

"음 그렇다네. 일을 크게 벌였네. 램프를 걷어찼지. 그랬더니 말일세, 고소해서 손해배상을 청구하겠다고 하더군. 잘 됐다 청구하려면 해라. 이것도 청구하고 저것도 청구해라 하며 화분받침을 박살을 냈네. 그러자 곁에서 보고 있던 여자가 슬슬 내 옆으로 와서 울기 시작하는 것이 아니겠는가?"

"그렇게 나오니 자네도 민망했겠구먼."

"그렇지. 자네, 끼어들지 말고 듣게나. 나도 실은 내심은 그 정도까지는 아니었는데 때도 그렇고 분위기에 휩쓸려 지금 생각하면 꽤나 무모한 짓을 했네."

"그래서?"

"그래서 내 입장에서는 천우신조였지. 옆 자리 손님으로 인천의 모라는 무역상이 중재를 해 줘서 고소소동도 그 자리에서 끝이 났다네. 그래도 나는 여전히 격앙이 되어 있었지. 하지만 그 남자가 이리저리 달래주기도 하고 그 남자 체면도 살려 줄 겸 해서 다시 밤 12시 무렵까지 마셨다네. 그리고 찜찜한 마음을 달래려고 이치야마에 갔던 것이라네."

"아, 그랬었군. 이해가 가네. 그래서 이틀 연속 마시게 된 것이군."

"정말이지 그런 바보 같은 짓은 전에도 없었고 앞으로도 없을 것이네. 화가 나서 난동을 피우면 체면만 구기게 된다네. 한심해서 말일세."

"그런데 자네, 하지만 방법이 없지 않나. 자네가 잘못을 했으니 상대도 전부터 그렇게 자네에게 청구를 하는 것이 아니겠는가? 그런데 그것을 자네가 아직까지 구차하게 내버려 두니까 상대도 이야기를 하는 것일세. 어쩌다 재촉을 하면 그럴 계제가 아니라며 화를 냈다는 것 아닌가? 상대방 입장을 생각해 보면 상대도 안 됐다네."

"자네까지 그렇게 상대방 편을 들면 곤란하지 않은가? 동정을 해 줘야 할 자네가 그러면 나도 마음 붙일 데가 없다네."

"너무 그런 일에 동정을 할 수도 없지 않은가? 나는 절대 반대라네. 마음 붙일 데가 없다고? 마음을 잘도 붙이겠네. 그렇게 난동을 피워 놓고…."

"그래도 자네…."

"그래도라고 하지만 자네, 내가 충고하고 싶은 것은, 그렇지 그 이야기를 하는 것이네. 자네도 결국 이 경인 지역에서 장차 큰일을 할 전도유망한 사람이 아닌가? 그런데 열등한(劣等漢)이 하는 짓을 하고, 자네 화내지 말게. 하등사회 소위 노동자 사이에서나 일어날 법한 짓은 하지 말게. 자네는 상황이 그랬고 운이 안 좋아서 그랬다고 하지만 그것은 자네가 크게 잘못한 것이네. 흐흠. 그렇지? 나와 달리 자네는 이미 미래의 질서도 서 있어서 예를 들면 물건을 가게에 갖다 늘어놓기만 하면 성공할 수 있는 다액의 자금을 충분히 갖고 있는 사람이 아닌가? 나 같이 남의 밑에서 하루 벌어 하루 먹고살며, 백중과 세밑 두 계절 빚을 갚을 때가 되면 두 달 전부터 악착같이 회계 장부 정리에 머리를 싸매고, 만약 불행하게도 하루아침에 잘 못된 것이 드러나기라도 하는 날에는 결국 버선가게 간판으로 삼계의 부랑자가 되는, 그런 신세하고 달리, 자네는 얼마 안 있어 나는 경성의 신사입네 하며 아주 훌륭하게 출세할 사람이 아닌가 말일세. 그렇지 않은가? 자네는 그런 사람이라네. 일전에 있었던 그런 일이 있어서는 안 되네. 어쨌든 일전의 행동은 자네 앞날의 신용에 큰 흠집을 냈네. 앞으로는 그런 행동을 결단코 그만두지 않으면 결국에는 돌이킬 수 없는 상황이 될 것이네. 어쩌면 자네의 출세에 걸림돌이 될 지도 모르네… 그런데 지불의 일건은 결국 어떻게 낙착이 되었나?"

"그 일에 대해 자네에게 상담을 한 번 하고 싶었는데, 실은 그것도 올 연말에 일찍이 계획했던 대로 예금해 두었던 자금을 찾아 인천에 가게를 내려고 했다네. 내가 마음에 생각하는 바도 있고 목적도 있다고 한 것은 이 일을 두고 한 말이네. 연말이라고 했으니 그믐까지는 부채도 말끔히 정리하려고 생각했네만 말일세. 그래서 내 목적도 이제 어느 정도 달성했고 신상도 정리가 되었고 해서 조만간 처대도 하지 않으면 불편하기도 하고 신용도 없을 것이라 생각했지. 그런데 말일세. 다른 데서 여기저기 찾는 것보다는, 다른 데서 속을 알지 못하는 사람을 맞이하는 것보다는 이 김에 자금을 어느 정도 할애해서 빨리 그 여자를 빼내려고 생각했다네. 어떤가?"

"좋지."

"이 이야기는 이 자리에서 자네니까 하는 말이네만, 가능한 한 비밀로 해 주게. 몸을 빼내는 단계가 되면 신상을 은폐하는데 자네에게도 응분의 진력을 부탁하고 싶네. 이는 특별히 지금부터 부탁해 두겠네."

"음 알겠네. 미력하지만 그 때가 되면 될 수 있는 한 진력하겠네. 대신 연말에는 좀 도와주게."

"그야 서로 돕고 돕는 거지."

"그렇게 하는 것이 자네한테도 좋겠지. 목적은 그 여자를 만나기 위해서 싸지도 않은 요리도 먹고, 불필요한 호사도 하고 그러다가 부채가 쌓이면 난동도 부리고 하는 형국이지. 그렇지 그렇게 하면 자네 행실도 고쳐질 것이고, 신상에 좋을지도 모르겠군."

마침 밖에서는 바람에 더해 비가 창문을 두드렸고, 문이 열리며 주문한 요리가 옮겨져 왔다.

"뭔가 재미있는 이야기라도 했나요?"

"아니 뭐 이곳에서 일하는 여자들은 애교가 있어서 사랑스럽다는 이야기를 하고 있던 참이야."

어지간히 궁리를 해서 핑계를 대었다.

"어머, 그래요. 드릴 게 아무것도 없는데…."

라며 소매 속을 뒤진다.

그런 식으로 두 사람은 점점 더 신나게 마셨다.

하

1903년에는 앞으로 동양에 일대파란을 일으킬 현상들이 나타났지만, 이후로는 별일 없이 한반도 재류일본인 사회도 서쪽으로 약간의 이상(異狀)을 보였을 뿐 무사하게 한 해의 끝을 맞이했다. 하룻밤만 지나면 세계는 1904년으로 바뀔 것이고, 사람들은 모두 올해도 더 많은 복을 내려달라고 기도를 하고 있다.

그런데, 이게 어쩐 일인가? 사람들은 새해맞이에 바쁜 가운데, 경성의 어느 여관 깊숙한 곳에 자리 잡은 술자리에서 요염하게 머리를 틀어올린 부인과 경성의 모 상점 지배인 이노우에라는 자가 마치 부부처럼 시시덕거리는 모습을 본 자가 있었다.

첫꿈(初夢)

자적헌 주인(自適軒主人)

쓰노구니(津國)1) 나니와(浪華)2) 마을에, 누런 황금의 조폐국 맞은편 요도가와(淀川) 강물이 흘러가는 것을 정원에서 바라보는 사쿠라노미야 노시모장(櫻の宮の下莊) 주인은 오사카(大阪)에서 손꼽히는 부자, 후쿠야 만우에몬(福屋万右衛門)이라고 하면 네 거리에서 손님을 기다리는 인력 거차부들 사이에서도 모르는 자가 없고 혼마치(本町)의 가게를 아들 센 우에몬(千右衛門)에게 물려주고, 지금은 하이쿠(俳句)를 즐기며 편안하게 은거생활, 하루만이라도 좋으니 그 노인 같은 신세가 되고 싶다고 하는 것은 요도가와 뱃사공이 뒤에서 하는 말.

새해 첫 짐을 나르는 목소리 힘차게 들리니, 몇 백 대나 되는 짐수레 에 길을 가던 사람들 돌아본다. 장축(帳祝)3) 의식도 경사스럽게 끝내고 이제부터는 가게 사람들을 모아 주연. 노주인 만우에몬을 정면에 두고 젊은 주인 부부를 비롯해 지배인, 사환 백여 명, 거기에 평소 출입하는 사람들이 드넓은 술자리에 별처럼 흩어져 앉아 바야흐로 주연이 시작

---

1) 오오사카(大阪) 북서부와 효고(兵庫)현 남동부.
2) 오오사카시와 그 부근의 옛 이름.
3) 새해 4일 혹은 11일에 상인이 장부를 새롭게 철하는 것을 축하하는 일.

되었다.

술잔이 한 바퀴 돈 후 노주인은 만면에 웃음을 띠고, 자 이제부터 예년처럼 모두의 첫꿈을 들어 보고 내가 판단하여 경품을 주겠다고 이야기하니, 아랫자리에서 나온 것은 사환 베이키치(米吉). 아하, 호넨(豊年)의 베이키치인가, 축하하네 축하해. 자네는 지난달까지 조선 지점에 있었지? 필시 와토나이(和藤內)⁴⁾의 전철을 밟아 함경도에서 일을 하다가 호랑이라도 퇴치한 꿈을 꾸었나 보군, 하며 물었다. 베이키치는 머리를 긁적거리며, 예 그게 저는 좀 욕심 많아 보이는 꿈을 꾸었습니다, 지난해 경성에 있을 때 어떤 사람이 샹하이(上海)에서 4만 원짜리 복권이 맞은 것을 보고 일확천금을 벌 수 있는 기회라고 생각하여 실은 작년에 돌아올 때 그 복권을 한 장 사 두었습니다만, 오늘 아침 새해 첫 꿈에 3만 원짜리에 당첨이 되어 아 이 돈을 어떻게 할까 하고 고민하는 꿈을 꾸었습니다, 이것보다 더 좋은 꿈은 없을 것입니다, 라며 자랑스럽게 설명을 했다. 노주인은 무릎걸음으로 다가오게 하여 고개를 약간 갸우뚱거리며,

부질없는 짓. 복권이 맞을 거라 믿고 있다니
꽝이 되었을 때에 얼마나 한심할지

젊은이는 무슨 일이든 일확천금에 눈독을 들이며 길이 아닌 곳에 손을 대어 복권이다 정기예금이다 하며 잘못된 일에 마음을 쏟고 있는데,

---

4) 지카마쓰 몬자에몬(近松門左衛門) 작 인형조루리(人形淨瑠璃) 『고쿠센야갓센(國性爺合戰)』의 주인공 정성공(鄭成功)으로 어머니와 센리가타케(千里ヶ竹)에서 호랑이를 퇴치한다.

설령 그 복권이나 정기예금으로 돈을 번다고 해 봤자 불의의 부귀는 뜬 구름과 같은 것, 나의 이 교카(狂歌)5)를 명심하고 앞으로는 장사 공부를 하라 한다. 과연 든든한 버팀목으로서 흔들림 없는 노주인의 마무리에 에이키치는 깨닫는 바가 있는지 처음 보여 주었던 기세는 어디로 갔는지 원래 있던 자리로 되돌아 와서 그 교카를 주머니에 넣고 경품으로 앞치마 하나를 받았다.

다음에 나온 것은 흰 쥐라는 별명을 가진 지배인 다다스케(忠助). 하하하하, 저는 에이키치와는 반대로 요 앞에 있는 옆집 후카다(深田)님께서 정기에 손을 대서 십만 원이나 벌었는데, 그 이야기가 우리집 마누라한테 들어가서 나한테까지 주변머리 없다고 해서요, 어디 두고 보라지, 나도 이래 봬도 후쿠야님 댁의 지배인 다다스케, '작은 골짜기의 물도 바위 틈을 흘러 결국은 도네가와(利根川)6)의 물이 되나니'라고 큰 대감마님의 말투를 흉내 내며 아내에게 설법을 하는 꿈을 꾸었습니다 라고 했다.

노주인은 여간 기뻐하는 것이 아니었다. 역시 후쿠야의 지배인 다다스케, 모두 들었는가? 길몽이라면 일 후지(富士), 이 매화, 삼 가지, 그리고 보물선의 입항을 최고로 여기는데, 나는 지배인처럼 평소의 마음가짐이 나타나는 꿈이 가장 좋구나, 지금 지배인의 꿈 이야기를 듣고 나도 크게 안심, 후쿠야도 만만세, 부유해도 사치하지 않고 분수를 지키며 게으름 피우지 않고 부지런히 돈을 벌면, 좁은 골짜기의 물처럼 작은 자본의 장사도 종국에는 얼마든지 대자산가가 될 수 있는 것이 세상 이치, 그 이치를 깨닫고 모두 공부들 해 주시게, 젊음은 두 번 다시 오

---

5) 풍자와 익살을 주로 한 단카(短歌). 에도(江戶) 시대 후기에 유행함.
6) 관동(關東) 지역을 흐르는 강 이름.

지 않는 법, 꽃에 놀고 달에 들떠서는 안 되네 라며 한 마디 한 마디 후 쿠야가 노주인의 귀한 판단에 일동은 귀를 기울였다.

　자 젊은이들 이 상자를 가져가게 하며 주인이 가리키자, 일동은 눈이 휘둥그레져서 바라보고 있는데, 상자는 그다지 아름답지 않지만 속은 그윽하고 그 뚜껑에 진상(塵箱)이라고 검게 적혀져 있었다.

　　티끌이 쌓여 누런 황금
　　원수에게 줘 버려야지 복권 당첨된 사람

라는 주인 자작 교카를 쓴 단책을 곁들여 주었다. 지배인이 기쁜 나머지 뚜껑을 여니 안에는 에도시대의 금화가 누렇게 빛나고 있는데, 이렇게 과분한 것을 하며 상자에서 손을 떼니 금화 열 냥이 쨍그렁쨍그렁 하며 바닥에 굴러 떨어졌다.

거문고상자(琴はこ)

남촌(南村)

　　이씨 왕조 개국 이전인 904년, 신라 14대 왕 소지왕조의 일이다. 때는 마침 정월 십사 일, 하늘은 온통 얼음으로 뒤덮인 듯 달빛은 빈틈없이 자진전(紫宸殿)을 비추고 먼지 하나도 쉽게 보일 만큼 대궐 정원 북쪽 내방 장지문을 비추며 남녀 두 사람의 그림자를 노려보고 있다. 마침내 두 사람의 그림자는 더 밀접하게 머리카락 하나 끼어들 틈이 없이 바싹 붙었고, 소곤소곤하는 밀화(密話)는 가장 정중하게 서로의 입술에서 새어나와 귀에 속삭인다. 원래 구중궁궐 깊은 곳에 누구 한 사람 다른 이의 그림자가 없는지라 그들의 밀화는 끊임없이 계속 이어지고 가끔씩 섬뜩한 웃음소리마저 흘리는 것은 여자의 그림자이다. 그들은 여전히 이야기를 계속한다.

　　"정룡(鄭龍), 그대는 아직도 의심이 가시지 않았는가?"

　　정룡이라 불리운 사내의 그림자는 황망히 그 말을 가로막으며,

　　"왕비마마 불초소생 승려의 몸이지만 애꾸눈의 승려로 폐하의 신뢰와 총애를 얻어 특별히 내방에까지 들어와 가까이 모시는 영광을 얻게 된 것은 오로지 왕비마마의 총애를 바탕으로 한 것이니, 은유(恩宥)는 천지가 아무리 넓다 해도 미치지 못할 것입니다. 만약 소승의 마음에

대해 의념(疑念)이 있으시다면 바로 이 자리에서 제 가슴을 가르고 마음을 평안히 하소서."

라고 자못 비장한 결심이라도 한 듯 몸을 내밀며 여자의 처분을 구했다. 여자의 그림자는 매우 흡족한 듯 더한층 다가가 목소리를 낮추고,

"그렇다면 정룡, 아까 한 말은 무슨 뜻이오?"

"생각하신 대로입니다. 여불위(呂不韋)는 양책(陽翟)[1]의 장사꾼으로 자신의 아들을 즉위시켰습니다."

"오, 알겠소, 사랑하는 그대여, 나는 한탄(邯鄲)[2]의 미희를 용납하지 않겠소. 사랑하는 이여… 임금의 몸을 직접 치시오… 천천사(天泉寺)의 행행(行幸)은 두 번 다시없는 좋은 기회이오."

무진(戊辰) 정월 보름날, 한위늠열(寒威凜烈), 눈은 펄펄 내리는데다 살갗을 에이는 듯한 바람은 사정없이 내리는 눈을 휘날려 얼굴을 들 수 없을 지경이다. 이런 날 신라 제14대 군주 소지왕은 시종 몇 명과 문무백관을 이끌고 역대 조상의 사당이 있는 천천사 행행에 납시기 위해 가마 위세당당하게 왕궁을 출발하여 경필(警蹕)[3]소리 위엄 있게 절 구내에 울린 후, 경호 무사에게는 각자 쉬라고 휴식시간을 주셨다. 그리고 왕 자신은 가까운 시종 5명을 따르게 하고 본당에 도착하셨다. 모든 예식을 끝내고 막 임금의 전배(展拜)[4]의 예가 무르익을 무렵, 이상하게도 시커먼 구름이 온 하늘을 뒤덮고 지금까지 나뭇가지에 살랑이던 바람

---

1) 중국 제후국 중 하나인 한(韓)나라의 도시 이름.
2) 하북성(河北省)에 있으며 한단지몽(邯鄲之夢), 한단지보(邯鄲之步) 등의 고사(故事)가 생겨난 곳임.
3) 임금이 거둥할 때에 경호하기 위하여 통행을 금하던 일.
4) 임금이 궁궐, 종묘(宗廟), 문묘(文廟), 능침(陵寢)에 참배(參拜)함.

은 갑자기 폭풍으로 바뀌어 큰 나무들을 쓰러트리고 기왓장을 날리며 때 아닌 천둥소리가 울려 퍼지니, 시종은 물론 경호를 하던 무사들까지 보통일이 아니라며 모두 본당으로 달려왔다.

이때 소지왕은 조금도 놀라는 기색 없이 여전히 앞으로 나아가 영전에 전배의 예를 계속하고자 하시니 그를 보고, 사성관(司星官) 김성일(金成逸)은 슬행(膝行)하여 곤룡포에 매달리며,

"신뢰풍렬(迅雷風烈) 이는 필시 변고이니 두려워 마지않는 것이 필부의 용맹 아니겠습니까? 폐하 등극 후 은덕 초개에 미쳐 밝은 세상풍경, 평안한 세월, 여민(黎民)이 고복(鼓腹)하며 생가(笙歌) 소리 끊이지 않았습니다. 삼일에 바람 한 번 불지만 나뭇가지를 울리지 않고 수목을 부러뜨리지 않았으며, 오일에 비 한 번 내려 땅이 패이게 하지 않고 농사를 해하지 않아 만민이 성덕을 구가하는 오늘, 이상하게도 때 아닌 천둥이 치고 강풍이 수목을 쓰러트리고 사당의 지붕이 울리는 것은 필시 이변의 징조가 아니겠나이까? 원하옵건대 폐하 전배의 예를 물리시고 어서 환궁하시어 신의 근심을 덜어 주시옵소서."

왕은 조용히 김성일을 돌아보며 윤음(綸音)[5] 또렷하게,

"짐이 부덕으로 즉위했을 때부터 교원(郊原)에 해충, 가뭄의 피해 없고 백성에게 피권난신(疲倦難辛)의 고통 없었지만, 약육강식의 여파 여전히 변연(邊延)하여 정전(征戰)의 노(勞)가 없다 할 수 없다. 다년간의 인습 오래되었고 조야에 간사의 우환 없다고 할 수 없다. 짐이 듣기에 옛날 노(魯)의 군자는 죄 없는 궁녀 한 명을 죽임으로써 온 나라에 구 년 동

---

5) 임금의 말씀. 윤지.

안 가뭄이 들었다. 옛말에도 필부 한 명이 한을 품으면 염천의 유월에 서리가 내리고 필녀 한 명이 원을 품으면 삼 년 동안 비가 내리지 않는 다고 했다. 짐의 부덕으로 인해 이러한 일이 없다고 할 수 없다. 지금 짐이 몸으로써 희생을 하여 만민을 대신한다면 이 역시 군주의 책임을 다하는 것이 아니겠는가? 경 부디 나를 말리지 말라."

김성일은 곤룡포를 놓지 않고,

"아, 전하, 전하의 홍덕(鴻德) 이와 같을 진데, 어느 신민이 감격의 눈물을 흘리지 않겠나이까? 그렇지만 신이 어젯밤부터 천문대에 올라 여기저기 돌아다니며 경위를 살펴 오성(五星)의 전도(躔度)6), 십이주천(十二周天), 이십팔숙(二十八宿), 구주(九州)의 분야, 삼백육십오도(三百六十五度), 회삭현망(晦朔弦望), 북진남극(北辰南極), 좌보우필(左輔右弼), 하나하나 일일이 살펴보았습니다. 그 결과 궁중 내방위 음성음복(陰星陰伏) 사이에 살기가 하늘을 찌르고 양성(陽星) 매우 부족했습니다. 이는 필경 황송하옵게도 궁중 여란(女亂)의 징조이옵니다. 폐하 일천만승(一天萬乘)의 성상으로서 설령 효양(孝養)의 마음 열성이라도 하늘이 정한 바가 아니라면 용체가 위험합니다. 이러한데도 용체를 가벼이 하시겠나이까?"

말이 폐간(肺肝)7)으로 나와 눈물조차 보이며 충정이 얼굴에 드러나므로 왕은 김성일의 손을 잡으시며,

"경이여, 경의 충성심은 내 깊이 가납하오. 훌륭하오. 충은 임금의 분노에 저항한다고. 하지만 경이여, 다시 생각하시오, 사람이 죽고 사는 것은 인력이 미치지 못하는 법이오. 짐이 다스리는 나라에 불궤(不軌)를

---

6) 천체 운행의 도수(度數).
7) 폐장과 간장. 마음속.

기도하는 자가 있다면 이 역시 짐의 부덕의 소치가 아니겠소? 게다가 오늘은 부왕폐하의 회진기(回辰忌), 짐이 만약 신뢰(迅雷)를 두려워하여 제사의 예를 거른다면 무엇으로 만민 위에 군림할 수 있겠소? 경이여, 다시는 말리지 마시오."

충성을 다해 간언을 하여도 왕의 결심은 확고하여 움직이지 않았다. 그렇다고 해서 그대로 왕의 뜻대로 하게 내버려 둔다면 반드시 이변이 일어날 것임에 틀림이 없었다. 아무리 김성일이라 해도 한동안 당혹스러워 그저 황송해 하고 있었다. 왕이 이미 오른손에 향을 들고 왼손으로 향로의 뚜껑을 열고 전배의 의식을 막 거행하려는 순간이었다. 엄청난 천둥소리가 마치 사당을 미진(微塵)으로 부숴버리는 것이 아닌가 하고 생각될 만큼 쿵쿵 울려 천하의 왕도 두세 걸음 비틀거리며 무의식중에 사당 입구 쪽으로 눈길을 보냈다.

그때 까마귀 한 마리가 입에 편지를 물고 사당 안으로 날아들었다. 그리고 입에 물고 있던 편지 같은 것을 떨어뜨리고 다시 멀리 날아가 버렸다. 왕은 바로 그 이상한 편지에 눈길을 보내며 다급하게,

"게 누구 없느냐, 이상한 편지를 가지고 오라."

라고 엄숙하게 명령했다. 김성일은 재빨리 편지를 주워 왕에게 바쳤다. 그 종이 위에 두 줄로 다음과 같이 적혀 있었다.

왕이여 소지여 그대가 이것을 열면 두 명이 죽을 것이고
만약 열지 않으면 한 명이 죽을 것이오… 의심하지 마시오.

편지는 간략했지만 의미는 심대한 것이었다. 왕은 수차례 탄식을 하며,

"경이여 열지 마시오. 한 사람의 목숨이라도 중한 것이 아니겠소. 게다가 두 명의 목숨이란…"

김성일은 필사적으로 때는 이때다 하며 다시 왕의 무릎 아래 엎드려,

"폐하, 폐하, 세상은 송양(宋襄)의 인(仁)8)을 비웃고 있습니다. 이 글에서 한 명이라고 하는 것은 황송하옵게도 폐하를 가리키는 것이며, 두 사람이라 하는 것은 폐하에게 위해를 끼치려 하는 흉도(凶徒)를 가리키는 것입니다. 폐하가 만약 그들을 그대로 놓아두고 벌을 내리지 않으신다면 그들은 오히려 폐하를 해칠 것입니다. 원하옵건대 폐하, 결단코 이 편지를 열어 보시고 흉도들을 제거하시옵소서."

이치가 그러하니 제 아무리 인자한 왕이라고 하는 소지왕도 생각이 바뀌어 과감하게 결단을 내려,

"경이여, 열어 보시오."

라는 날카로운 칙명이 왕의 입술 사이에서 나왔다. 김성일은 곧바로 시종이 지니고 있던 활과 화살을 들고는 그것을 왕에게 바치며,

"신은 지금 이상한 편지를 열어 보고자 하옵니다. 폐하는 신이 읽는 것을 기다려 이 활과 화살을 가지고 대 용단을 결행하시옵소서."

그는 왕에게 설명을 올리고 바로 편지를 주웠다. 아, 이상하기도 한 글… 아, 편지에는… 안에는 검은색으로 큼직하게 다섯 글자.

'금갑(琴匣)을 쏘라'

현의 소리와 함께 화살은 금갑을 제대로 관통했다. 동시에 남녀의 비명소리는 금갑을 뚫고 나와 처참하게 울려 퍼졌다.

---

8) 송의 양왕이 내세우는 인이라고 해서 덮어놓고 착하기만 한 것을 비웃어 일컫는 말.

다음날 정월 십육일. 그렇게도 격심했던 바람과 천둥도 오늘은 뚝 끊기고 온 하늘은 씻은 듯이 쾌청해졌지만, 어제까지 화려했던 내방에는 왕비의 모습이 보이지 않았고 또한 수범승(修梵僧) 정룡의 모습도 찾아볼 수 없었다. 다만 후세에 정월 보름에 국민들이 해마다 약밥을 지어서 까마귀에게 바치는 습관이 남았다고 한다.

조선백동담 전편1(朝鮮白銅譚前篇)(一)

아무개

물과 공기로 이루어진 먼 바다에서 뭉게뭉게 피어나기 시작한 여름 구름이 마침내 항구 저편으로 퍼져가고 태양은 아직 월미도 일각에 높을 터인데 아직도 해가 저물지 않았나 하고 의심할 만큼 암담한 광경으로 바뀌어 해안에서 일하는 지게꾼들이 하늘만 올려다보며 걱정을 하고 있는데, 그 얼굴에 이미 굵은 빗방울이 뚝뚝 떨어진다. 어이쿠 소나기네 하며 우왕좌왕 소란을 떠는 육지 사람들은 쳐다보지도 않고 배 끝에 서서 먼 바다 쪽으로 시선을 보내는 뱃사람들. 역시 다년간 물 위에서 생활을 해 온 경험에서 이미 보통 소나기가 아님을 예지하고 배에서 배로 폭랑(暴浪)이다, 폭랑이야 하며 서로 전하며 이제는 유예할 수 없다며 옷을 벗어던지고 필사적으로 서서 일을 하는 그때, 일진의 풍우가 먼 바다에서 굉장한 속력으로 몰려들었다. 그와 동시에 한 시간 전의 평화로웠던 바다는 보기에도 끔찍한 바다로 바뀌고 파도는 미친 듯이 성을 내며 육지를 잡아먹을 듯이 몰려왔다. 배는 동요하고 노와 노가 충돌하기 시작했고 선부들의 규환(叫喚)은 이미 육지에 있는 사람들의 귓전에까지 이르렀다.

인천항에 있는 집들의 덧문은 이미 내려졌고, 돈을 위해 시간을 아끼고 죄악을 저지르며 일하던 사람들도 차축(車軸)을 흘려버릴 듯한 빗소리, 엄청난 천둥소리에 간담이 서늘해졌지만 여전히 이런 소소한 하늘의 징계로는 항구 사람들이 저지르고 있는 죄악을 깨닫게 할 수 없을 것이라는 듯, 우사풍백(雨師風伯)은 조금도 유예하는 바 없었다. 밤이 되어서는 점점 더 맹렬히 퍼붓고 집을 흔들고 나무를 부러뜨리며 기왓장을 날리고 파도를 일으켜 배를 파손시키며 무지막지하게 폭위를 떨치니 뇌신(雷神)도 그에 합세하여 천지를 무너뜨릴 기세로 맹렬하게 천둥을 일으키니 사람들은 모두 혼비백산하며 안색이 파랗게 질려 귀를 막고 신불의 비호를 비는 사람도 많았다.

그러는 가운데 죄악의 세상에 분노하며 죄악의 세상을 피해 죄악의 사람들과 섞이지 않고 생령(生靈)을 향해 늘 매도가 극에 달했지만, 죽은 몸에는 죄가 없다며 그것을 맞이하여 묘를 충실히 지킴으로써 사회에 대한 분노를 한 병의 술로 달래며 하루하루를 보내서 항간의 사람들로부터 매도선생이라는 이름으로 불리우는 남자, 지금까지 혼자 술을 마시며 혀를 끌끌 차는데, 풍우는 점점 더 사나워지고 천둥소리 점점 더 거세지니 항간에 나와 시류에 맞지 않는 멍청이, 보물산을 앞에 두고 빈손으로 있는 우둔한 자라며 뒤에서 손가락질하는 자들에게 복수의 날이 올 것이라며 손뼉을 치며 미쳐 돌아다니며 재밌네, 재밌어 지랄을 해라 지랄을 해, 그리하여 죄악을 저지른 사람들을 징계하라고 욕을 해대더니 벌떡 일어나 갑자기 집을 뛰쳐나가 어둠 속에서 비비대는 나뭇가지에 대고 끔찍하게 천마(天魔)를 부르며 해안에 가서는 선부들이 규환하는 것을 내려다보며 아직 맛을 못 봤군 죄악을 저지르며 사치를 하는 놈들의 집과 창고를 다 날려 버려라, 그리고 뒤에서 사람을 짓밟고 법망을 빠져나가 죄악을 저질러 부를 쌓는 놈들의 환심을 사며 마음의 오예(汚穢)를 모르고는 자신 스스로도 그 밑에서 죄악을 저지르는 쥐새끼 같은 놈들에게 한 방 먹이고 그것들이 탄 배와 함께 몰려드는 부서지는 파도 속에 묻어 버려라, 아직 제대로 맛을 못 봤어, 진짜 맛을 더 보여 줘야 해 라며 야차왕이 권속을 지휘하는 것처럼 매도하며 우사 풍백에 기대어 발을 동동 구르며 미쳐 돌아다니는 보람이 있어, 한 때는 어떤 비극을 연출할까 할 정도로 사람들로 하여금 공포와 한심(寒心)을 느끼게 한 날씨도, 매도선생이 미쳐 날뛰다 지쳐서 제 몸조차 가누지 못 할 무렵이 되면서 비가 그치고 바람도 잦아들며 천둥소리도 들리지 않게 되었고 십칠일 밤 달은 빠르게 달리는 구름 사이를 비집고 동쪽 하늘 높이 떠올랐다.

항간의 지저분한 쓰레기는 바람에 날려 없어지고 풍우 뒤의 달은 더 한층 맑고 청아하게 산 위에서 항간으로 더 나아가 물과 허공에 널리 펼쳐 있는 바다 저쪽에 이르기까지 청광(淸光)만 리 빈틈없이 비추며 늘어서니 왕래하는 사람들의 상태를 파노라마처럼 그려낸다.

매도선생은 나무에서 떨어지는 물방울이 입에 들어가는 바람에 제 정신을 차려 눈을 뜨고는 이 상황을 아무 생각 없이 바라보는데, 폭풍우에 어느 정도 마음의 위로를 받은 듯하다. 수염이 덥수룩하여 평소 보기에도 험상궂었던 얼굴에 미소를 띠며 죄악을 저지르는 사람들이 이 징계로 인해 얼마나 반성을 했을지, 조금은 평소의 잘못된 행동을 반성하고 개선하는 바가 있을까, 나는 그들이 과거의 잘못을 반성하고 그 행동을 바로 하기를 바라는 동시에 그들의 진심 어린 후회의 말을 듣기를 바라기 때문에 짧은 여름밤이지만 아직 밤이 깊었다고는 할 수 없고 거리를 왕래하는 사람들 그림자가 아직 보이는 것을 다행으로 여기고 지금부터 산을 내려가 평소 나에게 욕을 하던 놈들을 비웃어 주리라 마음속으로 생각하며 산을 내려왔다. 그렇지만 수목은 부러지고 기와는 날아가고 담벼락은 무너지는 등 도중 눈에 비치는 폭풍우 후의 참상에 미소 지으며 과연 이러하니 우사풍백이 힘을 발휘한 보람도 있다고 혼잣말을 하며 발걸음을 옮기다 어느 네거리에서 한 걸음 앞에서 소곤소곤 이야기를 하며 걸어가는 자를 만났다. 그리하여 이놈들 과거의 죄를 깨닫게 해 줘야 할 놈들이 아닌가, 어디 반성하는 말을 들어주어야겠다며 몰래 그 뒤를 따라갔다.

한 사람은 비만한 몸에 중형무늬(中形縮) 유카타를 입고 하마치리멘(浜縮緬)[1]으로 된 헤코오비(兵兒帶)[2]를 둘둘 두르고 장식 쇠줄을 오비에 말아 늘어뜨려 놓았는데 달빛을 받아 찬란하게 빛나고 있다.

한 사람은 마른 체형으로 마오카(眞岡)[3] 유카타에 명주로 된 여름 허리띠를 매고 벽려(壁絽)[4] 하오리를 입었는데 이 역시 허리에 두른 장식 쇠줄이 찬란하게 빛나고 있지 않은가?

마침내 뚱뚱한 사내는 굵은 목소리를 은밀히 낮추며 지금이라도 이야기가 끊어질 것 같은 마른 사내의 말끝을 이어 이야기했다.

"정말 아무리 생각해도 그렇게 날뛰는 것은 처음이야. 한 때는 정말 어떻게 된 것이 아닌가 생각했을 정도라니까. 게다가 말이네 자네도 알

---

1) 사가현(滋賀縣) 나가하마시(長浜市)를 중심으로 생산되는 고급 견직물의 총칭.
2) 어린이 또는 남자가 매는, 한 폭으로 된 허리띠.
3) 도치키현(栃木縣) 마오카시(眞岡市)에서 생산되는 목면.
4) 횡사에 벽사(壁糸)를 사용하여 짠 명주.

고 있듯이 그 배도 오늘내일 시모노세키(馬關)를 출발할 것이기도 하고 걱정이 돼서 견딜 수가 없단 말일세. 하지만 말일세 날씨가 이 모양이니 오늘은 필시 출범을 보류하지 않았겠는가?"

마른 사내는 바로 그 질문에 반응하여,

"파도가 이렇게 거칠어서야 그쪽 지역도 좀 파도가 일지 않겠는가? 그러니까 오늘 출발할 생각은 없을 것일세. 나는 그렇게 판단하기 때문에 그쪽은 마음이 놓이지만 그 일로 돈을 벌어 겨우 내 소유가 된 야마노테(山の手)의 집이 파손되지 않았을까 그것이 큰 골칫거리라서 풍우가 그치고 바로 돌아보고 왔단 말이네."

라고 화제를 바꾸었다. 뚱뚱한 사내는 굵은 목소리로 하하하하 하고 냉소하며,

"집 파손에 그렇게까지 골머리를 앓지 않아도 곧 만회하지 않겠나? 나는 기껏 그것을 운반하기 위해 사들인 배가 어찌 되지 않을까 걱정이 되었지만 풍우가 너무 심해 보러 가지도 못했다네. 그래서 실은 지금 보고 오려고 생각해서 나온 참이라네."

라고 자신이 가지고 있는 배를 걱정하는 말을 하자 마른 사내도 마찬가지로 냉소를 하며,

"하하하하, 자네는 남을 비난하며 비웃지만, 자네의 배도 이치는 마찬가지 아닌가? 설령 말일세, 파손이 되었다고 해 봤자 바로 고칠 수 있지 않느냐 말일세. 배는 괜찮네, 내가 책임지고 보증할 테니 이번 일을 미리 축하하는 의미에서 언제 어디 기루에라도 가서 한 잔 하지 않겠나? 뭐 의논해 둘 일도 있고 말일세. 게다가 산의 신도 요즘은 융통성이 있어서 어느 정도의 유탕(遊蕩)은 눈감아 주잖나. 자네 처도 마찬

가지지? 조금은 서로 기력을 길러야 좋은 지혜도 생기지 않겠는가?"

이런 대화를 들으려고 귀를 쫑긋하고 있는데 그 순간 뚱뚱한 사내는 더욱더 웃음소리를 높이며,

"하하하하하하, 자네 또 아전인수론인가? 유키노(雪野)가 있으면 꼭 영웅은 색을 좋아한다 뭐다 하네. 어쨌든 같이 가 줄 테니까 말일세."

마른 사람은 그 말끝을 받아서,

"아하하하하, 어쨌든 같이 가주겠다니 말이 멋지네. 뭐 자네만 앞서 가라는 법은 없으니 그런 줄 알고 말을 하시게. 나도 요즘에는 실은 동행이 없는 쪽이 낫다네. 그렇지 않으면 애인에게 어설픈 동행이 있으면 방해가 된다고 그녀가 곧 불평을 해서 말이네. 혼자 가는 것이 더 편하기는 하지만 친구니까 생각해서 한 번 이야기해 본 것일세."

이렇게 말을 하며 목청을 높여 웃었다. 살이 찐 사람은 코끝으로 흥흥 하고 비웃으며,

"안 됐지만, 그녀는 예전부터 정인이 있네. 그런 줄 모르고 그녀가 살짝만 추파를 던져도 바로 백도 이상으로 끓어오르니 할 수 없네 그려. 그녀는 절대로 자네를 사모하는 것이 아니라 그것으로 번 돈을 원하는 것이네. 좀 생각을 해 보게. 다 자네를 위해서 하는 말이니 말일세."

뚱뚱한 사내의 말이 끝나기를 기다리다 못 해 마른 사내는 바로 말을 자르고,

"아하하하, 내가 자네 같은 줄 아나? 그녀가 아직 돈을 바라고 연기를 하는 것 같지는 않으니 말일세."

두 사람은 옆에 사람도 없고 비루한 일도 아닌 것처럼 유쾌한 듯이 이야기를 나누며 발걸음을 옮겨 바야흐로 이 지역에서 유명한 인천루

라는 넓은 건물을 자랑하는 요리점 앞에 도착하였다. 손님도 없이 비내린 후의 청량함을 즐기며 마루에 앉아 장사 이야기에 여념이 없던 나카이로 보이는 여자가, 두 사람의 모습을 보더니 마루에서 일어서서 그쪽으로 다가와 손을 잡기도 하고 소매를 당기기도 하는 등 꼴불견을 연출하며 와자지껄 현관을 올라갔다.

두 사람을 따라오며 추접스런 이야기를 들으며 목불인견의 모습을 보고 말게 된 매도선생은 자신의 상상에 반하여 의외의 일이 벌어진데 질려 일동의 뒷모습을 바라보았지만, 세상에는 이런 한심한 녀석들만 있는 것은 아닐 것이라 생각을 바꾸어 다시 한 번 다른 방면을 찾아보았다. 어떤 사람은 과거의 잘못을 뉘우치고 있는 자도 있겠지만 벼락부자가 된 신사신상(紳士紳商) 나으리라는 자들에게 덕의와 절조를 요구하는 내가 어리석지. 예부터 충신은 효자 집안에서 나오고 신(神)은 정직한 사람의 머리에 깃든다는 속담이 있으니, 하루하루를 정직하게 보내는 상인 중에는 나와 같은 마음을 갖고 죄악에 물든 놈들을 매도하며 하늘의 경고를 은근히 떠벌리는 사람도 있을 것이다. 하다못해 그 소문에 더러워진 귀를 깨끗이 해야지. 그렇지 않으면 설령 몇몇 사람들의 담화에 귀를 기울였다 해도 이욕(利慾)의 마음에 사로잡혀 백동열(白銅熱)에 감염된 자들에게는 어떠한 하늘의 경고도 효과가 없을 것이다. 그렇지, 그렇지, 하며 스스로 깨달은 바가 있는지 어슬렁어슬렁 걸음을 옮겨가더니, 어느 골목길에 작은 빙수가게가 있는데 손님도 없이 주인으로 보이는 사람하고 근처에 사는 것으로 보이는 사람이 세상 사는 이야기를 하고 있는데 선생은 불쑥 들어가서 빙수 한 잔을 주문했다.

잔사잡기(棧槎雜記)*

조후생(長風生)

나는 한국에 네 번 왔다, 네 번 돌아갔다. 내잔왕사(來棧往槎)하기를 헛되이 일곱 성상이 지났다. 인사(人事)의 변화, 국운의 추이 지금 생각하면 그 개변(改變) 심한 것이 상전벽해도 이만저만이 아니다.

소위 포의(布衣)[1]의 무리로 청사(靑史)를 구하는 것은 아니지만 그 잔사 동안 헛되이 이를 매몰시켜서는 안 되는 것이 있어 심계(深溪)를 횡단하며 침과(枕戈)[2]하던 어느 날 밤, 들판에서 헤매던 기자, 동쇠서성(東衰西盛), 관리의 낭패, 패성(敗城)을 기어오른다. 송파의 삼일, 홍릉참배, 관문을 지키는 피리 부는 자, 이들은 일찍이 우리의 감회를 새롭게 하는 것들, 만약 독자와 함께 그 감흥을 나눌 수 있다면 이 사람 이 강산에서 힘을 얻지 않을까?

---

* 잔(棧)은 잔교, 사(槎)는 뗏목의 뜻으로 배를 타고 왕래한다는 의미로 추정.
1) 관위(官位)가 없는 사람. 평민.
2) 날이 새면 적을 공격하려는 생각에 밤에도 창을 베고 잔다는 말. 중국『진서(晋書)』에 있는 '해가 기우는데도 밥 먹기를 잊고 창을 베고 날이 새기를 기다린다(日昃忘食 枕戈待旦)'라는 말에서 유래했음.

송파의 삼일

을유(乙酉)년 세밑은 세사(世事)가 몹시도 막막한데 괴원(槐園)이 와서 기이하게도 정월을 송파역에서 보내기로 약속했다. 저자거리의 술잔에 새옷을 자랑하는 것은 당시 사람 중 성공한 자 일 것이다. 우리는 역 남쪽의 석비를 읽고 강산이 쇠했음을 알아보았다.

우리는 설날 가도마쓰(門松)3)를 뒤로 하고, 새해 벽두 기이한 여장으로 거리 사람들에게 비웃음을 사며 진고개에서 동소문을 거쳐 야외로 나갔다. 이 느긋한 나그네는 새로운 풍광을 기뻐하며 혼자 떠들고 혼자 노래하며 혼자 칭찬을 하다가, 서로 입을 다물고 서두르기만 할 뿐. 목장의 교외에서부터 경주를 시도했지만 괴원은 말이 달리는 것 같았고 나는 강아지가 달리는 것 같아 뒤떨어지기를 수 정(町).4)

어느 역 중간쯤에서 나선형으로 천천히 걸어오는 자가 있는데, 이 자가 송파의 주인공이다. 그는 한강변에서 속례(俗禮)를 피하고자 했지만, 주성(酒星)5)의 초대를 받을 꿈을 꾸며 이제부터 한성에 가야 한다며 우리들과의 약속을 파기하는데 주저하지 않으려 했다. 나는 도복(道僕)의 등을 가리키며 좋은 술은 이미 적재했고 가효 역시 그 등에 가득하다 했다. 그는 기뻐 춤을 추며 송파가 가까워졌다고 하며 오늘 하루 한화(閑話)는 주신(酒神)에게 바쳐야 한다고 소리 높여 말했다.

괴원이 너른 교외를 가로지는 모습은 칠면조 같고, 송파주인이 들녘을 더듬어 가는 모습은 우렁이가 밭이랑을 기어가는 것 같다. 나는 달

---

3) 새해에 문 앞에 세우는 장식 소나무.
4) 거리의 단위로 1정은 약 109m.
5) 술에 관한 일을 맡고 있다는 별.

려가서는 괴원 뒤에서 땀을 흘리고, 천천히 걸어서는 송파주인의 주흥을 고취시키며, 한강 모랫길을 가뿐하게 지나 깨진 얼음길을 앞서거니 뒤서거니 지나는데 탁 트인 높고 낮은 숲 사이로 맞은편 일대 민가의 시끄러운 사람소리와 밥 짓는 연기가 피어나는 것이 보였다. 주인 왈, 이 역이 곧 송파라 한다.

두 번째는 모랫벌이 널리 펼쳐졌고 얼음 사이를 뚫고 나룻배가 왕래한다. 우리는 우마남녀가 뒤섞여 실려 있는 가운데, 정월 시골에서 한가한 세월을 맞이한 것을 천복이라 기뻐하였고 물가에 몰려든 오리는 이미 괴원의 총알에 사체를 드러냈다. 가효 이미 얻은 것이다.

우리는 좁고 긴 거리를 지나 기와집 문으로 안내를 받아 도기 제조를 구경했다. 그리고 주인공의 안내로 한 주막에서 사흘간 진을 치고 후발대의 치중(輜重)6)을 준비해야 했다. 진영은 주막의 제2호실에 준비되어 여장을 풀었으며 한복(韓僕)은 등에서 술통을 내려놓았다. 설날 떡은 냄비 속으로 던져졌고 주인공은 큰 소리로 대일본의 은혜는 주기(酒氣)에 있다며 찬 술 한 잔에 또 한 잔을 마시고 취중에 자신의 공로를 스스로 치하하고 이 역에서 얼마나 귀히 여겨지는지를 자찬하며 그 기이한 안광(眼光) 아래 주위를 둘러싸고 서 있는 백의 선생들을 질타했다. 이날 저녁 진영은 시장의 앞 손님들의 시끄러운 소리에 익숙해졌고 거리는 초적(草賊)의 경비와 시장의 상민(商民)으로 더한층 활기를 띠었다.

이날 황혼에 총복(銃福)의 계절이라며 괴원은 담담하게 떠났다. 주인

---

6) 말이나 수레 따위에 실은 짐. 군대의 여러 가지 군수 물품.

공은 술잔 속의 신이 되어 공덕을 자화자찬하기를 몇 번 반복한 후 밤이 되자 자기 공장의 한역(韓役)을 데리고 와야겠다고 말하고 떠났다. 나는 소위 오늘 저녁 한가로운 풍경을 헛되이 할 수 없어 문밖으로 나가 교외의 길을 천천히 소요했다.

석양은 이미 남한산 산허리로 내려왔고 광막한 교외의 제 마을에 산재하고, 개 짖는 소리는 나그네를 의심하며, 닭장 가까이서는 닭울음소리가 났다. 그때 산에 울린 총성은 저 멀리서 권조(倦鳥)를 살육하는 무자비한 소리인 듯하다. 모호한 만색(晩色)을 밟으며 소위 청조(淸祖) 송덕비 쪽을 배회하니 돌기둥은 이미 깨지고 비우(碑宇)도 이미 무너져 남은 기와조각이 여기저기 흩어져 있고, 돌담과 서까래는 땅에 묻혀 있었다. 영웅의 기세, 참으로 당시 흔적을 보이지 않고 반도의 생령 역시 이를 어루만지며 눈물 한 방울 흘리는 자가 없다. 나는 탄식하며 성쇠가 영원하지 않음을 슬퍼했다. 차가운 퉁소소리에 옷자락을 여미며 진영의 초소업무가 걱정되어 곧 집으로 돌아가니 괴원은 이미 가효를 만들어 오리, 비둘기, 꿩 등 조류들을 뱃속에 집어넣을 수 있도록 준비를 해두었다.

취안(醉顔) 몽롱해서 온 것은 주인공이다. 그는 술독이 늘어서 있는 것을 가리키며 기뻐서 어쩔 줄 모르는 사람처럼 혀는 이미 꼬부라져서 대화는 단편적으로 바뀌었다. 또한 밤마다 초적 무리가 이 역을 휩쓸고 지나가기 때문에 마을의 젊은이들은 격척(擊柝)[7]을 하며 순경을 했다. 하지만 두 선생 일행이 총을 어깨에 메고 그 계엄선에 들어가니 곧 마

---

7) 딱따기를 침.

을의 경계를 게을리해도 되겠다고 했다.

괴원은 아침 일찍 강변 풀숲 오솔길로 산 칠면조가 달려가는 것을 보았지만, 그는 칠면조가 달리는 것을 따라갈 수가 없었다. 나는 떡, 괴원은 고기, 주인공은 술을, 우음마식(牛飮馬食)8), 단칸의 진영은 배반낭자(杯盤狼籍)했다. 여흥이 한창 무르익을 무렵 한 양반이 유유히 들어왔다. 주인공이 우리에게 소개하여 이르기를, 영감은 도기회사 중역으로 우리의 동료라 했다. 나는 취중에 스스로 동료라 칭하는 중역선생의 후의에 감사를 표했다.

3일간의 치중은 이 날 하룻밤 사이 다 떨어질 지경이 되었다. 중역각하와 주인공은 술 속의 사람이 되어 모든 대화는 이미 귀에 익었고 눈은 흐려졌고 발음은 불명확하여 혀가 제대로 돌아가지 않았다. 그는 태연히 인사를 고하고 떠났다.

우리들의 객주는 시정배 출신의 상민으로 성격이 거칠기 짝이 없었지만 세속을 떠나 멀리서 어지러운 전쟁을 깨끗이 청산하고 화로를 껴안고 이 잡흥(雜興)에 스스로 기뻐했다. 서린동린, 시객의 잡담은 그 시끄러움이 극에 달했다. 한국어를 아는 괴원은 묵묵히 웃고, 웃다가 침묵하며 내게 이르기를 서린의 소장(小壯)이 지금 강원도 유령을 이야기했다는 이야기를 가지고 왔다.

모포 한 장, 목침 한 개, 우리도 자려고 하는데 경성의 후발대가 도착했다. 이르기를 사쓰마(薩摩) 남아, 지쿠젠(筑前) 생, 남산의 숙부이다. 총을 어깨에 메고 검을 차고 주효(酒肴)를 지고 마치 『수호전』의 건아가

---

8) 소가 물을 마시듯, 말이 풀을 먹듯이 많이 먹고 많이 마심.

두목을 방문하는 것처럼 우리들의 이름을 소리 높여 부르며, 이 병영 안으로 기어들어왔다. 이로써 제2의 병참이 설치되었고 제3의 후발대는 내일 정오 한강을 건널 것이라고 급보했다. 마지막으로 진고개에서는 정월에 설빔과 고모(高帽)9)와 삼배구배 의식으로 정신이 없이 바쁘다며 냉소를 띠었다.

이 위엄 있는 객주의 집합은 역로(驛路)의 안녕을 지키는 유력한 전초선이 되므로 객주의 주인이 하루 21전의 숙박료에 비싼 땔나무를 때는 것도 역시 세력의 덕택일 것이다.

석유 등잔불은 안개처럼 진영을 온통 뒤덮었다. 온돌의 따뜻한 기운은 점점 더 뜨거워져서 땀을 흘리기에 이르렀다. 나는 모포 한 장을 위아래 잠옷으로 삼아 누웠다. 키가 큰 괴원은 벽에서 벽으로 가로누웠고, 사쓰마 남아는 무릎을 구부리고 꿈속을 헤매고 있으며 남산의 숙부님은 공손하여 특히 진지를 침략한 것을 딱해 하고, 지쿠젠 생은 자문자답하며 장광설을 늘어놓는 동안 우리들은 잠이 들었다. 다음날 날이 밝자 한강을 건너는 기러기들, 이야기는 향수를 띠었고 괴원은 이미 어딘가로 떠나 보이지 않았다.

내가 잠에서 깨어났을 무렵에는 이미 정월의 이틀째로 사쓰마 건아가 불을 피우고 지쿠젠 생은 요리인이 되었으며 숙부는 하인이 되었다. 활기찬 시장 사람들은 우리들이 요리하는 것을 보고 상황(商況) 시찰의 이야깃거리로 삼고 있었다. 나는 정월 초이틀 의식이 끝나고 나서 시장을 소요하며 교외의 한풍을 거슬러 벽수(碧水)의 강변을 오락가락했다.

---

9) 예전에, 귀족들이 예복 차림을 할 때에 쓰던 높은 모자.

논두렁 밭두렁을 가로지르며 강의 물살과 남한의 산색에 긴 시간 동안 시상(詩想)에 젖을 수 있었다.

시장에 돌아와서 숙소에 이르니 객주의 툇마루에는 금조(禽鳥)가 쌓여 있었고 괴원의 총탄은 모두 무자비한 흔적을 천상족(天上族)에게 남긴 것 같았다. 얼마 안 있어 주인공은 취중에 이틀째 진격을 선언했다. 이윽고 제2의 후발대에 부용(芙蓉)이 총대장이 되어 네 명의 부하를 이끌고 왔다. 그는 은퇴한 산적 풍채를 하고 우선 발가락 끝을 가리키며 긴 한 숨을 쉬면서 우리들의 정월이 이미 세속을 떠난 것에 대해 매우 기뻐했다. 그의 부하는 대도를 차고 큰 총을 메고 침묵을 지키며 성큼성큼 영내로 들어왔는데, 그 안광은 마치 한강의 짐승들에게 시위운동을 시도하고자 하는 형세였다.

나는 부용에게 뚱뚱한 자네와 부하 네 명은 도자기회사에 나누어 숙박을 하라고 안내했다. 그들은 양 진영 사이의 끊임없는 유쾌한 이야기가 다 하기 전에 아쉬움을 남기고 주인공을 따라 우리 진영을 떠났다.

제1선발대, 제2예비대, 제3별동대가 송파역에 도착함으로써 마을은 태평한 잠을 잘 수 있게 된 것을 기뻐했고, 주인공은 친구가 많음을 자랑했으며, 대본영은 엄연히 병사들을 이 지역에 머물게 했다. 그 대원 수 모두 합쳐 8명, 한복(韓僕) 3명이었다. 은퇴 산적은 이날 저녁 40리의 장거리 여행에 노구를 휴양하며 별도의 진영에서 나오지 않았다. 괴원은 종일 산모퉁이로 물가로 짐승들과 싸우며 다님으로써, 이틀째 저녁에는 이미 취사부에 이채를 더했다. 나는 먹고 배회하기를 반복하다가, 지금 이와 같이 많은 사람들이 와 있었기 때문에 역 북쪽의 둑을 돌아다니며 총탄을 헛되이 쏘아 댔다. 하지만, 내 옷이 검고 발소리가 커서 내가 돌아다니는 것을 알아차렸는지 도처에 있던 금조들은 그림자 하나 비추지 않았다. 곧 구릉으로 기어올라 총을 쏘며 북서쪽을 바라보니 저녁 구름이 북한강 푸른 나뭇가지에 걸렸고 일대의 장사(長蛇) 같은 벽수(碧水)는 산에서 들로 기어 나왔으며, 역의 연기는 잠시 짙어졌고 시장 사람들 목소리 지름길 쪽에서 나며 시장을 본 손님들은 삼삼오오 집으로 돌아갔다.

나 혼자 쓸쓸히 진영에 이르니 사쓰마 건아 이미 잔뜩 먹고 누웠고, 지쿠젠 생은 방금 전 다른 별도의 진영으로 향했으며, 은거 노인의 부하는 오늘 밤 새 술은 새로운 이야기를 하며 마셔야 한다는 명령을 우리에게 전달했다.

곧 괴원을 꾀어 역중 제일가는 저택에 있는 은거의 숙영(宿營)을 방문했다. 그는 주인공이 평생 삼배구배의 순례에서 살아남아 술잔으로 황천의 객이 되어 저렇게 파안대소의 처지에 매몰되어 있는 것을 즐거워했고, 소위 중역이란 분을 오른편에 앉혀 놓고 경중(敬重)하며 격의 없이 술잔을 돌려 이미 술에 약한 사람을 난감하게 하기에 이르렀다. 나는 혼자서 슬쩍 우리 진영으로 돌아왔다.

이날 저녁 온돌의 불기와 술기운에 열이 올라 거의 시체가 되다시피 했다는 이야기는 셋째 날 이른 아침 우리들을 깜짝 놀라게 했다. 주인공은 아직 온돌방에서 타죽기에 앞서 술로 죽은 사람이 되려고 하는 것은 너무 이른 판단이라며 경고했다.

무의미한 생활은 새롭고 시시껄렁한 담화는 변화무쌍하다. 우리는 짧은 시간 동안 무량(無量)한 감흥을 느끼며 바야흐로 세 번째 날 아침을 맞이했다.

나는 역의 빈 터를 다시 배회하며 남아 있는 기왓장을 주웠다. 이는 한성의 친구에게 보낼 것이다. 이 날 주인공도 경성으로 올라가야 한다고 주장했다. 이제 이틀간의 역사를 반복하기에는 진부한 것 같다. 우리들은 좋은 날씨를 선물로 삼아 세 번째 날 상오 10시 수역(水驛)[10]의 친구에게 배웅을 받으며 강변 모랫벌을 걸어, 멀리 푸른 수풀이 펼쳐진 벌판을 가로질렀다. 목장의 말떼는 소리 높여 힝힝거리며 물가에서 물을 마시기도 하고 달리기도 하며 잠을 자기도 했다. 그들 역시 유유히 설을 즐기는 것이다.

어느 주막에서 늦게 오는 동료를 기다리다 아홉 명으로 이루어진 일대(一隊)는 한성을 목표로 돌아갔다. 이 수역을 통해 구역으로 돌아왔고 취중의 친구가 실없는 이야기를 많이 하여 우리의 품위를 더한층 높여주었다.

---

10) 육역(陸驛)에 대칭되는 것으로, 육상에서는 30리(16km)마다 역을 두어 말을 갖추어 두었고, 수로의 역은 수역이라 하여 2~4척의 배를 두었으며 육로와 마찬가지로 역장을 두었다.

한국의 소설(韓国の小説)

우에무라 고난(上村湖南) 역

한국의 소위 소설패사는 원래 역사적인 것으로 청국인이 편저(編著)한 것을 번역한 것이 적지 않다. 즉『삼국지』와 같은 것은 당국인이 가장 즐겨 읽는 것으로, 하류사회에서는 언문으로 번역한 것을 읽지만, 중류이상에서는 원본(한문)을 사용한다. 한국인 중에는 소설기자 전문가가 거의 없으며 간혹 유생이 일세를 풍자한 것, 그 외 깊은 규중 부인을 위로하기 위한 것, 우리나라 무용전(武勇傳)처럼 신기한 묘기를 부리는 것을 그린 것 등 종류가 많다.『양풍운전(揚風雲傳)』,『조운전(趙雲傳)』등이 바로 그것이다.『제마무전(齊馬武傳)』과 같은 것은 꿈속의 기화(奇話)로, 초한(楚漢) 호걸명부(豪傑冥府)의 판결에 의해 촉위오(蜀魏吳)의 영웅이 되어 전세의 인연으로 서로 성쇠한다는 내용이다.『임경업전』같은 것은 약간은 사실에 근거하고 있지만 소위 소설로서 재미있게 편저한 것이기 때문에 사실에 부연을 함과 동시에 취사선택을 한 곳이 적지 않다. 다만 모 한국인 작품으로『춘향전』,『사씨남정기』,『구운몽』과 같은 것은 소위 명작이라 칭하는 것이다.『춘향전』은 인정연애를 그린 것인데 저자는 지금 알 수가 없으며,『사씨남정기』는 유명한 김춘택의 저작인데 시류를 풍자한 것이다. 그리고『구운몽』역시 같은 사람의 저작인데, 씨는『사씨남정기』에서 축첩의 폐해를 적발, 비판했기 때문에 그보다 약간 뒤에 나온『구운몽』에서는 축첩은 강하게 비판할 것이 아니라는 식으로 변명 비슷하게 저술한 것이다. 이것들은 모두 황당무계한 괴설기문(怪說奇聞)을 허구적으로 저술한 것이므로 일고의 가치도 없는 것이 많다. 이로 인해 한국인은 오늘날에 이르기까지 소설패사에 대한 관념이 희박한 결과 명작이라 하더라도 겨우 부녀자, 혹은 야인들의 심심풀이에 불과한 것으로 여겼다. 그래서 구독자는 적지 않았지만 저작을 함으로써 일세의 명성을 얻는 일은 거의 없었다.

그렇지만 한국은 옛날부터 유의유식(遊依遊食)의 무리가 많아 그들은 무료함을 달래기 위해 소설을 즐겼으며 상점의 우두머리나 점원 등 장사를 하는 사이사이 한가할 때 즐기는 자가 많았다. 그리하여 경성의 저자거리에는 대본(貸本) 영업을 하는 자가 있었으며 이 대본영업자는 비단 소설패사만이 아니라 기행, 유고(遺稿), 집설(集說), 훈해(訓解) 등을 대여한 일도 있었고, 그에 상응하는 수입도 있어 의식에 궁하지 않았던 것을 보면, 빌려 보는 손님이 상당히 있었음을 알 수 있다.

기자는 말이 나온 김에 전술한『춘향전』및 기타 한두 가지 작품의 대략을 번역함으로써 독자에게 한국소설의 한 측면을 다소나마 소개하고자 한다. 즉『춘향전』은 허구적으로 이상을 그린 것이라는 설도 있지만, 옛날 전라남도 남원에 춘향이라는 기생이 있었던 것은 사실이고 부리(府使)의 아들과 금슬(琴瑟)의 연을 굳게 맺었던 것도 사실인데, 원래 한국의 관리들은 기생 같은 천업부인과 상관하여 이를 처로 삼는 것은 사대부의 큰 수치로 여겼으므로 춘향은 결국 그 소망을 이루지 못 하고 세상을 떠났다. 이에 연유하여 부사와 어사의 실명을 밝히지는 못해도 역시 전술한 바와 같은 사정에 근거하여 후대사람(『춘향전』의 작자)이 그 연애에 동정한 나머지 인정의 무정함을 느껴 재미있게 저작한 것이라 한다. 따라서 그 기사는 거의 저자의 상상에서 나온 것으로 겨우 춘향이라는 이름만 원용한 것에 지나지 않는다. 그 줄거리는 다음 번역을 보면 알 것이다.

(1) 『춘향전』

인조대왕조, 전라도 남원 부사 이등(李等)의 아들 영(寧) 나이 열여섯, 아직 관례를 올리지 않았기 때문에 이를 도령(역자 왈, 대개 한국에서는 양반(귀족)의 아들로 아직 관례를 올리지 않은 자를 도령이라 한다)이라 불렀다. 오월 단오 가절에 방자(放者, 방자란 하인의 속칭이다) 한 명을 거느리고 마을 남쪽의 광한산(廣漢山, 혹은 광한산(光漢山)이라고도 한다)에서 놀다가 저 멀리 오작교 근처에서 한 미인이 그네를 타며 놀고 있는 것을 보았다. 그 자태가 매우 선연(嬋娟)[1]하여 방자를 보내 그 이름을 묻게 하니, 이는 곧 이 고을의 동기(童妓) 춘향이라는 자로, 노기(老妓) 월매의 딸이었다. 그리하여 방자를 시켜 춘향을 불렀다. 왔는데 함교탄태(含嬌呑態) 참으로 절세가인이었다. 이로써 재회의 약속을 하고 돌려보내고는, 해가 지기를 기다려 몰래 춘향의 집을 찾았다. 그 어미 월매 연유를 몰라 깜짝 놀라며 수상히 여겼지만 그와는 반대로 춘향은 부끄러워하면서도 마음속으로 기뻐 어쩔 줄 모르는 것 같았다. 이 날 밤 재자가인(才子佳人)은 방연(芳緣)을 맺고 견권(繾綣)[2]의 정이 들어 해로의 언약을 하고는 한참

---

1) 자태가 곱고 아리따운 모양.

후에 이별을 고했다. 이때부터 해가 지면 왔다가 새벽에 돌아갔는데 바람이 부나 비가 오나 서로 보지 않는 날이 없어 정염이 양구(良久)하여 금슬이 점점 더 농후해졌다.

그 어머니 월매는 겉으로는 이를 싫어하는 척 하면서도 마음속으로는 몰래 이를 애경(愛敬)했다. 특히 이도령은 태수의 자제이며 기우헌앙(氣宇軒昂), 미목청수(眉目淸秀), 얼굴은 백옥 같고 행동거지 역시 대단히 온화했다. 춘양 방년 이팔청춘, 이도령과 같은 해 같은 달에 태어났고 겨우 하루 차이밖에 나지 않는 것을 사람들은 모두 기이하게 여겼다.

두 사람 사이는 어수(魚水)의 연, 산해(山海)의 맹세로 굳어졌다. 하지만 해로의 정은 원하나 어쩌면 그 뜻을 이루지 못할 지도 모른다고 근심하여, 춘향은 옥가락지를 하나 빼 줌으로써 후일을 기약했다(역자 왈, 대개 한국의 관습으로는 반지 두 개를 합쳐서 한 벌이라 하고 그중 한 개를 나누어 증여함으로써 후일 증표로 삼는다고 한다). 하지만 호사다마라 했던가, 이부사가 한양으로 발령을 받아 이도령 역시 부모를 따라 상경하지 않을 수 없게 되었다. 어쩔 수 없이 춘향에게 그 뜻을 전하는데 토혈별리(吐血別離)의 장리(場裡),3) 추창(惆悵)4)한 한, 단장소혼(斷腸消魂)의 탄식이 이루 형용할 수 없었다.

이도령이 떠난 후 신임부사가 도착하여 춘향의 미모에 대해 듣고 불러 이를 보니, 과연 절세 미기였다. 신임부사 애련의 정을 금하지 못하고, 이를 후히 위로하며 억지로 은혜를 베풀어 자신의 수중에 넣으려고

---

2) 정의(情誼)가 살뜰하여 못내 잊히지 않거나 떨어질 수 없음.
3) 장리. 그 장소 안. 또, 어떤 일이 행해지는 범위.
4) 애통해 함, 한탄함.

하지만, 춘향은 이도령과의 굳은 언약으로 정절을 지키며 신임부사의 명을 단호히 거절하며 응하지 않았다. 이에 신임부사 역시 온갖 수단을 다하다가 결국은 움직이지 않는 것을 알고는 분노의 마음이 가득하여 이유 없이 춘향을 포박하여 온갖 악형혹벌(惡刑酷罰)을 다 내렸지만 춘향의 결심은 바위와 같아서 끝까지 죽음으로써 이에 응하며 꼼짝도 하지 않았다. 신임부사는 어쩔 수 없이 춘향을 감옥에 가두었다. 그리고 더 언변이 좋은 자에게 명하여 온갖 수단을 다하여 설득하게 했다. 한편 춘향의 모친 월매 역시 신임부사의 미끼에 눈이 멀어 몸소 옥중의 춘향을 찾아가서 이해화복(利害禍福)을 역설하며 백방으로 이를 설득하다가 결국은 이를 질책하기에 이른 적도 종종 있었지만, 춘향의 집념과 의지가 굳어 꼼짝도 하지 않는 것이 예전과 변함이 없었다. 신임부사 마침내 자신의 뜻을 따르지 않는 것을 알고 이를 몹시 미워하여 괴롭히는데 매우 잔혹하여 그것이 몇 년 동안 계속되었지만 효과는 전혀 없었다. 춘향이 이와 같이 고초를 겪으며 신음하고 있는데 반하여, 이도령은 관례를 하고 등과하여 이미 청운(靑雲)의 길에 나아가니 다행히도 천운을 입어 수의(繡衣)5) 어사의 관명을 받아 전라도 출장을 명령받았다. 어사 기뻐 어쩔 줄 몰라 하며 곧 주야를 가리지 않고 발걸음을 재촉하여 바로 남원으로 향하여 춘향을 만나고자 하였다. 이때 춘향은 여전히 감옥 안에 갇혀 거의 사경에 빠져 있었다. 어사 아직 이를 모르고 바로 춘향의 집으로 향했다. 가는 길에 한 가지 꾀를 내고는, 일부러 그 문을 두드렸다. 월매가 문을 나와 이를 맞이하여 이도령을 알아보았지만 자

5) 수를 놓은 옷. 암행어사가 입던 옷.

세히 옷을 살펴보니 거지나 다름없었다.

월매가 한 번은 놀라고 한 번은 원망을 하며 이를 쫓아내어 춘향과 만나지 못하게 하며 온갖 구박을 했다. 어사 마음속으로 박정함을 슬퍼하며 비웃으면서도 일부러 불쌍한 거지 모습을 하고 춘향을 한 번만 보면 죽어도 한이 없다고 호소했다. 월매는 이를 더 모욕하고 끝내 춘향의 소재를 알려 주지 않고 만나지 못하게 했다. 어사 어쩔 수 없이 월매의 집을 떠났다.

어사는 월매의 집을 떠나 곧 춘향의 거처를 알아내고 몰래 옥문으로 찾아갔다. 춘향이 한 번 보고 놀라고 한 번 기뻐하며 문틈으로 손을 내밀어 어사의 손을 잡고 눈물을 흘리며 오열하더니 한동안 말이 없었다. 하지만 어사의 초라한 모습을 원망하지 않고 그저 노고를 탄식하며 자신의 고생은 벌써 잊고, 어사의 굶주림과 추위를 깊이 걱정하며 자신의 여종 향단이를 몰래 불러 부탁하기를, 자신의 의복과 패물을 팔아 어사의 관대의리(冠帶衣履)로 바꾸고 또 조석의 식사를 마련하며 지극정성으로 충심(衷心)을 다해 대접하라 했다. 그 말에는 정성스러운 마음이 흘러 넘쳤고 슬픈 마음은 듣는 이를 감격하게 하여 눈물을 흘리지 않는 사람이 없었다. 어사 혼자서 탄식하여 이르기를, 저 월매 노파는 의리도 없고 인정도 없는 데, 어찌하여 이런 열녀정부(烈女情婦)를 얻었을까 한다.

마침 때는 신임 태수의 생일에 해당하여 큰 잔치를 베풀어 빈객(賓客)을 초대했다. 잔치가 끝나면 춘향을 옥중에서 끌어내어 그 뜻을 억지로 따르게 하려고 만단의 준비를 했지만, 어느새 그 말이 새서 춘향의 귀에까지 들어갔다. 깜짝 놀라 어찌할 바를 몰랐지만 이는 천명이니 어찌

할 도리가 없다, 이에 늠름하게 각오를 하고 잔치가 열리기 전날 어사에게 사실을 이야기하고 죽음을 고하며 어사와 현세에서 이별하고 후세 다시 만날 것을 기약했다. 홍루(紅淚)[6]가 비 오듯 했는데 다시 말을 이어, 소첩이 만약 죽으면 후에 낭군님이 손수 염을 하여 정결(淨潔)한 땅에 묻고 깊이 한탄하여 귀체(貴體)를 상하는 일 없이 삼가 스스로를 보중(保重)하여 저의 외로운 혼을 위로해 주시오. 또 이르기를, 소첩 내일 감옥을 나갈 때 낭군님이 몰래 와서 저를 보시오, 저는 죽기 전에 마지막으로 낭군님의 얼굴을 뵙고 하직인사를 할 것이오, 그 후, 제가 목에 찬 칼을 풀고 관정(官廷)에 들어가는 것을 봐주시고 제 목숨이 끊어지는 것을 기다려 주시오, 하고는 눈물을 흘리면서 깊이 탄식하고 어사의 손을 잡고 무릎을 꿇고는 정신을 차리지 못 할 지경이 되었다.

다음날 아침 신임 부사는 성대하게 잔치를 열고 널리 이웃 고을 수령을 초청하였다. 신임부사는 성품이 탐학(貪虐)하여 백성의 원망소리가 높았고 취렴(聚斂)한 재물이 산처럼 쌓였다. 당일 잔치는 환락이 극에 달했고 잔치음식과 기악(妓樂)은 사치스러워 무엇 한 가지 갖추지 않은 것이 없었다. 다만 잔치가 끝나기를 기다렸다. 바야흐로 잔치가 한창 무르익을 무렵 묘령의 미기(美妓) 섬섬옥수를 들어 춤을 추고 영인(伶人)[7]이 음악을 연주하여 아름다운 음악이 공중에 울려 퍼지며 일세의 오유(傲遊)가 잔치에서 다하려는 찰나, 표연히 일개 위엄 있는 수의어사 갑자기 출도 했다.

---

6) 피눈물(몹시 슬프고 분하여 나는 눈물), 미인의 눈물.
7) 궁중 음악의 연주자.

역자 왈, 한국 국전(國典)에 어사는 폐하의 어명을 받아 명을 행하기 때문에 그 권위는 매우 높고, 평소 암행비찰(暗行秘察)을 주로 하며 만약 수령 등에게 판치(判治) 엄벌할 바가 있으면 곧 그 종적을 군현에 드러낸다. 이를 어사출도라 한다. 출도를 하는 방법은 우선 처음부터 출도를 포고하는 경우와 갑자기 출도 하는 것 두 가지가 있다. 주로 갑작스러운 출도는 대형사사건이 있을 때 이루어지기 때문에 지방관리들은 이를 가장 두려워한다고 한다.

　수의어사 출도는 마당에 가득 차려진 잔치자리를 두려움에 떨게 하여 파산하게 했고 주객은 모두 숨기 위해 쥐구멍을 찾아 도망치고 배반낭자(杯盤狼藉) 사이에 어사는 바로 정청(政廳)을 열고 우선 남원부사를 파면하고 부고(府庫)를 폐쇄하였다.

　역자 왈, 한국에서 불선치자(不善治者) 수령에 대해서는 우선 그 관직을 파면하고 그 후에 주계(奏啓)하는데 이는 어사의 직권이다. 또한 수령으로서 탐장(貪贓) 무조리(無條理)한 자에 대해서는 반드시 그 창고를 봉쇄하고 조사하는 것이 법으로 되어 있다. 따라서 어사가 출도하여 탐학(貪虐)을 처분하는 것을 봉고파직(封庫罷職)이라 한다.

　이에 부사는 그 죄가 가볍지 않음을 알고는 곧바로 도망을 쳤다. 어사는 바로 옥중에서 춘향을 꺼내 부정(府庭)으로 데리고 오게 한 후, 매우 위세를 부리며 꼼꼼히 형구를 설치하고 춘향에게 명령하여 이르기를, 그대는 참으로 천기로서 감히 관장(官長)의 명을 거부하다니, 고초를 겪는 것이 마땅하구나, 전 부사는 본성이 유약하여 아직 그대를 굴복시키지 못 하였지만 나는 그렇지 않다, 그대가 만약 유순하게 내 명에 따르면 후히 상을 내리겠다, 하지만 이와 반대로 고집을 부려 내 명을 거절한다면 결단코 용서하지 않으리라, 더구나 네 목숨도 부지 못 할 것이다.

춘향은 어사가 이도령인 줄 모르고, 또 이 명령을 듣고는 곧 장우단탄(長吁短嘆) 후 힘껏 소리를 내어 이르기를, 소첩 일찍이 사람들에게 듣기를, 소위 어사는 풍속의 선불선(善不善)을 시찰하고 관리의 치불치(治不治)를 사핵(査覈)8)하여 잘못된 것을 바로잡고 억울함을 풀어 줌으로써 풍속을 바르고 아름답게 하는 것이라고 하였습니다, 지금 어사가 와서 다시 부사의 오행(汚行)을 이어받아 폭(暴)으로써 폭을 대신하고자 하십니다, 아, 이 역시 천명일 것입니다, 충신과 열녀는 그 이치는 한 가지입니다, 어사가 또 이렇게 행동을 하시다니요, 이러하니 어떻게 임금의 고굉(股肱)9)이라 할 수 있겠습니까? 하지만 만승(萬乘)의 나라는 빼앗을 수 있어도 필부필부의 뜻은 빼앗을 수 없습니다, 목숨은 하늘의 뜻에 있는 것, 지금 소첩에게는 단지 죽음이 있을 뿐, 어서 소첩을 죽이십시오,라고 하며 두 눈을 감고 뜨지 않는다. 어사 다시 이야기를 계속하지만 여전히 돌처럼 두 눈을 꼭 감고 한 마디도 하지 않았다. 어사 마음의 중심이 의열(義烈)함을 느끼고 탄복하여 마지않았다. 그리고 그 고충을 추켜세우며 다시 명령하여 이르기를, 그대 눈을 떠서 나를 보라.

춘향이 아직도 이도령을 알아보지 못 하고 그저 어서 죽이라며 다른 말은 따르지 않겠다고 연호하여 마지않는다. 어사 이에 예전에 받은 옥

---

8) 실정을 자세히 조사하여 밝힘.
9) 다리와 팔이라는 뜻으로, 임금이 가장 신임하는 중신(重臣).

가락지를 주며 이르기를, 그대 잠깐만 이 반지를 보라. 춘향 어쩔 수 없이 눈을 떠서 그것을 보니, 이는 예전에 이도령에게 원앙(鴛鴦)의 증표로 준 자신의 옥가락지였다. 춘향 처음에는 괴이히 여기다가 눈을 들어 어사를 보고는 이게 웬일인가? 목숨을 걸고 맹세를 했지만 그 뜻을 이루지 못 하고 이미 옥안에서 현세를 하직하는 인사를 나눈 이도령이라니. 이로써 곧 수년 동안의 고초와 신달(辛撻)이 일시에 사라지고 하늘을 우러러 축복을 하며 이르기를, 하늘에 계신 신이시여, 어사 낭군 어찌하여 소첩을 희롱하셨습니까, 너무 합니다 하고는 일어서 춤을 추며 대청으로 올라갔다. 이로써 금슬이 상합(相合)하여 옛정이 다시 살아나고 환락(歡樂) 이루 말할 수 없었다.

춘향의 모친 월매는 관청 문에 서서 춘향의 죽음을 기다리고 있었는데, 어사가 이도령임을 알고는 바로 포복하여 마당으로 들어와 무릎걸음으로 죄를 용서하라고 빈다. 어사 민망해하며 이를 용서한다. 월매 기쁨에 겨워 역시 대청으로 올라와 춤을 춘다. 사람들이 모두 이를 보고 웃음을 터뜨렸다.

소위 『춘향전』은 이로써 완결되었다. 후대사람들이 섬약(纖弱)한 소녀가 정절을 잘 지키고 또 옛 인연을 완수한 것을 칭찬하여 이를 가곡으로 만들기에 이르렀다 한다. (미완)

궁녀(宮女)

메이호생(明浦生)

궁녀는 반드시 대정(大政)에 크게 관계가 있지만, 정계의 감화와 연쇄가 그들의 수완에 달려 있음은 잘 모를 것이다. 대개 개인의 가정에 있는 부인, 시녀, 여종 등의 조직 및 상무(常務)가 한 집안의 교제 혹은 경제에 관계가 있는 것처럼, 궁녀 역시 참으로 한국 정계 이면의 움직임에 적지 않은 영향을 주는 경우도 있다. 원래 궁녀에는 세 계급이 있다. 상위(上位)를 귀인, 중위를 상궁, 하위를 내인(內人)이라 한다. 내인은 상궁의 지휘를 받아 잡일에 종사하고, 상궁은 각자 주관하는 임무를 갖는다. 귀인은 상궁의 특별한 총애를 얻어 발탁되는데, 귀인 이하 내인에 이르기까지 위기(位記)를 갖는 것이 흡사 대신 이하 주사(主事)에 이르는 위기와 다름없다. 종일품, 정이품 등은 통위(通位)로 이들 위기에 대해서는 정승도 이래라 저래라 할 수 없다. 품계에 대한 접대 역시 정승 이하에 대한 것과 다름이 없다. 다만 받는 봉급은 매우 적어 많은 경우는 8원에서 20원 이내(귀인은 예외)이다. 그리고 상궁 중 높은 경우는 굉장한 저택을 소유하고 가족을 부양하는 것 역시 정승과 같다. 이에 소요되는 비용은 봉급 외에 군수의 공물(貢物) 또는 궁중에서 소비되고 남는 물품, 기타 하사품으로 유지된다. 만약 궁중에서 성대한 연회가 있는 경우 상궁 각 부장의 수입은 1년 동안 가족을 부양하고도 남을 정도라 하니 가외 수입이 얼마나 많은지 알 수 있다.

상궁의 임무는 황제 담당이 있고, 황태자 담당이 있고, 명헌(明憲) 태후 담당이 있고, 순귀비(淳貴妃) 담당이 있으며, 영친왕 담당이 있고, 각 황족 담당이 있다. 수방(繡房), 침방(針房), 어선방(御膳房), 세탁방, 생과방(生菓房), 정원방 등으로 나뉘며 각방의 정원도 없고 평소 증감도 없지만 큰 방에는 백여 명이 있으며, 작은 방도 2, 3십 명 아래로는 내려가지 않는다. 각장에 방장을 두어 엄격하게 지휘감독을 하고 방장의 허락을 얻거나 특별 하교가 없으면 친왕 이상에게 함부로 접근하지 못 하게 한다. 연령은 7, 8세 소녀에서 60, 70세의 노녀에 이른다. 11세 이하의 소녀는 영친왕 상대이고 노녀는 명헌태후의 이야기 상대이다. 그리고 상궁 및 내인의 소재는 반드시 경운궁만으로 한정되지 않고 경복궁까지이다. 또한 각 황족에게도 분배되기 때문에 고 민비 시대에는 궁녀의 수가 거의 2천 명에 달했다. 현재 순귀비 시대에 들어서서 크게 감소되었지만, 아직도 황족 경복궁 등 쪽을 합산하면 천 명 이상에 이른다. 황족 중에서 궁녀가 많은 곳은 의화궁저(義和宮邸)이며 이재완(李載完), 이재각(李載覺) 댁이 그 뒤를 잇는다. 황제의 매형이 되는 윤용구(尹用求) 댁에도 역시 궁녀를 하사하였다.

궁녀의 진퇴는 거의 자유롭다. 게다가 그 집안도 대개 일정하다. 화색(花色) 또는 적흑색 의복을 착용하고 시중을 돌아다니는데 이를 서인(西人)이라 칭하여 일 구역을 이루며 상인(常人) 무리이다. 그리고 서인 여자만 내인을 지원하여 점차 승진하여 상궁이 되고 귀인으로 오른다. 젊은 궁녀로 속인이 되고자 하거나 기타 사정에 의해 해직을 하고자 하면 병을 구실로 일을 그만둔다. 궁중에서 사람이 죽어나가는 것은 가장 금기시하기 때문에 이를 바로 허락하며 지체하는 일이 없다. 궁녀는 남편을 가질 수가 없으며 불의를 엄격하게 금지 당한다. 만약 용체에 접촉을 하는 경우에는 위계를 문란하게 할 염려가 있기 때문이다. 근대에 들어서서 궁녀의 풍기가 크게 문란해져서 종종 성 밖의 사원에도 이르러 승려와 밀회하고 만일 임신을 하게 되면 바로 병을 고하고 물러났다가 출산이 끝나면 다시 태연하게 궁중으로 들어왔다. 궁중 내 상궁 중에는 몰래 남자역, 여자역으로 나뉘어 남자역은 앉는 자리나 순서를 상위로 하고 밤마다 동침을 하는 기이한 현상을 연출하는 풍습이 있다고 한다.

현재 상궁 중 유력자는 하(河) 상궁, 안(安) 상궁, 신(申) 상궁, 서(徐) 상궁, 백(白) 상궁 다섯 명을 말한다. 신 상궁은 두 명의 남동생이 있다. 신석효(申錫孝), 신석현(申錫賢)이라 하며 모두 황제의 총애를 받고 있다. 두 사람 모두 군수이지만 대개 임지에 있지 않고 경성에 있다. 서 상궁은 남자 친척 중 유명한 사람이 없다. 폐하의 방을 지키는 노녀이다. 이 상궁은 원래 미약한 내궁이었지만 노공(老功)을 쌓음에 따라 상궁이 되었으며, 또한 책을 읽는 재주가 좋아 여음요요(餘音嫋嫋)[1]하여 끊이지 않는 정취가 있었다. 명헌태후가 노령이라 잠들지 못하면 때때로 서상궁을 불러 독서를 하게 하여 안민을 했다. 이 공으로 폐하도 특히 서상궁을 귀히 하여 그 방을 담당하게 했다. 백 상궁은 명헌황후 담당으로 위기는 가장 높다. 궁중의 제사, 내연(內宴) 등을 총괄하는 임무를 맡고

---

1) 악곡의 여음이 길게 남는 일. 소리가 가늘고 길게 이어져 끊이지 않는 모양.

있다. 친족 중에는 백완계(白完桂)라는 사람이 있는데, 봉세관(捧稅官)을 담당하며 이용익(李容翊)과 친분이 있다. 또한 군대에서는 그 건아 대대장 이하에 임명된 자가 많다. 하 상궁은 남성 중 유력한 사람이 없다. 하성초(河聖初)의 누나이자 하도일(河道一)의 숙모이다. 인천감리 하상기(河相驥)를 하상궁의 동생이라 하는데 이는 잘못된 소문인 것 같다. 일설에 하상기는 상궁과 아무런 친족 관계없이 단지 인천항 요소에서 일본 망명한국인 손님의 출입을 감시하여 이를 발견하면 곧 포박한다는 조건으로 일본인의 동정도 정찰해야 한다는 내명 하에 총애를 받는 자이며, 그 동생 하상준(河相駿)은 목포감리서 경무관을 지냄으로써 동일한 직무에 해당하는 자라고 한다. 또 안상궁은 두 명이 있는데, 하나는 육십에 가까운 노녀이고 하나는 사십의 중년이다. 세력이 있는 것은 노녀 쪽으로 안학주(安學柱)의 누나에 해당하며, 황태자 전하의 유모이다. 전하는 거의 친모처럼 존경하여 질병환고(疾病患苦) 때에는 반드시 안상궁을 부르신다. 이 때문에 이 노녀는 폐하에게 접근하여 이것저것 주문(奏聞) 대화를 하는 사이이다. 안학주가 작년에 군수로 부임하여 조세를 게을리하여 체납했는데도 폐하가 이를 용서하고 더 총애하시는 것도 이 때문이다.

이상 다섯 명의 노녀는 모두 육, 칠십의 고령으로 노망이 나고 쇠비(衰憊)하여 도저히 보통 사람의 화제에 오르거나 문사의 필봉에 접할 자격이 없다고 하며 지레짐작하는 사람도 있겠지만, 실제로는 그렇지 않다. 수십 년 동안 대궐 깊숙한 곳에서 남성을 접하지 않은 결과 기력이 강건하고 행동거지가 엄숙하며 사람을 쓰는데 규율이 있으며 용무를 보는데 질서가 있고 제사, 연회 등 준비에 큰 도움이 된다. 다년의 수업으로 문필에 능하며 책도 잘 읽고 자수도 숙달되었으며 바둑에 능한 사람도 있다. 응대나 교수(交酬) 때 이야기를 한 번 하면 담화가 명석하고 막히는 곳이 없으며 품위 고하, 인물의 선악, 정계의 책략 등에 미치므로 담론 풍부하고 수염 난 남아 삼사(三舍) 저리 가라이다. 그중에서도 백 상궁은 육예(六藝)2)에 통달하여 매일 밤 명헌태후와 바둑을 두어 내정(內廷)의 묘수로 칭해진다. 이로 보아 한인은 남성보다 여성에 잘난 사람이 많고 대궐의 노녀가 정계의 책사를 좌지우지 하는 모습을 짐작할 수 있다.

---

2) 중국 주대(周代)에 행해지던 교육과목. 예(禮)·악(樂)·사(射)·어(御)·서(書)·수(數) 등 6종류의 기술이다. 예는 예용(禮容), 악은 음악, 사는 궁술(弓術), 어(御)는 마술(馬術), 서는 서도(書道), 수는 수학(數學).

한국의 기생(韓国の妓生)

녹녹한인(碌々閑人)

기생은 한국의 꽃이다. 한 번 한국을 거쳐 간 적이 있는 사람은 도회에서는 물론 지방 각부에 이르기까지 기생의 존재를 볼 수 있다. 그런데 이 기생에 대한 상세히 설명을 해 주는 사람은 지극히 드물고 그 설명도 거의 대충이다. 다만 흑파군(黑坡君)의 한반도는 기생의 소식을 가장 완전하게 소개하여 우리로 하여금 할 말이 없게 한다.

기생 처음에는 관기라 하여 왕실의 대전 혹은 경사 축연에 임하며 무악을 연주하고 또 개인의 초빙에 응하여 연석의 흥을 돕는다. 적은 관에 있으며 의식은 국고에서 지급받는데, 혹자는 위계를 갖고 혹자는 시를 지으며 혹자는 글을 읽어 실로 당당한 일종의 공인으로 평가된다. 이는 정확히 그 진상을 파악한 것이다. 또한 그들은 상방(尙房), 약방(藥房), 공조(工曹), 혜명서(惠名署)에 속하며, 재봉관이 되고 시의직(侍醫職)이 된다고 서술하고 있으며, 이들 기생의 정원수는 한성에 86명으로 한정한다고 세세하게 기술하고 있다. 이 점에 대해 한 가지 할 말이 있다. 따라서 기녀의 연원(淵源) 및 해당 저서의 설명 외에 두세 가지 잡문을 들어 보겠다.

옛날 한국에 양수척(揚水尺)[1]이라는 한 종족이 있었다. 이 종족은 본래 적이 없이 마음대로 떠돌아다니며 바구니를 짜고 그릇을 만들어 파는 것을 직업으로 삼고 있었다. 고려 태조가 후백제를 정벌할 때, 이들 종족은 실로 제어하기 힘든 백성이었고, 이들 부락은 화외(化外)[2]에 있었다고 한다. 이후 고려조의 권신 이의(李義)라는 사람이 처음으로 첩을 이 종족에서 취했다. 그리고 이 부락의 인별표(人別表)라는 것을 만들어 세금을 부과하게 되었다. 게다가 다른 백성들과는 달리 취급했다. 이조 시대에 이르러 이들 종족은 각 군에 나뉘어 남자는 노(奴), 여자는 비(婢)가 되었는데 비는 대개 수재(守宰)[3]의 총애를 받게 되었고, 종국에는 그 용모와 복장을 꾸미고 가무를 익혀 주석에서 시중을 들게 되면서, 각 군에 처음으로 기생이라는 호칭이 생겼다.

그리고 각 군 중에서 기생의 영화와 아름다움이 극에 달한 곳은 평양이 제일이고 그다음이 진주이다. 이런 식으로 기생이 생김과 동시에 각 군에 기생 좌목(座目)[4]이라는 것이 만들어졌다. 좌목이란 기생의 이름을 쓴 것으로 직위나 순위를 기록한 것으로, 동년(童年)에 이 좌목에 기입이 되면 동기(童妓)라고 불렀다. 모두 그 모친이나 할머니를 부양하기 위해 관아에 들어가 공역(共役)을 하는 것이다.

처음에 한성의 기생은 각 군에서 선상(選上)[5]하는 경우도 있었고 민간에서 뽑는 경우도 있었다. 각 군에서 선상한 기생의 이름은 대개 군

---

1) 전문적인 민간 연희자의 총칭인 광대의 이칭 중 하나.
2) 치화(治化)가 미치지 않는 곳.
3) 고을의 수령(守令). 군(郡)·현(縣)의 관장(官長), 군수(郡守)·현령(縣令)·현감(縣監) 등 지방관의 통칭.
4) 각 관청마다 그 좌목이 있어 본직(本職)에 임명된 날짜와 그 서열을 기록함.
5) 조선시대에, 서울 각 관청의 사역에 종사하기 위하여 지방청에 소속된 자를 선발하여 올리던 일.

명을 이름으로 하는데, 예를 들어 충주에서 선상한 기생은 충주라 부르고 진주에서 선상한 기생은 진주라고 부르게 되어 있다고 한다. 이렇게 선상이 되기까지는 모두 남편이 없다. 그러나 전술한 바와 같이 경성 사서(四署, 약방, 상방, 공조, 혜명서)에 속하면 모두 남편을 가질 수가 있다. 그리고 남편 되는 사람은 어떤 사람들인가 하면, 액예(掖隷)6) 혹은 포교(捕校)7)인데, 액예는 홍의(紅衣)를 입고 궁내에서 공역에 부역하며, 포교는 순검(巡檢) 같은 사람이다. 그리고 기생은 평생 어떠한 일을 하는가 하면, 이전에는 후비빈(后妃嬪)이 가마를 타고 행차할 때 기마선도(騎馬先導)를 하며 그 외 상방, 약방, 공조, 혜명서 공역에 복역했다. 그리고 시간이 있으면 집에서 풍류랑(風流郎)8)을 접하거나 초대를 받아 잔치자리에서 시중을 들며 교태를 판다. 이와 같으므로 당시는 아직 궁중에 들어가서 여락(女樂)9)을 하는 일은 없었다. 우연히 폐왕 연산군 때 궁궐이 문란한 연회장이 되어 기생들을 끌어들여 추행을 일삼기가 극에 달했기 때문에, 후에 궁정 숙정(肅靜)해 지기는 했지만 기생 공역의 풍습이 여전히 남아 진연진찬(進宴進饌) 등 왕실의 공식 행사에 참여하게 되었다. 궁중에 음악 연주기관을 두어 공로가 있는 자는 위계를 주고 그에 상응하는 옥원자(玉圓子)를 허락하는데(옥원자란 옥과 금이며 주임관(奏任官)은 금을 귀에 꼽고 가자(加資)인 기생은 머리 뒤에 꼽게 되어 있다), 이는 큰 명예로 여겨졌다.

지금은 네 부서 제도가 없어졌고 이들 기생은 모두 태의원향(太醫院鄕)

---

6) 대전별감이나 무예별감 등을 말함.
7) 조선시대 서울의 좌우포도청(左右捕盜廳)에 소속된 군관(軍官).
8) 풍치(風致)가 있고 멋들어진 젊은 남자.
9) 궁중이나 지방관아에 매인 관기(官妓)들이 행하던 가무와 풍류.

에 예속되게 되었으며 다달이 약간의 수당을 받는다. 그리고 각 군에서 기생을 선상하는 일도 차차 폐지되어 기생의 이름도 가자(佳字)를 사용하게 되었다. 그리고 가자 중에서는 대개 화월선운(花月仙雲) 네 글자를 떠나지 않는다. 예를 들어 홍매(紅梅), 농월(弄月), 금선(錦仙), 채운(彩雲) 등과 같은 것이다.

그리고 기생에 대해 제군을 위해 특별히 한 마디 해 둘 것은, 용모가 아름다우면 기생으로서 귀히 여겨지느냐 아니냐 하는 문제이다. 일본에서는 신류이교(新柳二橋)[10]를 비롯하여 기예라고 하는 점에 중점을 두는 촌스러움은 없다고 하는데, 이는 한국의 기생을 생각하면 부끄러울 따름이다. 한국의 기생은 기예 면에서 매우 노력을 한다. 아무리 옥안유요(玉顔柳腰)의 모습이라도 예도를 익히지 못하면 기생이 될 수 없다. 그리고 스스로도 기생이 되는 것을 치욕으로 생각한다. 일본의 예기(藝妓)와 같은 뻔뻔스러운 예기는 한 명도 없다. 그렇다면 어떻게 예도를 익히는가 하는 문제인데, 첫째로 창가, 다음이 춤, 그다음은 음악, 그다음은 바둑, 다음이 시를 짓거나 글을 쓰는 것으로, 그들 중에는 칠언절구 정도는 그 자리에서 화답하는 것을 들은 적이 있는데 보통이 아니다.

그렇다면 누구에게 기예를 배우는가 하면 교방사(敎坊師)라는 것이 있다. 이는 남자인데 그 업계에서 대단히 존경을 받는다. 교방사에게 붙어서 더 교수를 받아 졸업면허를 받아야만 한다. 졸업면허를 받기 위해서는 다수의 기생과 중심이 되는 교방사를 한 자리에 모아 연회를 열어 창가를 하거나 춤을 추어 그 성과를 보여주는데, 거의 모든 사람이 이 정도

---

10) 에도(江戸) 시대부터의 화류계인 야나기바시(柳橋)와 메이지(明治) 시대 이후 화류계로 발달한 신바시(新橋)를 합쳐 부르는 말.

라면 문제가 없다고 하면 그 동의가 면허가 되는 것이고 이러한 작법을 배반(杯盤)이라 칭한다. 그리하여 배반을 거치지 않은 사람은 사람들 앞에서 가무를 할 자격이 없기 때문에 매우 엄격하다.

기생 즉 관기에 관한 이야기는 대체로 위와 같다. 그런데 이 기생은 몇 살 정도에 기적에서 몸을 빼서 일반인이 되는 것일까? 한성과 같은 풍류사회에서는 25세가 그 한도로, 그 나이가 되면 기적에서 몸을 뺀다고 한다. 기적을 빼는 것을 제안(除案)이라 하는데, 지금은 연령에 제한이 없다. 결국 용모가 쇠하는 때가 기적을 빼는 시기가 되는 것이다. 물론 기적을 빼는 방법에는 두 가지가 있다.

첫째 기생의 남편이 폐업을 하게 하는 것과 두 번째는 부잣집 자제가 미모와 기예를 아껴 낙적을 하게 하고 자신의 첩으로 삼는 경우로, 낙적을 할 때는 대개 기생의 남편에게 5백 원 이상 2천 원 정도를 던져 준다. 물론 이 금액은 모두 남편의 주머니로 들어가고 기생은 조금도 간섭할 수가 없기 때문에, 일본과 차이가 없다. 물론 개중에는 멋을 부려 큰돈을 쾌척하여 기생으로 하여금 적을 빼게 하는 경우도 있다. 이런 경우에 기생은 마음대로 다른 남자를 남편으로 맞아 행복한 여생을 보낼 수 있다. 한성의 수많은 기생들은 모두 그와 같은 멋쟁이를 만나기 위해 기량을 닦고 있으며 그들은 이것을 더없는 명예로 여긴다.

그리고 이들 관기 외에 더벅머리[11]라는 것도 있다. 이는 정부와도 관계가 없고 관아의 공역도 하지 않는다. 즉 사와자(私窩子)라고 칭해야 할 것이다. 이 종류의 기생은 손님을 상대로 술을 마시고 노래를 부르며 매

---

11) 기생의 등급에서 최하위인 삼패(三牌)에도 채 이르지 못하는 수준의 매춘부를 이름.

춘을 할 뿐 무악을 연주할 수 없다. 또한 노래도 모두 속요조로 부르며 관기와 같은 고상한 노래를 모른다. 물론 관기가 적에서 빠져 더벅머리로 강등되는 경우도 있다. 이들은 신분이 내려감과 동시에 관기로서 받는 모든 대우를 상실하고 사대부들의 연회자리에 나갈 수 없다. 또한 아무리 관기 때 깊은 정교를 유지했다 하더라도 더벅머리가 된 사람을 불러 자리를 함께 하면 더없는 치욕으로 여겼다.

더벅머리 밑에 더 천한 매음녀가 있다. 이는 더벅머리가 영락하여 남편이 없는 여자, 양가집 딸로 남편을 잃고 다른 사람의 첩이 된 여자 등으로 이들은 위험한 병독을 가지고 있다고 한다.

최근 한량 자제들이 이상과 같은 매음녀들을 셋으로 나누어 관기를 일패(一牌)라하고 더벅머리를 이패라 하며 그다음을 삼패라 한다. 일본인의 입에 회자되는 갈보는 제삼패의 여자들로 스스로들 조심하는 것이 중요하다. 그리고 이들 기녀들을 불러 저녁을 즐기기 위해서는 어느 정도의 요금이 필요한지를 이야기하자면, 제일패의 향대(香代, 정유(丁由)라고 한다) 8원, 제이패 4원, 제삼패는 2원 내지 3원 정도라고 하며, 지금 한성에 제일패에서 제삼패의 기녀 총수는 만 명 이상에 달한다고 한다.

이 외에 기녀의 생활태도와, 풍류랑들이 서로 호화로움을 다투고 임협(任俠)[12]을 다투는 것은 매우 재미있지만 그러다 보면 자연히 민망한 이야기도 해야 하기 때문에 여기서 붓을 놓겠다. 다만, 기녀의 고객에 대한 대우는 친절하고 애교가 있어서 의외로 재미있다는 사실은 여기에 부기해 두겠다. 이는 어떤 사람의 실험으로 나는 그 실험을 여기에 소개한 것이다.

---

12) 사내답게 용감함.

반도의 낙토(半島の楽土)

아관거사(峨冠居士)

만나고 헤어지는 것은 미리 알지 못하며 영고(榮枯)의 때를 헤아리지 못하는 신산(辛酸)의 세상에 나와 생각하니 이것이 인생의 명운이다.

나는 1년 전에 조선에 건너와 어쩔 수 없이 부산생활을 했는데, 당시의 인상은 귀조 후 내 뇌리를 떠나지 않고 문득문득 감흥을 불러일으킨다. 그리하여 우연히 지필(紙筆)에 종사하는 몸으로서 헛되이 그것을 묻어 두는 것도 아까운 일이므로 몇 마디 적어 두기로 했다.

근린의 식민지

옛사람의 노래에, 배 떠난 하카타(博多)는 어디메뇨, 쓰시마(對島)에서는 잘 모르는 신라의 산들도 보인다. 쾌청한 날 시험 삼아 우리나라 쓰시마에서 바라보면 운연(雲煙)이 아득히 멀리 비취색으로 부동(浮動)하는 것이 보인다. 참으로 신라의 산과 우리는 일의대수(一衣帶水)1)를 사이에 두었을 뿐, 옛날에는 도요토미(豊臣) 다이코(太閤)2)의 말굽에 유린

---

1) 옷의 띠와 같은 물이라는 뜻으로, 좁은 강, 해협(海峽), 또는 그와 같은 강을 사이에 두고 가까이 접해 있음을 이르는 말.
2) 본래 셋쇼(攝政) 또는 다죠다이진(太政大臣)의 경칭(敬稱)으로 여기서는 도요토미 히데요시

된 땅이다. 지금은 노국(露國)의 여폐(餘弊)로 인해 목숨이 어찌 될지 모르는 땅이다. 팔도의 백성이 믿을 곳은 해 뜨는 나라(日出國)[3]의 의(義)뿐이다. 그리고 부산은 서남단의 일각에 위치하여 경상도 중 가장 좋은 지형을 이루고 있고 앞에는 절영도(絶影島)가 있으며 반도 중에 양호한 만의 모습을 하고 있다.

옛날 쓰시마의 번주 소 요시토시(宗義智, 1568~1615)의 경영에 의해 처음으로 일한 무역이 시작되었고 또 기유조약(己酉條約)[4]에 의해 점차 본격적인 거래가 개시되었으며, 수백 년을 거쳐 오늘날 부산은 실로 동양의 무역항으로서 우리 일본과의 통상이 점점 더 번성해졌다. 1년 거래액은 4천만 원에 달한다고 하니 일한무역의 장래 실로 우리 일본인에게 전도유망한 바이다.

한 번 부산에 건너온 사람은 알 것이다. 먼저 배가 절영도 동단을 돌아 만의 머리 부분에 이르면 시계가 황량하고 적나라하게 펼쳐지며 민둥산이 동북서 삼면으로 겹쳐져 있고 남쪽으로 겨우 열린 곳의 푸른 소나무 산 근처에 일본 가옥이 일면에 즐비하다. 일본 전관(專管) 거류지는 즉 중앙의 용두산과 그 뒤의 복병산으로 그 윤곽을 보기 좋게 그리고 있다.

이후 우리 일본인의 이주가 해마다 날마다 증가하여 지금은 적이 있는 인구가 1만 2천, 내지에 들어와서 노동에 종사하는 인구가 2천여 명, 거의 1만 5천 명에 이른다. 그렇지만 3분의 1은 무자산자로 겨우 소수

의 경칭.

3) 일본을 뜻함.

4) 조선 광해군 원년(기유, 1609)에 조선과 일본 사이에, 사신의 접대, 벌칙 및 무역선의 출입 따위에 관해 맺은 조약.

의 자산가 혹은 이주 후 재산을 축적한 자 외에 관리, 보통 잡화상 등을 제외하면 다수의 노동업자 뿐으로 아직 일본의 세력 부식(扶植) 상 아직 많이 부족하다. 하지만 부근의 한민(韓民)에게 미치는 일본적 감화와 이민의 생산적 발달은 다소의 자신이 있다. 한 마디로 노동자라고 하지만 근해어업에 종사하는 사람들의 1년 생산은 실로 4백만 원에 이른다. 특히 어업은 농상무성의 보호를 받아 계통적 단체 하에서 일을 하고 있기 때문에 꼭 육지의 무역에 뒤진다고 할 수 없으며 우리 야마토(大和) 민족이 영원히 용두산의 푸른 소나무와 함께 번영해 갈 것을 생각하면 기분 좋은 일이다.

모범적 식민지

부산은 10만 평의 전관 거류지가 있지만 해마다 이민이 증가하여 이 10만 평에 수용할 수 없어 관할지 외로 흘러넘쳐, 관외 일한리(一韓里) 내의 땅을 돌을 치우고 평평하게 만들어 지반을 굳혀 다년간 황폐하게 초목에 무성한 채로 있던 것이 지금은 일본 가옥이 점점이 이어져 일견 매우 기분 좋다.

원래 거류지의 조차조관(租借條款)은 기정(旣定) 10만 평 이외 일한리 이내를 영대차지(永代借地)로 하는 조약이지만, 이는 한정(韓廷)과의 문명상의 일에 대해서만 해당되는 것이라, 실제로는 피아 개인의 계약 체결에 의하고 지역의 대차는 내지라고 해도 어려움이 없으며, 현재 실례는 우리 일본인이 이미 실행하고 있는 바이므로, 금후의 이민은 설령 관외 일한리 이외의 지역이라도 당연히 소유할 수 있는 것으로 알고 있다.

그러자 관내에서도 화재나 기타 다른 원인으로 가옥 건조를 하려는 자가 일부러 관외로 이전하여 타일 좋은 위치를 차지하려고 하고, 관외에 있는 자는 계약체결 밖의 지역에서 땅을 더 구하려는 일이 현재 일어나고 있기 때문에, 이민 세력이 요즘보다 더 증가하면 앞으로 얼마나 더 팽창할지 알 수가 없다.

관내는 동북(전체 지역으로 보면 중앙) 및 서남단에 공원과 같은 구릉이 두 군데 있는데 윤곽이 저절로 생겨 큰 구릉을 용두(龍頭)라 하고 작은 구릉을 용미(龍尾)라 칭한다. 소나무 소리와 바람 부는 소리에 지팡이를 짚고 오는 사람이 끊이지 않고 맞은편 절영도의 비취색과 짝을 이루며 스스로 해광산색(海光山色)이 특별한 아름다움을 발산하니, 산수에 익숙한 방인(邦人)의 눈에도 사랑하지 않을 수 없는 곳인 것 같다.

시가는 도로 수리가 제대로 되지 않아서 비에 패이기 쉬운 것은 유감스럽지만 작년 겨울에 큰 화재가 난 이후 거류지회에서 결의하여 복구를 하게 되었다. 가옥 같은 것도 신축은 모두 방화벽을 설치하고 하수 배설 등 제반 설비를 갖추게 되었다. 수만 원의 경비를 투자한 수도부설사업 같은 것은 공전의 사업으로 이 때문에 거류지 재정이 다소 압박을 받았다고는 하지만 현재 1만 거류동포는 이에 생명을 위탁하고 있다 해도 과언이 아닐 것이다. 또한 위생설비든 해면매축(海面埋築)이든 식민지적 경영으로서는 바야흐로 흠잡을 곳이 없는 것 같다. 다만 가로수가 없는 것은 신참 이민자로 하여금 어느 정도 싫은 느낌이 들게 하지만 원래 부산 부근은 수목이 없어서 억지로 그것을 공급하자면 일본 내지에 의존하는 수밖에 없어 이 역시 조만간 식수를 하게 될 것으로 보인다. 게다가 공원 같은 곳에 이르러서는 천연의 두 구릉에 있는 소나무 숲이 있어 명목이 유지되고 있다. 이들 공원 설비는 저절로 실현될 기회가 있을 것이다. 요컨대 모범적 식민지라는 것, 방인 이식기관을 완전히 하겠다는 목적에 그치지 않고 내지 한인에 대한 감화적 세력을 얻는 데 있어서도 조만간 더 완전한 설비를 보아야 할 것이다.

부산 경승(景勝)

관내 용두산에는 산 위에 금비라궁(金比羅宮)[5]을 모시고 있다. 일찍이 거류 방인들이 건조한 것이다. 소나무 숲이 드문드문 펼쳐진 곳에 사당이 담아(淡雅)한데 배회하는 사람들로 하여금 발길을 잡고 올려다보게 한다. 산보를 하는 사람들이 정상의 벤치에 앉으면 관내 외 풍치를 한눈에 내려다볼 수 있고 무수한 일본 선박이 항구 내에 정박한 것을 볼 수 있다. 맞은편에 소가 누워 있는 형상을 한 것이 절영도로, 방인들이 흔히 마키노시마(牧の島)라고 하는 거선(巨船)은 섬 동단을 돌아 항구내로 들어간다. 그 서쪽 끝은 작은 배들이 출입하기에 편하다. 또한 섬의 동남쪽으로 약간 떨어진 곳에 오륙도라는 무인도가 있는데 그 형상이 매우 괴이하다. 용두산 위에서 조망하면 아름답다. 시험 삼아 저녁을 끝낸 후 지팡이를 짚고 소나무 숲으로 가 보니, 해 질 녘의 풍경이 오륙도 뒤에서 다가와 시계의 풍경 참으로 한 폭의 그림 같다. 오륙도의 서북 즉 절영도와 동쪽으로 이웃하여 대륙으로 이어지는 곳을 적기반도(赤崎半島)라 한다. 적기반도가 끝나는 곳이 조망이 가장 좋다. 서북쪽으로 만을 조감하면 부산진이다. 역사에 전하는 고니시 유키나가(小西行

---

5) '금비라'는 일본인들의 어업의 신으로 금비라궁은 곧 신사(神祠)를 말한다.

長, 1558~1600)[6]의 흔적을 새긴 부산진성(釜山鎭城)의 경치 또한 보기 드문 절경이다. 여기에서 서쪽으로 해변을 따라가면 곧 우리 거류지에 이른다. 그 사이의 경치도 물론 모래는 희고 파도가 살랑이는 것이, 스마 아카시(須磨明石)[7]의 그것에는 미치지 못하지만 역시 방인이 즐기기에 적합하다. 경부철도 초량사무소 및 정차장은 그 사이의 연안에 있다. 일본인 음식을 파는 곳이 예닐곱 곳, 빨간 모포로 발을 친 찻집이 풍류는 없어 보여도 일요일 행락지로 도시락을 펼치기에는 족한 곳이다. 또한 관내에서 서북쪽이라 할까 구름이 걸쳐 있는 산맥이 하나는 남쪽항만으로 뻗어 나오고 또 하나는 동쪽 즉 부산진으로 이어진다. 그 조망은 동남의 경승에는 미치지 못하며 민둥산이 그대로 드러나고 경사가 급하며 드문드문 옥색 소나무가 산견되는 외 이렇다 할만한 것이 없지만, 관내 동남 양단은 아마도 이들 후원을 받는 대안(對岸) 덕분에 발전하는 바가 많을 것임을 알 수 있다. 그리고 구름이 걸쳐진 산 중턱에 올라가면 반도 서안(西岸)의 광경을 발아래로 조감할 수 있고 아울러 낙동강 하구를 바라볼 수 있다.

관내의 용두산과 짝을 이루는 용미 구릉은 용두산의 경승에 미치지 못하여, 겨우 가토 오니장군(加藤鬼將軍)[8]의 사당이나마 있어 산책하는

---

6) 천주교 신자인 일본의 무장(武將). 도요토미 히데요시의 가신으로 임진왜란 때 선봉에 섰다. 히데요시가 죽은 후 이시다 미쓰나리(石田三成)와 한 패가 되어 도쿠가와 이에야스(德川家康)와 싸웠으나 패하여 피살되었다.

7) 『겐지모노가타리(源氏物語)』에 등장하는 곳으로, 스마(須磨)는 정치적으로 궁지에 몰린 주인공 히카루 겐지(光源氏)가 사랑하는 여자들을 남기고 교토(京都)를 떠나 물러난 곳이고, 겐지는 아카시(明石)로 이주하여 아카시노기미(明石の君)를 만나 회임한 그녀를 남기고 귀경한다. 모두 히카루 겐지의 큰 전환점이 된 곳.

8) 가토 기요마사(加藤淸正, 1562~1611)를 말함. 임진왜란 당시 왜군의 장수로 우리나라를 침략한 일본의 무장. 도요토미 히데요시 막하에서 전공을 세우고 영주가 됨.

사람들이 있을 뿐, 늘 어린 아이들이 떼로 모여 장난을 치고 있는데 그대로 방치되어 있는 것은 안타깝다.

절영도는 부산사료의 대부분을 차지하는 만큼 고적이 매우 풍부하며 탐승(探勝)할 만한 바가 적지 않다. 마키노시마라는 것은 옛날 섬의 일단에 목장이 있었던 데서 유래한다. 원래 수목이 많았지만 벌목의 폐해로 인해 지금은 풀이 돋은 곳조차 적다. 다만 부산관내로 향해 계곡이 흐르는 곳에 겨우 잡목 숲이 있다. 샘은 계곡의 돌 틈에서 솟고 죽림으로 점철되어 있어 그윽한 정취 이루 말로 표현할 수 없다. 하지만 원래 우리 해군의 저수지로서 산허리에 널리 울타리를 쳐서 함부로 방인의 배회를 허락하지 않고 일부 행락을 허락할 뿐이다.

요컨대 반도의 풍물은 우리 산용수태(山容水態)에 비할 바가 못 된다. 하지만 부산 부근의 약간 정돈된 자연미모가 발달한 곳은 쉽게 보지 못할 경승이라 할 수 있다.

길가의 광경과 인근 한인 부락

거류지에 상륙한 자는 울창한 소나무 숲의 풍광도 그렇고 일본가옥이 즐비한 것도 그렇고 모든 것이 기대 이상이라 생각할 것이다. 다만 그중에서 기이한 광경으로 놀라운 것은 거리의 모습이다. 수많은 한인이 도처에 삼삼오오 모여서 시끄럽게 입게 거품을 물고 욕을 하고 비웃고 하는 모습은 더욱 기이하다. 욕을 하는 것처럼 들리는 것은 서로 이득을 다투는 것이고 비웃는 것 같은 것은 불리함을 탄식하는 것이다. 검은 모자에 흰 옷을 입은 사람들, 옛날에는 망국의 노래를 부르며 아리랑 아리랑 슬픈 곡조에 헛되이 눈물을 글썽였다. 이를 지금의 참담함과 비교하여 생각하면 오히려 그 광태(狂態)나 바보스러움은 방인의 만신의 동정을 불러일으킬 만하다.

거리 양쪽의 체재는 일본의 작은 항구보다는 훨씬 낫다. 아마 최근 유행하는 체재로 되어 있기 때문에 방인이 도항하는데 망설이게 하지는 않을 것이다. 말하자면 완전히 정비가 되어 있다.

이런 곳에서 인력거가 눈에 띄는 것은 매우 기이한 감이 있는데, 십만 평의 땅과 관외 지역을 합하면 거의 나라시(奈良市) 크기의 넓이이지만, 정작 중요한 곳은 오사카(大阪) 박람회 부지만도 못 할 정도이니 인력거는 물론 필요가 없다. 게다가 경부철도 초량정차장으로 통하는 도로개축도 준공이 되어 조만간 그 일부가 개통이 되게 되면, 원래 인력거를 필요로 했던 한 두 명의 개업의만 사용하게 되어 겨우 몇 대의 개인 영업자만 남게 될 것이다.

자전거 같은 것은 일찍부터 상가(商家)에서 매우 많이 사용했다. 다만 금후 인력거 수요가 감소하는 것처럼 그 가치도 부산에서는 많지 않을 것이다.

그 외에 눈에 띄는 것 중 이상한 것은, 한인 노동자(최하 빈민임)들이 물건을 지는데 편리한 나무로 만든 것을 등에 지고 여기저기 배회하는 것이다. 이는 이삿짐, 땔나무, 장작 등을 운반하는 데 사용하며, 거류인은 일본에서처럼 대형수레를 사용할 필요 없이 편리하게 이들 한인들을 사용한다. 한어로 '지게'라고 한다.

한 동안 관내 거리를 돌아다니니 서쪽 근교에 새로 지은 집들이 늘어서 있는 것이 보인다. 이민이 증가한 결과 공급된 셋집임을 알 수 있다. 이 방향으로 이웃하여 아이들 장난감처럼 번잡하게 처덕처덕 들쑥날쑥 들어서 있는 집들은 저게 과연 사람이 사는 집인가 싶은데 그것이 바로 한인부락이다. 냄새가 나는 가스가 가득하여 방인은 도저히 들어갈 수가 없다. 그것도 익숙해지면 기분이 나쁘지 않게 된다. 다만 보기에 괴이한 것은 가족이 둘러앉아 식사를 하는 장면이다. 긴 담뱃대로 연기를 들이마시며 책상다리를 하고 재여(宰予, BC 522~BC 458)[9]의 뒤를 쫓는다. 걸음을 재촉하며 돌아다니는 자, 느긋하게 상을 대하는 자, 기괴한 중에 기괴한 것이다.

처음으로 발을 딛는 사람은 모두 이르기를, 한내지(韓內地)의 시찰은 일곱 번 태어나도 불가능하다고 하지만 이는 요컨대 일시적인 것이다. 지저분한 가운데에도 역시 버릴 수 없는 정취가 있다. 하지만 대략 부락의 경치는 기이한 것 중의 기이한 것이다.

향벌과 풍속

향벌이나 문벌이라는 것은 인류 생존 상 많은 경우 저류를 이루고 있고 그 힘이 극에 달하면 국가의 흥망에 영향을 미치는 일도 있다. 넓은 세상을 십만 평이라는 작은 구역으로 축소한 부산 세상에도 하나의 파벌이 저류에 있어 대부분의 거류민을 지배하고 있다. 파벌이란 소위 향벌로 하나는 쓰시마(對州)파이고 또 하나는 조슈(長州)파이다. 사정을 잘 모르는 사람이 생각하기에는 매우 거창하게 들리겠지만, 이름에 걸

---

9) 노(魯)나라 사람으로 자는 자아(子我), 또는 재아(宰我). 춘추시대 말기에 공자의 제자로 언변에 능했다. 공문십철(孔門十哲) 중 한 사람이다.

맞는 대단한 것은 아니고 솔직히 말하자면 순진한 어린아이들이 장난감을 서로 빼앗는 것처럼 천진난만한 것이다.

그런데 그와 같은 조슈, 쓰시마 두 주의 향벌적 맥락이 그곳 전체의 풍속에 큰 영향을 미친다. 조슈파 자산가, 쓰시마파 관리, 전자는 돈이 많아서 거류지의 유력자가 되고 후자는 돈은 없어도 수완이 있어서 양자가 밀접한 관계가 있는 것 같다. 또한 서로 융화되지 않아 충돌도 하고 따라서 풍속 상 차이도 생긴다. 즉 조슈파가 평민적이라면 쓰시마파는 사족적인 것이 부산 풍속의 대강이라 할 수 있다.

의복도락, 환락삼매(歡樂三昧)는 상인들로 형성된 조슈파의 폐를 이르는 말이다. 또한 오만하고 거만하다며 쓰시마 사람을 비방하지만 자세히 보면 양자 만만치 않은 것이 거류지의 풍경이다.

원래 식민지는 어디든 상관없이 풍속에 있어서는 가장 비속하다 하지만 부산은 거류지 방인단체가 어느 정도 가족적 결합 성격을 띠게 되어 한인 상대 장사를 할 때도 서로 경쟁을 하는 일이 적고 근년에는 현저하게 도덕지식이 진보한 덕분인지 일견 단란해락(團欒偕樂)의 모습을 보이고 있다. 물론 대부분의 노동자들은 거류지 내에 있지 않고 내지 철도공사지의 임시 주거에 있기 때문에, 관내는 무역상이나 관리가 독점하고 있어 생활이 넉넉하고 방탕에 빠지는 흔적이 없이 지극히 안온하다. 누군가 한인의 타성에 감염이 되어 방인은 은거 유민이 되었다고 아부를 하는 자도 있지만, 이는 지나치다. 다만 활동적으로 움직이는 데에는 갑갑한 면이 있을 것이다. 필경 생활상의 압박이 없어서 자연히 긴장이 풀린 감은 있다고 해도 역시 일면 허위나 몰도덕 등의 악폐는 낳지 않는다. 이는 지역의 풍속과 큰 관련이 있다고 할 수 있다.

거류지의 형세 처음에는 폐쇄적이었지만 차츰 개방의 시대가 되었다. 전관이라는 병풍을 배경으로 널리 바깥공기를 흡수하는 오늘날에 이르러서는 과거처럼 평화스럽지는 못해도, 여전히 고침무사(高枕無事)의 낙경(樂境)이다. 부산 풍속의 일반을 알기 위해서는 오히려 그 경계 지역을 보는 것이 첩경이라 할 수 있다. 어쨌든 내지의 노동 방인(邦人), 어업지의 본방(本邦) 어부, 해가 갈수록 눈살을 찌푸리게 한다. 다행히 거류지 구역의 풍속을 어지럽히지는 않지만 유곽이 번성하고 비근한 오락장이 판을 치는데, 생각이 있는 사람이라면 이를 좋다고 할 수는 없을 것이다.

어식(魚食) 생활

대부분의 조선 연안은 어업의 근거지이다. 내지 농민의 지갑을 불리는 것은 일면 이러한 어업 생산물의 덕분이다. 그리고 한민(韓民)의 어렵(漁獵)은 가장 유치하여, 이를 방인의 어업에 비교하면, 1대 3의 비율로 방인이 한 근거지에서 10척의 어선과 20명의 어부를 필요로 하는데 대해 3배의 힘이 없으면 방인과 대등한 생산을 얻지 못 한다. 그 수준의 낮음에는 다시 한 번 놀랄 만하다.

종래 한국 바다에 출어하여 우리 어민이 조선 근해에서 돈벌이를 했는데 그 대부분은 나가사키(長崎), 후쿠오카(福岡), 오사카 지방에 공급한다. 그리고 일부는 각 연도 거류지 방인에게 공급을 하여, 수산회사는 경성, 인천, 부산 어디나 윤택하게 해면 생산을 하여 육면 생산에 뒤지지 않았다.

부산과 같은 곳은 더 성행한다. 물론 회사로의 공급은 한인 어부와 겹쳐서 하는 것으로, 매일 아침의 시장 광경은 눈이 번쩍 뜨이는 느낌. 사방에 온통 어류가 처덕처덕 쌓여 있어서 오사카 어시장의 그것에 뒤지 않는다. 굉장히 활기찬 모습이다.

외국으로 도항하는 사람은 누구나 생활에 대해 걱정을 할 것이다. 그리고 조선은 특히 가난한 나라라고 들었으니 더한층 먹을 것 등 걱정이 많을 것이다. 하지만 생각 외로 일반 거류민들은 된장국보다 도미가 싸다고 입버릇처럼 말하며 하루 벌어 먹고사는 막노동꾼들도 아침저녁 반찬으로 도미를 올리지 않는 사람이 없을 정도이다.

요리집에서도 도미가 인기이고 골목의 하숙집도 싸고 좋은 생선을 얻어 오히려 질릴 정도이다. 물론 차차 비싸지기는 하겠지만 이런 상황이므로 나머지 어류는 일본내지에서 군고구마를 사는 것보다 쉬우므로 모두 조선 도미에 부른 배를 두드리며 아직까지 음식에 대한 어려움을 말하는 이가 없다.

이에 반해 수요에 비해 부족해서 곤란한 것이 야채류. 즉 식물성 음식이다. 관할 구역 내 황무지를 갈아 채소를 기르고자 하는 희망이 없는 것은 아니지만 한정된 구역에 한없이 이민이 증가하여 토지열이 한창 팽배하여 전에 한국 엽전으로 오백 문 나가던 것이 지금은 평당 몇십 원이나 되는 땅도 있다. 채소밭으로 경작을 하기에는 너무 아까운 것이다. 그렇다고 해서 일 년 내내 어육(魚肉)만 먹고 살 수도 없어서 겨우 한인이 파는 소량의 야채에 의존하고 그것으로도 충당이 안 돼 쓰시마, 시모노세키, 나가사키에서 공수를 한다. 값이 비싼 것은 당연한 일로 중류 이상이 되지 않는 가정에서는 여간해서는 실컷 먹지 못한다.

된장 같은 것은 조선 대두를 원료로 하면 의외로 싸게 치이지만 그것도 어육이 비교적 맛이 좋아서 요즘에는 짜빠진 야채가 어지간한 생선보다 귀해 손님상에 오르는 상황이다.

탄수화물보다 기름진 단백질의 어육이 쉽게 인간의 영양소가 되는 부산이라는 곳, 언제까지고 괜찮은 것일까?

동래온천

부산 거류지를 동북으로 달려 30리, 돌투성이 길이 요즘에는 행인들이 많아져서 저절로 도로가 생겨 부녀자들이 여행을 하기에도 힘들지 않게 되었다. 그곳에 천연 온천이 있는데 이를 동래온천이라 한다.

원래 동래는 일개 번성한 부(府)로, 왕년에는 부산무역을 관장했다. 1876년 한일무역교류 체결 이전에는 부산에 거류하는 우리 방인은 마음대로 거류구역 밖으로 나갈 수가 없었지만, 이후 우리 외무성이 한 정부와 조약체결을 거쳐 방인의 왕래를 허락하게 되었다. 하지만 동래부사는 시민의 소요를 구실로 쉽게 방인의 입성을 허락하지 않고 1879년 우리 봉익함(鳳翊艦)이 한해(韓海)를 순항하여 부산만에 정박했을 때 함장 이하 수명에게 부문(府門)을 닫고 입성을 거부했고 우리 어학생 두 명에게 부상을 입혔다. 함장은 당시 무역사무관 야마노조 스케나가(山之城祐長) 씨와 협의하여 함대의 수병 40여 명을 인솔하고 부성(府城)에 이르러 동래부사로 하여금 우리 거류지에 대해 사죄를 하게 한 일이 있다. 지금은 옛일이 되었고 또한 우리 방인이 한국 내지를 아무 문제 없이 여행하게 되었다. 동래 같은 곳은 온천이 있어서 방인의 왕래가

늘 끊이지 않고, 온천은 동래시가와 가까이 붙어 있어서 온천을 하고 동래의 한국 시장을 구경할 수 있다.

온천은 평지에서 물이 끓어올라 흰 수증기가 난다. 만약 바로 목욕을 하면 반신이 짓무를 것이다. 『조선여지승람』[10]에서 말하기를 그 열로 달걀을 삶을 수 있다고 하는데 정말이다. 그래서 화강암으로 만든 통에 물을 길어 잠깐 식힌 후에 목욕을 한다. 지금은 온천 가옥을 절반으로 나누어 욕실을 두 개로 만들어 한인과 방인 욕실을 따로 구분하고 있다. 방인의 입장료는 이 역시 둘로 나누어 남녀 혼욕을 금했다. 근년에 이르러 온천 설비가 갖추어져 방인이 유욕(遊浴)을 할 만한다. 일본 여관으로는 광삼루(光三樓)라는 것이 있어서 이 역시 온천여관으로 모자람이 없다.

거류지의 방인들 대부분이 평소 조계지 밖으로 행락을 가는 일이 드물고, 더욱이 중류 이상의 손님에 이르러서는 연중 동래 입욕을 하고자 하는 자가 없어 여관 같은 것도 어쩔 수 없이 그저 황폐해질 대로 황폐해진 곳이 있다. 도로는 인력거나 자전거 통행을 할 수 있을 정도로 복구가 되었기 때문에 반도 유일의 온천장으로서 온천 손님이 예상외로 운집하는 것 같다. 어쩌다 있는 좋은 온천장은 동래의 성남(城南)에 있어 전부야수(田夫野叟)[11]가 이용할 뿐이다. 그리고 하루의 휴가를 이용하여 거류지로부터 유욕을 시도해 본다면, 쓸쓸한 풍물 가운데 자연히 미루어 짐작할 수 있을 것이다. 광삼루에서 술 한 잔을 마시고 읊어 본다. 동래의 비취색을 잡고 홍색을 주으니 방인 유일한 즐거움을 얻네.

---

10) 『동국여지승람』으로 추정.
11) 시골의 농부와 늙은이.

권제(權提)의 시에,

　　병여탕정고감진(病餘湯井固堪珍)
　　구염제시각일신(舊染除時覺日新)
　　약향공문수여거(若向孔門誰與去)
　　정회방불욕흠춘(情懷彷髴浴沂春)

　온천장은 차차 방인의 눈을 끌어 여관 설비 등 머지않아 상객(上客)을
수용할 수 있게 되고 행락 장소로서 가장 적합한 장소가 될 것이다.

기후와 질환

　옛말에 삼한사온이라는 말이 있다. 이는 조선의 기후에 가장 적절한
숙어이다. 왜 삼한사온인가 하면 그것은 기후 변화가 매우 심하여 그
빈번한 가운데에서도 조화의 묘가 있음을 나타내는 것이다.

　물론 조선 전체의 기후를 대략 말하자면 일본내지의 기후와 큰 차이
가 없을 것이다. 그러나 북한 경성지방과 남쪽인 부산지방은 기온차가
때로는 화씨 15도 이상 되는 경우가 있다. 부산은 남쪽으로 가장 따뜻
하여 방인의 신체에 가장 적합하다. 다만 예의 변화가 심한 점은 별 차
이가 없어서 이를 1년 동안의 기온으로 치면 삼한사온으로 때로는 얼
어 죽을 만큼 추운가 하면 겨울인데도 봄처럼 매우 온화한 기후가 일주
일 이상 계속되는 일이 있다. 북한의 평양지방에서는 이렇게 신기한 조
화를 보이지 않는다고 하지만, 부산 방면의 1년 365일의 대부분은 그
기온의 조화로 인하여 우리 방인이 오히려 건강을 유지할 수 있다는 것

은 다행이다.

그렇지만 고래로 강우량이 가장 적은 지역이라 때에 따라서는 열두 달 계속 맑은 날도 있다. 따라서 공기가 건조하여 한편으로는 삼한사온의 묘에 비해 어느 정도는 건강에 좋지 못한 측면도 있다. 이렇게 공기가 건조하기 때문에 원래 폐활량이 적은 사람은 걸핏하면 병에 걸린다. 이로 인해 기관지는 왕왕 병에 걸린다. 부산공립병원 통계를 보면 기관지염이 가장 큰 비중을 차지한다. 물론 호흡기 질환이 발생하는 것이 건조한 공기에만 원인이 있는 것은 아니다. 일면 바람이 많이 불고 때로는 소위 삼한사온의 변화가 리듬을 잃게 하는 것이 그 원인이 되는 일이 있다.

바람은 늘 끊이지 않아 열풍강풍(烈風强風)은 부산 방인이 가장 적응을 잘 하고 있어서 설령 건강을 해하는 일이 있어도 별로 걱정을 하지 않는다. 강우량이 적은 것이 우선은 최대의 원인이라 할 수 있다. 게다가 한온의 조화가 있어 좋은 점은 아직 쉽게 다른 해를 입지 않는 것 같다.

처음으로 조선의 기후를 접하는 사람은 어쩌면 한온의 격렬한 변화를 견디지 못하겠다고 하며 또한 한때는 혹한에 질린다고 하지만, 대부분은 몇 달 지나면 익숙해져서 그 묘를 알게 된다. 일찍이 중앙기상대 이학사 모 씨가 조선에 와서 이 연구에 종사한 적이 있지만 아직 확실한 학리상의 설명을 들어보지 못 했다. 요컨대 얼어 죽을 만큼 추운 것은 대륙의 기후로서 조선에만 해당하는 일이 아니지만, 반면은 남쪽 일본해에 접해 있고 북쪽 반면은 러시아 대륙에 접해 있어, 한쪽의 추위와 한쪽의 따뜻함이 혼합된 결과 변화를 초래하고 또 일본해에 면한 곳은 늘 난류, 한류 해조에 영향을 받아 변화가 빈번해지는 것은 아닐까

한다. 호흡기병은 일반적으로 조선의 풍토적 질환이라는 하지만 방인
은 일시적으로 앓는데 지나지 않으며 사계절 모두 조화의 묘를 이루고
있는 점에서 보면, 방인이 영주하기에 참으로 적합한 것 같다.

추풍록(秋風錄)

표영생(瓢零生)

○ 책 한 상자, 옷 한 상자, 아버지의 유품인 칼 한 자루를 안고 쓸쓸히 한산(韓山)에 들어간 지 6년, 유유한 하늘은 한이 없는데 내 마음은 어디에 의탁할까? 인생이 뜬구름과 같고, 밤에는 바람이 잦으니, 일족(一族)이 삼처(三處)에서 달을 바라보며 기구한 인생에 우는 것은 아아 비단 나만은 아닐 것이리라.

아 슬프다 요즈음 쌀쌀한 가을 날씨에 고향 어머니 머리카락 얼마나 세었을까.

비에 바람에 어머니의 정을 그리워하며

이 아들 이향에서 이대로 시드는가

○ 거류지를 나와 서쪽으로 가니, 한 길이 넘는 갈대 길을 끼워 십여 정(町), 그 사이를 가르며 가니 머리가 나왔다 들어갔다, 소도 있고 당나귀도 있고, 과일을 인 젊은 아낙, 곡물을 진 늙은이, 아리랑이나 담배타령 노랫소리만 높은 아동, 양산을 높이 든 개화신사, 갑자기 주마등 같이 지나간다. 나 또한 그 일원이 되어 억새 속을 나오니 작은 언덕, 언덕을 넘어가니 길 한 줄기, 밭을 가로질러 북쪽으로

달린다. 그 길이 일렁이며 끝나는 곳은 묘지이다.

가고 또 가고 해서 묘지에 들어갔다. 정정한 소나무 그늘, 동포 몇 명 희망은 헛되이 부서지고 몸은 한 조각 뼈가 되어 황토무덤 밑에, 아아 원망스럽기가 천 년이 되어도 다하지 못 하리.

잡초를 헤치고 나오니 흙이 아직 새로운 묘표, 눈물에 먹물이 번져, '마쓰다 도시코(松田俊子)의 묘'라고 검게 적혀 있구나. 꽃다운 처녀는 하룻밤 무상한 바람에 이끌려 꽃처럼 저버렸네.

이제 와서 내 인생이 허무하여 우네, 아 이미 늦었네.

○ 뒷산의 황수(黃樹)는 시들고 지나가는 기러기의 슬픈 노랫소리 길어 나그네 애간장을 녹이네. 요즘 하늘, 지난 실패를 이야기하기에는 너무나 맑구나, 너무나 차구나. 사랑이야기는 어슴푸레한 봄밤에나 어울린다고 서신 끝에 써서 보냈더니, 친구가 답장하여 이르기를, 산에 들어가 돌이 차갑다 하며 원망을 하고

이 아들 넋이 나가 하늘을 바라보네.

그렇기는 하다만 친구여, 싸리나무가 사랑에 어울리는 것은 어째서인가?

○ 가을비가 축축하게 내리는 밤이다. 사각사각 문에 부딪히는 낙엽소리 가늘고 그 그림자에 짖어대는 개 짖는 소리 희미하게 들리니 이 세상이 아닌 듯 조용한데, 홀로 앉아 등잔을 대하니 이런 저런 생각이 스치고 지나간다. 아아 모든 것이 돌고 도는 세상이구나.

옛 철인(哲人)이 인생을 셋으로 나누어, 첫 번째를 후회라 하고 두 번

째를 주저라 했다. 하지만 후회하지 않으리라 생각하고 직진하는 것은 말은 쉽지만 행하기는 어렵다. 나는 청년 제군에게 바란다, 모름지기 앞으로 나아가야 한다고 차라리 후회를 할지언정 주저하지 말라고(1).

○ 문명의 바람이 한번 돌아 인간만사 금전의 세상이 되었을 때부터 우리 선조들이 걸어온 길은 모두 쓸모없게 되었다. 친구와 사귀는 것은 주의(主義)가 아니고 이해(利害)에 있다, 정신이 아니고 득실에 있다. 이해가 서로 맞지 않으면 친구를 버리는 것은 헌 신발짝보다 더하고 이를 헐뜯고 모함한다. 도도한 세상의 교제사회 이면의 추태를 나는 차마 말할 수가 없다. 하지만 세상에는 교제가임을 자임하는 사람도 있다. 가엾다. 그들이 말하는 의기투합이나 간담상조(肝膽相照)한다는 것은 필경 일시적 망언에 지나지 않는 것이다.
나는 반도에 손님으로 한 번 와서 이러한 느낌이 점점 더 깊어지는 것을 원망하며 이 말을 친애하는 청년 제군에게 바친다(2).

○ 어젯밤 앞산을 넘어온 구름이 오늘 아침에는 비가 되어 자꾸만 내리고 있다. 무료함을 견디기 어려워 책 상자 바닥을 뒤져 산양(山陽) 유고를 찾아냈다. 생각하니, 푸른 잎이 무성했던 옛 동산에서 내가 누님에게 붙어 이것을 배웠지만 힘없는 일가는 밀려드는 세상의 거친 파도를 헤쳐 나가지 못하여, 다음해 4월 늙으신 어머니를 남기고 누님은 서쪽 천리 밖으로, 나는 이향에서 떠돌며 밤마다 꿈에 나타나는 고향 산을 향한다.

별리의 밤, 정든 집 마당의 벚나무가 여느 때와 달리 활짝 피어 아름다움을 뽐내는 것을 보며 어머니도 울고 나도 울고 누님도 목 놓아 울었다.

춘풍추량(春風秋涼)이 몇 성상인가, 지금 이 책을 대하며 어찌 견디겠는가? 일어나 창문을 열어 보니 어느 새 비는 그치고 개어 있다. 마침 바람이 살랑살랑, 지는 나뭇잎 색채가 고운 것은 오늘 아침 비가 남긴 향기인가 보다.

기차 잡관(汽車雜觀)

하세가와 자적(長谷川自適)

나는 때때로 회사 용무로 인천에 내려가는 일이 있는데, 처음에는 창문으로 고개를 내밀고 이국 경치에 친근감을 느끼며 한 없이 이런 저런 상상을 했다. 하지만 그것도 익숙해짐에 따라 차차 시들해졌다. 그 후부터는 함께 타고 있는 각국 사람들의 대화에 귀를 기울이며, 그 행동거지에 시선을 주게 되었다. 이러한 차 안의 풍경을 한두 가지 적어 보겠다.

(1) 승객

이는 얼마 전 인천으로 내려갈 때의 일로 지극히 새로운 이야기인데, 갑자기 인천으로 가야만 하는 일이 생겨서 서둘러 차를 타고 남대문 정차장으로 달려가 열차 이등칸에 올라탔다. 그 이등실에는 젊은 미국인 부부가 귀여운 어린아이 하나를 데리고 객실 중간 정도에 진을 치고 앉아 있었고, 복장이 훌륭한 양반이 두 사람, 기품 있는 지나인 한 명, 스토브 쪽에서 권련초를 피우면서 창밖에만 시선을 주고 있는 선원 같은 양장 일본인, 싹싹한 차장과 이야기를 주고 바는 나카이

(仲居) 같은 여자 두 명, 아름다운 예기 한 명, 그리고 나를 합쳐서 도합 열한 명의 승객이 있었다. 그런데 이를 국가별로 나누어 보면, 일본, 한국, 미국, 청의 네 나라 사람이 같이 탄 셈이었다. 그중에서 감탄을 한 것은 젊은 미국인 부부였고, 차 안에 있던 모든 사람의 시선을 한 몸에 받을 만큼 귀여운 것은 그 집 아이였으며, 단연코 그 많은 사람 중 홍일점이라 할 만큼 아름다운 것은 역시 예기였다.

(2) 젊은 부부

일본인인 우리들도 한인들도 청국인들도 그저 넋이 나가 귀중한 시간을 담배 연기와 함께 없애는 일 외에 달리 할 일이 없이 멍하니 있는데 반해, 젊은 미국인 부부는 자못 즐거운 듯이 전혀 거리낌 없이 책을 읽느라 정신이 없었다. 그리고 남자가 싫증이 나면 여자가 대신 읽고 처가 싫증이 나면 남편이 그것을 대신한다. 그리고 여자가 조금 춥다고 하며 윗옷을 입으려 하면 뒤로 돌아가서 입혀 준다. 그 화기애애한 모습으로 보아 그 가정이 어떠한지 대충 짐작이 갔다. 이러니 만리의 파도를 넘어 해외 이향에서 일찍이 아내 한 사람을 지팡이 삼고 남편을 기둥으로 의지하는 그 애정의 농밀함이 내가 보기에도 기쁘게 비쳐짐과 동시에, 남편은 해어화에만 마음이 쏠리고 아내는 몸치장에만 마음을 기울여 진정한 애정이 어디에 있는지 알 수 없어 재미없는 가정을 만드는 사람들이 대부분인 우리 동포들이 좀 반성했으면 하는 생각이 들었다.

(3) 어린아이와 미인

나이는 서너 살쯤 되었을 것이다.

머리카락이 빨갛고 곱슬이며 피부색은 한없이 희고 눈동자는 푸른 빛을 띠는데 무어라 말할 수 없는 빛이 난다. 입술연지를 바른 듯한 입술사이로 하얀 이가 살짝살짝 보이는 것이 얼마나 귀여운지. 귀여운 얼굴의 한쪽을 흰 털실로 짠 모자 밖으로 드러내 놓고 몸에는 씩씩해 보이는 세일러복을 입고 있다. 얼마나 귀여운지 말로 표현이 안 된다.

남대문 정차장을 출발했을 무렵에는 그 귀여운 얼굴을 유리창에 들이대고 송영에 정신이 없는 산이나 강을 보고는 무슨 뜻인지 알 수 없는 말을 혼자 중얼거리고 있었다. 그리고 그것도 싫증이 나서 이번에는 책을 읽느라 정신이 없는 아버지의 무릎에서 몰래 장갑을 빼앗아 던지고는 키득키득 웃고 있다. 그리고 다시 어머니의 무릎으로 올라가 어머니의 모자를 벗기거나 하며 이런저런 장난을 하고 있었기 때문에 차 안의 시선은 온통 그 어린아이에게 쏠렸다. 그 옆자리에 있던 내가 상대를 하기 시작하자 그 뒤에 있던 예의 미인도 토실토실한 양볼에 천금이나 나갈 깊은 보조개를 드러내며 쌍꺼풀이 진 두 눈에 있는 대로 사랑을 가득 담아 홍매화 봉오리를 머금은 듯한 입술로 쯧쯧 혀를 차며 상대를 했다. 그러자 부모의 무릎에서 장난을 치고 있던 어린아이도 그 사랑에 이끌려 슬슬 부모의 무릎을 떠나 아장아장 미인에게 갔다가는 바로 비틀거리며 도망치듯이 원래 자리로 되돌아온다. 그러자 미인도 그 귀여운 짓에 정신이 팔려 손에 파란 능직의 비단손수건을 들고 오똑한 자신의 코에 대고 조용히 어린아이를 불렀다. 그 희디 흰 손은 곤색 능직 아즈마코트[1] 아래로 붉은색 후쓰로 된 속옷이 살짝 보이는 소매 사이로 비어져 나왔고, 손가락에는 빛나는 보석이 박힌 금반지를 두 개나 끼고 있었다. 그것을 가만히 고개를 갸우뚱하고 바라보는 천진난만하고 귀여운 어린아이. 지금만큼은 게이샤(芸者)[2]가 아닌, 진심으로 순수한 사랑으로 어린아이와 장난을 하는 미인이다. 내게 그림을 그리는 재주가 있다면 이 두 아름다운 사람들을 사생하고 싶었을 것이다. 하지만 애석하게도 내게는 그런 재주가 없기 때문에 그러지 못했다.

어린아이는 기차가 진행을 함에 따라 차 안의 사람들과 낯이 익어, 처음에는 나하고 미인하고만 장난을 치더니 차차 지나인이나 양반 쪽에도 가서 장난을 치게 되었다. 하지만 이 순수한 어린아이는 결국 놀다 지쳐 어머니의 무릎에서 잠이 들었다.

욕심도 없고 미태도 없고 보통의 게이샤들 같지 않게 천진난만했던 그 미인은 어린아이가 잠이 들자 게이샤의 본성이 다시 들어나 두 나카이를 상대로 품속에 있던 휴지를 꺼내 꼬아서는 사랑점을 치기 시작했다.

언니 오늘 밤에는 꼭 오실 거예요… 미(美)는 언제까지고 미이지만 그것은 외견상의 미일 뿐. 그녀는 진흙 속에 생을 받아, 내심은 이미 탁한 세상과 함께 흐려진 것을 어찌 하랴.

---

1) 메이지시대부터 유행한 일본옷용의 여자 외투.
2) 일본의 예기.

(4) 기생

인천에서 볼일을 마치고 다음 기차를 탔는데 경성에서 알고 지내던 사람도 같이 타게 돼서 꽤나 떠들썩하게 여러 가지 세상사는 이야기를 주고받고 있자니, 기차는 어느새 몇 개 역을 휙휙 지나쳐 용산에 도착했다.

그러자 맞은편에서 이 기차를 놓치지 않으려고 가마 두 대가 헐떡거리며 다가 왔다. 일동이 차창으로 고개를 내밀며, 저건 기생인 것 같다며, 왁자지껄해서 나도 그쪽으로 시선을 옮기니, 가끔씩 머리 위의 빨간 술이 저녁햇빛을 받고 있다. 미인이야 미인, 하며 누구랄 것도 없이 읊조렸는데, 가까이서 보는 내게는 분간이 잘 안되었지만 희디흰 얼굴과 붉은 술은 저녁 해에 비쳐 너무나 아름다운 정취를 띠고 있다. 뿐만 아니라 가마 안에서 부끄러운 듯이 살짝 얼굴을 내밀고 있는 것은 그윽하고 이상적인 미인을 내 가슴속에 그릴 수 있게 해 주었다.

기다려 잠깐만 하고 나는 그 기생이 기차를 놓치지 않도록 동정을 했지만 무정한 차장은 날카롭게 기적을 울렸다. 기차는 서서히 진행을 했다. 이를 본 기생은 반신을 가마 창문으로 드러내고 손짓을 했다. 여자의 머리카락에는 큰 코끼리도 붙잡아맬 수 있다는 말을 들었는데, 이 아름다운 이상적 미인도 기차의 진행을 막을 수는 없었다.

(5) 멋쟁이 지나인

이것은 어느 날 일등칸으로 내려갔을 때의 일이다. 중등실 스토브를 둘러싸고 춥네요, 추워하며 서로 아침의 한기를 달래고 있는 것은 기무라(木村) 상회의 기무라 군과 역장 모 씨와 나 그리고 지나인 네 명이다.

그런데 지나인은 일본어를 잘 해서 자신 있는 목소리로 일본 유행가를 부르고 있었다. 그래서 나는 지나인과 대화를 해 보니 그는 세창(世昌) 모라는 지나인으로 샹하이에서 인천으로 왔다고 한다. 그리고 인천의 주루(酒樓) 및 게이샤는 대강 알고 있다는 것이다. 그래서 그쪽 방면으로는 지식이 별로 없는 나는 이야기를 다른 곳으로 돌렸다. 하지만 그 지나인의 노래 실력에는 상당히 감탄을 했다.

(6) 첩의 마음

이것도 어느 날 마지막 열차로 인천으로 내려갈 때의 일이었다. 중등실에는 양반과 그 첩으로 보이는 한부인(韓婦人), 경성에서 인천으로 내려가는 모 씨와 나 다섯 명이 있었다. 그런데 나는 경인간을 자주 왕래하기 때문에 말은 섞지 않았지만 차장의 얼굴도 알고 있었다. 마침 그때 차장은 인천의 호소카와(細川) 군으로 무료함에 한 두 번 말을 섞은 것이 계기가 되어 여러 가지 신상에 관한 이야기도 나누고 이 나라 저 나라 이야기도 나누었다. 호소카와 군의 말을 들어 보니, 저기에 있는 한 부인은 원래는 기생이었는데, 지금은 첩이 되었기 때문에 때때로 부인에 대해 양반에게 좋게 이야기하기도 하고 또 안색을 바꾸어 나쁘게도 말한다는 것이었다. 나는 조선어를 모르기 때문에 그 대화를 자세히 들을 수는 없었다.

하지만 그 첩의 마음은 어느 나라 사람에게나 다름이 없음을 알게됨과 동시에 인정은 다르지 않다는 사실도 함께 알 수 있었다.

(7) 한 부인

같은 날 삼등칸으로 인천에서 경성으로 올라올 때의 일이었다. 어느 지역 군수가 부인을 데리고 입경(入京)을 하므로 인천에서 같은 기차를 탔다. 그게 매우 거창하여 일단 놀랐다. 그 이야기를 하자면 다음과 같다. 내가 기차를 타고 객실 한가운데 자리를 잡고 있자, 왁자지껄 창밖이 소란스러웠다. 소리가 나는 창밖으로 시선을 돌리니 아름다운 가마 한 대가 들어왔다. 처음에는 기생이라도 탔나 해서 보고 있자니, 어쩐 일인지 가마 인부들이 정중하게 부인이 가마에서 내려오는 것을 기다리고 있다. 얼마 후 양반 및 동반 노인과 총각에게 도움을 받으며 객실 안으로 들어온 부인은 부끄러운 듯이 얼굴을 가리고 자리를 잡더니 창밖으로만 시선을 주었다. 차 안의 시선은 무례하게도 이 꽃처럼 아름답게 수줍어하는 한 부인을 향했지만 끝내 그 아름다운 꽃의 얼굴은 아무도 볼 수가 없었다.

(8) 창밖의 눈

다음날 일등기차를 타려고 회오리를 그리며 내리는 눈을 무릅쓰고 인천 정차장으로 달려갔다. 예전에 보았던 산도 들도 집도 온통 하얀 은세계이다. 객실에는 영국인과 오류동 모 씨와 나 세 명으로 눈 내리는 날의 일등객차는 승객도 매우 적었다. 하지만 기차는 눈을 헤치며 쑥쑥 앞으로 나간다. 창문을 두드리며 펄펄 내리는 눈이 바로 녹으며 긴 물줄기 하나를 그리는 곳으로 창밖의 눈 풍경을 바라보는 사이, 다음 역에 도착했다. 도착해서 보니 검은 개가 눈 속을 뛰어다니고 있다.

검은 개가 더한층 검어 보이는 눈 내린 아침
오류동 바로 앞 작은 소나무가 무성한 낮은 산에서 꿩꿩 하는 꿩 소리가 났다. 인천에서 경성 사이에 근무하는 역의 한인이 꿩이 소나무 숲에서 날아오르는 것을 제일 먼저 발견하고 야단을 떨었다. 이향에 있는 나는 이 꿩 소리를 듣고 바로,
부모님 그립구나 꿩이 우는 소리에

라는 바쇼(芭蕉, 1644~1694)[3]의 구가 생각이 났다. 그 구를 생각함과 동시에 고향이 가슴에 떠올라 고향에 계신 부모님과 형제자매가 그리워졌다.

---

3) 일본 에도 시대(江戸時代) 전기의 하이쿠(俳句=5・7・5의 17음절로 구성되는 일 고유의 짧은 시) 작가 마쓰오 바쇼(松尾芭蕉)를 말함.

『한반도』

제2권 제1호(1906.3)

두 명의 아내

도리고에 조엔(鳥越長円)

1. 신부를 무는 틀니

연기를 쭉 내뿜은 은 담뱃대로 화로 가장자리를 가볍게 두 번 정도 두드린 뒤 하는 이야기.

"이혼이야, 이혼, 이제 이혼해야 해. 이 어미는 그 아이 성격을 벌써부터 알아 봤어. 원래 신분이 천한 아이이니 예의도 모르고 바느질도 못 하고, 또 성질이 더러운 데가 있어. 그런 아이를 언제까지고 이 집에 두었다가는 나중에 어찌될지 몰라."

차를 젓는 도구모양으로 머리를 묶은 노모가 얼굴에도 그렇고 말에도 그렇고 윤기도 없고 맛도 없고 멋도 없이 단언했다.

그렇게 짜증을 내는 노모 앞에서 한쪽 팔을 빗장처럼 가슴에 대고 수염을 꼬며 자기 무릎만 바라보고 있는 것은 이 집 가장 오하마 마나미(大濱万濤)이다. 이 오하마가는 인천의 호상으로 거류민 일반으로부터 존경을 받는 신사이다. 주인 마나미는 서른대여섯의 재기 발랄한 연령대로 상업회의소 회장으로 추천을 받았다. 하지만 불행하게도 상처를 하여 남겨진 다섯 살짜리 아이가 계모의 손에 맡겨져야 한다는 사실을 생각하면 불쌍해서 몇 번이고 생각을 거듭했고, 또 죽은 아내를 생각하면 마나미 자신도 계모의 손에 자란 고통을 알고 있기 때문에 결단코 후처는 들이지 않겠다고 결심을 하고 있었다.

하지만 당시 인천의 벽오루(碧梧樓)라는 일본요리점에서 일을 하는 사이지(オニ)라는 예기에게 그 결심은 힘없이 무너졌다. 마나미는 둘도 없는 사이지의 미모에 넘어가 후처에게 자기 자식이 구박을 받게 되면 가엾어진다는 사실도 잊어버렸다. 결국 사이지는 마나미 결심 하나로 마나미의 집에 들어와 후처의 자리를 차지하게 되었다.

사이지는 도쿄 출신으로 술을 좋아하는 목수의 딸이었다. 야나기바시(柳橋)에 있을 때는 부모를 놀고먹게 할 정도로 잘 나갔지만, 전성기를 구가하며 영화도락에 빠져 결국은 빚에 어깨가 무거워졌고, 따라서 여기저기 전전하다가 결국은 조선 구석까지 굴러들어 온 것이다. 얼마 안 있어 마나미의 마음에 들게 되었고, 상태가 급진전되어 2백 원이면 된다는 말 한 마디에 응해 기적에서 빼 주었다. 약삭빠른 사이지, 자리가 사람을 만든다고 하던가? 사모님 행세도 용하여 만사 마음을 구석구석 써서 부리는 하인 하녀들에게도 욕을 먹는 일이 없을 정도였다. 다만 비위를 맞추기 힘든 노모 앞에서 야단을 맞을 때도 얌전히 고개를 숙이고 갑갑한 것도 잘 견디며 좋은 일만 있는 것은 아니라며 가슴에 새겼다.

하지만 노모는 어디까지고 사이지를 미워했다. 말을 계속 이어가며,

"아무래도 그 아이를 계속 두겠다면 나는 집을 나가겠어. 내지로 돌아가서 머리라도 깎고 서국(西國) 순회나 하지 뭐. 결국 그게 마음이 편하니까."

"그렇게 말씀하시면 정말로 당혹스럽지만, 애도 그녀에게 정이 들어 친엄마처럼 생각하고 있고 그녀도 절대로 계모노릇을 하고 있지는 않는 것 같아요. 무엇보다 그 점이 저는 안심이 됩니다. 예의범절은 원래 모르죠. 하지만 그것은 어머니께서 가르쳐 주시면 되죠."

"그렇게 생각하고 있으니 훗날이 걱정돼서 견딜 수 없다는 거야. 지금은 아이를 귀여워하는 것 같아도 제 자식이라도 태어나 봐라. 그야말로 개밥의 도토리가 되고 피골이 상접하게 되지 않겠니? 요즘에는 좀 일찍 일어나는 것 같지만, 처음 왔을 때는 11시 넘어서까지 늦잠을 자는 여자다. 말만 번드르르해서 이 에미가 탕에 들어가면, 등을 밀어 드릴게요, 하는데 마음에서 우러나온 친절이 아니라서 항상 사절을 했지. 그런 생각을 하면 죽은 며느리는 선반 구석까지 신경을 쓰고 쓸데없는 돈은 한 푼도 쓰는 일이 없었지. 그런데 이 아이는 어찌 된 일인지 사치스러운 것만 사고 제 몸만 꾸미니 이러다가 곧 이 집 재산도 다 써 버려서 끝이 좋지 않을 게 뻔해."

2. 차가운 면도기

마나미는 어머니 앞에 사이지를 불러다 놓고 험악한 표정을 짓고 있다.

"자네는 오늘부로 연을 끊을 테니 그런 줄 알아."

라는 말을 내뱉고는 한동안 눈을 감고 있다.

사이지는 느닷없는 가혹한 말에,

"옛?"

고개를 숙인 채 아무 말도 하지 않는다. 옆얼굴에는 홍조를 띠고 있다.

노모는 일부러 부드러운 말투로,

"참으로 딱하기는 하지만, 마나미가 한 번 그렇게 말을 하면 다른 말은 듣지 않는 성격이니 아무리 고집을 부려도 소용없어."

그 말을 듣더니 눈물이 흘러 다타미 위에 뚝뚝 떨어지고 울먹이는 목소리로,

"뭔가 마음에 드시지 않는 점이 있으시면 제발 야단을 쳐주세요. 이렇게 깊이 정이 들고 다정한 말씀만 듣던 제가 느닷없이 물러나야 한다니요…."

"입 다물어. 너는 우리 집 가풍에 어울리지 않아. 이제 더 할 말이 없으니까 빨리 여기에서 일어나거라."

삼엄한 마나미의 말에 사이지는 풀이 폭 죽어 자기 방으로 들어갔다.

일찍이 이런 파란을 겪으리라고는 각오를 하고 있었지만, 오늘 이렇게 당하고 보니 가슴이 먹먹하여 그만 엎어져 울고 말았다.

그 사나운 어머니가 하는 말은 아무리 억지를 써도 무엇 하나 거스르지 않는 사람, 필시 그게 틀림없어. 어머니하고 내가 서로 맞지 않으니까 나를 미워하는 것은 어쩔 수 없어. 하지만, 어차피 한 번은 죽을 목숨. 떠나기 전에 이 몸을 무너뜨려 주면 저 표독한 어머니의 가시도 조금은 꺾일 거야. 먼 훗날을 위해서라도 말야. 그런 말을 써서 남기고 오하마 마나미의 처의 무덤이라고 비석에 써 주면 미래에라도 부부가 되겠지. 목숨을 버리면 필시 그렇게 해 줄 사람이지.

사이지는 마음을 가다듬고 일어나서 벼루를 잡아당겼지만, 벼루에 물이 없었다. 물을 가지러 가는데도 지금 이런 지경이 되니 괴로워서

실내를 둘러보았다. 옷장 위에 있는 엔기다나(緣起棚)[1] 위에 오늘 아침 올린 신주(神酒)가 있는 것에 생각이 미쳐 그것을 꺼내 벼루에 넣었다. 먹을 갈아서 종이를 꺼내 그 위에 술 향기도 떨어뜨리고 눈물도 떨어 뜨리며 간신히 편지를 다 썼다. 그것을 봉해 역시 엔기다나 위에 올려 두었다. 그리고 거울을 꺼내 눈물로 얼룩진 얼굴에 흐트러져 내린 머리카락을 쓸어 올리니 자신의 얼굴에 이미 죽음의 상이 내려진 것 같았다. 마침내 거울을 버리고 면도칼을 들었는데 광기가 돌다가 눈빛이 차분해지더니 갑자기 험악한 표정이 되었다. 이제 곧 목에 칼을 대려는 순간 마나미가 뛰어 들어와 그 손을 꽉 붙잡았다.

"이게 대체 무슨 짓이야? 바보 같이."

"제발 죽게 내버려 두세요."

뿌리치는 힘이 평소와 달리 강하다.

"하하하하, 죽고 싶다면 죽여줄게. 그러니 위험하니까 면도칼 좀 치워."

하며 면도칼을 빼앗는다.

"그냥 하는 소리 아니에요."

라고 하고는, 사이지는 소리를 내며 울음을 터뜨렸다. 마나미는 그 울음소리를 듣고 또 어머니가 나무라면 안 된다며 사이지의 입을 손으로 틀어막고는,

"알았어, 알았어. 너는 정말로 죽을 생각이겠지만, 그건 너에게 어울리지 않아. 지금까지 내 성격을 모르는 것도 아닐 테고, 이혼이라고

---

1) 연예인의 집이나 요릿집, 가게 등에서 재수가 좋으라고 빌기 위하여 신을 모신 단(壇).

해도 어쩔 수 없이 일어난 일이고 너한테 잘못이 있는 것도 아니야. 잠깐만 연을 끊고 돌아가 있어. 나는 다른 여자를 들이지 않아. 그러니까 다시 만날 일도 있을 거야. 하지만 네가 다른 남자를 만난다면 그건 상관없어. 그러니 우선 죽지만 말아 줘."

달래는 가운데도 어딘지 차가운 구석이 있어 사이지는 원망스러운 듯이 눈물을 머금은 눈을 반짝이며,

"다른 남자를 만나라는 말씀인가요? 역시 죽으라는 말이네요."

"그렇게 말하면 곤란하잖아. 그건 네 마음이지. 나는 어머니에게 면목이 없어서 말야. 네가 다른 곳으로 시집을 갔다는 말이라도 들린다면 어머니가 안심을 할 것이라고 생각해."

3. 커다란 오뚝이

사이지는 오하마가를 떠났지만, 떠날 때 들은 마나미의 친절한 말에 완전히 버려졌다는 생각은 들지 않았다. 아직 한 줄기 희망을 품고 오하마가에서 얼마 떨어지지 않은 인천의 어느 상인의 별장 같은 집을 빌렸는데, 아침저녁 조망도 좋고 가끔씩 뵐 수 있다며 마나미에게 말을 전한 일도 있다.

하지만 마나미는 일단 연을 끊은 여자한테 미련이 있어 보이는 것 같아서 찾아갈 생각은 없었다. 단지 아이는 사이지를 그리워했다.

"어머니 어딨어, 어딨어?"

"어머니 없어도 괜찮지 않아?"

"싫어, 싫어."

"아유, 그런 표정 짓고 울면 못 써. 병사님이 울면 안 되지. 허리에 찬 칼이 비웃잖아. 옳지, 우리 아가가 좋아하는 과자 줄까?"

"과자 싫어."

"싫다구? 그럼 아버지가 먹어 버린다. 맛있네, 하나 먹어 볼래?"

"싫어, 어머니 어딨어, 어딨어?"

그치지 않으니 어쩔 도리가 없어서,

"할멈."

하고 유모를 부른다.

"도련님."

하고 얼굴을 들여다보는 유모 앞에 죽도가 번뜩인다.

"아유, 무서워라. 문밖에 러시아병사가 와 있는지도 몰라요. 이 칼로 물리칠까? 들어 보세요. 커다란 개가 짖고 있지요? 필시 러시아병사가 와 있는 거야. 자 어서 문밖으로 나가 볼까요?"

유모가 달래서 데리고 나갔지만 문 앞에서 놀이를 해도 여느 때와는 달리 힘이 없고 가엾어 보여, 유모는 보여 달라고 조르는 어머니를 만나게 해 주기 위해 아이를 사이지가 있는 곳으로 데리고 갔다.

아이가 사이지의 집에서 돌아오자,

"나 엄마한테 가서 맘마 먹었어. 이런 과자도 줬어."

자못 기쁜 듯이 자랑을 했다.

"엄마한테?"

하고 노모는 눈이 휘둥그레져서 과자를 바라보며,

"할멈."

이를 악물고 부른다.

"예."

"예라니, 이쪽으로 들어와 봐! 오늘 아이를 어디로 데려갔지?"

"집 밖으로 데리고 나갔어요."

"그리고?"

"그리고… 아무데도….""

"거짓말 마, 그 성질 더러운 여자 집에 데리고 갔지? 그 아이가 가까이에 있으면서 뭔가 일을 꾸미고 있다는 사실은 잘 알고 있지? 그런데 아이를 데리고 가다니, 상대가 무슨 속셈인지도 모르고 그대로 당하다니, 아이에게 정이 들게 해서 마나미의 마음을 돌려 보려는 뻔뻔한 속셈으로, 진심으로 예뻐하지도 않으면서 밥을 먹이고 과자를 주고, 그것을 아무 생각 없이 받아들이다니 천부당만부당한 일이야."

유모는 어쩔 수 없이,

"지당하십니다."

"알았어? 지금 당장은 괜찮지만, 자칫 잘못되면 조만간 몹쓸 짓을 당할지 몰라."

"지당하십니다."

"그러니까 앞으로는 절대로 데리고 가면 안 돼."

"지당하십니다. 죄송합니다. 앞으로는 절대로…."

이렇게 말을 하고 물러가는 유모에게 아이가 달려가서 엉기며,

"할멈, 할멈."

"왜 그러세요?"

"엄마한테 데려다줘."

"할머니한테 혼나요."

라고 작은 목소리로 손을 잡는다. 하지만 몸을 더 갖다 대며,

"가자, 가자."

"하지만, 도련님… 말씀하시니까… 이런 것 해 드릴게요.. 이렇게 해서 붕 하고 불어 보세요. 봐요. 커다란 오뚝이가 생겼네. 할멈 집에서 도련님 주려고 일부러 가지고 왔지요. 도련님도 불어 보세요."

"…"

"와 커다란 오뚝이네."

4. 빗속의 사랑

사이지는 하녀와 둘이 사는데, 그 후 유모가 두세 번 아이를 데리고 몰래 다녀갔지만, 요즘에는 아이도 오지 않고 아무도 찾아오는 이 없이 늘 쓸쓸했다.

비가 추적추적 내리기 시작했다. 무료함에 지쳐 있을 때 집 뒤쪽에서 분뇨 푸는 소리가 난다. 분뇨 냄새도 없앨 겸해서 화로에 향을 넣어 피웠다.

"오테쓰(お鐵), 밥은 조금 있다가 먹자."

하녀 오테쓰는 상을 차리면서,

"그렇게 하세요. 비가 와서 그런가, 똥 푸는 냄새가 대단하네요."

"똥 푸는 사람도 참 눈치도 없지. 하필 식사시간에 올 게 뭐람."

얼마 후 똥 푸는 일이 끝났다. 비는 자꾸만 내리고 있다.

"날씨가 나빠졌네. 담뱃불 좀 한 번 빌려 주쇼."

"어머, 오테쓰, 그때 그 한인(韓人)이 왔어. 성냥 좀 꺼내 줘."

"오늘 아침 하늘 모양으로 비가 올 거라고는 생각했지만, 비를 맞는다고 몸이 녹지는 않지. 나는 돈을 잘 번다고 근처 사람들이 칭찬을 해 주지."

"감격스럽군요, 당신 아내는 행복할 거예요. 이렇게 든든한 사람을 남편으로 두다니."

"난 독신인데. 마누라는 아직 없수. 촌장님 딸이 예뻤지. 내 마누라로 삼고 싶었는데 작년에 죽었지 뭐요. 그때는 나도 죽고 싶었지."

"저런 딱하게도. 나도 이렇게 혼자 있어요. 어떻게든 해서 당신 같은 든든한 사람을 남편으로 삼고 싶었어요.

"농담하지 마시오. 당신은 예쁘잖아. 촌장님 딸하고 아주 닮았어. 이 근처 남자들이 그냥 내버려 두지는 않을 걸."

사이지는 이 남자를 놀리는 것이 재미있어서 일부러 진지하게,

"나는 농사짓는 사람이 제일 좋으니까, 내가 만약 촌장님 딸하고 닮았다면 당신 마누라로 삼지 않겠어요?"

한인은 담배를 옆으로 물고 사이지의 얼굴을 가만히 바라보았다.

"그게 정말이야?"

"정말이고말고."

"내가 마을의 김사한(金思漢)에게 부탁해 보겠어."

"김사한한테 무슨 부탁을 하려고?"

"중매를 부탁하는 것이지."

하녀 오테쓰는 너무나 우스워서 크큭 하고 웃음을 터뜨렸다.

사이지는 웃음을 제지하듯이,

"오테쓰, 차라도 가지고 와."

한인은 점점 더 득의만만해졌다.

"나는 은행에 돈도 넣어 두었어. 나쁜 짓은 조금도 하지 않지. 마을에 있는 이방리(李方利)는 무우 한 지게를 훔쳐서 징역을 갔지. 인간은 그런 근성은 원하지 않은 법이지. 나는 정직한 사람으로 통해."

"아무렴, 그렇고말고. 나쁜 짓을 하면 아무리 많은 돈을 저축했다 해도 평생 얼굴을 못 들고 다니겠지."

한인은 일단 내려놓았던 담뱃대를 다시 입에 물었다.

"나쁜 짓을 해서 돈을 저금하지는 않아."

라고 다시 이야기를 계속한다.

"여보(韓人) 이제 비 그쳤네."

오테쓰는 돌아가라는 듯이 외쳤다.

"그렇군, 또 올지도 몰라."

사이지도 놀리는 맛이 다 떨어진 모양.

"그럼 이제 돌아가야지."

이 한인은 인천 근처 우각동(牛角洞)의 홍반노(洪半魯)라는 농부다. 사이지의 말을 곧이곧대로 믿고 꼭 마누라로 삼아야지 하고 돌아갔다.

5. 뜻밖에도 여자 얼굴만 보는 남자

"사한이 집에 있나?"

문밖에서 소리를 지른다.

"누군가 했더니, 반노 아닌가? 어서 들어오게."

사한은 집안에서 뭔가 일을 하고 있는지, 한번 힐끗 보고는 돌아보지도 않는다.

"들어가지는 않겠네. 급하게 할 이야기가 있어."

마음을 가라앉히지 못 하는 반노는 초조한 듯이,

"사한이, 나 부탁할 일이 있네."

사한은 입으로 중얼거리며,

"에잇, 귀찮아."

역시 돌아보지 않는다.

"기다리게."

"급하다니까. 나 마누라를 찾아냈네. 자네에게 중매를 부탁하는 거네."

"마누라를 찾아냈다고? 뉘 집 처녀인가?"

라고 하면서 안에서 나온 김사한은 툇마루에 웅크리고 앉았다.

반로도 거기에 걸터앉아,

"인천에 사는 여자인데, 예뻐."

"인천 어느 집인가?"

"뭐라 그랬더라? 이름은 몰라. 나 그 집에 종종 가거든. 근데 집도 깨끗하고 여자도 예뻐. 한 번 가 보게."

사한은 웃으며,

"자네 그 여자한테 반했나?"

"나 반했지."

"쓸데없는 짓 말게. 자네가 반했다고 해 봤자 상대방은 콧방귀도 안 뀔 걸."

반노는 한심하다는 표정으로 사한을 노려보듯 보며,

"여자가 내 마누라가 되고 싶다고 말을 했다니까. 나 같은 든든한 사람의 마누라가 되면 복이라며 마누라로 받아 달라고 부탁을 했네… 아아… 나는 쑥스러워서 사한이 자네에게 중매를 서 달라고 하겠다고 했네… 아, 그러니 좀 가 주게."

"그건 아마 자네를 놀린 것일세. 근데 그 여자의 부모는 무슨 일을 하고 있던가?"

"부모가 무슨 일을 하는지는 모르지. 그 여자는 혼자 사는 여자인데, 식모를 쓰고 있었네."

"안 돼. 안 돼."

라고 사한은 손을 저었다.

"뭐가 안 된다는 것인가?"

라고 반노는 당장이라도 울음을 터트릴 듯한 목소리이다.

사한은 지레짐작하는 듯한 표정으로,

"그보다 더 좋은 마누라감 내가 찾아 줄게. 왜 그 박기순(朴其順)의 딸 말야. 그 여자 온순하고 일도 잘하고, 자네하고는 딱 어울리는 배필감이네. 그녀라면 내가 당장 중매를 해 주지. 인천 쪽은 그만두는 것이 좋겠네!"

"안 돼. 안 돼. 나는 그런 못 생긴 여자 싫어. 인천에 있는 여자를 마누라로 삼지 못하면 나는 죽을 거야."

반노는 훌쩍훌쩍 운다.

사한도 이렇게까지 마음에 담고 있는 것을 어쩌랴 하며 딱하다는 생각이 들어,

"울지 말게. 울지 마. 덩치는 커 갖고는 보기 싫네. 내가 인천에 가

줄게. 중매를 서 주겠네. 하지만 상대방 이름을 몰라서야 곤란한데."

"내가 길을 안내해서 가르쳐 주겠네. 지금 당장 가 주게."

"당장 가겠네. 자네 그런 얼굴을 하고 여자 얼굴만 따지네, 하하하하. 내가 망신당하는 일은 없겠지?"

6. 과감한 말

반노는 김사한을 안내하여 사이지의 집으로 갔다. 사립문까지 와서,

"여기네, 여기야. 이 집이네."

사한은 문패를 보고,

"쓰키다 유키(月田雪), 이건 일본인 아닌가? 안 돼. 안 돼."

쓰키다 유키란 사이지의 본명이다.

사한은 그래도 집안의 사정을 살피며,

"안 돼, 안 돼, 이는 누군가의 첩이야. 여자는 남자가 있음에 틀림없어. 쓸데없는 짓이야. 그만 두세."

라고 쩔쩔매고 있다.

"되는지 안 되는지는 들어가 보지 않으면 모르는 일이네. 어서 들어가 보게."

반노는 사한을 등 뒤에서 떠밀어대며 문안으로 들어가게 하고 사립문을 밖에서 누르고는,

"부탁하네, 부탁해."

라고 했다.

사한은 도리없이 입구 격자문을 열었다. 하지만 바보 같은 놈 하고

입속으로 중얼거리며,

"실례합니다."

일본어도 확실한 일본어이다.

"오테쓰, 누가 왔네."

"예."

안내를 하러 나온 오테쓰는,

"누구신지요?"

"저는 우각동의 김사한이라는 사람입니다만, 당신이 유키 씨이신가요?"

"아니요, 저는 일하는 사람입니다."

사한은 고개를 갸우뚱했다. 이 집주인이 반노의 마누라가 되겠다고 말했을 것 같지가 않았다. 이 하녀가 반노의 마누라로 딱 어울리는 여자다, 그만두면 좋을 것을, 일본인이라니, 반노가 말하는 여자도 아마 이 여자일 것이라고 생각했다.

"당신, 잠깐 귀 좀 빌려 주시오."

라며 사한은 작은 목소리로,

"나는 중매를 하러 왔는데, 당신 우리 동네 홍반노의 마누라가 되겠다고 말한 적 있소?"

반노는 당신에게 영 반해 있소. 남자답지는 않을지 모르지만, 정직하고 마음도 착하고 또 돈도 잘 벌고 있소"

오테쓰는 키득키득 웃으며,

"이 사람 참 쓸데없는 말하는 사람이네. 하하하하."

옷소매를 앞치마 끈 속으로 집어넣으며 허둥지둥 안으로 뛰어 들어갔다.

"오테쓰, 무슨 일이야?"

뒤를 돌아보는 사이지 옆에 바싹 다가앉으며,

"이러이러해요…."

무슨 말인지 소곤소곤 하니, 사이지도 고개를 움츠리며 피익 하고 웃는다.

"홍반로라니 누구지?"

"그래 맞아, 어제 왔던 그 지저분한 한인인데요."

"그래, 그러면 어제 왔을 때 내가 그런 말을 해서 그것을 곧이듣고 부탁을 해서 사람을 보낸 거군. 내가 응대할 테니, 응접실로 보내."

사한은 오테쓰의 안내에 따라 방으로 들어갔다.

잠시 후 나온 사이지를 보니, 이건 굉장한 미인으로 빛이 나는 것 같았다. 자신도 모르게 사한은 방석 위에서 무릎으로 다가가며,

"저는 우각동의 김사한이라고 하는 자입니다."

라고 정중하게 인사를 한다.

"알겠습니다. 아까 하녀한테서 들었습니다. 홍반노 씨의 일로 오신 것이죠? 그 반노라는 사람은 여기에 종종 오는 사람이죠."

"아, 예, 그 자가 이런저런 말을 해서 저를 속여 당치도 않게 부끄럽게도 이렇게 찾아왔습니다. 면목없습니다."

"아닙니다, 그럴 리가 있나요. 반노 씨의 아내가 되고 싶다고 한 것은 접니다."

"옛?"

사한도 좀 놀랐다.

"그냥 지나가는 소리 아니었나요?"

"참말입니다. 저는 그런 정직하고 든든한 남자의 아내가 되고 싶으니까요. 제가 먼저 아내로 삼아달라고 부탁했습니다. 당신이 도와주시겠다면 부디 잘 부탁드립니다."

사한은 뜻밖의 말에 두려워졌다. 이 여자 뭔가 꿍꿍이가 있을 거야, 아니면 나까지 놀릴 생각인가? 만약 정말이라면 반노에게 끔찍한 일이 일어날 게 틀림없을 거라고 생각했다.

"그럼 다시 생각을 해 보고 오겠습니다."

라고 하며 곧 돌아가려 했다.

"그 인사는?"

"아니요, 다시 오지요."

하고 정색을 한다.

7. 3백에 흘리는 아까운 눈물

오하마가의 노모는 사이지가 사는 집을 알고는, 저게 저렇게 하녀까지 부리며 느긋하게 살고 있을 리가 없어, 필시 마나미가 몰래 돈을 보내 주고 있을 거야. 그럼 역시 첩이나 마찬가지이니까 연을 끊은 것도 아니고 에미 앞에서만 이혼을 했다고 하고는 만약 내가 죽으면 다시 원래대로 이 집에 데려다 앉히려는 뻔뻔한 요량임에 틀림없어, 아무래도 요즘 마나미가 이 에미를 남 대하듯 하고 후처를 들이라고 아무리 말을 해도 애가 불쌍해서 평생 홀아비로 살겠다고 뻗대는 것을 보면 아무래도 그 여자가 마나미의 급소를 쥐고 놓아 주지 않고 있는

거야, 아마 내가 빨리 죽으라고 기도를 하고 있을지도 몰라,라고 독이
잔뜩 올라 이리저리 꼬아서 상상을 했다.

그러니까 마나미가 집을 나갈 때는 먼저 어디에 가는 거냐고 물어
보고, 얼마 후 그 집으로 사람을 보내 데리고 오게 했다. 만약 마나미
가 이야기해 둔 집에 없으면, 돌아온 후에 꼬치꼬치 행선지를 캐물었
다. 그리하여 그 여자에게 미련이 없다는 핑계는 절대로 노모의 귀에
는 통하지 않게 되었다.

마나미는 노모가 지나치게 잔소리를 하는 것은, 눈앞에 적이 있는
것처럼 생각되어 괴로워서 그럴 것이라고 생각하고는 그런 사정을 상
세히 적어 사이지에게 편지를 보냈다.

마나미에게서 온 편지이므로 사이지는 손에 들고 봉투를 뜯어보기
전까지는 기대감에 차서, 혹시 다시 불러들이는 것은 아닐까 하고 마
음속으로 뛸 듯이 기뻐했다. 그런데 봉투를 뜯고 자못 대단한 것인 양
읽어 보니,

"도쿄로 돌아가든지 다른 곳으로 시집을 가든지, 어쨌든 인천을 떠
나도록."

라고 적혀 있었다. 그리고 편지 안에는 3백 원의 지폐가 들어 있었다.

사이지는 이것을 보고 얼굴이 새빨개지고 손이 저절로 부들부들 떨
렸다. 마침내 백 원짜리 지폐 세 장을 손바닥 위에서 돌돌 말아 마당
으로 휙 던져버렸다.

옆에서 보고 있던 오테쓰는 아연실색하여 자기도 모르게,

"아이쿠…."

사이지의 얼굴을 옆에서 보고는,

"아까워요."

"아깝긴 뭐가 아까워? 한심하고 분해."

라고 이를 갈며 운다.

오테쓰는 이게 뭔 일인가 싶어 그저 반듯하게 앉아서,

"무슨 일이세요?"

"내 몸은 돈만 있으면 아무렇게나 마음대로 움직일 수 있다고 생각하는 것인가? 그렇게 생각하는 것이 분해 죽겠어."

라고 엎어져 울며 소매를 깨문다.

"누가 그런 말을… 아씨."

함께 울음을 터뜨릴 것 같은 오테쓰.

"정말 무슨 일이세요?"

마침내 사이지는 달래는 말에 체면도 있고 하여,

"너무 분해서 그만 울어 버렸어. 아무 일도 아닌데 말이야."

옷소매로 눈물을 닦고는 담뱃대를 들어 담배를 집어넣으며,

"나 이곳을 뜨라는 말을 들었어. 이제 이 인천에는 오래 있을 수 없게 되었어. 그렇지만 생각해 보면 오하마 씨도 딱해. 내가 이곳에 있다고 노인네가 지겹게 참견을 하니 어쩔 도리가 없다네. 역시 오하마 씨가 나한테 다니신다고 생각해서 눈에 불을 켜고 보는 것 같아. 그러니까 오하마 씨를 생각하면 하루라도 빨리 이곳을 떠나야 해. 그게 도리지. 하지만 나는 도쿄로 돌아갈 수 없는 사정이 있어서… 어딘가 다른 곳으로 시집을 가려고 하는데 말야, 나를 받아주는 사람이 있을까?"

오테쓰는 마침내 미소를 지으며,

"그야 얼마든지 있죠. 호호호호."

사한이 반노의 부탁을 받고 사이지의 집에 온 것은 마침 이 즈음이 었기 때문에, 사이지는 더한층 홍반노의 아내가 된다면 헌 신발처럼 벗을 때도 쉽게 벗을 수 있을 것이라고 생각했다. 그것은 오하마가에 서 언제 어느 때 다시 불러들일지 모르니까 그때까지 임시거처로 그 런 사람의 처가 되는 것도 재미있을 것이라고 좀 독특한 발상을 한 것이다.

8. 뜻밖에 나타난 두 대의 인력거

사한을 안내로 보내고 뒤따라 사이지의 집에 온 홍반노는 역시 용 기가 없어서 문안으로 들어가지 못하고 문 앞에서 발길을 돌려 사한 의 집으로 돌아갔다. 그리고는 일의 성패가 어떻게 되었는지 알기 위 해 사한을 기다렸다. 마침내 사한이 돌아왔다.

기다리고 기다리던 반노는 문가에서 떨어져서 싱긋 미소를 지으며 사한의 얼굴을 들여다보며,

"정말로 수고했네."

"맞아, 정말로 고생했네"

반노에게 눈길도 주지 않고 마루로 올라가니 깜짝 놀라서,

"사한이 무슨 일 있었나?"

"틀렸네, 틀렸어."

라고 손을 내저었다.

"왜 뭐가 틀렸다는 것인가?"

"내가 생각했던 대로야. 그 여자는 얼굴만 반반하고 뻔뻔한 계집이

야. 그런 걸 마누라로 삼았다가는 자네가 모처럼 애써서 저축한 돈을 훔쳐서 휙 날아버릴 게 틀림없네. 게다가 일본인이잖나. 그러니까 내가 사과를 하고 왔네."

"뭐라고?"

반노는 또 깜짝 놀랐다.

"나는 돈은 제일은행에 맡겨 두었네. 도둑맞을 염려는 없네."

"그러니까 위험하다는 말이네. 자네 이름으로 은행에서 인출하면 그만 아닌가? 휙 도망이라도 가 버려 보게. 울고불고 해 봤자 쫓아갈 수도 없지 않나. 그러니 그 여자는 잊는 게 좋을 걸세."

"그렇다면 그만둘까? 그런 도둑을 마누라로 삼기는 싫네."

반노는 사한의 말에 무서워져서 사이지를 단념해 버렸다.

"그러니까 박기순의 딸을 맞이하게. 내가 도와줄 테니."

"참고 받아 줄까?"

"참다니, 듣고 보니 어이가 없네. 자네에게 과분하네… 그럼 이 길로 내친 김에 박기순의 집에 가 주겠네. 좋은 일은 서두르라 했으니."

"그럼 부탁하겠네."

그리하여 반노는 사한과 함께 문밖으로 나와 동서로 헤어져 자기 집으로 돌아갔다.

입구의 빗장을 풀고 들어가려는데, 달그락달그락 큰 소리를 내며 달려 나온 것이 있었다. 깜짝 놀라 한 발 뒤로 물러서니 안에서 이웃집 개가 나왔다.

"아이쿠, 밥그릇이 뒤집혔네. 이러니 빨리 마누라를 얻어야 해. 제기랄, 밥을 홀딱 먹어치우고… 나도 배가 고파서 돌아왔는데 인정머리 없는 것."

라고 혼잣말을 하며 통을 들고 집 앞에 있는 실개천으로 내려가 쌀을 씻어 밥을 안쳤다. 홀아비 생활에 지저분하고 때에 찌든 축축한 속 고쟁이를 아궁이 앞에 널어놓고 콧노래를 부르고 있다.

얼마 안 있어 두 대의 인력거가 문 앞에 멈춰 섰다. 좀처럼 드문 일이므로 일어서서 내다보는데 밖에서 안으로 들어오는 사람과 얼굴이 딱 마주쳤다.

"누군가 했네. 당신이 어떻게 왔지?"

"당신에게 시집 왔죠."

라고 한 사람은 사이지이고 또 한 사람은 하녀 오테쓰이다.

반노는 깜짝 놀란 표정을 짓더니 점점 당혹스러워하며,

"큰일 났네. 나는 도둑을 마누라로 맞을 수는 없어."

라고 하며 다시 아궁이 앞에 책상다리를 하고 멍하니 앉아 있다.

사이지는 오테쓰와 얼굴을 서로 마주 보며 풋하고 웃었다.

"도둑질을 할 만큼 재주가 있는 여자가 아니니까, 부디 저를 아내로 맞아 주세요. 김사한 씨한테서도 이야기를 들어서 바로 밀고 들어온 보잘 것 없는 여자지만 미워하지 마세요."

반노는 얼굴을 옆으로 저으며,

"사한이한테서 다 들었소. 돈을 훔쳐서 휙 도망치면 곤란하니 그만두기로 했소."

사이지는 확 짜증이 났지만 그런 말을 하는 것을 보니 귀여운 남자라는 생각이 들어,

"돈을 원하는 것은 아니에요. 이것을 당신에게 드리겠습니다."

라고 품에서 백 원짜리 지폐를 한 장 꺼내 반노 앞에 놓았다.

"아이쿠, 내가 은행에 맡긴 돈도 백 원이야. 어느새 인출을 했지?"

벌써 자신의 이름을 대고 은행에서 인출한 것으로 생각을 했다.

"백 원으로 의심스러우시면 아직 더 있습니다."

하며 백 원짜리 지폐를 더 보여 주었다.

"그건 누구의 돈을 훔친 거지?"

라고 반노는 점점 더 무서워져서 쏜살같이 집에서 도망쳐 나와 어디론가 가버렸다.

9. 억울한 도둑취급

홍반노는 자기 집을 뛰쳐나와 허둥지둥 제일은행으로 달려갔다. 접수창구에서,

"나는 당행에 돈 백 원을 맡겼는데요."

"저쪽으로 가요, 저쪽으로."

라고 접수담당자는 예금담당자를 가리킨다.

"나는 당행에 돈을 백 원 맡겼는데, 그 돈을 좀 보여 주었으면 합니다."

예금담당자는 이상한 남자도 다 있다며 웃음이 터지려는 것을 억지로 참으며,

"뭐라구요, 예금을 인출하러 온 것인가요? 예금 통장을 보여 주세요."

"예금 통장을 가지고 오지 않았는데요. 그 돈을 보여 주면 안심하고 집으로 돌아가겠습니다."

"그렇다면 인출을 하러 온 것이 아니라 단지 돈을 보고 싶다는 말

입니까?"

"예, 그렇습니다."

"그건 안 됩니다. 돈을 보고 싶다면 일단 인출해서 봐야 합니다."

"그렇다면 맡긴 돈은 역시 당행에 있는 것인가요?"

"맡긴 돈이라면 물론 여기에 있습니다."

"그래요, 그럼 안심이네. 나는 그 여자들이 내 이름으로 돈을 인출했나 라고 생각했습니다."

라고 하니, 예금담당자도 어쩌면 일이 잘못되었을지도 모른다고 생각했다.

"잠깐만 기다리세요. 당신 이름이 뭐죠?"

"우각동 홍반노입니다."

"언제 예금을 했나요?"

"오 원 씩 스무 번 맡겼습니다."

예금 담당자는 통장을 넘겨보고,

"아무도 인출하지 않았습니다. 백 원 예금은 확실히 있습니다. 안심하고 돌아가세요."

"아 예, 감사합니다."

라고 반노는 얼굴색을 바꾸고는,

"사한이 무슨 말을 한 거지?"

라고 중얼거리며 돌아왔다.

도중에 박기순의 집에서 돌아오는 사한을 만났다. 사한은 먼저 말을 걸며,

"자네 어디 갔었나?"

반노는 뚱해서 대답도 하지 않았다.

"하하하, 어딘가에서 삐쳐서 돌아오는군. 그래 기뻐하게. 박기순하고 확실히 약속을 하고 왔네. 좋은 날을 잡아 빨리 맞는 것이 좋을 것일세."

반노는 여전히 입을 다물고 지나가려 한다. 사한은 이건 좀 화나는 일이라 생각하고 까칠하게,

"자네 대체 무슨 일인가? 이 정도로 내가 도와주고 있는데 뭐가 부족해서 화를 내는가?"

하고 하며 소매를 잡아 되돌렸다.

반노는 귀찮다는 듯이,

"나는 박기순의 딸은 싫어졌네."

"뭐라고 기순의 딸은 싫다고 지껄이는 건가? 그렇다면 왜 나를 가게 했나? 내가 기순에게 미안하지 않은가?"

"아, 예."

"아, 예라니. 자네도 그런 줄 알게. 이번 달 26일이 길일이네. 그 날 꼭 받아들이게. 내가 하는 말을 듣지 않으면 가만두지 않을 테니까 말일세."

머리 꼭대기에서 눌러대니 반노도 어쩔 도리 없이,

"그렇다면 그렇게 하지."

라고 말은 했지만, 마음속으로는 사한이놈, 인천의 여자가 마치 도둑인 것처럼 말해서 나를 속이고 기순 처녀를 들이대는 군. 그래서 그 아름다운 여자를 도둑취급하고 말았지 뭐야, 너무나 분하고 딱해 죽겠어, 빨리 돌아가서 사과를 하지 않으면 미안하지 라고 생각했다. 그

러자 반노의 마음은 이미 뒤로 돌아가서 아무래도 사이지를 아내로
삼고 싶었다.

10. 자포자기의 방탕

반노가 자기 집으로 돌아가 보니 입구의 문은 닫혀져 있었다. 그리
고 인력거는 없었다. 사이지도 오테쓰도 없었다. 안에 들어가 보니, 어
쩐지 모습이 달라져 있었다. 밥도 지었고 밥그릇도 깨끗이 닦아서 말
린 후 밥을 퍼놓았다. 솥도 씻어서 빛을 내놓았다. 상에는 생선회, 구
운 생선 등이 접시에 담겨 놓여 있었고, 그 위를 상보로 덮어 놓았다.
화로에는 주전자의 물이 끓고 있었다. 방은 못 알아볼 정도로 청소가
되어 있었다. 사이지의 지시로 오테쓰가 일을 한 것 같다.

"아깝네, 이렇게까지 마음을 써 주는 여자를 도둑 취급해서 돌려보
냈군. 분해서 견딜 수가 없어."

반노는 혼자 울었다.

마침내 울며울며 밥을 다 먹고는,

"나도 한심하지. 사한이한테 감쪽같이 속아서 당치도 않는 짓을 했
네. 사한이가 나쁜 놈이야. 이제 그 여자는 우리 집에는 와 주지 않을
거야. 나는 이제 죽는 게 나아."

사한이를 있는 대로 원망하고는,

"내가 죽어 볼까. 그러면 사한이놈 놀라겠지? 죽어서 유령이 될 수
있다면, 사한이를 혼내주고 싶어."

라고 혼자서 사한이에게 저주를 퍼부었다.

그러고 나서도 여전히 이런저런 생각을 할 정도로 갑갑해서, 우물에 빠져 죽을까, 감나무에 목을 맬까, 어느 쪽이 고통없이 죽을 수 있을까, 하며 2, 3일 동안 하는 일도 없이 그저 빈둥빈둥하고 있었다.

그러다가 다시 한 번 사이지에게 가서 사과를 한 후에 죽어도 되겠다는 생각이 들었다. 아침 일찍부터 짚신을 신고 다시 터벅터벅 인천으로 갔다.

사이지가 살던 집은 이미 빈집이 되었고, 문에 세를 놓는다는 종이가 붙여져 있었다. 반노는 그것을 보고 낙담했다.

"결국 인연이 아니었군. 이제 체념해야지."

하고 풀이 죽어 집으로 돌아왔다. 제일은행 앞을 지나가다가 멈춰 서서 잠깐 생각을 하고는 마침내 안으로 들어가 예금 백 원을 인출했다. 그것을 품에 넣고 1정(町) 정도 어슬렁어슬렁 걸어가서,

"이렇게 된 바에야 돈이고 뭐고 필요 없어. 이 집이 좋겠네."

라고 하며 어느 요리점에 들어가서 두리번두리번 안을 둘러보았다.

"어머 당신, 무슨 일이에요?"

요리점 쪽에서 말을 건다.

"나는 돈을 쓰러 왔는데, 이 집이면 좋을 것 같군."

"자리가 다 차서요. 애석하게도."

"안 됩니까?"

라고 하고는, 머쓱해져서 그 집을 나와 골목으로 들어가 수광정(水光亭)이라는 작은 요리집을 들여다보았다.

"누가 왔어요."

여주인의 말에 나온 것은 오테쓰이다. 오테쓰는 사이지의 집에서 나

와 이 집에서 일을 하고 있는 것이다. 반노는 오테쓰를 보고는 반갑게,

"당신 이 집으로 이사왔나?"

"예, 저만 이 집에서 일을 하고 있어요."

"당신만?"

실망하는 빛을 띠며,

"그래, 나는 돈을 쓰러 왔네. 올라가겠네."

"옛?"

오테쓰도 놀랐다.

"돈을 쓰겠다구요?"

라고 확인을 한다.

"음, 여기에 백 원이 있네. 여기서 놀까?"

그 목소리를 빨리도 알아들은 여주인, 장지문 너머로,

"들여보내도록 해."

"그럼 안내하겠습니다."

반노는 처음으로 요리집 손님이 되었다. 방으로 안내되어 들어갔는데, 어쩐지 어색하여 입구 장지문 구석에 조용히 앉았다.

"이쪽으로 오세요."

침상 옆에 방석을 깔고 거기에 앉아서 다리도 제대로 펴지 못하고 떨고 있었다.

11. 친절한 여자

"난 이제 마시는 게 싫어."

평소에 술을 좋아하지 않는 반노는 두세 잔의 술에 얼굴이 홍시가 되어 괴로워했다.

"어머, 어머, 제 잔은 싫은 건가요?"

"네 잔이 싫다는 것이 아니라 내가 너무 취했어."

라고 하면서도 어쩔 수 없이 잔을 받는다.

"잔을 주세요."

또 부드러운 손이 나온다.

반노는 곤란하다는 듯이 앞의 잔을 벌컥벌컥 마셔 치웠지만 목이 메어 손이고 얼굴이고 콧물이 떨어지고 있었다.

"이것으로 닦으세요."

비단 손수건을 주니 아까운 듯이 입 주위를 닦는다. 그 한심한 모습에 모든 사람들이 비웃을 뿐이었다. 마침내 네다섯 명의 예기에 둘러싸여 진쿠오도리(甚句踊),[2] 점점 더 취기가 돌아 더 이상은 견딜 수 없게 되었다. 툇마루에 나왔지만 픽 쓰러져 마치 죽을병에 걸린 환자 같았다.

일본의 방탕이라는 것은 이렇게 괴롭고 고생스러운 것인가 하며 반노는 처음으로 깨달았다. 목이 타들어가는 것처럼 말랐다. 물을 달라는 말도 하기 힘들어 그저 몸부림을 칠뿐이다.

"찬물을 드세요."

흔들어 깨우는 이가 있었다.

깜짝 놀라 일어나서 취안몽롱(醉眼朦朧)한 상태로 보니, 다시 한 번

---

2) 진쿠란 7·7·7·5의 4구(句)로 된 일본 민요의 하나로 그에 맞춰 추는 춤.

만나보고 싶었던 사이지이다.

사이지는 하나무라(花村)라는 샤미센(三味線) 스승 집에 사람들 모르게 방 하나를 얻어 살고 있었는데, 반노가 지금 수정광에서 놀고 있다는 것을 오테쓰가 알려 줘서 구경을 하러 온 것이다.

"당신 대체 어찌 된 거지?"

사이지는 겸연쩍은 듯이 물러나서 반노를 바라보고 있다.

"나 당신한테 미안해. 사한이한테 속아서 당신을 도둑이라고 생각했어. 부디 용서해 줘. 당신 집에 갔는데 당신이 없어서 슬퍼서 죽어버리려고 했지. 이왕 죽을 것이라면 한 번 원 껏 돈을 쓰고 한이라도 풀려고 이 집에 돈을 쓰러 왔어. 돈을 쓰는 것은 재미있다고 옆집 사는 이서방이 말하던데 술을 잔뜩 마시게 하니 괴롭군. 난 살아 있어 봤자 별 볼일도 없을 테니 아무래도 죽어야겠어."

울며불며 이야기하는 것을 보니 어쩐지 사신(死神)이 내렸나 싶었다. 사이지는 딱하다는 생각이 들었지만, 어떻게 달랠 도리도 없었다. 마침내 생긋 미소를 지으며,

"그렇다면 나를 아내로 맞을 생각은 없나요?"

"당신을 아내로 삼고 싶으니까 슬픈 생각만 드는 것이지. 당신 아직도 내 마누라가 될 생각이 있는 거야?"

"하지만 당신이 죽어버리면 마누라가 못 되잖아요."

"나 안 죽을래. 당신이 헛소리 한 것이라면 나 바로 죽을 거야. 정말이지?"

"정말이라니까요. 당신 집에까지 갔잖아요. 도둑이라는 말을 듣고도 이렇게 뵈러 왔잖아요. 그러니까 죽으면 안돼요."

"안 죽어. 당신 얼굴을 보니 돈 쓴 것이 바보 같다는 생각이 드네. 나 이제 돌아갈래. 계산은 얼마인가?"

"계산은 하지 않아도 되니까 이대로 돌아가세요."

"나 은행에서 돈을 인출해 왔으니까 돈 가지고 있어. 돈을 안 내고 가면 미안하지."

"그 돈은 원래대로 은행에 맡겨 두세요. 내가 어떻게든 해 둘게요."

"돈을 안 내고 돌아가면 이 가게에서 화를 낼 거야."

"화 안 나게 해 둘 테니까 괜찮아요."

"그래, 그럼 돌아갈게."

"손님 돌아가세요… 옷은 여기."

"음, 또 올게요."

소기사(小技士)

무라타 센코쓰(村田仙骨)

1

"다케오(武男), 친구 왔다. 다케오."

두세 번 불러 봐도 대답이 없자 아내는 차노마(茶の間)를 나와 긴 복도를 지나 안쪽 방으로 갔다.

안쪽에 있는 다다미 8장짜리 방을 살짝 들여다보고,

"어머, 여기에도 없네. 필시 시계를 가지고 장난을 하고 있었던 것 같은데, 아니면 옆집에라도 갔나?"

아내는 그런 사정을 이야기하여 친구를 돌려보냈다.

"그럼 어머니 밤에 복습을 하러 오라 했다고 전해 주세요."

라는 말을 남기고 휙 떠나는 뒷모습을 가만히 지켜보며 아내는,

"어떻게 다른 집 아이는 저렇게 부지런할까?"

하고 중얼거리며 원래 있던 자리로 돌아왔다.

그리고 그녀는 밤까지는 마무리를 해야겠다고 생각하며 하던 바느질에 여념이 없다. 그곳에 하녀가 타피오카 크림을 가지고 와서 잠깐 바느질 손을 쉬며,

"서방님하고 다케오 것만 덜어 놓고 너도 많이 먹으렴. 오늘 것은 아주 잘 된 것 같아. 어디 한 번 먹어 볼까?"

라고 하면서 스푼을 집어 들었지만 아직도,

"다케오, 다케오"

라고 계속해서 불러 보았다. 하지만 아무 대답도 없자,

"모두 같이 먹으면 좋을 텐데."

라고 혼잣말을 했다. 햇볕에 뜨겁게 달구어진 정원의 돌, 간식은 오후 3시 반으로 때를 정해 놓았다. 쓰키야마(築山)[1]를 등진 연못 수면은 물때로 새빨갛다. 뒤꼍에서 이웃집으로 이어진 매화나무, 복숭아나무, 은행나무 등의 가로수들 사이로 히카와(氷川)의 논이 보인다. 멀리 삼나무 숲이 보이고 엄청나게 큰 회나무 한 그루가 보이고 거인 같은 구름이 걸친 산봉우리가 보이고 솔개가 날고 있다.

학교는 방학을 했다. 여름에 개구쟁이 남자아이들이 뛰어놀기에 더 없이 좋은 곳이다.

다케오는 어디로 간 것일까? 수영이라도 하러 간 것일까?

아내는 다시 일을 하기 시작했다.

2

너트, 스크류, 톱니바퀴 등을 붙였다가는 떼고, 떼었다가는 붙이며 몇 번이고 고개를 갸우뚱거리며 소년은 땀이 흐르는 것도 상관하지 않고 고철덩어리들 속에 앉아 있다. 그 옆에는 송곳, 끌, 대패, 톱, 망

---

1) 정원에 돌, 흙 등을 쌓아 산처럼 꾸민 곳.

치 등이 흩어져 있고, 앞에는 확실히 소년이 만든 것으로 보이는 목제 함재(艦載) 한 척이 완성되어 있었다. 소년은 이 함재에 시계태엽을 장착하여 자동 소증기선을 만들려고 하는 것이다.

창문 앞 푸른 오동나무에서 우는 매미소리도 마침내 사그라들고 눈앞은 차차 어두워졌다. 타닥타닥 청소를 하는 소리가 차츰차츰 가까워져 왔다.

"어머, 너 여기 있었니? 아무리 불러도 대답이 없어서 없는 줄 알았어. 또 시작이구나. 그렇게 어지를 것이라면 광에 멍석이라도 깔고 하라고 늘 상 말하는데도 안 듣는구나. 이제 곧 아버지가 돌아오실 텐데, 얼마나 야단을 하실지. 자 어서 치워라."

소년은 이쪽을 잠깐 올려다보더니 또 일에서 눈을 떼지 않는다.

아내는 빗자루와 총채를 든 채 소년 옆에 가만히 앉아 소년이 하는 일을 조용히 바라보았다.

"적당히 하고 그만두렴. 미친 사람 같은 짓은. 방도 지저분해지고 시계는 망가뜨리고, 게다가 그렇게 내도록 방안에만 틀어박혀 있으면 나중에 몸도 상해."

라고 말을 걸더니 다시 어조를 바꾸었다.

"자, 자 어서 그만두렴. 그쪽 좀 치워. 오늘은 네가 좋아하는 타피오카 만들었어. 아까 아무리 불러도 대답을 하지 않아서. 모처럼 맛있는 것 먹이려고 했는데… 자 어서 치우렴. 그리고 아버지 돌아오시면 같이 목욕이라도 하고, 밥 먹고 나서 운동을 좀 해라. 아까 예의 그 친구가 와서 밤에 복습하러 오라고 하고 갔어."

'다케오야'라는 마지막 말은 상냥한 가운데도 어딘가 위엄이 느껴져 소년의 마음에 적잖이 파문을 일으킨 것 같다. 그는 못마땅해하면서도 도구들을 정리하고 돗자리를 접은 후 마당 쪽으로 갔다. 아내는 그곳에 흩어져 있는 대패밥을 주우며 남편의 서재를 청소하기 시작했다. 그 후에 하녀가 깨끗하게 걸레질을 했다.

3

남편은 지금 막 돌아왔는지 시원하게 목욕을 하고, 몹시 상쾌한 모양. 의자와 테이블을 물 뿌린 정원에 내놓고 직접 만든 가벼운 양식 두세 가지를 각자 앞에 놓고 타피오카 크림 한 접시는 특별히 남편 앞에 놓고 부모 자식 세 가족이 만찬을 먹고 있다. 마루 끝에 있는 기후 초롱(岐阜提灯)[2]에서도, 노송나무 가지에 매달린 반딧불이집에서도, 파릇파릇 잔디 위 여기저기에 희끗희끗 피어 있는 데이지에서도, 처마에서도, 툇마루 아래에서도, 정원 구석구석에서, 나무 가지 사이에서, 연못 구석에서, 저쪽 숲 그늘에서 차츰차츰 몰려오는 황혼 속에서 뚜렷하게 존재감을 드러내는 하얀 테이블보와 히가와 숲에서 연못 수면으로 불어오는 시원한 바람에 아까운 거품이 꺼져 버리지는 않을까 하여 허둥지둥 맥주를 마시는 남편의 입가를 닦는 손수건이 더한층 정취를 자아낸다. 남편은 밖에서 생긴 일을, 아내는 안에서 생긴 일을, 자식이라는 가장 사랑하는 존재를 사이에 두고 서로 허심탄회하게 이야기를 나눈다. 단란한 기쁨 역시 각별하다. 신은 내려와 계신다. 남편은 모 부처의 고등관으로 나이는 마흔두셋으로 보인다. 앞머리는 약간 벗겨

---

2) 기후 지역 특산 초롱.

져 있고 뚱뚱하게 살이 찐 체격에 포동포동한 얼굴이 보기에도 관대해 보이는 호인물. 아내는 열서너 살짜리 아이 엄마로 보이는 나이로, 적당한 키에 적당한 살집에 말씨도 상냥하고 행동거지는 조신한 가운데에도 엄한 면이 있는 것을 보면, 소위 세상에서 말하는 훌륭한 사모님의 품격이 보인다. 하지만 아무래도 잔소리를 하는 아내라는 점은 어쩔 수 없다.

아내는 무슨 일인지 남편에게 자꾸만 뭐라 한다. 하지만 남편은 맥주만 마시고 있을 뿐 미소를 지으며,

"뭐, 괜찮지 않아? 좋아하는 일을 하는 거잖아."

라고 하며 상대를 하지 않는다. 그리고 이번에는 소년을 보고,

"공부에는 도통 신경을 안 쓰고, 그렇다고 해서 활발하게 운동을 하는 것도 아니고, 나무를 깎거나 시계를 부수며 하루 종일 꿈지럭거리고 있는 것 같은데, 너는 앞으로 뭐가 되려는 거냐?"

라고 한다. 그러자 소년은 주저주저 머리를 들고 반은 웅얼웅얼하는 소리로 반은 아버지의 태도를 보고 목소리에 힘을 주어,

"나는 배를 만들어 보고 싶어요."

라고 한다.

"그러면 뭐야, 조선기사가 될 생각으로 매일 배만 가지고 노는 거냐?"

한동안 말이 끊겼다가,

"조선이라고 하면 너 공학이니까 수학을 잘 해야 해. 그것 봐(혼자 수긍하고는). 그런 건방진 말을 하면 안 돼. 조금은 공부도 좀 하렴. 이번 통지표를 봐라. 그러니까 그게 말이다, 훌륭한 기사가 되는 것도 괜찮고 발명을 할 수 있으면 더 좋겠지. 하지만 그것은 네 자신의 신

체를 튼튼히 하고 공부를 마친 후의 일이야. 그리고 아버지의 뒤를 이어야 하니까, 역시 아버지하고 같은 일을 하는 것이 좋을 것이라 생각해. 뭐, 지금은 그런 것을 생각하지 않아도 학교 공부에 정진하면 돼. 알겠니? 이제 내일부터 좀 어지르지 말거라."

아내는 부드럽게 차근차근 조리 있는 말로 타일렀다. 남편은 여전히 미소를 띠고 있었다. 소년은 식사를 마쳤는지 먼저 일어서겠다고 인사를 하고는 자리를 떴다.

4

아직은 잔서가 심한데 여름방학은 이제 거의 끝나가고 있었다. 옆집 아이는 대학생 형과 오이소(大磯)에 해수욕을 다녀와서 해변에서 얼마나 재미있었는지를 떠벌리고 있었다. 다케오와 사이좋은 부지런한 아이는 변함없이 낮에는 숲이나 논밭을 뛰어다니며 놀고 밤에는 복습을 게을리하지 않으니 다음 학기에도 또 수석을 하게 될 것이다. 그와는 반대로 다케오는 어머니에게서 미친 사람 같다는 말을 듣고 친구들한테도 편협하다는 소리를 들으며 방학 내내 틀어박혀 지냈다.

여름방학도 오늘이면 끝이 나는 날 오후, 다케오가 심혈을 기울여 만든 성과인, 태엽이 달린 자동소증기선은 마당 연못에서 진수식을 거행하여 그 날 초대받은 두 친구의 갈채를 받았다. 남편은 늘 그렇듯이 싱글벙글 웃고 있다. 다만 아내만은 이상한 아이의 엄마라는 사실에 탄식을 하고 있다. 소년은 과연 성장 후 대발명가가 될까? 어쨌든 그는 확실히 하고자 하는 일은 끝까지 해서 어떤 일을 완성할 수 있는 용기와 자신감을 얻었다고 할 수 있다.

러일전쟁 개전 전 7일간

하세가와 자적(長谷川自適)

상

북한산에서 불어오는 세찬 바람을 타고 오는 얼어붙을 듯한, 가톨릭교회의 5시 반을 알리는 종소리에 몸서리를 치며 다가와(田川) 정육점을 나온 젊은이가 한 명 있다.

낡은 갈색 중절모를 아무렇게나 눌러쓰고 짙은 눈썹에 차가운 눈빛을 하고 콧날이 오똑한 얼굴을 적갈색 털로 짠 목도리로 감싸고 키가 큰 몸에 검은 나사로 된 통소매 옷을 걸치고는, 검정 양말에 중간 길이의 편상화(編上靴)를 신고 있다. 재치 있는 몸짓으로 뒤를 돌아보고는 쇠고기를 짊어진 지게꾼에게,

"빨리 와, 빨리 오라구."

하며 소리를 지르고는 얼어붙은 진고개를 구두 소리를 내며 서쪽으로 향해 걷고 있다. 2월 2일 아침인데, 한성의 어제오늘은 극도로 추운 영하의 날씨인데다가, 어젯밤부터 폭설이 내려 대부분의 거류민들은 아직 온돌에서 꿈을 꾸고 있다. 특히 눈이 온 날 아침이기 때문에 남대문 아침시장에 나가는 사람도 드물어 이 대로는 지극히 한산하다.

젊은이는 가끔씩 지게꾼을 돌아보며 영사관 모퉁이를 북쪽으로 꺾어지더니 새하얘진 북한산, 백악(白嶽)에서 불어오는 바람이 얼굴에 불어와 귀고 코고 모두 얼어붙는 것 같아 자기도 모르게 장갑을 낀 손으로 귀를 가렸다. 그때 지게꾼도 '아이고'하고 외치며 코에서 나온 숨으로 얼어붙은 수염을 쓸어내리고 있었다. 그 순간 젊은이는,

"뭐! 이것도 나라를 위한 일이야…."

라며 아주 희미하게 외쳤다. 하지만, 듣는 사람이 있을까 싶다. 갑자기 뒤를 돌아보고는 눈길을 헤치며 북진했다.

신왕성 경운궁 뒤편 정동 방면에는 각국 공사관이 산재하여 구름 위로 솟아 있는 서양식 건물 서너 개가 있어 평소에도 서양인의 왕래가 적지 않았는데, 지난달 갑자기 노국(露國)의 수병이 입국하고 나서부터는 미국 수병도 공사관 보호라는 명목 하에 입성을 했다. 거기다 잇따라 영국과 이탈리아도 보호병을 입경시켜 공사관에 집어넣었기 때문에 자연 정동 방면은 활기를 띠게 되었다. 그래서 정육점 젊은이는 다망해졌고, 단골손님들에게 돌아다니느라 정신이 없게 되어 아침 5시 반부터 매일 이곳을 돌아다니는 것이다.

정육점 젊은이는 지게꾼을 프랑스공사관 문 앞에 대기시키고 자신은 깊은 소쿠리에 쇠고기를 담아 어깨에 지고 작은 톱과 저울을 한 손에 들고 러시아 공사관 문 앞까지 걸어갔다. 얼굴을 아는 수병이 수염이 난 무서운 얼굴에 싱긋 미소를 띠며 맞이하였기 때문에, 젊은이도 두세 번 머리를 숙이고 그 앞을 지나갔다. 원래 알고 있던 주방장 방으로 들어가니 일고여덟 명의 수병이 성큼성큼 다가왔다. 그리고 무슨 말인지는 알아듣지 못하겠지만, 여기가 좋다는 둥 나쁘다는 둥

하는 것 같았다. 손끝으로 여기저기 쇠고기를 찔러보고 있는 것을 늘상 봐서 익숙한 젊은이는 미소를 띠며 주방장이 주문하는 만큼의 고기를 건넨다. 옆에 있던 수병은 인왕(仁王)[1]처럼 털이 숭숭 나 있는 큰 손으로 젊은이의 머리를 어린아이처럼 쓰다듬으며 장난을 하면서 무슨 말인지 하고 있다. 그것을 쇠고기를 든 채 배꼽을 잡고 웃고 있는 한인 주방장에게 물어보니, 이제 곧 러시아 병사가 입경을 하면 일본의 작은 인간은 모조리 잡아서 쇠고기와 함께 쪄먹어 버릴 것이다, 그때는 불쌍하게도 이 정육점 주인도 이렇게 둘둘 말아버릴 것이다—라고 했다며 통역을 하면서 점점 더 웃었다. 그 이야기를 들으며 수병은 기분 좋은 듯이 여전히 큰 손으로 자신의 머리를 쓰다듬었기 때문에 젊은이는 멍한 눈빛을 하고 수병의 얼굴을 바라보았다. 그러더니 곧 생각이 난 듯이 미소를 보이며,

"정말 그래요. 귀국의 병사가 입경을 하면 일본인들은 견딜 수 없을 거예요. 첫째 당신들 같이 몸이 크고 힘이 세고 나라도 크고 돈이 많은 사람들은 일본병사가 아무리 용을 써도 안 될 거예요. 거류지에서는 아무래도 당신 나라 병사들이 조만간 올 것이라며 큰 난리가 났는데 정말인가요? 우리들은 어떤가 하면 이렇게 단골손님들이 외국 분들뿐이니 당신 나라 병사가 하루라도 빨리 입경하기를 바랍니다. 그러면 쇠고기도 많이 팔아먹을 수 있죠. 공공연히 떠들 수는 없지만 일본은 나라도 작고 돈도 없으니까 전쟁은 도저히 할 수 없을 거예요."

라고 하며 머리를 긁적였다. 주방장은 그대로 수병들에게 러시아어로

---

1) 불법 호지(佛法護持)의 신으로서 절문 좌우 양쪽에 안치된 금강 역사(力士)의 상(像).

통역을 했다. 그것을 한쪽에서 듣고 있던 다른 수병들은 와하며 큰 소리로 웃었다. 그러자 아까 그 수병은 더 자신만만하게 다시 말을 이어,

"일본은 글렀으니 쇠고기장수도 목숨이 아깝다면 지금 러시아로 귀화하는 게 좋을 거야. 한국의 대관들도 대부분 러시아를 위해 일하고 있어. 현(玄) 대관, 길(吉) 대관도 아까부터 이야기를 하고 있지. 이제 곧 이 대관도 올 것이야…"

라고 하며 떠들고 있는데, 저 멀리 문안에서 사람들 소리가 시끄럽게 들려왔다. 수병도 주방장도 입을 맞추기라도 한 듯이 창문으로 몰려가서 창밖을 내다보니, 소문대로 이 대관이 기침소리를 내며 가마를 내려 뚱뚱한 몸으로 느릿느릿 현관으로 들어오는 것이었다.

수병들이 손님을 맞이한다며 성큼성큼 주방을 나갔기 때문에 뒷모습을 지켜보며 젊은이는 휴 하고 한숨을 쉬고 원래 있던 자리로 돌아가 쇠고기를 소쿠리에 담으려고 했다. 그리고 보니 또 로스 한 덩이를 도둑질당했다. 화도 나고 분하기도 해서 저울도 톱도 소쿠리에 집어넣고 일어섰다. 그 순간 또각또각 나막신 소리를 가볍게 울리며 방으로 다가오는 기척이 났다. 젊은이의 시선은 전기처럼 문 쪽으로 쏠렸다. 그와 동시에 문이 쓱 열리며 야마토나데시코(大和撫子)2) 한 송이….

젊은이는 갑자기 미소를 지으며 두세 번 머리를 숙였다. 여자는 살짝 다가와 싹싹하게,

"쇠고기 장수님, 오늘 아침은 굉장히 춥네요. 불 쬐세요. 여기까지 오시려면 꽤 추웠을 거예요."

---

2) 아름다운 일본여성을 패랭이꽃에 비유하여 이르는 말.

나이는 스물대여섯 쯤? 당세풍으로 묶은 머리에 하얀 리본을 꽂은 풍성한 머리숱과 갸름한 얼굴, 애교가 흘러넘치는 여자에게 위로를 받아 젊은이는 있는 대로 얼굴에 미소를 지으며 다시 고개를 숙이고,

"정말로 오늘 아침에는 추웠어요. 하지만 이 집은 꽤 훌륭한 집이네요. 스토브가 있어 따끈따끈하니까요. 별 건 아니지만 나는 오는 도중에 귀고 코고 모두 얼어 떨어져 나가는 줄 알았어요."

"당연히 그랬겠죠. 그래도 용케 힘을 내서 오셨네요. 감탄스러워요. 저 같은 사람은 방에만 있어도 추워서 견딜 수가 없어요. 게다가 쇠고기 장수님은…."

적지 않은 여자의 동정에 젊은이는 기뻐서,

"감사합니다. 가끔 싫은 적도 있기는 하지만, 주인이 친절한 사람이고 이만저만 신세를 지고 있는 것이 아니라서요. 다시 생각을 고쳐먹고 매일 아침 나옵니다. 부디 많은 애용 부탁드립니다. 이쪽에는 이삼일 전부터 지금까지 다니던 사람 대신 왔기 때문에 아직 단골은 없습니다만, 부지런히 공부도 하고 있으니 거류지사람한테 볼 일이 있으실 때는 염려 말고 말씀해 주세요. 실은 전에 돌던 사람한테서 이쪽에는 일본 여성분이 계시다는 이야기를 들어서 러시아어를 모르는 제게는, 이렇게 말씀드려서 죄송합니다만, 실은 일본 여자인 당신을 마음속으로 의지하여 왔습니다. 그런데 늘 모습을 언뜻 보았을 뿐 직접 뵙지 못해서 안타까웠는데… 언제 찾아 봬도 차부 요시마쓰(芳松) 씨는 당신 이야기만 합니다."

일의 자초지종에 귀를 기울이고 있던 여자는 쇠고기 장수의 정직하고 친절한 말투에 살살 웃으며,

"고맙습니다. 더 부탁할 일이 있다면 제가 할 수 있는 일은 도와 드리지요. 실은 전쟁 이야기로 시끄러워지고 나서 자연히 저도 외출이 자유롭지 못하고, 또 제가 러시아공사관에서 일을 하는 몸이기 때문에 어쩐지 거류지 쪽으로는 가고 싶지 않습니다. 그저 어찌 된 일일까 마음만 아파하고 있을 뿐입니다. 새장 속의 새처럼 세상 돌아가는 이야기도 몰라 그런 이야기도 듣고 싶고 말씀을 듣고 마음이 편해서 그런지, 이 추위에 딱해서 부탁드리기 힘들지만 그만큼 답례는 꼭 할 테니까요."

라며 여자는 딱하다는 듯이 젊은이의 얼굴을 바라보며 허리춤에서 편지 한 통을 꺼냈다.

"부디 이것을 좀 철도사무소에 갖다 주시지 않겠습니까? 그리고 죄송하지만 시마카와(島川)라는 사람에게 전해 주시고 답장을 받아다 주셨으면 합니다만…"

젊은이는 건네받은 편지를 받아 들고 수신인 이름에 시선을 주며,

"알겠습니다. 답장은 저녁에 갖다 드리지요. 이 분은 친척이라도 되십니까?"

여자는 그 질문에 얼굴색이 확 바뀌며,

"아니에요, 뭐 그냥 아는 사이입니다. 부디 부탁드립니다. 그럼 또 뵙겠습니다."

인사를 마치자마자 여자는 서둘러 방을 나갔다. 젊은이는 한동안 그 뒷모습을 바라보았지만 마침내 정신을 차리고 소쿠리를 어깨에 메고 사방을 둘러보며 주방장에게 인사를 하고 방을 나갔다. 러시아공사관을 계속 뒤돌아보며 나온 젊은이는 프랑스공사관 문 앞에 대기시

켜 놓은 지게꾼을 불러 세워 약간의 고기를 소쿠리에 옮겨 담고, 손탁 (Sontag, A. 孫澤, 1854~1925) 양3)의 주방을 찾은 후, 벨기에 영사 주택, 그리고 미국공사관, 왕성 앞 호텔을 한 바퀴 돌고 남대문로로 나와 프랑스인 존 할로의 집을 찾았다. 그다지 넓은 정원은 아니었지만, 남산을 앞에 놓은 설경을 조망하며 젊은이는 뒤를 돌아보며 그 집으로 발걸음을 옮겼다. 오르간 소리가 남향 응접실에서 흘러나오자 자기도 모르게 발걸음을 멈추었는데 음악 소리 역시 뚝 끊겼다. 젊은이는 다시 걸음을 옮겨 언제나처럼 주방을 찾아가서 늘 하던 대로 고기를 주방장에게 건넨 후, 품속에서 담배를 한 대 꺼내 불을 붙이고 연기를 내뿜으며 무슨 일인지 생각에 잠겼다. 그때 안에서 프랑스 악기를 연주하는 소리가 갑자기 나며 시끄럽게 귀전을 덮친다. 젊은이는 귀를 쫑긋 세우고 소리가 나는 쪽으로 시선을 돌렸다. 한인 주방장은 주방에서 장단에 맞추며 신이 나 있다. 젊은이도 처음에는 무슨 일이 일어났나 하고 낯선 연주 소리에 마음이 뒤숭숭했지만 마침내 그것이 축음기를 틀어놓고 즐기는 것이라는 것을 알고는 미소를 지으며,

"여보4), 저게 축음기군. 주인은 있소? 누구 손님이라도 왔나? 음, 뭐라고, 러시아 공사관 이등 서기… 늘 오나? 하하, 그 사람 부인이 일본인이었지? 못생겼다던데. 하하하하, 여보도 아나?"

두 사람은 이야기에 정신이 팔려 있는데, 벨소리가 크게 나자 한인

---

3) 당시 러시아공사 웨벨의 처형인 독일인 여성. 1885년 웨벨과 함께 내한, 우리 황실의 양식조리와 외빈 접대 등을 맡았고 고종과 민비의 신임을 얻어 정계 이면의 중요한 인물로도 활약. 서양식 호텔인 손탁호텔 건립으로도 유명.
4) 당시 한국인을 경멸하여 부르던 호칭.

은 서둘러 방에서 뛰쳐나갔다. 젊은이도 일어서서 그 모습을 좇아 마당을 사이에 둔 객실에 시선을 주니, 손님은 주인하고 막 악수를 하고 방을 나가려는 참이었다.

젊은이의 눈은 반짝반짝 빛나며 나가는 사람의 뒷모습을 좇았지만, 동시에 휘파람을 불며 주인이 이쪽을 향해 오니, 이상하게 여기면 곤란하다고 생각해서 원래 있던 곳으로 돌아가 아무 일 없었던 표정으로 담배를 피우고 있었다. 그러자 곧 문이 열리며 여느 때와 다름없이 주인은 우스꽝스러운 말을 내뱉는다.

"안녕하신가. 장사는 잘 됩니까? 오늘 아침은 푹하네요. 얼음이라도 먹을래요? 마당에 하얀 설탕이 잔뜩 쌓여 있네… 하하하하하."

하며 아무 생각 없이 하는 말에 젊은이도 덩달아 함께 웃으며,

"좋습니다. 댁의 설탕은 고급스럽네요. 한 가마에 얼마나 할까요? 하하하하."

주인은 웃는 얼굴로 고개를 갸우뚱하며,

"글쎄요. 5원. 아니 6원으로 깎읍시다. 얼마면 고기 장수님은 살까요. 싸니까 많이 사는 게 좋아요. 하하하하."

젊은이도 함께 따라 웃다가 이야기를 다른 데로 돌려서,

"지금 좋은 소리가 났습니다. 한 번 들려주셨으면 합니다. 그건 당신 나라의 음악이죠?"

이렇게 말하며 주인의 대답을 청한다.

"당신 우리나라 음악을 압니까? 그러면 하나 들려 드리지요. 이쪽으로 오세요."

주인은 젊은이를 데리고 응접실로 걸음을 옮겼다. 젊은이는 주저주

저하며 그 뒤를 따라 안내를 하는 대로 사방을 둘러보며 응접실로 들어갔다. 들어가 보니, 남쪽 창문에서 비치는 햇빛을 온몸에 받으며 지금 막 오르간을 향해 아름다운 음을 누구에게 들려주려는지 기다리고 있었던 것처럼 영양이 뒤를 돌아보았다.

누가 빗질을 했는지 아름다운 금발과 사랑스런 눈매와 조화를 이룬 옷에 젊은이는 넋을 잃고 보고 있다.

영양은 손님이 온 것을 알고 뒤를 돌아보며 가볍게 인사를 했다. 주인은 옆에 사람이 없는 것처럼 휘파람을 불며 축음기 옆에 다가가 판을 올려놓으려 하고 있다. 영양은 오르간 옆을 떠나 젊은이를 응대하기 위해 곁으로 와서 담배를 권하고 벨을 울려 홍차를 가져오라고 명했다. 그 순간 진군 악대가 축음기에 의해 소리 높이 연주되었고 주인은 신이 나서 박자를 맞추었다.

"아시겠어요? 진군의 노래예요."

젊은이는 생긋 웃으며,

"멋지군요. 저는 진군의 노래를 아주 좋아합니다."

얼마 안 있어 진군의 노래는 끝이 났다. 주인은 다시 판을 바꾸어 영미 음악을 들려주며,

"이것은 국가입니다. 일본의 기미가요(君ガ代)와 같은 음악입니다."

라고 설명을 한 후, 다시 판을 바꿨다. 낭랑한 음악소리가 실내에 깃들고 있고 젊은이는 귀를 기울여 조용히 듣고 있다. 얼마 후 홍차가 날라져 들어오고 음악은 끝이 났다.

"아직 얼마든지 더 있지만, 또 들려 드리지요. 홍차라도 드세요."

주인은 홍차를 권하며 자기도 의자에 앉아 담배를 피웠다.

"고기 장수님 오늘은 천천히 이야기하세요. 장사는 재미있죠. 당신은 고기 장사를 하기에는 아까운 사람입니다. 한국에는 언제 왔나요?"

젊은이는 권하는 홍차를 한 모금 마시고,

"작년 봄에 한국에 왔습니다만, 고기 장사를 해가지고는 안 되겠습니다. 하지만 저도 일본에서 너무 방탕한 생활을 해서요. 학교도 졸업해야 하고 해서 한국에 왔습니다. 하지만 전혀 재미가 없어서 미국이나 당신 나라인 프랑스에라도 가서 공부를 하고 싶었습니다. 하지만 자금이 없어서요."

주인은 고개를 끄덕이며,

"그렇군요. 공부하세요. 고기장수 같은 것은 아무나 할 수 있으니까요. 우리나라에 오지 않겠습니까? 파리에는 좋은 학교가 많이 있어서 무슨 공부든 다 할 수 있습니다. 당신은 앞으로 무슨 공부를 할 것입니까?"

질문을 받고 젊은이는 머리를 긁적이며,

"글쎄요. 당신처럼 공학을 공부해서 기계를 만지고 싶습니다만, 정치학도 인기가 있으니 정치학을 공부하여 화려하게 의회에 나가 보고 싶습니다."

주인은 싱긋 웃으며,

"그것도 재미있겠지요. 하지만 기계도 재미있습니다. 뭔가 발명을 하세요. 온 세계 사람들이 기뻐할 것이고 국익에도 도움이 되니까요. 어때요, 나도 조만간 귀국을 해야 하니 같이 프랑스에 가지 않겠습니까? 딸도 일본사람을 좋아하고 나도 도와서 학자금을 충분히 댈 테니까요."

젊은이의 얼굴만 바라보고 있던 딸은 얼굴을 확 붉히며 일어섰다. 바이올렛 향기가 바람에 살짝 날려 코를 찔렀고 젊은이는 뒤를 돌아보다 그만 딸과 얼굴이 마주쳤다. 젊은이는 당황하여 담배를 피우며, "멋진 일입니다. 그렇게 원하신다면 말씀입니다만, 주인이 보내 줄지, 그 점이…"

고개를 갸우뚱하며 주인에게 이렇게 대답을 하자 딸은 축음기에 판을 올려놓고 손님이 들을 수 있도록 틀었다. 젊은이는 귀를 기울이고 그것이 무슨 곡일까 하며 조용히 듣고 있다. 음악은 결혼식 노래였다.

젊은이는 가톨릭교회의 종소리를 들으며 인사를 하고 존 할로의 집을 나왔다. 그리고 지게꾼에게 먼저 집으로 가라고 이르고 짬을 내어 자신은 러시아 공사관 조추(女中)[5]에게 부탁받은 편지를 건네주기 위해 남대문을 향해 걸어갔다.

자기 집 앞을 지나가면서도 들어가지 않았다[6]고 하는 말은 국가 다사 시 지사가 힘써야 할 금언이지만, 정부의 염서를 받아오라는 사명을 받아 추위에도 아랑곳하지 않고 길을 돌아가는 젊은이는 장사를 위해서라고 생각하고 철도 사무소의 시마가와를 찾아가서 그 답장을 받아 서둘러 다가와 정육점으로 돌아왔다.

다가와는 여관과 정육점을 겸하고 있고, 또 하숙도 하고 있었다. 젊은이는 집에 돌아오자 점심도 안 먹고 방에 들어가 뭔가 쓰기 위해 책상 앞에 앉았다. 그러자 2층 방에서 하숙을 하고 있는 두세 명의 손

5) 여관, 음식점 등의 여자 종업원.
6) 『십팔사략(十八史略)』에 나오는 말로 우(禹)는 천자(天子)가 되고 나서 어쩌다 자신의 집 앞을 지나가도 안에는 들어가지 않고 정치에 힘을 썼다고 한 데서 온 말.

님이 서로 큰 소리로 말싸움을 하고 있는 것이 손에 잡힐 듯이 들려왔다. 말싸움은 대단한 기세여서 술도 어지간히 돈 모양이다.

"이봐, 자네는 그렇게 말하지만, 오늘 당국자의 말이 나는 이해가 안 돼. 알겠나? 자네가 하는 말처럼 정부의 방침이 정해져 있다면 빨리 출병하면 될 것 아닌가? 한인들이 점점 일본을 깔보고 결국엔 오늘 우리나라에 호의를 표하고 있던 놈들까지 요즘에는 야간이 아니면 공사관 출입을 못 하게 하는 판국이라고."

수염을 꼬며 이마에 퍼렇게 힘줄을 드러내고 논을 펼치고 있는데, 또 한 사람은 싱글싱글 웃으며 침착하게,

"야마모토(山本) 군. 그것은 어쩔 수 없네. 하지만 하루아침에 일이 파국에 이르렀을 경우에는 정부에도 신출귀몰의 책략이 있어서 함부로 출병을 하지 않는 것이야. 소위 대국민의 도량을 지키고 있는 것이라고 생각하네."

야마모토라 불린 남자는 무릎걸음으로 나가며 미심쩍은 듯이 수염을 꼬며,

"요시다(吉田) 군 자네는 나하고 의견이 자주 충돌하는데, 자네는 그렇게까지 당국자를 신용하나? 나는 국민으로서 자네 같은 당국자에게 동정을 표하고 싶네만, 오늘날까지 외교상으로 본의 아니게 동정을 할 수 없네. 시중의 소문을 들어 보시게. 우리나라는 대국이고 재정은 풍족하니까 일본은 안 되느니 하면서 한인도 요즘에는 일본인을 무시하고 있네. 뿐만 아니라 일본 편이었던 한인들도 현 정부의 비위를 거스를까 두려워 차츰차츰 시골로 가족이랑 세간을 보내고 있지 않은가? 그와는 반대로 궁정에 있는 로당(露黨)은 얼마나 득의양양한가? 이

런 생각을 하면 나는 분해서 견딜 수가 없네."

담배가 다 타들어가는 것도 모르고 야마모토의 말에 귀를 기울이고 있던 또 한 사람도 한마디 참견했다.

"야마모토 군의 설이 맞아. 한인들은 나라의 대소를 계산해서 시비를 가리니 화가 나 죽겠어. 요시다 군의 설도 다 틀린 것은 아니지만, 때는 이미 늦었고 일이 이 지경에 이르렀을 때는 좀 활동을 개시했으면 좋겠어."

2층의 말싸움에 귀를 기울이며 붓을 달려 뭔가를 적고 있던 젊은이도 휴 하고 한숨을 쉬었다. 밤은 아직 깊지 않았지만, 백악에서 불어오는 밤바람이 몸을 파고드는 밤 11시 무렵이다. 신 왕성의 옆문을 따라 숙영대 문 앞을 직진하는 한인 한 명이 있었다. 바야흐로 세 갈래로 갈라진 중앙 도로를 직진하려고 할 때, 막다른 곳의 초소에서 그 모습을 알아보고 병사 한 명이 뚜벅뚜벅 걸어와,

"누구요?"

라고 날카롭게 묻는다. 한인은 매우 침착하게,

"나 김서방이요."

라고 매우 진지하게 대답한다. 보초가 다시 말을 걸었다.

"어디가?"

한인은 바로,

"집에 가죠."

라고 대답하자,

"좋소."

라고 하고 통행을 허락했다. 동시에 추위를 견디기 어려웠는지 보초

는 초소로 들어갔다. 한인은 양쪽 모두 벽으로 된 황량한 도로를 반정 정도 가서 잠깐 뒤를 돌아보며 초소를 돌아보며 살폈다. 보초가 나와 있는 모습이 보이지 않자 왼편 벽을 따라 방금 전 지나온 초소에 시선을 주며 뛰어올라 담을 넘었다.

앞뒤 양쪽에 초소가 있었기 때문에 당황스러웠나 보다. 담에 쌓여 있던 눈과 함께 풀썩하고 떨어졌지만, 아래에도 눈이 쌓여 있었기 때문에 크게 다치지는 않았다. 일어서면서,

"호랑이굴에 들어가지 않으면 호랑이를 잡지 못하지."

라고 혼잣말을 하며 가고자 하는 방향으로 별빛을 의지하여 벽을 넘고 또 벽을 넘어 갔다.

편지를 손에 든 채 남자의 얼굴을 바라보며 어이없어하던 여자는 마침내 조심조심하는 목소리로 묻기 시작했다.

"세상에 당신 어떻게 오셨어요? 정말로 깜짝 놀랐어요. 설마 이 시각에 당신이 와 주시리라고는 생각도 못 했어요. 게다가 앞문으로는 못 들어왔을 테고, 뒷문에는 보초가 잔뜩 있을 텐데…"

여자는 기쁨도 잊은 채 그저 놀랄 뿐이다. 한인 옷을 입은 정육점 젊은이는 싱긋 웃으며,

"저도 난처했습니다. 실은 저녁에 답장을 전하려 했는데 다른 볼일이 많아서 나올 수가 없었어요. 10시가 넘어서야 간신히 나왔는데 요즘에는 왕성 부근에 보초가 잔뜩 있고, 러시아 공관도 앞문에는 수병이 보초를 서고 있어서 안 되겠다고 생각해서 멀리 돌아 벽을 넘어왔어요. 지금 그만 저 벽을 넘었는데 순찰을 도는 수병이 와서 글렀다,라고 생각했는데 눈 위에 누워 있으니 몰라보고 지나쳐서 다행이

었어요. 위험했죠."

여자는 젊은이의 이야기를 조용히 듣고 있다가,

"정말로 큰일 날 뻔했네요. 러시아 병사는 난폭하니까 만약 들키면 큰일 나는 거죠. 하지만 뭐 잘 됐네요. 당신의 친절은 잊지 않겠어요. 춥기도 하시죠. 어서 불을 쬐세요."

여자는 난로에 석탄을 더 넣고 위스키 병을 꺼내 그 노고를 위로하며 젊은이에게 권했다.

경성의 남산에 오르다

26일 남산 아래에서 유호(幽芳) 생

이 한편은 재작년 6월 만주마루(滿洲丸)에 편승하여 관전(觀戰) 기행을 할 때 들
린 『오사카매일신문(大阪每日新聞)』의 기쿠치 유호(菊池幽芳) 군이 신문지상에
통신한 관전 기행 중의 일절이다. 일이 경성과 관련이 있어서 선생에게 부탁하여
본지에 전재(轉載)하기로 했다.

　나카시마(中島) 군의 우거는 저명한 남산 산록 경사면 내 고지대에
있다. 집은 남향이고 창문은 바로 남산을 향해 나 있다. 남산은 험한
바위 덩어리로 이루어져 있고 소나무가 그 사이를 잇고 있는데 매
우 울창해 보인다. 그것을 보고 있으면 질리지가 않는다. 나는 남산
에 오르고 싶은 마음이 간절하다. 처음에 이조의 태조가 인재를 모
아들여 승려 무학을 얻었다. 극진히 예우하여 천도의 방책을 물었
다. 무학은 곧 한양에 이르러 땅을 점쳐 말하기를, 인왕산을 진영(鎭)
으로 삼고 한강을 허리(帶)로 삼으며 백악과 남산을 좌우 용호(龍虎)
로 여겨 도읍을 정해야 한다고 했다. 태조는 무학의 말에 따라 도성
을 한양에 열었다. 지금의 경성이 바로 그곳이다. 왕성의 용호에 해
당하는 남산에 올라가고자 하는 생각은 그 역사적 관계에 의해 더
고조되었다.

경성에 온 날 밤, 달이 남산에 떴다. 청광이 창을 비추고 양풍(涼風)이 바로 남산의 소나무에서 불어왔다. 나는 흥이 나서 아케우라 나카지마(明浦中島) 군과 나를 찾아온 자적 하세가와 군과 함께 표표히 집을 나와 남산에서도 약간 평탄한 언덕을 이루고 있는 왜성대에 올라갔다. 분로쿠노야쿠(文祿の役)[1] 때 마시타 나가모리(增田長盛, 1545~1615)가 축성했기 때문에 이런 이름이 붙었다고 한다. 올려다보니 드문드문 보이는 남산의 소나무는 묽은 먹으로 그린 것 같고 눈을 왕성으로 돌리면 천문만호(千門萬戶)의 대부분은 수증기에 가려 보이지 않는다. 백의를 입은 한인 땅바닥에 웅크리고 앉아 있거나 달빛에 어울려 아리랑노래를 부르는 이도 있다. 그 목소리 그윽하여 일종의 애조를 띠니 나그네의 애간장을 녹인다. 그날 밤 그때의 심정은 말로 표현할 수가 없다. 고개를 들어 남산을 올려다보니 서로 백년지기 사이 같다. 하지만 그 연유는 알 수가 없다.

다음날 아침 일찍 우리는 아케우라 자적의 두 아이와 함께 바위를 기어올라 남산에 올랐다. 10정 정도 올라가니 정상이었다. 남산 정상에 서서 경성을 바라본 광경을 나는 평생 잊을 수 없을 것이다.

인왕, 백악, 삼각, 북한 제산이 마주 보고 있는데 부르면 곧 대답할 듯하다. 경성은 실로 그 한 가운데 있다. 동서로 30정, 남북으로 20정, 인구 20여 만, 사방은 성벽으로 둘러싸여 있다. 그리고 남한 산이 한강의 물을 멀리 동쪽에서 경계 지어, 산과 강이 옷깃이 되고 허리띠가 되어 자연의 성벽을 이루고 있다. 그 지세로 말하자면 마치

---

1) 임진왜란을 일본에서 이르는 말.

우리나라 교토와 비슷하다. 하지만 전체적인 풍경을 보면 웅위장엄(雄偉莊嚴)한 점에서는 교토보다 더 빼어나다. 아마 교토의 산수는 우미함에서 앞서고 경성의 풍광은 웅위함에서 앞설 것이다. 교토의 산은 온화하고 각지지 않은 얕은 산 같지만 경성의 산은 화강암이 뼈를 이루고 있는데 그 산의 뼈가 왕왕 밖으로 노출되어 산모양을 최외돌올(崔嵬突兀)[2]하게 한다. 교토의 산은 모두 부드러운 선으로 되어 있어 보기에 우미한 느낌이 나고 경성 쪽은 모두 강한 선으로 되어 있어 보기에 숭엄한 미를 느끼게 한다. 교토는 꽃피는 저녁 날 이불을 덮고 자는 모습이라고 한다면 이쪽은 풍설의 날씨에 도롱이를 쓴 모습이다.

이것을 남산에서 바라보면 오른쪽은 둔각의 윤곽으로 이루어진 분석(盆石) 같은 인왕산이 있어 바로 경복궁 측면으로 다가온다. 그 형태가 비슷하여 오리산이라는 별명을 갖는 백악은 경복궁 뒷면을 위압하며 서있다. 백악 뒤에 초연하게 구름 사이로 솟아 있는 것은 북한산이다. 구불구불 이어져 있는 정상은 이빨이 박혀 있는 것 같고 그 험준한 기암의 모양은 뭐라 형언할 수 없다. 북한산보다 더 멀리 오른쪽으로 삼각산이 있다. 삼각산의 모양은 북한산보다 더 신기하게 생겼다. 북한산이 이빨을 박아 놓은 것 같다 한다면 삼각산은 이빨을 묶어서 세워 놓은 것 같다. 전자는 옆으로 줄지어 있고 후자는 밀집해서 구름을 뚫고 나왔다. 이러한 산은 내지에는 없을 것이다.

북한산, 삼각산 등에서 더 분기하여 대여섯 개의 봉우리가 있다.

---

2) 최외(崔嵬), 돌올(突兀) 모두 산이 오똑하게 높고 험한 모양을 이르는 말.

구불구불 경성의 북서쪽을 경계 짓고 있다. 동한강 건너 맞은편에도 역시 무수한 산들이 서로 겹쳐 구불구불 솟았다 내려앉았다 하며 한없이 펼쳐지고 있다.

이러한 산과 물이 풍광을 신기하게 하기에 충분하다. 하지만 더 신기한 것은 내지에 비해 안개가 특히 많다는 것이다 우리가 남산에 올라갈 때 안개는 아직 끼지 않았지만, 북한산 이서에 길게 보라색 안개가 중천에 끼어 하늘도 산도 수목도 모두 보라색이 아닌 것이 없다. 보라색안개는 정면의 북한산 서쪽에 이르러 개이고, 이동(以東)은 하얀 풀 바다로 이어진다. 북한산은 개 이빨이 뒤엉켜 있는 듯한 윤곽만을 남기고 산자락은 보라색과 흰색이 서로 섞인 안개 속에 가려져 삼각산을 방불케 하며 봉래의 구름 위에 떠 있는 것 같다. 인왕산, 백악산은 선명하게 보이지만 아직도 연무가 산허리에 끼어 있고, 동쪽으로 무수히 이어지는 산봉우리에 이르러서는 그 정상에만 겨우 눈썹처럼 남아 있다. 무한한 연무의 바다 속에 연푸른 먹칠을 한 모양은 마치 태평양 위에 일렁이는 파도를 보는 것과 다르지 않다.

안개는 경성 시가로도 이어졌다. 숲 속에 드높은 각국 공사관, 혹은 교회당, 혹은 비원 모두 주위보다 높은 고지대를 이루고 있다. 혹은 숲을 이루는 곳은 엷은 안개가 끼어 그 풍광의 정취는 끝이 없었다. 하지만 연무의 바다는 해가 뜨면서 차차 흩어졌고 그림 속 광경은 그에 따라 바뀌며 기묘한 산수는 서서히 다시 모습을 드러냈다.

아아, 아름답구나. 한결같은 산하. 이조가 도읍지로 정한지 5백 년. 산은 길게 푸르고 한강수는 천 년 동안 끊이지 않았으니 이를 금성탕지(金城湯池)라 칭할 만하다. 지금 남산에 올라 한성을 내려다보니 주위의 푸른 산 무심하게 천고의 흥망을 이야기하는 듯하다. 산수의 아름다움이 이러할진대 이조의 천하 이는 차마 말할 수 없을 것이다.

　고래로 사람은 산수의 감화를 많이 받는다고 한다. 우미한 우리 교토의 산수가 우미한 교토인을 낳았다고 한다면, 준발(峻拔)[3]한 경성의 산수는 준발한 인재를 낳지 않을 수 없다. 교토가 가인의 연수(淵藪)[4]인 것으로 미루어 보면, 경성은 그야말로 시인의 소굴이어야 한다. 하지만 실제로는 전혀 그렇지 않다. 산수가 웅려준발(雄麗峻拔)한 것처럼 산수에 동화한 인물은 일찍이 태어나지 않았다. 안타깝다. 이와 같은 풍광은 사람과 전혀 상관이 없고 또 사람도 그 풍광에 전혀 상관하지 않는다. 이 기괴한 현상은 남산을 한 번 내려가서 경성 시가에 들어가면 눈앞에 재현되어 있다. 보라. 주위의 산수는 웅려괴위(雄麗魁偉)하고 아침저녁 춘추로 변화무쌍하지만 한인이 살고 있는 가옥은 겨우 무릎만 간신히 들어갈 정도로 좁다. 그리고 그 구조는 천편일률적으로 멋이 없어 놀라울 지경이다. 왜 그렇게 산수와 모순이 심한지… 시가지가 불결하고 취기가 코를 찌르는 상황은 주위의 선경과 같은 광경과 비교하면 얼마나 대조적인지… 경성 시가지로 한 걸음만 들어가 보면 망연해서 참으로 이 세상이 아닌 것 같다. 이와 같은 시가의 풍치가 바로 조선인을 만든 것이다. 그래서인지 조선인과 천연의 풍광은 조금도 상관이 없다. 얼마나 기이한 국민인가?

　남산 정상을 횡단하는 성벽이 있다. 경성의 사방을 둘러싼 것이다.

---

3) 준수하여 빼어남.
4) 새나 짐승이 많이 모이는 곳.

산 제일 꼭대기에 무당집이 있다. 사당지기 노인을 불러 문을 열게 하고 내부를 보았다. 벽 사이에는 졸렬한 그림을 늘어놓았고 무녀는 아직도 국정을 좌우하는 힘을 가지고 있다. 조선의 내지 도처에 이와 같은 음란한 사당이 많다. 사당지기 손자인지 일곱 살 정도 되는 아이와 다섯 살 정도 되는 아이가 자꾸만 동행하고 있는 자적자에게 다가와 담배를 달라고 한다. 담배를 주면 신이 나서 그것을 피우며 득의만만해한다. 조선의 서민 남녀 열 두세 살이면 담배를 피우지 않는 사람이 없고 대여섯 살의 어린아이들도 이와 같이 즐겨 담배를 피운다. 어떠한 점에서 생각을 해도 그 폐해가 없을 수 없다.

무당집 옆에 봉수대(封守臺)가 있다. 옛날에 위험을 알리던 시설이다. 한인들이 국왕에게 직소를 하고자 할 때 밤에 여기에 올라와서 불을 피웠다. 왕궁에서 이것을 바로 볼 수 있어 불이 보일 때마다 왕궁 경비가 와서 이를 잡아다가 심문을 하여 국왕에게 알리는 것이 일반적이었다. 오늘날에도 여전히 이런 풍습이 있다고 한다.

이 날 남산의 배후에 있는 성벽 밖 산록에서 가끔씩 폭음이 들렸다. 이는 경부철도회사가 좋은 물이 없어 고생하다가 바위를 뚫어 우물을 파는 것이다. 처음에 동회사가 우물을 파기 시작하자 한인들이 남산 아래에 길을 만들어 공사관으로 통하게 되었고 급할 때 쓰게 했다는 유어비어(流言蜚語)가 난무하여 인심을 동요하게 했다고 한다. 아마 우리 공사관이 남산의 동쪽 산록에 위치해 있어서일 것이다. 그들은 성 밖에서 성안으로 통과시키는 것을 두려워했다. 조선인의 우매함이 왕왕 이와 같다.

봉수대 주위에 거대한 느티나무가 몇 그루 있다. 우리들은 나무 밑에서 잠시 쉰 후, 남산을 내려왔다. 삼일이 지난 오늘 남산에 대해 이 글을 쓴다. 그리고 나는 오늘 저녁으로 남산과는 이별을 하고자 한다. 이 글은 오래도록 내 마음에서 떠나지 않을 것이다.

고려 고왕궁 만월당에 소요하다

조후 생(長風生)

　　조후 생 일찍이 황군에 종군하여 송도에 머물기를 이레. 고려의 고
궁은 거닐어 보지 못하고 만월대 성터를 보고 종종 반도의 황량함을
이야기한다. 우연히 경의철도 객차 개통식에 참석하는 영예가 있었다.
찬바람을 무릅 쓰고 천장절(天長節)1) 이틀 후 천하의 정치가, 명사, 신
사, 권세가의 뒤를 따라 송도에 갔다. 후루타니(古谷) 군이 이르기를,
우리를 위해 동도(東道)의 주인이 돼라, 물론 받아들였다. 하물며 고려
옛터의 탐승은 말해 무엇 하리.

　　성안을 일주하고 만월대로 질주하여 올라갔다. 만월대는 사면이 구
릉 속에 있다. 남아 있는 터는 높아서 성곽을 이루고 있다. 당시 왕궁
의 주춧돌이 여기저기 있다. 터가 차차 높아져서 형상이 마치 만월과
같다. 터는 황량하다. 얼룩조릿대는 이미 말라 있고 기와조각이 흩어
져 있다. 후루타니가 말하기를, 소위 루인(ruin)이란 바로 이러한 광경
을 두고 하는 말이다.

　　고려의 유신 이 도성에 있는 사람 한 명도 옛터를 지키는 사람 없

---

1) 천황생일의 구칭.

다. 일본 병참관(兵站官)이 목패를 세워 '고려 왕궁 고적'이라고 써 놓았다. 반도의 고도에 역시 시인 한 명 없는 것을 보고 황량한 성터를 슬퍼한다.

두 개의 샘물기

춘구 거사(春邱居士)

1. 평산(平山)

갑진(甲辰)년 10월 5일 병든 몸을 영천(靈泉)에 씻고 기력을 연하(煙霞)에 보양하고자 자리에서 일어나 집을 나섰다. 괴원자(槐園子) 역시 한 소년을 데리고 제물포에서 만났다. 밤 9시 기선이 객을 태우고 부두의 닻을 풀었다. 개스의 독기가 코를 스쳐 잠이 오지 않았다. 월곶에 이르러 물때를 기다리니 이미 닭 울음소리에 하늘을 방불케 하는 물 위로 초승달이 떴는데 그 경승 이루 말할 수 없어 창문을 들어올리고 한 수 짓는다.

꿈에서 깨어 배 창문으로 보니 물을 물들여
하늘에 떠 있다고 보이지 않는 초승달

6일 배가 강을 거슬러 올라 벽란도를 지났다.

이 씨가 왔던 그 만은 어디메뇨 벽란도에서
나에게 나부끼는 일장기이로구나

오후 4시에 조포(助浦)[1]에 도착했다.

7일 여명에 짐을 챙겨 여관을 출발했다. 안개가 산마을을 뒤덮고 사람을 그림 속으로 집어넣었다.

동이 틀 녘에 조포의 논두렁길 나귀 앞세워
안개를 헤치면서 가는 사람 누군가

40리 정도 가니 온정동에 이르렀다. 이때 비바람을 만나 거의 걸을 수가 없었다. 괴자는 소매로 막으며 읊기를,

바람 소리에 고삐에서 풀려난 저기 저 소를
잡아당겨 보아도 지나가는 얼룩소

온정동은 가옥수 67에 인구 3백여 명. 영천이 있는데 목욕 손님이 얼마나 있는지 알 수 없다. 살림살이는 역시 윤택하다. 조용히 다가가 잠시 본다. 일견 다가갈 수가 없다.

8일 동장으로 하여금 목욕손님을 받지 않고 욕실을 청소하게 한 후 거기에서 목욕을 했다. 괴자 웃으며 읊었다.

중국사람을 그저 지저분하다 흉을 본 것은
아직 여행이 익숙지 않았던 예전의 일

9일 아침 일찍 일어나 참으로 아름다운 경치에 또 괴자는 노래로

---

1) 황해남도 봉천군 연홍리의 예성강 기슭에 있는 포구.

읊는다.

창문 밖에서 말들이 풀을 뜯는 소리가 나서
잠에서 깨어나니 쓸쓸한 나그네 여관이네

일행은 총을 어깨에 메고 교외로 나갔다. 들판 가득 가을색이 깊어
지고 한없이 넓은 가을하늘은 무고한 백성 행복하게 오곡을 풍성하게
영글게 한다. 동양 국면의 변천이 이 선민(仙民)들에게 무슨 휴척(休戚)
의 영향을 미칠까? 이에 곧 가락을 맞추어 낮은 목소리로 읊었다.

몰래 숨어서 새를 찾아서 가니 추수를 하는
노랫소리 들리고 세상은 조용하네

기러기 몇 마리와 오리 몇 마리를 잡으니 저녁 밥상 넉넉하여 떠들
썩하고 즐거운 이야기로 밤이 깊어졌다. 괴자 가볍게 목욕을 하고 돌
아와서 읊었다.

밤 깊어졌나 나무아미타불을 읊는 목소리
욕조의 위로 비친 달그림자 외롭네

10일 새벽 구름이 잔뜩 끼었고 출발 시에는 더 심했다. 괴자 종이를
꺼내 일정을 기록하고 읊었다.

먹고는 눕고 눕고는 깨어나서 목욕을 하네
신대로부터 내려온 이 사람은 그렇네

11일 가벼운 차림으로 귀도에 올랐다. 들판의 색은 물빛이 어제와 같지 않았다.

2. 온양

다음 해 8월 5일 새벽, 차를 달려 남대문 정차장에 이르렀다. 괴자는 이미 와 있었다. 기차 일말의 연기를 뿜으며 9시에 천안에 도착했다. 수레를 불러 온양으로 향했다.

> 가마 맨 어깨 위에서 흔들리며 가는 산골의
> 풀숲으로 난 길을 삼십리 여치 우네

내를 건너기를 세 번, 솟구치는 물이 가마꾼 가슴까지 차올랐다. 괴자 읊었다.

> 가마탄 이도 마음 불안케 하는 계곡의 물살
> 빠르니 위태롭게 건너가는 가마꾼

길에서 비를 만났다.

> 오늘밤 묵을 여관 찾아가는데 하얀 구름이
> 저만치에서 일어 지나가는 마을 비

빗발이 차차 거세져서 옷이 모두 젖었다. 괴자,

쓸쓸한 가을 그래도 안 마르네 나그네의 옷
젖은 채로 가누나 황량한 가을 벌판

2시에 온양관에 들었다. 괴자,

한 무더기의 소나무 산기슭에 남겨 놓고서
비가 되어 내리네 봉우리의 흰 구름

옷을 벗고 영천에서 목욕을 하니 상쾌하기가 이루 말할 수 없었다.
이 샘물도 역대 한인 주인에게 복이었다. 백제시대에 이미 온정군이
라는 이름이 있었던 것을 보면 발견된 지 꽤 오래되었다고 할 수 있
다. 온양관 문 앞에 있는 옛 비석의 글자가 떨어져 나가 읽을 수는 없
지만 『동국여지승람』에 기록으로 남아 있다. 세조 9년 3월 주필(駐蹕)[2]
했을 때 판 우물의 비다. 신탕(新湯) 서쪽에 회화나무 고목이 석단
위에 우거져 있는데 이는 정조가 심으신 것이다. 비각(碑閣)[3]이 역시
그 옆에 있다. 모두 영세(永世)를 기념하는 것이다.

　6일 아침 일어나 목욕을 하고 논밭 사이를 소요했다. 징과 북소리
가 원근에서 들리는데 이는 농민의 무악이다. 괴자,

징과 북소리 풍년을 기뻐하는 마을 아인가
손끝의 춤사위에 영원함이 깃드네
일가가 모두 밭이랑에 나와서 풀을 베고 있네

2) 임금이 거둥하는 중간에 어가(御駕)를 멈추고 머무르거나 묵던 일.
3) 안에 비를 세워 놓은 집.

대가집의 깃발은 즐겁기도 하구나
저 산 멀리에 한도 없이 펼쳐진 너른 벌판에
여름의 해오라기 홀로 날고 있구나

마침 우연히 일요일에 온양관 주인이 왔다.

7일 귀도에 올랐다. 온양관 주인 역시 동행했다. 비가 개이고 기분은 상쾌했다. 이 날부터 입추에 들어갔다.

아직 뜻을 이루지 못한 1903년.

여행으로 떠도는데 가을에 들어섰다.

박명곡(薄命曲)

가미무라 나미우네(上邨濤畝)

백제의 절부

비단을 두른 구름 위의 군자도 범부의 경지를 벗어나지 못하면 애석하게도 한 여인의 미에 미혹되어 규수의 미인에게 불측한 앙화를 입게 할 것이 틀림없다.

백제 4대 임금 개루왕은 종조의 홍업을 이어받아 북으로는 말갈을 제압하고 남으로는 신라에 대항하며 무위를 일세에 떨친 임금이다. 그러나 한때 그 신하 도미의 처의 아름다움을 듣고 아직 만나지도 않았지만 사랑에 빠져 무리한 희망인 줄 알면서도 그 뜻을 꼭 이루고자 밤낮으로 마음을 졸였다.

어느 날 왕은 도미를 불러, 무릇 세상 여자들은 잘 생겼든 못 생겼든 정조가 있든 없든, 사람들이 없을 때 앞날의 행복을 역설하며 교언으로 그 마음을 꼬드기면 반드시 마음이 흔들릴 것이다, 네 처 역시 절개가 있다는 말은 들었지만 이 이치를 벗어나지 못할 것이다,라고 했다. 도미가 대답하여 이르기를, 참으로 망극한 말씀입니다, 소신 굳이 미추를 말씀드리지 않겠사옵니다, 하지만 무릇 세상의 부녀자가 높이 숭앙받는 것은 절조와 절행에 근거한 것입니다, 저 들판의 소나무를 보십시오, 엄동설한의 고초를 견디기 때문에 사람들이 영원한 푸르름을 귀히 여기는 것입니다. 하물며 만물의 영장인 사람이 절조가 없다면 고목이 된 소나무의 낙엽과 다를 바가 없을 것입니다, 처가 소신에게 시집을 온지 다섯 성상, 아직 일일, 일각도 조금의 흔들림이 없었습니다, 이후에도 마찬가지이고 죽어도 절개는 변하지 않을 것입니다, 너무나 망극한 말씀입니다,라고 원망을 했다. 그러자 개루왕이 껄껄 웃으며, 입바른 소리를 하는구나, 도미, 그런 말은 하는 게 아니다, 그래, 그래 짐에게 생각이 있다, 한 번 시험해 보면 알 것이다, 우선 짐이 하는 대로 맡겨 두거라, 그대는 잠시 자리에서 물러나 뒷전에서 쉬고 있으라, 하고는 약간 불쾌한 듯이 옥좌에서 일어나시니, 도미는 괜한 말을 했구나 싶었지만, 임금의 명령 이미 어쩔 수가 없어 뒷전으로 물러났다.

왕관과 용포의 모습이었지만 이는 개로왕의 모략으로 가까운 어느 신하에게 옷을 입힌 가짜 왕이었다. 그 왕은 가마를 타고 조용히 도미가 없는 집에 숨어들었다. 몰래 도미의 처를 불러내어 짐이 일찍이 그대의 미모를 알고 있었다, 오늘은 그대의 남편 도미와 내기를 했는데 이기면 오늘부터 그대는 도미의 처가 아니다, 당장 내 곁에 오면 부귀영화를 원 껏 누릴 것이다, 자 같이 가자, 하며 손을 잡으니, 처는 뜻밖의 일에 깜짝 놀라 잠시 어쩔 줄 몰라했으나, 마음속으로 몰래 생각하기를 상대는 천하의 임금이니 도망을 칠 래야 칠 수도 없구나, 방편을 강구하여 당장의 화를 면해야겠다고 마음속으로 결심을 하고 조금

도 거리끼는 기색을 보이지 않고, 천음(天音)에는 망어(妄語)가 없다고 들었습니다, 나가 보니 마차도 아직 도착하지 않았고, 본시 거친 들에서 핀 천한 꽃이라 도저히 용체(龍體)에 가까이 갈 몸이 아니지만 손수 이렇게 초라한 집에까지 발걸음을 해 주시니 천첩에게는 더 없는 영광, 설령 이 몸은 이대로 물귀신이 되어도 조금도 아깝지 않습니다, 임금님 잠깐만 기다려 주시옵소서, 옷을 갈아입고 따라가겠습니다,라고 말하고 내방으로 들어갔다. 잠시 후에 화장을 한 한 미인이 밖으로 나와 가마를 타고 위세 좋게 숲으로 사라졌다.

자신전(紫宸殿)에는 승리에 기뻐 자랑스러워하는 개루왕, 도미를 눈 밑으로 내려다보며 비웃는 미소를 띠고 도미의 허언을 비웃으니, 도미는 기절할 듯이 놀라 그렇게까지 내게 정조를 지켰던 아내도 부귀영화에 눈이 멀어 임금이라고는 하지만 원수에게 마음이 바뀌었나, 이렇게 부정한 여자인 줄 모르고 백년가약을 맺고 여보 당신이라 불렀구나, 원통하다, 주군에게 호언을 한 입술에 침도 아직 마르지 않았는데… 이 지경이 되었는데 참아야 하는가, 이제 더 이상은 볼 것도 없다, 당장 쫓아가서 찔러 죽이고 운이 된다면 주군이라고는 하지만 왕에게도 복수의 칼날을 들이 밀 것이다, 이렇게 죽는 것이 내 소원이다,라고 바로 결심을 했다. 그리고는 제정신이 아닌 상태로 핏발이 선 눈으로 몹시 사납게 뒷전에서 노려보다 일어섰다. 왕은 그럴 만도 하다고 수긍을 하고 자신은 그럼 여자에게 가야지 하고 장지문을 열었다. 안에서 나타난 미인은 아름다운 모습과 고상한 흰 얼굴이 옥과 같아 옛날 주의 포사(褒似)[1]인가 은의 달기(妲己)[2]인가? 도미 마음을 억

누르고 나아가기 어려워 시선을 고정하고 잘 보니 이게 웬일인가? 우리 집 하녀 아닌가. 순간 사태는 역전되었고 그렇다면 허망하게 아내의 모략에 속아 넘어간 것이구나, 잠깐이라도 원망을 했던 내가 잘못이라고 마음속으로 사과하며 휴 하고 안도의 한숨을 내쉬었다. 하지만, 다시 마음을 가다듬고 지금 여기에서 사실이 드러나면 아내가 모처럼 고심한 수고도 물거품이 되고 특히 우리 두 사람의 목숨도 위험하다, 끝까지 아내라고 속이고 이 자리를 모면하고 기회를 봐서 두 사람의 안일을 꾀해야지 하고 마음속으로 생각했다. 그리고는 여전히 분해서 이를 가는 것처럼 꾸미고 그대로 밖으로 달려 나갔다.

이렇게 교묘하게 일을 꾸몄지만 언제까지고 이 일이 탄로나지 않을 리가 없다며 탄식하는 것은 도미였다. 아내도 마찬가지로 크게 한숨을 쉬며 이렇게 있다가는 반드시 우리 부부에게 앙화가 있을 것이다, 앞서서 파멸을 기다리기보다는 몸을 피해 독사의 맹독을 피해야 한다고 했다. 도미는 재빨리 몸을 일으키며 자칫 잘못하면 돌이킬 수 없는 일이 생길 것이다, 자 이리 오시오 하며 손을 잡고 어둠 속에서 뒷문으로 나가니, 뒤에서 아득히 들리는 인마(人馬)의 소리. 일이 발각되어 쫓아오는 병사라고 생각하고 방심하지 말라며 몰래 숨어서 가는데 전면

---

1) 주나라 유왕(幽王) 희궁열(姬宮涅)의 왕후. 웃지 않는 미녀로 경국지색(傾國之色)의 상징이 된다. 유왕은 웃지 않는 여인 포사의 웃음을 사기 위해 거짓 봉화를 올리다가 북방 민족 견융에게 죽임을 당함.
2) 중국 은나라 주왕(紂王)의 비. 유소(有蘇)의 딸. 주왕은 달기를 몹시 사랑하여 대개 그의 말이라면 들어주고, 주지 육림(酒池肉林) 속에서 밤이 새도록 마시며 극도로 음탕한 짓을 했다고 전해진다.

에… 아아, 일은 이미 끝났다. 이쪽에도 일대(一隊)의 인마가 쇄도하여 가는 길을 막으니 두 사람은 맥없이 호랑이 굴에 들어갔다. 이 일을 본 대(本隊)에 통달하니 봉련(鳳輦)3)이 갑자기 길을 열고 나타났다.

격한 분노의 빛을 띤 왕의 눈빛은 타는 듯 두 사람을 노려보시니, 도미도 이제는 끝났다 하며 몸을 날려 왕에게 달려들려 했지만 가까이 있는 호위무사들이 제압하여 꼼짝할 수가 없었다. 얼마 후 도미의 두 눈은 도려내어지고 가까운 강변에 배를 태워 노도 없이 흘려보내졌다. 배는 물 흐르는 대로 정처 없이 흘러갔다. 한편 도미의 아내는 맹호에게 붙잡혀 온 양처럼 두 손을 짚고 머리를 바닥에 조아리며 부들부들 떨며 아뢰길, 윤언(倫言)4)을 배신하고 속이기까지 한 천첩의 죄는 만 번 죽어도 가볍다고 생각합니다만, 그럼에도 불구하고 아직도 여전히 정 깊은 말씀, 그렇지 않아도 어의를 배신하여 황송하옵니다. 지금은 이미 주인 없는 버려진 배이니 거리낄 이가 없습니다. 죽고 사는 것 모두 전하께 달렸습니다. 그렇지만 지금에 이르러 한 가지 부탁드릴 것이 있습니다. 천첩 지금 달거리가 있어 용체를 가까이에서 모시기에는 불결합니다. 사흘 정도만 말미를 주시어 숙소에서 근신하게 하시면 더 없이 기쁠 것입니다, 라며 삼가 주상했다. 왕도 가볍게 수긍하시며 그렇다면 어쩔 수 없다, 그때까지는 경리(警吏)를 보내어 보호하게 할 테니 조용히 보양하라고 말씀하셨다. 그리고 경필 소리 엄숙하게 울리며 봉련은 저 멀리 궁궐로 향했다.

---

3) 꼭대기에 황금 봉황을 장식한 임금이 타는 가마.
4) 천자의 말이라는 뜻.

몸의 안전을 구하고자 서로 손을 잡고 집을 버렸지만, 운 없이 다시 호랑이 입에 떨어진 지금은 진퇴양난이었다. 임금의 뜻에 따르자니 정조를 잃을 것이고 남편의 뒤를 좇자니 강물은 도도히 흘러 불러도 대답이 없었다. 하물며 집 주위에는 경리가 망을 보고 있었다. 어떻게 하면 이 집을 몰래 빠져나갈 수 있을까, 죽을 때는 지금이지만 두 눈을 잃고 게다가 노조차 없는 배에 있는 남편의 생사는 아직 알 수가 없다, 만약 구사일생으로 아직 생존해 있다면 땔나무며 물이며 누가 마련할까, 우연히 목숨을 건졌어도 앉아서 굶어 죽을 수밖에 없을 것이다, 생각하면 여기에서 죽을 몸이 아니다, 세상에 기묘한 것은 여자의 얕은 꾀, 이는 남편에게 위해를 가하고자 한 짓은 아니지만 애처롭구나 이렇게 되다니, 설령 사지가 찢겨져 나간다고 해도 남편을 만나 한 번이라도 사과를 하지 않으면 설령 죽는다 해도 부처님의 은덕을 입을 수 없을 것이다, 하지만 개미 한 마리 지나가지 못 하게 하는 경호의 눈을 어떻게 피할 수 있을까?… 자신의 방에 내쳐 누워 한 가지 계략이 떠올랐는지 일부러 빠져나가려 하다가 망을 보는 자에게 제지를 당했다, 그렇게 하기를 이틀 밤낮… 다음날이 되어서는 이미 포기를 했는지 전날 같지는 않았다. 그렇지 않아도 이틀 밤낮을 밤이나 낮이나 눈을 부릅뜨고 한 숨도 자지 못한 경호병사는 이제 심신이 지치고 오체가 피곤하여 솜과 같았다.

이제는 사흘째 날 밤. 십육 일 밤의 달은 매우 밝았고 빠른 바람결에 구름 사이로 강물을 비추니 수면은 온통 은빛 거울을 펼쳐 놓은 것 같았다. 도미의 처는 절벽에서 칠흑 같은 머리칼을 풀어헤치고 멈

춰 서 있다. 머리카락 한 가닥도 보일 만큼 밝은 달빛이 비추건만, 찾는 배는 한 척도 보이지 않고 나아가려 하지만 강물이 굽이굽이 가로막았다. 물러서려니 병사들이 잔뜩 좇아와서 잡으려고 한다. 아아, 천지 처음에는 유정(有情)하여 나를 도미에게 시집을 보내고 천지 마지막에는 무정하여 여기에서 욕보이려 하는구나, 차라리 은린(銀鱗)5)을 부수고 물 밑에서 잠들어 버렸으면… 치마를 걷어올리고 강물에 다가가 몸을 던지려고 하는데, 갈대잎 쪽이 움직이며 조각배가 물을 헤치고 다가왔다. 날이 밝자 천성도(泉城島, 현재의 무슨 섬인지는 미상)에 이르렀다. 섬에는 맹인이 초근목피를 먹으며 배고픔을 달래는 이가 있었다. 눈을 비비고 이를 보니 남편 도미가 아직 죽지 않고 살아 있었던 것이었다. 아내는 배에서 내려 서로 끌어안고 울며 다시 배에 올라타 멀리 고구려를 향해 달렸다. 후대의 사람들이 그 정절을 기려 시를 지었다. (끝)

감학쌍모방대하 국군위병내여하(敢矐雙眸放大河 國君威柄奈如何)
아의아특진천합 종비궁인시미타(我儀我特眞天合 縱備宮人矢靡他)
궤언도거출중위 읍체연이방수빈(詭言逃去出重圍 泣涕漣洏傍水濱)
천지신명개우조 천성도상견양인(天地神明皆佑助 泉城島上見良人)

---

5) 살아 있는 물고기의 미칭.

열녀음

가미무라 나미우네(上邨濤畝)

백제의 봄 어렴풋이 흐리고
음력 삼월의 하늘 바라보니
저녁 이슬 내릴 때
꽃은 더 한층 아름답네
아아 청춘의 꿈은 짙어
미인에게 마음을 빼앗기고
마음은 제멋대로 움직일 때
사람은 상하 구별이 없네

개루왕

자네와 함께 사는 처는
절세 미인인가
하지만 부녀자의 슬픔은
저녁 어스름 사람이 없을 때를 보아
교언으로 유혹하면

어찌 마음이 움직이지 않겠느냐

도미

궁궐을 지키는 사람들
함부로 입을 놀리니 한심하다
산속에 무성한 소나무도
그 푸른빛을 바꾸지 아니하여 칭송을 받는데
하물며 만물의 영장이
절조를 흐린다니

개루왕

그렇다면 짐에게도 방책이 있다
후궁 깊이 몸을 숨기라

개루왕

지금 궁인이 되면
너의 아름다운 눈도
너의 붉은 입술도
천 년 동안 사랑하리

도미의 처(가짜)

머리에 옥을 이고

몸에 두른 비단
뜻하지 않은 구름 위
왕의 은혜 변하지 않았으면

———————

궁전의 비단 속 봄 꿈
훌륭한 기도로 생각한 것은
훌륭한 책략에 걸려 들은 것인가
만면에 가득한 뜨거운 피
분노의 저주 처참하게
도미의 눈은 파내어 지고
홀로 배에 태워 노도 주지 않으니
물결 흐르는 대로 저 멀리 떠가네
진짜 처는 붙잡혀
옥좌 가까이 끌려가네

개루왕

죄의 피를 핥는 앙화가
어떤 결말이 나는지 모르겠는가
은혜의 신에게 버림받고
악마의 신에게 바쳐지겠지
짐이 화를 내야 할지 웃어야 할지
대답이 듣고 싶구나

도미의 처(진짜)

왕의 은혜 변치 않았다면
지금은 주인 없는 일엽편주
왕의 정이 깊다면
물은 이끄는 대로 가리
그렇기는 하지만 이 몸은 지금 불결하니
오늘밤 달을 기다리소서
비록 비단옷을 입지는 않았지만
화장을 하는 것은
임금을 존경하는 도리이니

_____

자진전의 봄날 저녁
황제의 어가 꿈은 높아
약속의 말을 반복하며
달을 기다리는 초저녁 시름인가

_____

강물의 마음은 멀고 그림자는 희미하니
어디에 묻힐 것인지 정처 없이
배에는 미인 홀로
남편의 소재를 찾아찾아
갈 길은 멀고 파도는 거치니
배가 가는 길을 그 누가 알까

공죽(空竹) 이야기

선골 생(仙骨生)

일찍이 두셋이 서로 모여 여름밤 한담을 나누는데 '빈대'를 어떻게 쓰는가에 대해 서로 억측을 한 일이 있었다.

한 사람은 말하기를 상충(床虫)이라 쓰는 것이 옳다 했다. 또 한 사람은 모름지기 갈(蝎)이라고 쓸 필요가 있고 했다. 또 남경충(南京虫)이라고 써야 한다고 했다. 모두 그럴 듯한 이유를 붙여 대단한 일인 양 떠들어대는 가운데 평소 한반도통이라고 자처하는 한 사람이 자리에 나서서 말하기를, 제군이 하는 말은 각자 일리가 있는 것 같지만 그렇지 않다, 우선 내가 하는 말을 경청해라, 갈이란 스콜피온이니 맞지 않는 것은 물론이고 남경충은 지나에서 쓰는 말이니 이 역시 옳지 못하다, 그렇다고 해서 상충이라는 말도 재미없다, '공죽(空竹)'이라 쓰는 것이 가장 타당하다, 여기에는 확실한 역사도 있다, 특히 무엇보다 다른 말들보다 정취도 있고 여운도 있는 글자이므로 세상에 이보다 더 적당한 글자는 없을 것이다,라고 하며 결국은 '공죽'이라고 쓰게 된 소위 내력에 대해 다음과 같이 설명을 했다.

옛날 한양에 모 어사가 있었다. 아들 하나를 노후의 즐거움으로 삼고 성실하게 직책에 맞게 국사에 힘을 쓰니, 당시 국왕의 총애도 이만

저만이 아니어서, 부귀를 부러워하지 말고 빈천을 괴로이 여기지 말라고 거실 천정에 해마다 글을 써서 붙여 놓은 대로, '만사여의(萬事如意)'한 생활을 보냈다. 하지만 한 가지 골칫거리가 있었으니, 그것은 신불(神佛)의 앙화도 아니고 괴물의 재앙도 아니었다. 그것은 다름 아닌 자식의 늦잠이었다.

덕망이 있어 도를 알고 남쪽 창에서 꿈을 꾸기에 족한 호시절이지만, 날이 밝기 쉬운 짧은 밤을 초저녁에 잠이 들어 해가 이미 중천에 떠도 여전히 일어나지 않고, 천고마비의 10월 봄처럼 따뜻한 날씨에도 편안히 잠을 자는 아들의 느긋함은 세상의 가을을 모르고 하물며 양치물이 뼈에 스미는 듯한 한 겨울 새벽에는 온돌의 따뜻함을 잊지 못하여 황혼의 햇살이 차가운 치자색 구름 사이로 비칠 때 겨우 밥상에 앉는 것이 보통이었다.

이는 노인의 여의(如意) 중의 골칫거리였다. 물론 그는 자식에게 종종 가르치고 타이르고 또 야단도 쳤다. 하지만 이는 소용이 없었다.

노인은 대략 난감했다.

어느 해, 노인은 명을 받아 중국에 가게 되었는데, 그 골칫거리를 안고 배에 탔다.

도착한 날 밤, 그는 여관에서 여독을 풀기 위해 편안하게 잠을 자려 했지만, 정말이지 한 숨도 자지 못하고 밤새도록 탄식을 하다 날이 샜다. 벌레의 습격을 받아 물렸던 것이다.

다음날 아침, 홀연히 이불을 걷어차고 일어난 그는 종자를 가까이 불러 이르기를, 나는 영약(靈藥)을 얻었다, 내 자식의 지병은 곧 치료를 할 수 있다, 자네는 이 영약을 가지고 돌아가라, 부디 소홀히 하지 말

라,라고 하며 영약을 빈 대나무통(竹空筒)에 채워 종자에게 보관하게
했다. 영약이란 바로 무는 벌레를 가리키는 것이었다.

　이렇게 하여 노인은 사명을 완수하고 종자는 영약을 소중하게 보관
하여 만족스럽게 배를 타고 귀향했다.

　노인의 기쁨은 실로 이만저만이 아니었다. 그는 귀국을 하자 바로
만사를 제쳐두고 영약을 꺼내 살펴보았다. 이를 꺼내 보니 이게 웬일
인가, 무슨 조화인지 영약인 무는 벌레는 그림자도 남기지 않고 빈 대
나무 통만 남아 있었다. 그는 일단 놀라서 탄식하며 아연실색하여 이
르기를, 이는 공죽(空竹)이다 라며 버리고는 다시는 돌아보지 않았다.
아마 자음(字音) 속칭 공죽은 상충(床虫)과 통하는 것이리라.

　이로써 생각건대 상충은 습성상 어두운 곳을 좋아하여 야간에는 나
와서 사람의 피를 빨아먹고 낮에는 어딘가에 잠복하고 있는데, 노인
은 미처 이를 생각하지 못한 것이다.

─────────

　신기하게도 그 다음날부터 자식의 지병인 늦잠이 고쳐졌을 뿐만 아
니라 조선에 빈대라는 일종의 독충이 만연하게 되었다. 물론 사실 여
부는 모르지만 들은 대로 한 번 적어 전달할 뿐이다.

한성의 달밤

자적헌(自適軒) 주인

'달그림자에 희미하게 보이는 눈빛이 맑디맑은 봄날 밤하늘' 암향
풍동(暗香風動)의 내 조국의 봄을 즐기지 못하는 몸이지만, 눈이 녹아
어쩐지 만작(晩酌) 한 잔도 기분 좋은 어제오늘. 아주 어렴풋하지만 하
늘에는 달이 떠 있고, 춘풍이 따뜻하여 옷을 바꿔 입은 몸도 가벼워
왕래하는 사람들의 발길도 빈번해질 때, 혼마치(本町)[1]의 주거를 나와
달을 올려다보며 왜성대로 발걸음을 옮겼다.

달은 떴지만 빛이 희미하여 북한산 봉우리는 엷은 수묵화 같고, 한
성을 감싸는 온돌의 연기는 몽롱하며, 이미 켜진 전기불은 야박을 하
는 배의 등화 같다. 산기슭의 청루(靑樓)는 몹시 흥에 겨워 거문고 소
리가 손에 잡힐 듯하다.

걸음을 기념비 아래로 옮기니 바람은 없고 송뢰(松籟)[2]는 아름다운
가야금 소리 같아 마음이 맑아졌다. 푸른 소나무를 올려다보는 것도
운치 있어 찻집을 찾아 맥주를 마시니 흥이 났다. 찻집을 나와 왜성대
에서 내려와 혼마치를 지나 남대문통으로 나가서 종로로 갔다. 종로

---

1) 한일합방 후 일본인들이 명동 일대를 부르던 호칭.
2) 소나무에 부는 바람 소리.

는 도쿄의 긴자(銀座) 거리, 오사카의 신사이바시(心齋橋) 거리라고 할 수 있는 한성의 번화가인데, 밤에는 별 것 없다. 가끔 동대문에서 오는 전차와 서대문, 남대문에서 오는 전차가 이곳에 사람들을 토해 놓거나 멍하니 서 있는 사람들을 흡수하여 떠나 버리는 외에는, 소를 끌고 땔나무를 팔러 다니는 한인들이 담배를 피우며 손님을 기다리는 정도에 지나지 않는다.

낮 동안의 번잡스러움 속에서는 아무도 종로거리의 역사를 생각할 여유가 없다. 하지만 이런 달밤, 그것도 태고의 느낌이 드는 경성의 한 복판에 서서 총각이 사각형 등불로 불을 비추며 쓰개를 쓴 부인(婦人)이 연보하는 것을 보면서 피비린내 나는 종로거리의 역사를 생각하는 것도 재미있는 콘트라스트가 아닌가?

나도 여기서 잠깐 걸음을 멈추고 경복궁 앞으로 발길을 돌렸다. 경복궁 앞! 이곳은 내가 경성 시가 중에서 가장 좋아하는 곳이다. 왜냐하면 넓디넓은 도로가 끝나는 곳에 장엄한 광화문이 있고, 백악의 봉우리가 뒤에서 버티고 있으며, 도로 양측에는 각 아문(衙門)이 설치되어 있어 대한국(大韓國)의 정사가 이곳에서 모두 결정되고 있는 요지이기도 하고, 반도의 노웅(老雄) 대원군이 반도의 원망을 사며 증축한 경복궁이 앞에 보이기 때문이다.

경성의 사진을 사는 이가 있다면 제일 먼저 이곳의 사진을 고르는데, 달밤의 광화문도 역시 나쁘지 않다. 뿐만 아니라 광화문 내 역사를 달밤에 이 문 앞에 서서 조용히 생각해 보는 것도 쓸데없는 일은 아닐 것이다.

이곳을 떠나 신왕성(新王城)을 나와 대안문(大安門) 앞으로 돌아 나온 후, 대관정(大觀亭) 옆을 이사청(理事廳) 옆으로 나와 우체국 앞을 혼마치 거리로 나오면, 한인 거리가 조용한데 반해 이곳은 왕래가 빈번하다. 내 앞을 지나가는 사람을 따라서 동으로 걸음을 옮기니 처마 밑의 등불이나 가로등에 무슨무슨 정, 무슨무슨 루라고 적힌 작은 요리집이 신 거리를 장식하고 있다. 얼마 후 일한인(日韓人) 가옥이 다 되었나 싶더니 오른편에 불야성 한 채, 이것이 전쟁 후 생긴 유곽으로 풍류를 안다고 하는 사람들이 말하는 화류계. 늘 번창하지만 특히 사람들 기분이 설레는 음력 삼월 어제오늘의 번창함을 이러니저러니 말하는 것이 오히려 촌스럽다. 청루의 가야금 소리, 길가는 사람들의 유행가, 가정에 취미를 가지고 있는 사람들이 발걸음을 들여놓을 곳은 아니다.

달빛을 의지하여 길을 잡아 군사령부 앞으로 나와 소학교 앞을 지나 집으로 돌아왔다. 이 날 밤 읊은 구절이다.

"봄날 밤에 거리를 돌다보니 밤이 깊었네."

거현세현(巨絃細絃)

천연제(天然齊)

○ 바다를 한 번 건너 일을 하고자 하는 사람들, 그곳에 오락이 없어
서 견디겠는가 하는데, 해외이주의 급선봉은 늘 낭자군(娘子軍)이
니 재미있다.

○ 추업부를 도처에 발호시켜서는 국가의 치욕이라고 하며, 진지한
사람들이 그곳에도 미인이 있느냐고 물어보는데 이는 여행자에게
는 난감한 질문이다.

○ 그야 뭐, 조선에는 매음부가 있는 정도라며 걱정하지 말라고 아내
를 고국으로 보낸 사람은 꼭 조선에 버젓이 부인이 계시다.

○ 눈이 높아진 것이 아니라 눈을 버렸다고 해야 할 것이다. 한국 제일
가는 미인이라고 생각해서 거금을 들여 낙적을 했는데 마관(馬關)[1]
까지 데리고 가서 버리고 싶어지는 일도 있다고 한다.

○ 통감이 이토(伊藤) 씨이므로 경성의 요리점들은 재미있을 것이라
며 잔뜩 빚을 내어 예기감을 수입했지만, 이토 씨가 일본에서 특
별히 지참한 이가 있다면 재미가 없을 것이다.

---

1) 시모노세키(下關)를 달리 이르는 말.

○ 곤스케(權助)2)라는 착실한 남자가 가끔씩 반류절화(攀柳折花)는 몰
래 숨어서 하자는 주의였지만, 보호조약 체결 당시부터는 공공연
주의로.

○ 일찍이 모란후대사(牡丹侯大使)로서 경성의 여기저기를 돌아볼 때,
모 병사가 만약 자신의 여자가 눈에 띄면 곤란하다고 당황해하여
젊은 예기를 자신의 관사에 처박아 두었다니, 나무관세음보살.

○ 통감부의 경비가 매년 백여만 원, 그 중 반은 경성으로 떨어질 것
이라고 어떤 한가한 사람이 계산을 하고는, 그렇지 기생이 나오는
요리집을 만들어야지 했다는.

○ 장사가 부진해져서 인천의 요리점은 유래 없는 불경기라 예기가
봄에 입을 옷도 올해는 빨아서 입고말지 하는데, 개중에는 경성의
콩고물을 얻는다고 하니 사람 일은 생각하기 나름.

○ 여탕에서 나는 이야기 소리를 무심코 듣고 있자니, 젊은 예기 왈,
이토 씨도 이토 씨지만 쓰루하라(鶴原)3) 씨는 대체 월급을 얼마를
받는 것일까요? 노기 왈, 그야 네가 걱정 안 해도 돼.

○ 통감부 직원들의 월급을 모두 빼먹겠다고 경성 사람들이 기다리
고 있다는데 정말 그런 것 같다며 어떤 속관(屬官)이 신경을 쓰고
있다니 대단하다.

○ 요즘 경성의 화류계에서 유행하는 속요 중에 이런 것이 있다.

---

2) 하야시 곤스케(林權助, 1860.3.23.~1939.6.27.)를 말함. 메이지, 다이쇼 시대 외교관, 남작.
   1900년 주한공사로 임명, 한일협정서를 조인시켜 한국을 일본의 보호국이 되게 함.
3) 쓰루하라 사다키치(鶴原定吉, 1857.1.10.~1914.12.2.)을 말함. 일본의 관료, 실업가, 정
   치가. 제2대 오사카 시장. 한국통감부 초대총무장관, 중의원 의원.

○ '7호 관사에 들려 아침부터 밤까지 정신을 못 차리는 주제에 총사령부에서는 점잖은 표정, 당번이 보기에 필시 우스울 것이다. 껄껄껄.'

○ 상당한 미인으로 보이는 여자를 다섯 명이나 두려면 만 원의 빚을 지는 것은 시간문제, 뒤처리는 둘째 치고라도.

○ 열아홉이나 스물로 보이는 미인 처녀가 담배 장사를 해서 한 달에 5, 6십 원의 순이익을 남긴다는 것도 대단한데, 각 아문의 관리들 담배를 좋아하지 않는 자들도 사 준단다.

○ 굉장한 미인이 한 명 있다고 해서 대구의 모리야(守谷)라는 곳은 신사들이 꼭 묵는 곳이다.

○ 여인숙 하녀 출신 추업부와 하룻밤을 지내고 이별을 고하는 것이 오전 10시 무렵으로, 공공연히 부하 병사가 말을 끌고 데리러 오면, 대장 의기양양하게 은안(銀鞍)[4]에 올라앉아 채찍을 들고 문 앞의 넓고 거친 벌판을 일주하고 당당하게 마상의 모습을 보여주고 병영으로 돌아오는 것을 대구에서는 종종 보는데 군인은 어디까지고 죄가 없다.

○ 시찰을 하는 것인지 조사를 하는 것인지 알 수 없는 자들이 줄줄이 도한하여 여비를 다 쓴 끝에 정신을 못 차리고 돌아와서 조선 통인 양 하는 것은 좋지만 두 번 올 일은 아니다.

○ 예기와 노는 데도 엄청나게 돈이 드는데, 몰래 여자를 사서 살림을 차리려면 얼마나 돈이 들지 잘 모르겠다. 왈, 그래서 여관 하녀들 방에서는 노인은 싫어한다는 후문.

---

4) 은으로 장식한 안장.

『한반도』

제2권 제2호(1906.5)

두 명의 아내

도리고에 조엔

12. 지금은 아내가 한 명

돈을 잘 번다고 뻐기는 홍반노, 아침에 늦잠은 절대 자지 않는다. 어두침침한 방에서 일어나서 밥을 짓는다. 특히 요즘에는 아내를 고마워하며 일이 바쁘다.

밥이 다 될 무렵에서야 아내 오유키는 겨우 잠자리에서 슬슬 나와 이를 닦는다. 반노는 세숫대야에 뜨거운 물을 붓는다.

"감사합니다."

하고 오유키는 여전히 이를 문지르며,

"오늘 아침 반찬은 뭐예요?"

"은어를 구웠지."

"은어 같은 것 먹기 싫어요."

"은어는 싫어? 그럼 좋아하는 것 사 올게."

"오늘 아침에는 김만 있으면 돼요. 점심에는 전복찜 먹고 싶어요."

"그럼 전복 사올까?"

"오늘 아침 아니라도 괜찮다니까요."

"그럼 오늘 아침에는 김하고 밥 먹어."

마치 먹어 줘서 고맙기라도 하다는 듯이 밥상을 차린다. 오유키가 세수를 끝내고 밥상에 앉아서 젓가락을 드니 바로 입이 딱 벌어질 만큼 잘 차려져 있다. 여자는 손 하나 까딱 하지 않게 하는 남자였다.

마침내 부부는 마주 앉아 밥을 먹게 되었는데 반노는 갑자기 생각이 났다는 듯이,

"오늘이 며칠이지?"

"오늘은 26일이죠."

"26일이라고? 26일이라면 큰일이네."

오유키는 이상하다는 표정으로 반노를 바라보며,

"26일이면 뭐가 큰일이라는 거죠?"

"아이구 큰일 났네. 정말 큰일 났어."

라고 하며 반노는 젓가락을 내려놓았다.

"왜 그러는데요?"

오유키는 대수롭지 않다는 식으로 가볍게 물었다.

"다른 게 아니라 오늘 신부가 한 명 더 올 거라서."

"아니 뭐라구요?"

오유키는 질렸다는 듯이 소매로 입을 가리며 픽하고 웃는다.

"당신도 어지간히 나쁜 사람이 되었네요. 그렇게 말하면 내가 질투라도 할 것이라 생각해? 아, 정말 치사해. 나 그런 말 들어도 꿈쩍도 안 해요. 그러니까 집어치워요."

"그게 아니라 정말로 온다니까. 걱정돼 죽겠네. 당신이 몰라서 그러는데 김사한이 당신을 나쁜 여자라고 해서 포기하게 만들고는 박기순

의 딸 백련(白蓮)을 억지로 들이댔어. 나는 그때 거절을 할 수가 없어서 중매를 해 달라고 부탁을 했지. 그러자 26일이 길일이니까 그 날은 꼭 받아주라고 했단 말이야. 그래서 그렇게 하겠다고 대답을 해 두었지. 그러니까 오늘은 사한이 백련을 데리고 오기로 한 날이란 말이지. 어떻게 해야 할지 걱정돼서 죽겠어."

"어머나, 그게 정말이에요? 참 당신도 그때 왜 분명하게 거절을 못 했지? 싫어 정말."

오유키도 가슴이 덜컥했다.

"하지만 싫다고 했다가는 사한이 화를 낼 테니까 나도 뭐라 못 했지. 한심하게 됐네. 어떻게 하지?"

"알았어요. 당신은 지금 다른 곳으로 도망쳐요. 신부가 오면 내가 단단히 대응을 해서 쫓아 보낼 게요. 그리고 사한이라는 사람한테도 한껏 분풀이를 해 줘야겠어요."

"안될 걸! 상대방도 말발이 보통이 아냐. 이쪽 사람들 사이에서도 사한은 보통사람이 아니라서 당신은 감당이 안 될 거야."

"안될 거라니. 농사꾼 한두 명 문제없으니까 안심하세요."

"그럼 당신한테 부탁할게. 나는 도망가 있을래. 만약 사한이 날뛰면 백대격(白大格)에게 부탁해서 와 달라고 말해 놓을게. 대격은 힘이 세서 사한이 같은 사람은 세 명이 덤벼들어도 괜찮아."

반노는 조금 안심한 기색을 보이고 밥을 이리저리 뒤적이고는 일어서서 조급하게,

"그럼 나는 도망칠게. 혼자 외롭겠지만…."

"뭐 그리 당황해하지 않아도…."

오유키는 칫솔을 물고는 담배를 집어들었다.

반노는 짚신을 신으며 여전히,

"당신 혼자 잘 하면 좋겠는데."

"아유… 일본 도쿄에서 자란 여자예요, 나."

라고 하니, 안심을 하고 나갔다.

오유키란 바로 사이지였다.

13. 대문에서 신부 내쫓기

떠들썩하게 혼례 준비를 했다가는 쌍방 간에 서로 그 비용 때문에 힘이 들 것이므로, 정말로 필요한 것만 챙기라고 중매인이 양쪽에 주의를 해서 한 보따리의 짐만 종자에게 지게하고 옷차림도 지극히 검소하게 해서, 사한은 백련과 그 어머니 박 씨를 데리고 반노의 집으로 향했다. 하지만 나와서 맞이하는 사람도 없고 집안은 평소처럼 쥐 죽은 듯하다.

사한은 누구 없냐며 마음대로 장지문을 열었다. 보니 아무래도 본 적이 있는 것 같다.

"이런 괘씸한 일이 다 있나. 오늘은 신부를 맞이할 약속을 한 날인데, 이 중요한 날 출타를 하다니, 당치 않은 일이다. 대체 당신은 이 집에 왜 와 있는 거요?"

"왜 와 있냐니, 무례하시군요. 나는 홍반노의 아내 유키라고 합니다. 당신은 김사한이라는 분이시죠. 일찍이 뵌 적이 있습니다만, 이곳을 찾은 것은 무슨 일이신지요? 들어 두었다가 출타에서 돌아오시면 전해드리겠습니다."

　도도하게 사한을 내려다보는 것이었다.

　사한은 기가 막혀서,

　"그렇다면 뭐… 당신이… 반노의 아내라는 것인가? 근데 누가 허락해서 아내가 되었나?"

　"네, 서로 마음을 허락해서 부부가 되었습니다. 이렇게 이 집에 있게 된 이상 아무도 탓하지는 못 할 것입니다."

　"하지만 반노는 내게 중매를 부탁했어. 그래서 여기에 데려 왔으니 표면적으로 아내니까 반드시 받아 줘야만 해. 반노가 어디에 갔는지 불러서 흑백을 가려야 내 체면이 서지. 지금 당장 반노를 불러와."

　기세 좋게 으르렁거리는 것이었다.

　오유키는 애써 태연한 척하며,

　"반노를 불러오고 자시고 할 것도 없다고 생각합니다. 빈집을 봐 달라고 부탁을 받은 아내이므로 반노를 대신해서 어떤 인사라도 드리지요."

　"그럼 당신 이 사태를 어떻게 할 것인가?"

　"이 사태라니요?"

　"다 알고 있으면서 왜 그러나. 여기 데려온 신부를 어떻게 할 거냐 하는 말이야."

　"어떻게 하고 자시고 할 필요도 없을 것입니다. 반노에게는 부족하지만 아내가 있으니 아내는 이제 필요가 없습니다. 모처럼 베풀어 주신 친절은 감사하게 생각합니다만 그대로 다시 데리고 가 주시지요."

　말도 안 되는 인사를 하고 있다.

　사한은 관자놀이가 불룩불룩하며 주먹을 불끈 쥐고 오유키를 노려

보았지만 여자를 상대로 폭력을 쓰는 것도 사나이답지 않다며 제법 사내다운 생각을 하고는 두 사람을 돌아보며,

"오늘 일은 나중에 반드시 되갚아 주기로 하고 오늘은 일단 물러가는 수밖에 없겠수."

"하지만 사한 어른, 너무 하잖아요. 이대로 돌아간다 해도 내 딸은 이미 허물이 생겨 버렸어요. 한심하게도 나는 말을 못 하니 어떻게든 해 주세요. 돌아가면 우리 집 영감한테도 할 말이 없어요."

박 씨가 우니 백련도 분해서 눈물을 흘렸다. 사한은 양쪽에 끼어서 쥐구멍에라도 들어가고 싶은 듯,

"내가 잘못 했지. 지난번 한 번만 더 확인을 해 두었더라면 일이 이 지경에 이르지 않아도 되었을 텐데. 반노가 그런 녀석이라 또 마음이 바뀌면 안 될 것이라 생각해서 불쑥 자네들을 데리고 와서 이렇게 들이밀었는데, 결국 내 불찰이니 용서들 하시게."

어르고 달래지만 좀처럼 그치지 않는 눈물. 하녀는 백련의 눈물을 닦아주며,

"화장이고 뭐고 다 소용이 없네요."

"뭐 어쨌든."

사한은 백련의 등을 쓰다듬으며 물러가기로 했다.

오유키는 휴 하고 안도의 숨을 내쉬었다.

14. 기다리고 기다리던 편지

"아이고 정말."

하며 오유키는 사한이 돌아간 뒤 소금을 뿌리고 있다.

　문간에서,

　"편지요."

하는 목소리가 났다.

　"쓰키다 유키(月田雪)라는 사람 여기 살아요?"

　짚이는 곳이 있어서,

　"예, 전데요."

　오유키는 그 편지를 받아들고 잠깐 뒤집어 보고는 바로 안으로 뛰어 들어갔다. 열어 보니,

　　유키 씨에게.

　　남의 부인이 되어 버린 당신에게 면목이 없지만 글을 쓰오. 이쪽에 대한 의리로 마음에도 없는 결혼을 한 것 얼마나 마음이 괴로울지 미루어 짐작이 가오. 지금에 와서도 새록새록 미련이 생기지만 어린아이가 친모를 잃은 심정으로 당신을 그리워하는 것이 더 가엾소. 기가 센 노모도 우는 아이에게는 함부로 말을 못 하고 당신을 데리고 오도록 용서를 하셨소. 그리하여 노모는 별장에서 은거를 하기로 했소. 그러니 앞으로는 당신 마음에 맡기고 답신을 기다리겠소. 이상.

　　　　　　　　　　　　　　　　　　　　　　　　　마나미

라고 적혀 있었다. 오유키는 다시 한 번 읽었지만 다 읽고 나서 한숨을 쉬었다.

　어찌하면 좋을까? 일찍이 일이 이렇게 되리라고는 생각을 하고 있었지만, 지금 생각해 보니 부처 같은 반노를 버리고 물러가자니 후한

이 두렵다. 그렇다고 해도 마나미에게는 깊은 정이 든 몸, 그냥 내버려 둘 수 없다. 이 편지에 보고 뛸 듯이 기뻐해야 할 처지. 원망스러운 것은 이 편지가 늦게 온 것. 하루만 빨리 왔더라면 반노에게는 이 몸 대신 신부가 있고 그것을 핑계로 물러날 수도 있었을 것을. 그 신부를 매정하게 몰아냈다. 지금에 와서 이 집을 버리겠다고 한다면 너무나도 미안하다. 어떻게 사절을 할까, 아니지 아니지 의리를 생각하면 저쪽이 더 깊지, 여자 입장에서는 이쪽의 아내가 되어야 해.

마음이 갖가지로 혼란스러워 안절부절 못 하고 있는데, 사람 발자국 소리가 나는 것 같아 그 편지는 바로 말아서 화로 속에 던져 버렸다.

누가 왔나 하며 문밖을 내다보니, 인기척은 없고 반노도 좀처럼 돌아오지 않았다.

날은 저물고 청개구리 우는 소리가 더한층 신경을 거슬렸다. 쓸쓸한 마음에 잠자리에 드니 깜빡 잠이 들었다.

반노는 겁이 나서 조심조심 돌아와서 집안을 살펴보는데, 사람 소리도 들리지 않고 쥐 죽은 듯 조용하다. 살짝 들여다보고는, 사한들은 오유키의 호통으로 돌아갔나? 아냐 아냐 어쩌면 사한이 녀석 오유키를 두들겨 쫓아 버리고 자신이 누워 있을 지도 몰라, 그러면 함부로 들어갈 수 없지,라고 생각해서 반노는 허리에 차고 있던 장갑을 꺼내 얼굴에 뒤집어썼다. 그리고 부엌문을 살짝 열고 쑥 들어갔다.

"좋아 눈에 띄기만 하면 때려 죽여버릴 거야."
라고 한 것은 자기 자신이 두려웠기 때문이다. 오유키는 그 목소리에 놀라서 억 하는 모습, 머리에서부터 이불을 뒤집어쓰고 식은땀을 흘리고 있다. 반노는 느릿느릿 다리를 벌리고 걸어서 오유키의 머리맡까지 다가갔다.

"오유키, 오유키."

혹시 오유키가 아니면 어떻게 하지하고는 한 손에 노송나무를 손에 들고 잔뜩 힘을 주었다.

"오유키."

불러도 대답을 하지 않는다.

"오유키가 아닌가?"

부들부들 떨며 이불을 걷어찼다.

오유키는 간이 콩알만 해져서 벌떡 일어났다.

반노는 깜짝 놀라 뒷걸음질 치며 엎드려 오유키의 얼굴을 들여다보았다.

"오유키, 하하하하, 나 지금 돌아왔어."

"아 당신, 깜짝 놀랐잖아요."

"나도 놀랐어. 하하하하."

"웃을 일이 아니에요."

팩 토라진다.

"내가 잘못 했어. 미안해."

하며 걷어 올린 옷자락을 내렸다.

"사한은 어떻게 됐어?"

"훌륭한 신부를 데리고 왔길래 돌려보내는 것도 안 돼 보여 붙잡아서 재웠어요!"

"헛소리 하고 있군 어디에 재워 놓았다는 거지?"

"숨겨 두었죠."

"어디에 숨겨 둬?"

반노는 애써 옷장 속 등을 여기저기 찾아보았다.

15. 허물

"오유키, 당신 왜 울고 있어?"

오유키의 머리맡에서 두 손을 짚고 눈가에 근심을 띠고 있는 것은 반노이다.

오유키는 대답도 없이 그저 하염없이 울고 있다.

"속이 좋지 않으면 의사를 불러올게."

오유키는 아무 대답도 하지 않는다.

"어제저녁 내가 도둑 흉내를 내서 놀라는 바람에 병이 났나?"

오유키는 그저 머리를 가로저을 뿐이다.

"당신이 울면 나도 슬퍼지잖아. 힘든 일이 뭔지 말을 해 줘. 어떻게 하면 좋을까? 뭐 갖고 싶은 것 있으면 무엇이든 사 올 테니까. 울기만 하면 알 수가 없잖아."

하며 반노도 눈물을 흘리며 콩알 무늬 수건을 어깨에서 잡아당겨 눈가를 닦았다.

"힘든 일은 아무것도 없어요. 이런 저런 생각을 하다 보니 그만 눈물이 난 것이에요."

"그래? 울 일은 생각하지 말아. 옆집 손서방이 경단을 줘서 가지고 왔어, 일어나서 먹어 볼래?"

"배가 고프지 않아서 다 싫어요."

라고 하며 오유키는 또 운다.

"참 난처하군. 울지 말라는대도 뭐가 그리 슬프단 말인가? 집에 혼자 있는 것이 외로우면 내가 들에 나가지 않을게. 마음에 들지 않는 것이 있다면 뭐든 이야기를 하래두. 신경 쓸 것 전혀 없으니 말야."

"당신이 그렇게 말씀하시니 더 눈물이 나요."

"내가 말을 하면 더 눈물이 난다구? 그럼 항상 가만히 입을 다물고 있을게. 이제부터 아무 말도 하지 않을 테니 울지 마. 제발 부탁이야."

반노는 무언(無言)의 수행을 하기로 했다.

오유키는 여전히 울음을 그치지 않았다.

"나 입을 다물고 있으려고 했는데 하고 싶은 말이 생각났어. 말해도 될까?"

"무슨 말이든 하세요."

"사한이 왔을 때 당신 기분을 거스르는 말이라도 했나?"

"아니요."

"그렇다면 나 다시 입을 다물고 있을 테니, 이제 울지 마."

"저는 아무래도 눈물이 나니 그냥 울게 내버려 두세요."

"난감하군. 나는 입을 다물고 있어도 되지만, 아무리 생각해도 납득이 안 가. 마음속에 생각하는 것이 있다면 터놓고 이야기하면 되잖아. 아무 말도 하지 않고… 내게 걱정을 끼치지 않아도 되잖아."

반노는 그게 원망스러워서 울었다.

"아아, 미안해요. 이제 그쳤어요. 절대로 안 울게요. 그러니 이제 자게 내버려 두세요."

"그래 자는 게 좋겠어. 기분이 좋지 않을 때 일어나 있어 봤자 소용이 없지. 나는 들일이 늦어졌으니 나가 봐도 되겠지?"

"저는 상관하지 말고 다녀오세요."

"그렇다면 다녀올게. 밥도 해 두었으니 배가 고프면 언제든 일어나서 먹어."

반노는 오유키의 기분이 겨우 좋아졌다고 기뻐하며 들일을 나갔다.

하지만 아무래도 오유키 일이 신경이 쓰여 견딜 수가 없었다. 두세 시간 정도 밭일을 하다가 괭이를 내던지고 서둘러 집으로 돌아왔다.

"오유키."

불러 봐도 대답이 없었다.

"아직 자고 있어?"

장지문을 열고 방안을 들여다보아도 오유키의 이불은 텅 비어 뱀이 허물을 벗은 것 같았다.

"아이쿠, 이게 뭔 일이지?"

16. 사체 싸움

해변의 소나무는 검은 구름에 쌓여 석양을 받고 있는데, 주변의 절벽에 으르렁거리는 거친 파도에 밀려온 여자의 사체가 있다.

"아이쿠, 이게 웬일이야, 백 서방 어서 이리 와서 보게. 물에 빠져 죽은 시체네, 물에 빠져 죽은 시체야."

"뭐라구? 물에 빠져 죽은 시체라구? 기분 나쁘군."

두려워하며 조심조심 다가가서,

"어이쿠, 이거 참, 죽은 지 꽤 됐는 걸. 얼굴도 상해서 무섭고 누구인지 알아볼 수도 없군. 사람을 불러야겠어."

두 사람은 소리를 질러 제일 가까이 있는 사람을 불렀다.

"무슨 일 있나?"

가까이 있던 노인이 제일 먼저 달려왔다. 이어서 해변 근처의 농부들이 우르르 몰려들었다.

"누구 빨리 촌장님께 말씀드리러 가. 이원달(李遠達) 자네가 젊으니까 사무소까지 수고 좀 해 주게."

"제가 당장 달려갔다 오죠."

원달은 도움이 되고자 마을 사무소로 달려갔다. 이윽고 촌장이 원달의 안내를 받으며 순사와 함께 왔다.

"촌장님 수고하셨습니다."

모두 정중하게 인사를 한다.

촌장은 일일이 목례를 하며,

"음 이 자인가? 죽은 지 꽤 됐군. 얼굴 형체도 알아볼 수가 없기는 하지만, 신분도 뭐 아주 나쁘지는 않아 보이고 복장도 훌륭해 보여. 나이는 아직 젊은데. 아무래도 자살 같아. 음, 참으로 처참하군."
하고 몸을 뒤로 젖혀 순사를 돌아보았다.

"타살은 아닌 것 같으니 임시매장을 하기로 하시오."

"물론 타살은 아닙니다. 소매에 자갈이 들어 있습니다. 아무래도 이 근처에 짐작이 가는 사람은 없는 것 같습니다. 꽤 멀리서 죽은 것이 파도를 타고 이쪽으로 밀려온 것입니다."

"그렇군. 근처 마을 사람 같지는 않소. 누구인지 찾아보기로 합시다."

촌장은 농부들에게 명령하여 사체를 거적에 말아 주변 묘지까지 메고 가게 했다.

그러자 저 멀리서,

"기다려 주세요, 기다려 주세요."

하고 부르는 사람이 있었다. 나이가 육십여 세로 보이는 노인이, 지팡이를 짚고 숨을 헐떡이며 왔다.

"누군가 부르고 있는 것 같군. 이 사체와 연고가 있는 사람일지도 몰라."

하고 촌장은 걸음을 멈춰 모두를 기다리게 했다.

"아이구, 아이구. 모두들 불러 세워 죄송합니다. 듣자 하니 여자 사체가 이 해변으로 밀려왔다고 하는데, 제 딸이 사오 일 전에 집을 나가서 어디로 갔는지 도통 알 수가 없었습니다. 해서 혹시 제 딸이 아닌가 하여 서둘러 여기까지 왔습니다만, 부디 잠깐 사체를 보여 주세요."

"그래요? 그럼 당신 딸일 지도 모르니 어서 살펴보시지요."

이렇게 해서 둘둘 말았던 거적을 펼쳐 사체를 보여 주었다.

그러자 노인은 갑자기 낯빛이 흙빛이 되어,

"아이구 내 딸아. 어쩌다 이 지경이 되었느냐? 부모가 잔소리 좀 했기로서니 미워서 그런 게 아닌데. 그걸 마음에 두고 죽다니 이 애비에게 이렇게 몹쓸 짓을 하다니, 아이구 내 딸아."

사체를 바짝 끌어안고 우는 것이었다.

"그럼 자네의 딸이 틀림없소?"

"예, 제 딸입니다! 제 딸이 틀림없습니다. 불쌍하게도 내 딸을 죽였구나, 아 어찌 할꼬"

정신없이 엎어져 울었다.

그런데 또 숨을 헐떡거리며 달려오는 자가 있었다. 그것은 우각동의 홍반노였다. 잠깐 촌장에게 목례를 하고는,

"아, 내가 이렇게 되리라고 짐작은 했지, 아, 오유키. 당신 왜 죽었어? 나는 아무리 찾아도 없길래 도쿄로 돌아갔다고 생각했지. 죽을 만큼 괴로운 일이 있다면 왜 내게 말을 하지 않았냐구."

이 역시 사체에 들러붙어 훌쩍훌쩍 우는 것이었다. 순사는 반노를 잡아당기며,

"대체 자네 무슨 일인가? 이 사체에 무슨 연고가 있는 것인가?"

하고 험악하게 말한다.

반노는 원망스러운 듯이 순사를 올려다보며,

"이는 내 마누라요!"

떨리는 목소리로 말했다.

17. 이 바보 같은 자식

순사는 엎어져 울고 있는 노인의 어깨를 툭 치며,

"이 봐요. 당신 성함이 뭐요?"

"네 저는 유현(扭峴)의 현기진(玄奇眞)이라고 하는 자입니다."

"현기진이라구."

수첩에 적고는,

"이것이 당신 딸이라면, 뭔가 죽을 이유가 있었겠지? 무슨 일로 딸이 자살을 하게 되었소?"

"그야 뭐, 죽을 정도의 일도 아닌 것 같습니다, 근처에 초평(初平)이

라는 신분이 낮은 젊은이하고 정분이 나서 그게 내 귀에 들어왔고 그만 야단을 쳐야겠다는 생각이 들어 듣기 싫은 소리를 했는데, 소심한 딸이 그것을 괴롭게 여겨 죽은 것 같습니다. 아무리 생각해도 한스럽습니다."

순사는 이번에는 반노를 보며,

"자네는 이 사체를 아내라고 하는데, 아내가 죽을 이유가 있었나?"

"예, 내가 들에 나가 있는 동안 없어졌어요."

"없어졌다고 꼭 죽었다고 할 수는 없지 않소?"

"예, 없어지기 전에 한없이 울었어요. 필시 죽을 생각을 하고 있었으니 울었을 겁니다. 근데 내게 말도 안 하고 죽어 버렸네."

"그렇다면 이 옷은 본 적이 있소?"

"네, 오유키가 입고 있던 옷입니다. 오유키는 일본인이지만 내 마누라가 되고부터는 늘 조선옷을 입고 있었어요."

기진은 반노를 차갑게 쏘아보며,

"무슨 말을 하는 거야? 허리에 찬 이 염낭이 모두 내 딸 것이 틀림없는데."

"그렇다면 당신의 딸이 틀림없겠군. 사체를 가지고 돌아가도 좋소."

"예 감사합니다."

기진은 사체에 손을 댔다.

반노는 그 손을 밀쳐내며 말했다.

"이 사람 무슨 짓을 하는 거요? 내 마누라에게 손을 대다니."

"무슨 말이야, 내 딸이 틀림없어. 촌장님에게서 인도를 받았단 말이네. 자네야 말로 저리 물러나게."

"내 마누라야. 촌장님이 무슨 말을 했든간에 오유키임에 틀림없으니 이 사체는 내가 가져가겠어."

사체를 놓고 서로 싸우는 것을 보니 도대체 어느 쪽이 맞는 말인지 판정을 하기가 어려웠다. 그러자 촌장은 순사에게 무슨 말인가 했다.

"그럼 이 사체는 어느 쪽에게도 넘기지 않고 우리 쪽에서 임시매장을 해 두겠네. 당신들 딸이든 아내든 두 사람이 모두 죽지는 않았을 테니 조만간 어느 쪽인지 알 수 있겠지. 그때 인도하기로 할 것이니 그렇게 알아들 두게."

"그럼 말씀을 따르겠습니다."

하고 기진은 힘이 풀려 손을 뗐다.

반노는 여전히 시체에 들러붙어 떨어지지 않는다.

"어서 물러나게."

순사는 반노를 제치고 사체를 원래대로 거적에 말아버렸다. 반노는 어쩔 수 없이 일어서서 울며 자기 집으로 돌아왔다.

집안은 공기마저 차가웠고 날은 저물기 시작했는데 불을 지필 생각도 나지 않았다.

"오유키가 죽고 내가 혼자 살아 봤자 무슨 소용이야. 나도 같이 죽어서 오유키에게 갈 거야."

혼잣말을 하면서 뒤켠 백단나무 아래로 갔다. 그 나뭇가지에 허리띠를 걸고 올라가서 목을 매면 될 것이다.

허리띠를 풀어 지붕 위에 가로로 뻗어 있는 가지에 던져서 걸었다. 허리띠 양쪽을 잡아당겨 잠깐 매달려 보니 그대로 충분할 것 같았다. 나무에 기어오르려 하는 순간이었다.

"반노?"

말을 거는 사람이 있어 깜짝 놀라 뒤를 돌아보니 김사한이 와 있었다.

"사한이 아닌가? 무슨 일로 왔는가?"

"자네 도와주러 왔네. 자네 죽을 생각이라면 그만 두게. 추하네. 목을 매고 죽는 것만큼 추한 것은 없네. 죽고 싶으면 내가 죽여주겠네. 하하하, 이 바보 같은 자식."

18. 아, 옛날이여

"그럼 완전히 내 체면이 말이 안 돼."

마나미는 어조를 조금 바꾸며 말했다.

"하지만, 여보."

오유키는 고개를 숙이고 손가락을 문지르며 말했다.

"그렇지 않아? 내가 미련이 있어서 당신을 불렀다고 하면 어지간히 못난 남자라고 세상 사람들한테 비웃음을 살 것이야. 그것은 각오를 했어. 그래서 당신을 부른 거야. 당신이 그걸 몰라준다고 하면 내 체면은 뭐가 되냐는 거지."

"그렇게 말씀하시면 뭐라 드릴 말씀이 없지만, 제가 보기에는 또 댁으로 들어가서는 오히려 당신 체면이 더 구겨질 것이라고 생각해요."

"그러니까, 정나미가 떨어진 내가 다른 사람의 마누라에게 이런 말을 하고 있는 것이 크게 잘못된 거지. 좋아. 이제 아무 말도 않겠어."

마나미는 갑자기 안색을 바꾸며 애써 웃음을 띠고는 번연히 깨달은 듯 자리를 고쳐 앉았다.

"그게 아니에요. 당신의 은혜는 죽어도 잊지 않아요. 하지만 저는 게이샤를 하고 있을 때의 마음은 싹 없어졌어요. 게다가 지금 당신 말씀에 따르면 역시 물장사하는 여자 근성이 나와 욕심이 많다고 세상 사람들이 생각할 것이고, 또 당신도 오랫동안 물장사를 했으니까 하며 필시 저를 의심하게 될 거예요."

"그거야 그런 의심을 하지 않으려고 하면 안 하는 것이지만, 이제 알았으니까 아무 말도 하지 않을 거야. 다만 나는 다른 사람의 아내를 꾀여 이 집에까지 끌어들인 죄인이니까 양심의 가책이 느껴져 견딜 수가 없어."

"그렇게 말씀하시면 떠나 버리고 싶어져요. 저는 박정한 사람이고 의리도 모르는, 사람도 아닌 사람이라고 생각하시면서 인간답게 생각해 주시면 거듭 은혜만 입게 되요. 그러면 아무래도 저는 미안한 생각만 들게 되니까요."

"됐어. 이제 아무렇지도 않으니까."

마나미는 장지문을 열고 밖을 내다보았다.

"혹 당신, 나쁘게 생각하시면 안 돼요."

하며 마나미의 무릎에 가볍게 손을 얹었다.

마나미가 마음속으로 무슨 생각을 했는지 뒤를 돌아보며 얼굴을 마주치자, 눈에서 눈물이 흐르고 있었다. 그러자 오유키는 마나미의 무릎에 엎드려 울었다.

"이제 이렇게 된 이상, 우는 것도 이상하잖아? 이제부터 기분 좋게 술이라도 한 잔 하고 헤어지자구."

하며 마나미는 오유키를 밀어젖혔다.

오유키는 여전히 얼굴도 제대로 들지 못하고 있다.

마나미는 손뼉을 쳐서 술을 주문했다. 얼마 후 술과 안주가 들어왔다.

"필요하면 또 부르지."

조추는 물러가고 장지문은 다시 원래대로 닫혔다.

"일찍 돌아가야 한다면 폐가 되겠지만."

하며 잔을 들어 오유키에게 건넸다.

"저는 요즘 술은 마시지 않아요."

"아이쿠 것 참. 또 무시를 당했군. 그럼 한 잔 따라 주겠어? 아니지 그것도 보기 좋지 않지."

마나미는 자작을 해서 마시려고 했다.

오유키는 당황해서 술 주전자를 잡고,

"마음에 들지 않으시겠지만, 따라 드릴게요."

"마음에 들지 않는다니, 그 말은 예전에 사이지 입에서 몇 번 들은 적이 있지만, 지금 오유키 입에서 나오는 말은 별로 고맙지 않군. 일을 하는 것은 아니니 이제 돌아가 봐도 좋아."

그 어조는 예나 지금이나 얄미웠지만, 오유키는 더한층 예전으로 돌아가고 싶었다.

"제가 짐이 된다면 언제든 돌아가지요."

앵하고 토라졌지만 별로 신경 쓰는 것 같지도 않았다.

"뭐, 그러시든지."

19. 다시 혼담으로

반노는 실망을 한 나머지 목을 매어 죽으려 했지만, 그 순간 사한이가 나타나 목숨을 구하고는 무슨 일이 있어도 목숨이 최고라며 애써 납득을 시켰다.

"잘 생각해 보니 도대체가 그 여자가 불길한 존재였어. 어쩐지 무슨 까닭인지 알지도 못하는 일로 물에 빠져 죽고 자네도 죽으라고 저세상에서 꼬셨단 말이지. 그러니까 자네 그런 여자한테 눈곱만큼이라도 미련을 남기면 필시 마가 뻗쳐서 목숨을 빼앗기게 될 것일세. 사람이 죽는 것만큼 어이없는 일은 없지. 하지만 자네 그 여자가 그리워서 죽고 싶은 것인가?"

사한이는 입에서 나오는 대로 반노의 속마음을 지껄였다.

"아 한심해. 나 이제 죽을 생각 없어. 사한이 자네 덕분에 목숨을 건졌어. 고맙네."

"그래 그래야지. 하지만 말일세, 그 여자를 완전히 잊어야지 또 마가 뻗쳐서 죽고 싶어지면 안 되지 않나? 내가 언제 자네한테 잘못된 말을 한 적이 있나? 어서 마음을 다잡도록 빨리 아내를 맞이하게. 먼저 박기순의 딸을 맞이했으면 이런 일도 없었을 것 아닌가? 내가 언제 하나라도 자네에게 도움이 되지 않는 말을 한 적이 있었는가? 그런데 자네는 내가 하는 말을 듣지 않아 당치도 않은 사단이 난 것 아닌가?"

"나 정말 자네에게 미안하네. 이제부터 박기순의 딸을 받아들일 테니 용서해 주게."

"자네 그렇게 태평한 소리를 해서 안 되네. 이제 박기순이 왜 자네한테 딸을 보내겠는가? 백련은 그때 망신을 당하고 돌아가서 면도칼로 죽겠다고 난리를 쳤다네. 나도 얼마나 화가 났는지 모르네. 하지만 자네이기 때문에 용서를 한 것이지. 하지만 이제부터라도 자네가 무슨 일이든 내게 맡긴다면 나서 보겠네."

"자네에게 모든 것을 맡기겠네. 잘 부탁해."

"확실한 거지?… 그럼 내게 맡긴 거네. 변덕 부리지 말게. 가만 안 둘 테니."

사한은 다음날 박기순의 집으로 갔다.

문 앞에서 빨래를 널고 있던 백련은 사람 발소리에 놀란 듯이 서둘러 집으로 뛰어 들어갔다.

딱하게도 사람들에게 얼굴을 보이는 것이 어색했는지, 설욕을 위해 온 사람한테까지 그런 행동을 보이니 이쪽에서 견딜 수가 없었다.

"기순 아주머니 집에 계슈?"

"오늘은 아침부터 아무 데도 가지 않았지."

"바보짓하지 말아. 엄청 고생했지."

"그렇지, 바를 약도 없으니."

기순은 적당히 인사를 한다.

"그런데 기순 아주머니, 다시 말하겠는데, 요즘에는 이 집에 와서 냉수 한 그릇도 목으로 메어 넘어가지 않아요. 이래서는 이웃에 살 수가 없지. 그래서 백련이 혼담을 아무래도 내가 다시 알선해서 일전의 실수를 깨끗이 만회하지 않으면 서로 불편해서 못 살 것 같수. 그러니까 제발 한 번만 더 이 사한이한테 제짝을 찾게 해 주슈."

"제짝이고 뭐구 백련인 아직 짝도 없다구. 불쌍하지 않아? 처음 시집을 가서 소박을 맞았으니 남들 보기에도 부끄럽다고 문밖으로 한 발자국도 나가지 않아. 에미가 돼서 얼마나 불쌍한지."

"아유, 이제 그만해요. 제발, 이 사한이가 이렇게 비니."

하며 손을 빌어 보였다.

"그래서 이번에는 꼭 잘 해 보겠수."

"좋은 자리가 있나?"

"그게 좋은 자리라는 게."

"또 문 앞에서 문전박대당하는 것은 아니겠지?"

"이번에는 괜찮수."

"대체 그 집이 어디야?"

"역시 홍반노예요."

기순은 눈을 치켜뜨고,

"사한이, 사람을 바보로 보는 것인가?"

20. 전처의 유령

거듭된 반노의 혼담을 기순은 좀처럼 승낙하지 않았지만 결국은 사한이의 설득에 넘어가 다시 딸 백련을 시집을 보내기로 했다.

이번에는 반노도 기분 좋게 맞이하여 부부의 정도 매우 좋았다. 집안에서도 가장 중요한 것은 저금통장과 신부 백련이었다. 그러니까 반노는 늘 들일을 나가지만 백 년은 햇빛에 타지 않도록,

"밭일은 나 혼자 충분해. 당신은 밖에 나가지 않는 게 좋아. 심심하

면 콩이라도 볶아 먹으면 돼. 백 서방은 여자문제가 깨끗하지 못해서 내가 잘 알고 있는데, 백 서방이나 최가 놈이 오면 농담을 해도 대꾸하지 마. 당신 나한테 오기 전에 좋아하는 사내라도 있었나?··· 아냐 아냐, 괜찮아, 그렇게까지 화를 내다니, 하하하. 올해 어머니 농사 잘 됐지? 우리 집 벼는 일찍 시들어서 글렀어. 집 옆에 있는 도랑에 붕어가 많이 사는데 내일은 붕어를 잡아서 어머니께 갖다 드려. 당신 붕어 즙 좋아해? 거기 있는 잠뱅이 죄다 뜯어졌어. 꿰매 줘. 올해는 앞에 있는 논에 찹쌀을 심을 생각인데 당신 경단 좋아해? 언젠가 경단을 잔뜩 만들어 줘. 햇살이 좋군. 어이쿠 어느새 시간이 이렇게 되었네. 들일을 나가야겠어."

하며 반노는 겨우 일어나 문밖으로 나가 들일을 나가는 것이었다.

백련은 문지방에 걸쳐 있는 잠뱅이를 집어 들어 보고는 화로 옆에 던져두고 더러워진 속옷과 어질러져 있는 옷가지들 사이에서 반짇고리를 집어 들었다. 그 바람에 시집올 때 옷장 바닥에 넣어 온 곶감이 생각나서 두세 개 꺼내 꼭지 쪽부터 넣고 송곳니로 씨를 발라내고 있었다.

그때 부엌문을 덜거덕거리며 있는 힘껏 열고 제 마음대로 들어오는 여자가 있었다. 보니 전처인 오유키로 백련을 내려다보았다.

"어머, 어머."

멈춰 선 채로 이상하다는 표정을 짓고 으름장을 놓을 기세였다.

백련은 깜짝 놀라 화로 옆에 엎드려 부들부들 떨며, 오유키는 이미 죽은 사람이다, 이는 필시 유령일 것이다,라는 생각이 들어 제정신이 아니었다. 오싹 소름이 끼쳐 머리끝이 쭈뼛쭈뼛했다.

"당신, 여기에 왜 와 있나요?"

라고 물어보는데, 그 목소리도 망자의 입에서 나온 것이라 생각하니 점점 더 무서워 몸이 돌처럼 굳어졌다. 하지만 백련은 마음을 가다듬고 다시 일어나 앉았다.

"예, 저는 반노의 처입니다. 당신은 무슨 일로 오신 것인가요?"

라는 말을 내뱉고는 뒤도 돌아보지 않고 문밖으로 뛰쳐나갔다.

반노는 한 손에 미나리를 한 웅큼 쥐고 내일 국거리를 할 요량으로 냇가에서 가서 깨끗하게 씻어서 돌아왔다. 이는 모두 마누라를 위해서 하는 일인데, 그 귀한 마누라가 맨발로 달려오니 이는 보통일이 아닐 것이다.

"백련, 무슨 일이지?"

"오유키 님의 유령이…."

"뭐라구?"

"유, 유령이 나타났어요."

작은 소리로 말하고는 훌쩍훌쩍 운다.

"뭐라구? 오유키의 유령이라구?"

반노는 눈이 휘둥그레져서 멀리 보이는 자기 집이 움직이는 것처럼 자신도 부들부들 떨며 백련의 손을 꼭 잡고 있다.

백련은 반노를 뿌리치고 또 뛰어가려 한다.

"여보, 어디 가는 거야?"

"친정으로 가겠어요."

"그러면 나는 어쩌라구? 기다려. 내가 그 유령 때려죽일 거야."

반노는 갑자기 용기가 나서 쏜살같이 자기 집으로 뛰어가 입구에 있는 장작을 들고 툇마루 쪽으로 뛰어 올라갔다.

오유키는 깜짝 놀라 손을 잡았다.

"반노 씨."

차마 말도 못 하고 눈을 질끈 감고 오유키를 힘껏 내리쳤다. 그리고 반노는 뒤도 보지 않고 뛰어 나가 버렸다.

21. 뜻밖의 혼례

개 한 마리가 짖으니, 두세 마리가 따라 짖으며 나왔다. 오유키는 지팡이로 쫓으며,

"개도 짖고 있네. 참으로 한심한 모습이네. 내가 봐도 정나미가 떨어져. 어쩌면 이렇게 복도 없을까?"

작은 무늬의 세 겹 옷, 그것은 사이지의 전성기 때의 것으로, 지금은 그 한 장이 다 헤져서 옷자락 끝으로 솜이 삐어져 나와 야윈 몸을 감싸고 있다. 아무리 상관이 없다 해도 이렇게 초라한 모습으로 만나고 싶다고 할 수는 없다. 너무나 한심하다. 길바닥에 쓰러져 죽어도 이제 만나지 않겠다고 발걸음을 멈췄지만, 여기까지 왔으니 하다못해 밖에서만이라도 안의 모습을 살펴보았으면 좋겠다. 그래서 오하마가의 문 앞까지 갔다. 울타리 뒤에 숨어서 몰래 살펴보니 안에는 사람들이 많이 모여 있는 듯 왁자지껄하다. 뭔가 경사스러운 일이 있는 것 같다. 그러니 더 만날 수 없다고 풀이 폭 죽어 울타리에 기대어 섰다. 마침내 안에서 나오는 사람이 있었다. 오유키는 들키지 않으려고 얼굴을 가렸다.

오유키가 왜 이렇게 초라해졌냐 하면, 홍반노에게 맞아 인천의 병원에서 치료를 받았는데 그 후유증으로 반년 정도 앓았기 때문이다. 전성기 때의 사이지에게는 육친도 못 따라갈 만큼 친절한 사람들도 많았지만, 환자인 오유키에게는 눈길 한 번 주는 사람이 없었다. 다만 마나미만은 원래부터 오유키에게 친절한 남자였기 때문에 의지를 할 수 있으면 할까 하여 병원을 나와 갈 집도 마땅히 없어 오하마가 문 앞까지 온 것이다. 그리고 마나미의 마음이 아직도 변하지 않았다면 원래대로 그 집에 다시 들어가고 싶었다. 하지만 마나미는 이미 오유키는 싹 잊고 노모와 친척들의 권유로 다른데서 그에 어울리는 처녀를 아내로 맞이하였고, 오늘은 혼례식을 올린 다음날이었다. 그런 줄도 모르고 여전히 미련이 남아 서 있자니, 문 사이로 사랑스러운 아이의 얼굴이 들여다보였다. 오유키는 그리운 듯이,

"아가."

하고 불러보았다. 아이는 오유키의 얼굴을 가만히 보고 있더니,

"유모, 이리 와 봐. 엄마가 왔어."

유모도 아무 생각 없이 내다보고는,

"어머나, 아유, 당신은… 이쪽은 어제 혼례를 올렸어요…."

라고 하고는 그대로 아이 손을 잡아당기며 집안으로 뛰어 들어갔다.

혼례, 오유키는 고개를 푹 숙였다. 마음속으로 의지하던 대상도 완전히 빗나가버렸다.

22. 정든 고소데(小袖)[1]

우연히 밤길에 마나미를 만나 발걸음을 돌려 도망치려 했지만, 마나미는 놓치지 않고 손을 잡았다.

"이 봐."

"당신은 오하마 씨. 면목없습니다."

하며 차마 얼굴도 들지 못하고 숙이고 있다. 마나미도 그 한심한 모습을 보고 눈물지었다.

"당신, 게이샤 할 때 죄를 많이 지어 벌을 받았나 보군. 몹시 영락했다는 말은 들었지만 이 지경일 줄은 몰랐어. 그리고 지금은 어디에 있는 거야?"

"어디라니요, 숙소도 집도 없어요."

"그럼 노숙이라도 한다는 말인가?"

"예."

하고 울음을 삭인다.

"설마 정말로 노숙을 하는 것은 아니겠지."

"노숙이나 마찬가지예요."

"하지만 그건 너무 바보 같잖아. 벽오루(碧梧樓)에라도 가서 신세를 져도 되고, 재취업을 할 생각이 있으면 이렇게 괴로운 신세가 되지 않아도 받아줄 곳이 있지 않아? 그리고 그 바람둥이 홍반노는 어떻게 됐지? 이제 헤어졌는가?"

"이제 아무 말씀하지 말아 주세요. 제가 마음을 잘 못 써서 이렇게

---

1) 통소매의 평상복. 솜을 둔 명주옷.

된 것이니까요."

하며 한 발 뒤로 물러서며,

"이제 다시는 뵐 일이 없겠지만, 이만 물러나겠습니다."

라고 매우 창피해하며 떠나가려고 했다.

"가는 것도 괜찮지만 잠깐 기다려. 나도 한 번은 내 아내로 삼았던 당신 아닌가? 이런 지경이 된 것을 보고 내버려 두었다고 하면 내 체면에도 걸리는 일이야. 어쨌든 우리 집으로 가자구. 도대체가 당신은 무슨 일이든 너무 고집을 피워서 안 된다니까."

"제가 왜 당신 댁엘."

"왜 못 갈 곳인가?"

"하지만 당신, 이런 꼴로 사모님 앞에."

"괜찮아."

하고 마나미는 억지로 오유키를 잡아끌며 자기 집으로 데려갔다.

"어서 오세요."

하고 현관 앞까지 마중을 나온 아내에게 마나미는 무슨 말인지 속삭였다.

이윽고 안내를 받은 방은 일찍이 자신이 살던 그리운 방이었다. 아내는 정중하게 인사를 하고 나서,

"저는 마나미의 처 마쓰에(松江)라고 합니다."

오유키는 첫인사에 마음이 아파 이름도 대지 못하고 그저 목례를 할 뿐이었다. 잠시 후 마쓰에는 옷 한 벌을 꺼내왔다.

"이것은 별것 아니지만 갈아입으세요."

보니 지은 후 한 번도 입지 않은 후쓰로 된 겹옷과 새틴으로 된 허

리띠였다. 오유키는 재삼 사양하지 말라는 말을 듣고는 다 찢어진 누더기를 벗고,

"그럼 잘 입겠습니다."

하며 갈아입었다. 그 모습을 보니 역시 왕년의 사이지였다. 참으로 이런 모습에는 어떤 남자라도 넋을 잃을 것이다.

"나는 옛날 엄마하고 잘 거야."

라며 사랑스런 아이가 오유키의 무릎 위로 올라왔다.

"애가 계속 당신 얘기만 했어요."

라고 마쓰에는 인사말을 하면서 자리에서 일어나 옷장 서랍에서 무언가 꺼내 종이에 싸서,

"이거면 내일 도쿄에 돌아가실 수 있을 것 같습니다. 부끄럽지만 정말 제 마음의 표시이니 받아주시고 선물이라도 사세요."

라고 한다. 필시 마나미의 지시로 보이는데 이를 노자로 하여 도쿄에 돌아가라는 뜻임을 오유키는 바로 알아차렸다.

"이는 생각지도 않은 친절입니다. 그럼 염치없지만 받겠습니다."

라고 받아 넣었다.

다음날 아침 오유키는 인천에서 출범하는 기선에 올라타 오하마가 일족의 배웅을 받으며 무사히 도쿄로 돌아갔다. (끝)

러일전쟁 개전 전 7일간

하세가와 자적(長谷川自適)

중

방금 전까지 방 밖으로 말이 새어 나가지 않도록 소곤소곤 이야기를 하고 있는 것 같았다. 노국 공사관 내 조추의 방도 지금은 적막하여 백악에서 불어오는 바람에 창밖에서 순찰하는 병사들의 발자국 소리도 차갑게 울려 퍼졌고 그저 하늘의 별빛들만 반짝반짝 빛나고 있었다.

어제오늘 살기를 띠고 있음에도 불구하고 부탁을 받았다고는 하지만 정육점 젊은이는 대담하게도 경계가 삼엄한 노국공사관에 숨어들어 방금 전까지 조추와 이야기를 나누고 있었다. 그런데 어찌 된 일인지 그 방에는 이미 사람 그림자도 보이지 않았다. 스토브도 완전히 꺼지고 적막한 방에는 전깃불만 하릴없이 빛을 내며 침대에 몸을 눕힌 여자의 반면을 비추고 있을 뿐이었다.

아직 잠이 덜 깼는지 여자는 가끔 몸을 뒤척이고 있더니 휴 하고 한숨을 쉬며 이불에서 얼굴을 내밀었다. 보니 방금 전 보았을 때의 맑디맑은 얼굴과 반비례하여 어두운 그늘을 드리우고 있을 뿐만 아니라, 무슨 일인지 생각을 하느라 정신이 나간 것처럼 보인다. 뿐만 아니라 침대에 누워 있는 것이 견딜 수 없는지 가끔 몸을 일으켰다가는 다시 생각이 난 듯이 눕곤 했는데, 이는 아마 젊은 여자가 사랑에 마음을 졸여 밤새도록 한숨도 자지 못해서 그런 것이 아닐까 한다.

옆방 부인의 거실에 있는 시계는 지금 막 두 시를 알렸다. 여자는 결국 참지 못하고 침대에서 내려와 스토브 옆에 다가가 석탄을 집어넣고 커튼을 살짝 열고 창밖을 살펴보았다. 그리고는 다시 침대 쪽으로 돌아와 앉아 전등을 올려다보았다.

"오스미 씨 아직 안자요?"

알아들을 수 없을 정도로 작은 목소리로 말을 거는 사람이 있었다. 여자는 몸서리를 치며,

"어떻게 자겠어요. 당신은 업무상이라고는 하지만, 제 침대 밑에 숨어서 일을 하고 계시는데요. 제가, 제가 어떻게 잠을 자겠어요?"

말이 채 끝나기도 전에 침대 밑에서 꿈틀꿈틀 몸을 드러낸 것은 정육점 젊은이로 느닷없이 여자의 멱살을 잡았다. 여자는 결심을 한 듯한 표정을 지으며 조금도 저항하지 않았다. 젊은이가 하는 대로 몸을 맡기며 눈물에 약한 여자의 눈빛을 드러내면서도 젊은이의 얼굴을 가만히 올려다보았다.

"걱정하실 것 없어요. 나 같은 여자도 나라를 위해서 할 수 있는 일이라면 이 몸이 가루가 되어서라도 할 것이니까요…"

젊은이는 손을 뗐다. 하지만 빈틈없는 몸놀림이었다. 여자는 벌떡 일어나 전깃불을 끄며,

"안심하세요. 실은 부끄러운 일이기는 하지만, 어리석은 여자의 어쩔 수 없는 일이기는 합니다만, 어제까지는 당신을 진심으로 정육점

에서 일하는 사람이라고 생각해서 친절한 말씀을 듣고는 그만 그게…
그런 편지를 구실로 삼았습니다만, 아까 몰래 숨어들어 답장을 전달
해 주셨을 때 어찌된 셈인지 당신의 명패가 딸려 있어서 모르는 척
읽어 보았습니다. 그 명패를 보고 아차 싶었습니다. 어제오늘 러일전
쟁의 상황으로 봐도 당신이 몸을 아끼지 않고 출입하시는 것이라고
알고는 은혜를 갚는 것은 이때다 싶어, 늦었으니 자고 가게 해 달라고
말씀하신 것을 흔쾌히 허락한 것입니다. 그러니 부디 안심하세요. 이
렇게 말씀드려도 슬프게도 이런 곳에서 일하고 있는 사람이니 필시
의심하는 마음도 있으시겠지만, 저도 일본의 여자니까요…."

　여자는 이야기를 하며 점점 더 목이 메여 와 거짓말 같지는 않았기
때문에 남자도 마침내 안도하듯이 희미하게 한숨을 쉬었다.

　"제 신상을 아셨다니 숨길 것도 없지만, 당신도 나라를 위해서 혼신
을 다할 것이라고 생각하여 한 가지 도움을 받고 싶은데요."

　등불을 끈 실내이기는 하지만 여자는 기쁜 나머지 남자의 곁으로
바싹 다가가,

　"감사합니다. 나 같은 여자가 할 수 있는 일은 없겠지만, 제가 할
수 있는 일이라면 설령 제 몸이 가루가 되더라도 불사할 테니 무슨
일이든 걱정 마시고 분부해 주세요."

　조금도 방심하지 않고 귀를 기울이고 있던 남자가 듣기에도 거짓이
없어 보이는 여자의 말에 충분히 안도를 할 뿐만 아니라 뜻하지 않은
이야기에 순간 깜짝 놀라기도 했다. 하지만 지금은 오히려 적중에 아
군 한 명을 얻은 생각이 들어 기쁨이 배가 되었다. 그래서 자신도 모
르게 여자의 손을 잡고,

"아니, 별말씀을요. 당신의 마음이 그렇다면 지금 당장 부탁할 일은 없지만, 앞으로 여러 가지로 당신의 힘을 빌려야 할 일이 생길 것이라고 생각합니다. 그러니, 그때는 부디 잘 부탁합니다. 게다가 당신을 만나고 싶다는 사람도 있고 부탁하고 싶은 일도 있습니다. 그러니까 어떻게든 궁리를 해서 날이 밝으면 진고개까지 와 줄 수 있나요?"

여자는 잠시 동안 대답이 없었지만, 결심을 한 듯이 몸서리를 치며,

"알겠습니다. 어떻게든 핑계를 만들어서 꼭 가지요"

남자는 사랑은 아니지만, 마음속 이야기를 털어놓고 기분 좋게 승낙을 얻은 기쁨에 여자의 손을 꼭 쥐고,

"고마워요, 고마워. 그럼 수고스럽겠지만 감사의 뜻으로 뭔가 맛있는 것을 주문해 놓고 미야코정(都亭)에서 기다리고 있을 테니 꼭 오세요."

"그런 걱정은 하지 않아도 꼭 가겠어요."

남자는 여자의 손을 다시 한 번 꼭 쥐고 무언 속에 승낙에 대한 답례의 뜻을 표하고 손을 놓았다.

낮 동안의 요리집은 적막하여 휑한 느낌이 나는 법이지만, 나카이를 무르고 객실 한 가운데 자리를 잡고 무슨 일인지 소곤소곤 이야기하는 세 사람이 있었다. 도코노마(床の間)¹)를 등지고 수염을 꼬며 담배를 피우고 있는 자는 여자와 마주 보고 있는 젊은이에게 다시 말을 걸었다.

"그럼 자네도 대단히 조력자를 얻게 되었으니 하는 말이네만 이 일

---

1) 일본식 방의 상좌(上座)에 바닥을 한층 높게 만든 곳.

에 진력해 주게."

젊은이는 고개를 끄덕이며 남자에게,

"있는 힘을 다하겠습니다. 저는 처음부터 이 일에 목숨을 걸고 있습니다만, 이런 사람이 없으면 마음먹은 대로 일을 할 수 없어요. 하지만 다행히 뜻하지 않은 조력자를 얻었으니 이번에는 당신이 만족할 만한 보고도 할 수 있을 것 같습니다."

수염 남자는 싱긋 웃으며,

"나도 크게 만족했네. 자네야 뭐 빈틈이 없겠지만 부디 신경 써서 힘써 주게. 자네도 지금 이야기하는 대로 은인은 은인이라도 나라를 위하는 일이니까 그 점을 잘 생각해서 도와주길 바라네. 그 보답은 꼭 할 테니 말이네."

여자를 돌아보며 어울리지 않게 상냥한 말로 부탁하니 여자도 만족스러운 빛을 얼굴에 드러내며,

"저 같은 사람이 도울 수 있는 일이야 많지 않겠지만, 제가 할 수 있는 일이라면 기꺼이 하겠습니다. 게다가 주인이라고는 하지만 별은혜도 입지 않았습니다. 그 점은 절대로 안심하시고 무슨 일이든 명령해 주세요."

수염 남자는 몇 번이고 수긍을 하고는 무릎걸음으로 다가가서 말했다.

"이렇게 바로 승낙을 해 줘서 정말 고맙네. 내가 부탁하는 일도 내 자신을 위한 일은 아니라네. 요시다(吉田) 군이 고기장수로 위장을 해서 들어가는 것도 역시 나라를 위한 일이고, 당신이 일을 해 주는 것역시 나라를 위한 일이니까 그 점을 잘 이해하고, 요시다 군에게 충분히 편의를 제공해 주시게. 내가 부탁을 해 두네."

여자도 자신도 모르게 점점 더 무릎걸음으로 다가가며 말했다.

"알겠습니다. 그렇게 차근차근 말씀해 주시니 저도 몸을 아끼지 않고 반드시 무엇인가 도움이 되도록 일을 하겠습니다. 그러니 무슨 일이든 걱정 마시고 명령해 주세요. 하늘에 맹세코 비밀을 흘리는 일은 없도록 할 테니까요."

여자가 굳게 다짐을 하자 수염 남자는 바로 그것을 알아듣고 싱긋 미소를 지었다.

"그 말을 들으니 더 안심이 되는군. 그러면 폐가 되기는 하겠지만 오늘 밤에도 요시다 군이 당신 방에 숨어들어갈 테니까 그런 줄 알게. 그리고 요즘엔 공사에 전보가 많이 오니까 눈에 띄지 않게 가끔씩 그 전보를 볼 수 있도록 당신이 몰래 하나 가지고 왔으면 하는데 어떤가?"

여자는 고개를 숙이고 잠시 생각하더니,

"좋습니다. 주인의 집이 어수선하면, 피고용자인 제게는 괴로운 일이지만, 부인은 알고 계시는 것처럼 미인이기 때문에 샌더 씨가 거의 매일 옵니다. 요즘에는 아무래도 좀 수상쩍은 사이가 된 것 같은데 주인도 그것을 눈치 채고 요즘에는 귀찮을 정도로 부인 곁을 떠나지 않고 안절부절하며 가끔 전보가 와도 방치해 두는 일이 있습니다. 그러니까, 저희 입장에서는 매우 잘된 일입니다. 제가 그 일을 꼭 할 테니 그 점은 안심해 주세요."

열심히 듣고 있던 두 남자는 서로 얼굴을 마주 보았다. 그리고 수염 남자는 요시다에게 말했다.

"요시다, 그러면 오늘 밤에 꼭 그 전보를… 알겠지. 그럼 이야기는 이 정도로 하고 자네 어서 음식을 가져오라고 하게."

지금 막 켠 희미한 전등불에 거리의 사람들도 자기 집으로 서둘러 돌아가는 진고개의 저녁. 위세 좋게 인력거를 달려 우체국을 옆 골목으로 꺾어 들어가 노국공사관으로 타고 가서 그 문 앞에서 인력거를 내려,

"수고했어요…."

라며, 차부에게 인사를 하고 문안으로 서둘러 들어가는 것은 조추인 오스미(お澄)이다.

서둘러 자기 방에 들어가 잽싸게 코트와 목도리를 벗어던지고는 주인이 있는 거실 문을 똑똑 두드려 보았지만, 대답이 없다. 부인의 방에 가 보니, 손님이 있는 것 같다. 주인인가 하고 귀를 기울여 안의 모습을 살펴보니, 주인 목소리 같지는 않다.

"어머 또 와 있는 것 같네."

혀를 끌끌 차며 오스미는 자기 방으로 돌아오고 나서야 마음을 진정시킬 수 있었다.

오스미의 방은 부인 방의 옆방이기 때문에 마음이 진정되고 나니, 옆방에서 다정하게 이야기하고 있는 소리와 때때로 커다란 웃음소리가 희미하게 들린다.

"참 큰일 날 부인이야."

혼잣말을 한 후 그는 무슨 생각이 떠올랐는지 방문을 열고 나가려 했다. 그런데 마침 주인이 지금 막 돌아온 모양이다. 외투를 입은 채로 방으로 들어왔다.

오스미는 서둘러서 부인이 있는 거실 문을 두드리며 급한 목소리로

주인의 귀택을 알리고 자신은 주인의 방으로 서둘러 돌아갔다.

───────────

러시아의 사신으로 와 있으며, 동아정책에 수완을 발휘하며 주야로
고심해서 슬라브의 판도를 넓히고자 북한까지 잠식하겠다는 단서를
붙인 것이 문제가 되어, 지금은 러일은 거의 교전에 돌입할 지경이 되
었다. 그러한 때 그는 외교 정책에도 실패하고 가정사로도 심신이 괴
로운 처지에 놓인 것이다.

현군명장(賢君名將)도 여자 때문에 신세를 망치는 일은 우리나라 역
사에서도 예가 있지만, 때가 때이니 만큼 국가가 백척간두에 있을 때
불행하게도 그는 한쪽에 집중해야 할 신경을 문란한 가정에도 나누어
써야 했다.

밖에 나가 힘든 일이 있어도 돌아오면 위안을 줘야 할 아내도 있기
는 있지만 맞이해 주지도 않는다. 게다가 그는 아내에게 일신의 사랑
을 다 바치고 있는데도 불구하고 정숙하지 못한 아내는 그 사랑을 둘
로 나누고 있다. 이 엄청난 가정의 문란함으로 인해 그는 더한층 괴로
워했다.

신라 배령자(丕寧子)*

우에무라 고난

신라 인평(仁平) 15년 선덕왕이 서거하고 진덕왕이 보위에 올라 대화(大和) 원년으로 원호를 바꾸었을 때의 일이다. 가을이 지나고 겨울 10월 감물(甘勿, 함안), 동잠(桐岑, 김천) 두 성주로부터 급하게 사신이 도착했다. 들어보니 백제의 대장 의직(義直)이 대군을 이끌고 쳐들어 온 것이다. 감물과 동잠 두 성은 동시에 포위되었고 곧 함락될 위기에 처했다. 아아, 대왕은 원병을 내리시고 신하들과 장졸들을 죽음의 땅에서 구하시옵소서.

마침 그때 궁전에서는 진덕왕을 비롯하여 수많은 지장(智將)과 용맹한 무신들이 기라성 같이 늘어서서 새 왕의 즉위를 축하하는 연회를 열며 변강(邊疆) 방어에 대해 한창 논의하고 있었다. 이 때 급보를 접하고 군신들 아연실색 놀라 환락현가(歡樂絃歌) 소리는 사방팔방에서 논의 소리로 바뀌었다. 진덕왕 키가 7척이고 손을 늘어뜨리면 무릎까지 닿았는데, 서로 비방하며 소동을 떠는 군신들을 일갈하며 천천히 김유신은 없느냐고 말씀하셨다. 지금까지 문무백관이 놀라 허둥지둥

---

* ?~647. 신라 중고기의 용사.

대던 것과는 달리, 단좌(端坐)하고 명목(瞑目)하며 한 마디도 하지 않던 김유신은 이때서야 비로소 두 눈을 뜨고 좌중을 헤치고 왕좌 가까이 나아가 엎드렸다. 진덕왕 바로 김유신을 보시며, 경도 지금 들은 바와 같이 감물, 동잠 두 성이 포위되어 위험하기가 누란(累卵)과 같으오, 구하지 않으면 두 성이 함락되고 도성 역시 그들에게 유린될 것이오, 이렇게 위급한 상황에서 구할 자는 경뿐이오, 서둘러 군사를 이끌고 가서 두 성의 포위를 풀고 백제 군사를 경외로 물리치시오 라며 병부(兵符)1)를 친히 김유신에게 내어 주셨다. 유신 재배하며 아뢰기를, 지금 백제가 함부로 쳐들어와서 우리의 두 성을 침략했고 천지는 모두 분노하여 사졸(士卒)이 그들을 잡아먹으려 합니다, 그러나 적국의 창날 역시 매우 날카로워 고구려와 창을 겨누고 일전하여 일주(一州)를 빼앗기고 이전하여 이주를 잃어 이미 북방쪽으로는 날개를 펼칠 수가 없어 남하하여 우리를 위협하기로 작정했습니다, 신이 조용히 추측하건대 백제의 장군 의직 등은 반드시 죽을 결심으로 싸울 것입니다, 우리나라는 앞서서는 선왕의 붕어를 겪었고 지금은 또 전하께서 즉위하셨습니다, 병사의 사기가 떨어져서 지금은 겨우 투안(偸安)2)의 징조가 있습니다, 이러한 무리로 그들과 싸우는 것은 매우 어렵습니다, 다만 신에게 한 가지 방책이 있습니다, 하지만 아마 전하께서는 이를 허락하지 않으실 것입니다. 진덕왕은 몇 번이고 고개를 끄덕이시고는, 지금은 과인의 즉위 초에 해당하오, 그런데 적국이 침략하였으니 이를 물리쳐야 하오, 그리고 경의 말대로 사기가 떨어져 있소, 과인은 그

1) 왕으로부터 군대를 동원할 수 있는 권한을 위임받은 사실을 입증해주는 부절(符節).
2) 눈앞의 안일을 탐함.

점이 매우 우려되오, 국가의 휴척(休戚)에는 경중을 가릴 틈이 없소, 한 가지 방책이란 어떠한 것이오? 어서 말해 보시오 김유신은 목소리를 더 낮추어 용사 한 명을 희생하시어… 왕은 무슨 말인가 하며 용사 란?… 김은 재빨리 왜 그 비령자… 좋네 가게….

때를 기다리지 않고 김유신은 일만 병사를 이끌고 우선 감물로 향했다가, 5천 명의 병사를 나누어 동잠으로 진군했다. 바라다보니 감물성은 적국에 의해 철통 같이 포위가 되어 있고, 성의 병사들은 이미 힘이 빠져 지금은 적을 상대할 용기도 없고 간신히 그저 유신의 병사가 오는 것을 알고 있으면서도 성문을 열고 나오려는 자도 없이 그저 원병의 진격을 기다리고 있을 뿐이었다. 잠시 후 유신의 병사들은 적의 무리를 헤치고 들어갔다. 하지만 적도 필사적으로 순식간에 유신의 병사를 둘러싸고 닥치는 대로 덤벼드니 신참 병사들이 상대하기가 어려워 보기에도 참혹하게 사방팔방으로 흩어지고 유신은 말위에서 채찍을 휘두르며 적병을 질타하지만 무너지기 시작한 병사들은 나 몰라라 패주하니 이제 유신도 결심을 하고 부장군 비령자를 불렀다. 김유신이 이르기를, 이 싸움은 국가 휴척과 관계되는 바, 지금 백제가 죽기를 결심하고 공격해 온다, 적이 죽고자 하면 나도 죽어야 한다, 너도 적의 병력이 아군의 수배에 해당하니 보통 상대해서는 이 포위를 뚫을 수 없음을 알 것이다, 이제 할 수 있는 것은 네 목숨 하나를 던지는 것밖에 없다, 하지만 만졸(萬卒)은 얻기 쉬워도 장수 한 명은 얻기 힘들다, 이러한 때에 내가 네게 이래라 저래라 할 수는 없다, 자네 스스로 결정하길 바란다,라고 했다. 비령자 웃으며 이르기를, 도독

어찌 저를 이리 박하게 대우하십니까? 제 한 목숨 버려서 떨어지는 해를 기수(旣遂)로 만들어 버릴 수 있다면 이는 장부가 바라는 바입니다, 다만 죽기는 쉽지만 살기는 어렵습니다, 지금 백제가 장구(長驅)[3] 하여 우리를 공격하지만 조만간 많은 용사와 맹졸(猛卒)이 이반하고자 할 것입니다, 게다가 북으로는 고구려에게 침략을 당하고 남으로는 우리와 창끝을 겨누고 있습니다, 생각건대 중간에 끼여서 남북으로 적을 두고 있으니 오래지 않아 패망을 초래하게 될 것입니다, 아마 백제가 멸망하고 나면 남는 것은 고구려와 우리뿐, 도독 자중하십시오. 유신은 더 이상 볼 수가 없었다.

은혜를 입고 그것을 갚을 줄 모르면 이는 사람이 아니다. 내가 나라에 은혜를 입은 지 수십 년, 지금 우리나라는 부침의 처지에 있다. 사직 역시 적의 말발굽 아래 유린되려 한다. 임금에게 맨 수레에 맨 말의 수치를 안기고 않고, 아래로 유리전폐(流離顚沛)[4]의 근심을 없게 하기 위해서는 내 한 목숨을 적에게 맡겨야 한다. 내가 죽으면 부도독이 죽었다고 아군들은 반드시 죽기 살기로 싸울 것이다. 너는 나를 따른 지 수년이 되었다. 그 충절은 가슴 깊이 새겨져 잊을 수 없다. 평소 너를 높이 올려 평생의 공로에 보답을 하고자 했지만 그때를 얻지 못해 끝내 그 뜻을 이루지 못하고 눈을 감게 되었다. 하지만 도독이 이 사실을 알고 내가 죽으면 반드시 너에게 상당한 관직을 내릴 것이다. 이 역시 나의 생전의 뜻으로 알라. 임종에 있어 너에게 특히 부탁할 것은

---

3) 말을 타고 멀리까지 달려오거나 감.
4) 전폐는 엎어지고 자빠짐.

내 아들 거진(擧眞)이다. 그 아이는 어리지만 효심도 깊고 또 장대한 포부도 있다. 내가 나라를 위해 죽었다는 이야기를 들으면 그 아이 역시 반드시 죽으려 것이다. 만약 부자가 잇따라 죽으면 집안사람들이 누구를 믿고 살겠느냐? 네가 마음을 굳게 하고 거진과 함께 내 뼈를 수습하여 그 어미의 마음을 위로해 주거라. 하고 싶은 말은 끝이 없지만 너무 늦으면 모처럼의 전사가 물거품으로 돌아갈 것이다. 돌아가서도 내 유언을 잊지 말거라, 하고 말을 마치고 말에 올라 박차를 한번 가하고 창을 휘두르며 달려갔다. 충복 합절(合節)은 땅에 엎드려 눈물을 비 오듯이 흘리며 한 동안 주인의 뒷모습을 바라보았다. 이윽고 정신을 차리고 지금은 주인의 엄명이 중하여 죽을 수가 없다, 하다못해 전도를 보고 돌아가서 거진에게 일의 자초지종을 빠짐없이 고해서 알려야 한다,라고 생각하고 자신 역시 비령자의 뒤를 쫓았다.

───────────

백제의 군사들은 승기를 타고 감물 성벽을 목표로 돌진했다. 성의 병사들은 속속 칼을 버리고 나서서 싸우려는 자가 한 명도 없었다. 원병 일단은 백제군의 중견(中堅)5)으로 돌진하고자 했으나 반대로 공격을 받아 쓰러지는 자가 무수했다. 이때 거진 말 위에서 창을 빗겨들고 투구는 떨어져 어깨에 걸린 채 눈을 부라리며 얼굴은 시뻘겋게 칠을 하고는, 마치 아수라(阿修羅)6)가 날뛰듯이 승리에 기고만장해하고 있는 백제군의 진중으로 뛰어 들어가 사방팔방으로 칼을 휘둘러 적을 베어 쓰러트리고, 기울어가는 아군의 기세를 만회하고자 하는 자가

───────────

5) 우두머리에 직속된 정예부대.
6) 얼굴이 셋이고 팔이 여섯인 귀신. 악귀의 세계에서 싸우기를 좋아함.

있었다. 그러나 중과부적이라고 백제 노군(弩軍)[7]이 일시에 연발하는 화살은 소나기처럼 순식간에 고슴도치의 가시처럼 박혀 그토록 용맹하게 결사항전을 하던 비령자도 말에서 떨어져 숨이 끊어졌다.

멀리 떨어진 소나무 숲에서 주인의 전도를 지켜보던 충복 합절은 무참하기 짝이 없어 주인을 따라 죽으려고 숲에서 뛰쳐나왔지만, 문득 주인의 엄명이 생각나 곧 발길을 돌려 집으로 달려갔다.

이게 대체 무슨 미친 짓인가요? 설령 쇳덩이로 된 몸이라도 적은 많고 아군은 한 명, 아버님이 평소 뭐라 가르치셨나요? 대효(大孝)는 효가 아닐 수도 있습니다, 죽기는 쉽고 사는 것은 어렵습니다. 아버님의 시체에 아직 온기가 남아있는데 지금 도련님이 또 목숨을 잃으신다면 뒤에 남아 계실 모친은 누가 돌보겠습니까? 목숨만 남아 있으면 아버님의 원수를 갚을 수 있습니다. 아버님께서 임종 때 남긴 유언을 어기면 효도를 할 수 없습니다. 효를 이루지 못한다면 충의도 지키지 못 합니다. 충효를 모두 지키기는 어렵습니다. 어서 현명한 판단을 내려 우선 도성으로 가십시오. 이렇게 말하는 합절은 목숨은 아깝지 않았지만 말의 고삐를 잡고 놓아주질 않았다. 뒤로 잡아당기려 하니 말 위의 거진은 소리를 지르며, 게 놓지 못하겠느냐 합절, 내가 이 지경에 이르러 이해득실을 생각하겠느냐, 옛말에도 아비가 능욕을 당하면 자식이 죽는다고 했다, 하물며 눈앞에서 적의 화살에 맞아 아버님이 돌아가셨는데 뻔뻔하게 도성으로 돌아가 무슨 낯으로 세상 사람들을

---

7) 쇠뇌를 쏘는 일을 맡아 하던 군사. 쇠뇌란 활에 쇠로 된 발사장치가 있어 그 기계적인 힘에 의해 화살을 쏘는 고대의 무기.

보겠느냐? 충효의 길은 한 가지인데 게 놓지 못하겠느냐, 합절, 하며 등자를 밟고 내려오려 발버둥을 쳤다. 하지만 합절은 잡은 손을 놓지 않으려고 재갈에 손을 대고 돌았다. 거진은 속에 가득 찬 분노를 오른 손에 모아 왼쪽 겨드랑이 아래에서 칼끝을 치켜드니 손잡이는 오른쪽 어깨 위로 나와 검은 맞지 않았다. 오른쪽 어깨 위를 맞았나 싶었지만 검은 칼집을 벗어나 한 번 번득이며 빛을 내더니 재갈을 향해 내리쳤 다. 가엾은 합절은 바닥에 쓰러지고 말은 미쳐 날뛰며 적군으로 돌진 했지만 합절의 왼손은 고삐를 놓지 않았다. 아버지의 원수를 생각하 며 거진의 용기는 평소의 백배가 되어 닥치는 대로 베어 쓰러트리니 제 아무리 대단한 백제군도 슬슬 전열이 흐트러지기 시작했다. 이때 왼손을 잃은 합절도 아 이젠 멈출 수가 없다며 하늘을 우러러보며 탄 식하고는 마찬가지로 말에 올라타 거진의 뒤를 쫓아 적군 속으로 들 어가 주종이 함께 동서로 베며 돌아다녔다. 김유신은 때는 이 때다, 라고 생각하고 병사를 격려하고 효자충복을 본받으라며 일갈하니 침 잠해 있던 병사들의 사기가 갑자기 높아지며 앞 다투어 앞으로 나가 백제의 군사를 종횡으로 베며 돌아다녔다. 형세는 갑자기 일변하여 승기에 들떠 있던 백제의 전군은 우왕좌왕 흩어지고 대장 의직 역시 겨우 몸만 빠져나갔다. 이어서 동잠의 적들도 패배하여 신라군이 얻 은 수급은 3천여 급이 되었다.

———————

그리하여 감물과 동잠 두 성은 무사히 지켜낼 수 있었다. 하지만 효 자와 충복은 적군 속에서 목숨을 잃고 말았다. 김유신은 하늘을 올려 다보며 울었다. 만졸 역시 소리를 내어 울었다. 진덕왕이 이를 듣고 탄식하여 마지않았다. 제관을 보내 후히 장례를 치렀다고 한다. 후세 사람이 이 충신효자충복을 애도하여 지은 시가 있다.

그 일
이성수적세장위(二城受敵勢將危)
창졸장군역막지(倉卒將軍力莫支)
분격출기능려중(奮激出奇能勵衆)
일신충의영무휴(一身忠義永無隳)

그 이
촉노수골위가인(囑奴收骨慰家人)
돌진횡과불고신(突陳橫戈不顧身)
합절거진상계사(合節擧眞相繼死)
의가은예장충신(宜加恩禮將忠臣)

남산의 무녀

흑의선(黒衣仙)

상

아아, 아름다운 달밤이군… 이렇게 중얼거리며 내가 일찍이 남산에 서 있다고 생각해 보시라, 딱 오늘 밤처럼 맑디맑은 달밤이었다.

북한산, 기괴하고 웅대한 윤곽을 하늘에 뚜렷하게 그리며 우뚝 솟아 있는 북한산과 발아래 괴물처럼 똬리를 틀고 있는 남산 사이에 혼령처럼 빛나며 떠 있는 달. 그 달빛 바닥에 분토(糞土)의 경성, 소요의 경성은 마치 작은 새가 깃드는 것처럼 평안하게 신의 가슴에 잠들어 있다. 이곳에 노옹 한 명이 찾아왔다. 붙임성 있으면서도 어딘지 모르게 엄숙한 노옹이다.

누가 찾아오는가 싶었는데 노옹은 이미 내 옆에 서 있다.

"달빛이 아름다운 밤이군요."

내가 이렇게 말을 붙였다.

"아 아름다운 달이군. 자네도 그렇게 보이는가?"

하고 상대는 상당히 거만하게 인사한다.

대체 어디서 온 노옹일까 하는 마음이 스치듯 머릿속에 떠올랐다.

그러자 노옹, 이번에는 내 얼굴을 가만히 들여다보고는,

"혹시… 자네는 그 화가 아닌가?"

하며 왠지 자꾸만 고개를 끄덕이고 있었다.

이야기를 듣고 보니, 내가 남산에 갈 때 마침 나와 어느 정도 거리를 두고 있는 한 노옹을 본 적이 있었다. 그 노옹이 내게 슬쩍 눈길을 준 적도 있었다. 또 한 번 일찍이 화초를 사생하기 위해 제비꽃 계곡에 갔을 때 노옹 한 명이 낭떠러지 위에 서서 이쪽을 내려다보며 싱글싱글 웃고 있던 적이 있었는데, 생각해 보니 이 노옹이었구나 하며 이런저런 생각을 하고 있었다. 그때 나는 부르르 전율을 느꼈다.

노옹, 눈이 밝다. 이번에도 놓치지 않고,

"그렇지? 추워 보이는군, 자, 여기 이 바위에 앉게나."

라고 하며 말이 끝나기가 무섭게 나를 따뜻하게 위로했다. 나는 어떤 강력한 존재에 끌려가기라도 하듯 나도 모르게 노옹 곁으로 가서 바위 위에 앉았다.

"달빛이 아름다운 밤이군."

하고 또 마음속으로 되뇌이며 중얼거렸다.

"아 아름다운 달이군. 자네도 그렇게 보이는가?"

앞서와 똑같은 응답을 했다. 이윽고 또 말을 붙였다.

"저것은 모두 신의 작품이지. 혹 자네 그 화가 아닌가?"

"그렇습니다."

무심코 고개를 끄덕인 내 귀에는 마음속으로 철저히 그렇게 울렸다.

말할 것도 없이 나는 붓 한 자루에 정성을 기울여 겨우 세상을 살아가는 몸이다.

"자네는 저 돌과 돌 그림자만으로는 저렇게 그릴 수는 없겠지? 뭐야 무의미하다고? 바보 같군. 신이 만드신 것 중에 무의미한 것은 한 가지도 없어. 저 소나무 잎은 어떤가? 그릴 수 없겠지? 살아 있기 때문이야. 저 바람은 어떤가? 저 목소리는 어떤가? 저 달빛은 어떤가? 보이지 않아? 그렇지? 자네에게는 보이지 않을 거야. 바로 그거야. 그것은 일체 신이 하시는 일이지.

뭐? 예술이 어쩌구 미가 어쩌구 하는 놈들이 있는데, 그 미라는 것이 붓끝에서 나오는 것이냐는 거지. 대체 예술가라는 작자들은 앞뒤가 맞지 않아. 이 스페이스와 변화와 운명을 말일세, 붓끝으로 그려낼 수 있다고 생각하는데 애초에 오류가 있는 것이지. 창궁(蒼穹)의 빛에서 시시각각의 구름의 변화, 해, 달, 별 기타 삼라만상은 원래 오염된 손에 의해 만들어질 수 없는 것이네. 설령 돌 한 조각도 솔잎 한 가닥도 마찬가지네. 생명이 있는 거지. 신이 불어 넣은 생명이라는 것을 말일세. 왜 그것을 그리고 쓰고 하는가 말일세. 미하엘 안젤로[1]? 그래 그것은 훌륭한 작품이야. 하지만 불후의 명작이라고는 할 수 없지. 우주의 생명과 비교해 보면 예술은 그 자체가 단명하는 것이지. 아무리 훌륭한 예술가라도 오늘날에는 이미 잊혀져 버리고 말지. 그렇게 생각하면 신밖에 없지. 순식간에 이 우주를 개조할 수 있는 신 그 자체가 일대 운명인 거야. 이 무한한 생명 앞에는 인간 세계는 있었는지 없었는지 조차 우주의 기억 속에 남아 있지 않을 정도로 하찮은 것이지. 어떻게 하면 인간은 불후의 생명을 얻을 수 있을까?

---

1) 다니엘레 다 볼테라(Daniele da Volterra, 1506~1566)의 조각 「미카엘 안젤로 부온나로티의 초상으로 추측.

인생? 인생이란 것은 참으로 덧없는 것이지. 오늘 일도 모르는데 내일 일을 걱정하고, 하늘을 비상하는 새의 자유를 신으로부터 받았으면서도 스스로 애써 무거운 악마의 짐을 지고 일찍이 손에 넣을 수 없는 그림자를 동경하며 영겁의 어둠에서 어둠으로 사라져가는 내일을 위해 살아가는 것이 인생이지.

그에 반해 저 계곡에 있는 나리꽃은 어떤가? 지금 당장이라도 오염된 손에 의해 꺾일 이슬 같은 생명을 아낌없이 자랑스럽게 흐드러지게 피우고 있지 않은가? 인간도 저런 마음가짐이 필요하다네. 어떤가 아름답지 않은가?"

노옹은, 밤의 정령(스피릿)이 떠도는, 골신에 스며드는 무어라 형언할 수 없는 아름다운 향기가 나는 쪽을 가리키며 말을 이었다.

"인간은 스스로 무덤을 파지. 이것이 문제네. 어차피 영겁의 생명을 얻을 수 없다면 권위며 황금이며 명예가 있다 한들 무엇을 위해 6척 이상의 무덤을 팔 필요가 있겠나? 인간은 만물의 영장이라고 생각한다든가 지식이나 학문 이런 것들을 눈곱만큼도 생각해서는 안 되네. 이런 것들은 모두 육신의 비료지. 마음을 풍요롭게 해야 하네. 지혜라는 것과는 다르지. 인간은 스스로 교육을 해야 하네. 그러기 위해서는 자연이 좋은 스승이지.

자네가 아아, 아름다운 달밤이라고 한 것처럼 그 아름답다고 생각하는 것, 온몸에 경련이 일며 무어라 형언할 수 없는 찰나의 생각 그것이 미라는 것이지. 신의 작품의 일단이네. 그러니 인간은 신이 하시는 일의 아름다움을 보고 감탄하기만 하면 되는 것이지. 자네는 아직 나이도 젊고 마음도 순수한 것이 장점이지. 마음 자세가 잘 되어 있어. 조만간 신의 작품을 간파하고 운명의 심판을 기다리면 되네."

달빛을 받고 있는 노옹은 이 세상사람 같아 보이지 않았다.

나는 자꾸 목이 마름을 느꼈다. 동시에, 꼭 필요한 것을 아는 사람처럼 노옹은 곧 내게 윤기를 주었다.

아아, 이때 적막함을 깨는 시끄러운 소리가 내 귓전을 울렸다.

"저 목소리 보이지?"

만약 싹싹하면서도 어딘가 성스러운 그 노옹이 내게 묻는다면 어떻게 하지? 물론 나는 이렇게 대답할 것이다.

"육신의 소리, 악마의 유혹, 자유를 저주하는 자의 속삭임!"

"마음 자세가 좋아. 그렇게 생각하면 잘못될 일 없을 것일세. 자네는 그 마음가짐을 잊어서는 안 되네. 꼭 그래야만 하네."

그리하여 노옹은 내게, 죄의 자식은 일찍이 종종 거액의 부를 허비하고 어리석음을 배우며, 생명보다 귀한 명예를 내팽개치고 기름을 짜내고 뼈를 깎아내면서까지 사랑의 신(뮤즈) 앞에 무릎을 꿇었다, 연애(러브) 그 자체는 자유롭다, 게다가 지혜가 있는 자는 지혜를 짜내고 힘이 있는 자는 있는 힘을 다하며 재산이 있는 자는 재산을 쓰고 육신을 다치고 마음이 찢어지면서도 연애에 있어 자유를 찾아내지 못했다, 인간이 연애(사랑)의 노예가 될 때 타고난 자유와 굳센 의지는 곧 그 사람을 버리고 대신 연인의 면영이 대신할 것이다, 연애(러브)는 억압(스트레스)이다,라고 설명했다. 아아, '지옥과 극락의 갈림길'

나는 자꾸만 몸이 바싹바싹 마르는 것 같았다. 그리고 잠시 황홀경에 빠졌는데 여전히 귓전에서 속삭이는 듯한 것은 단테의 『신곡』의 일절.

이 안은 아비지옥의 성곽
무한한 고통의 세계
아귀들의 소굴

응보의 이치를 밝히도록
무애광(無碍光)의 큰 슬픔을 손에 쥐고
영원히 이 문이 되었다

만물의 시초에 나와서
미래에도 마르지 않고 멸망하지 않네

일체의 희망은 버리라
이 문으로 들어가는 자"

하

여기에 이야기 한 편이 있다. 그것은 제비꽃 계곡—앞에서도 이렇게 말했지만 나는 그 계곡에 이 이름을 붙였다—제비꽃 계곡이 어둠 속에 감추고 있는 인생의 일대 비극을, 이 달밤에 잠깐 인간의 모습으로 나타나 남김없이 털어놓는 것이라 생각해도 지장 없을 것이다. 이렇다.

구마라는 별명을 가진 젊은이가 있었어. 청한(淸韓) 지방을 여기저기 떠도는 낭인이었지. 하여튼 동학당을 선동하기도 하고, 가로회(哥老會)[2] 회원이 되기도 하고 아마 마적 두령을 한 적도 있을 거야. 돈도 필요 없다, 명예도 필요 없다, 집도 필요 없다, 마누라도 필요 없다, 술

---

2) 청(淸)대 초기 민간의 비밀 결사 조직인 천지회(天地會) 분파. 창장(長江) 유역에서 활동했음.

만 마시면 기분이 좋은 별종으로 걸핏하면 소동을 일으켜 어쩔 도리가 없는 인간이었지.

하지만 이 자는 고집불통이라, 오야마(大山)3)도 도고(東鄉)4)도 고개를 절레절레 흔들 정도였지. 요즘은 구마가 보이지 않네. 또 소동이라도 벌이지 않으면 좋으련만. 이제 전쟁은 지긋지긋하다고 했어. 확실히 어용상인 같은 도둑놈이 좋아할 녀석이야. 호외감이지. 뭐라 했지?

그렇지 원래 지나 공사였지. 호걸이었어. 그래 맞아, 지금의 직예총독(直隷總督) 원세개가 골치를 썩고 모리슨 박사의 속을 썩인 골치덩어리였지. 그리하여 전쟁이라도 하는 날엔 한 몫 할 거야. 함대는 사세보(佐世保) 출항! 동원령이! 내릴 것이다 라고 하며 느긋하게 팔짱을 끼고 책상다리를 하고 앉아 네 말 짜리 술통의 바닥을 치고 콧노래를 부르며 집으로 돌아오곤 했지. 그리고 다음날 ○○○부에 술값 백량이 있으니까 놀랄 것 없다고 했어. 이제 다섯 밤만 지나면 재작년 일이 될 거야.

이 전쟁이 나기 전에 내가 어느 날 밤 주인의 얼굴을 들여다보니 변함없이 사발에 막걸리를 마시고 있었어. 한 잔 하라며 술을 따라 주었지만 나도 구마는 상대를 할 수가 없었지. 머리를 쥐어뜯었지만, 주인 앞이므로 무기력했어. 그렇게 멋있게 할 수는 없었지. 언니가 술을 따라주었지… 하고는 한숨을 쉰다.

자 들어 보라. 여기부터가 진짜다. 구마가 주인 말이다. 자 이쪽으

---

3) 오야마 이와오(大山巖, 1842.11.12.~1916.12.10.). 일본의 무사, 육군군인, 정치가.
4) 도고 헤이하치로(東鄉平八郎, 1848.1.27.~1934.5.30.). 막부말에서 메이지(明治) 시대 무사, 군인.

로 와, 맛있는 것 마실 수 있어. 일이 있다고 했지. 얼굴을 갖다 대니 역시 작은 목소리로 위에 목숨을 바칠 생각은 없느냐고 했어. 할당된 몫을 주겠다고 했지. 그러니 싫다고 할 수는 없었어. 나도 남자라구. 승낙을 해야 할지 말지는 부딪혀 보지 않으면 이야기가 안 되지.

재작년에는 추웠어. 비웃지 마. 섭씨 영하 28도, 눈과 얼음 속을 헤치고 의주에 짚신을 신고 8일 동안 쉬지 않고 하루에 십오 리를 걷는 데는 나도 놀랐어. 하지만 주인을 보라구. 역시 구마야. 안주에 도착하자 오늘 밤 단단히 부탁한다고 하고는 자신은 술집에서 책상다리를 하고 앉았지. 내게는 갈보라도 사라며 백동화 다섯 냥을 기분 좋게 내밀었는데 한 밤중에 말야… 2월 중순이었지.

나 혼자서 의주가도를 가는데, 느릿느릿 담뱃대를 입에 물고 갓을 깊이 눌러 쓴 한인. 내 역할은 대체 뭔지 알 수 없지만 간도를 2, 3리.

오늘 밤에라도 로스케(露助)가 그곳을 지나갈 것이라며 새하얀 산에 웅크리고 앉아 망을 봤지. 호랑이가 나올지 늑대가 나올지. 어쨌든 낯선 지역이었어. 제 아무리 나라도 으스스했지. 뼛속 깊이 겁이 나서 앞으로 나가지도 못하고 다리고 허리고 얼어붙었어. 어스레한 계곡에서 망을 본다고 보았지. 예상은 빗나가지 않았어. 새벽녘에 로스케 놈 위풍당당하게 대열을 지어 위세를 부리며 나타났지. 옳다구나 싶어 산인지 들인지 모를 길을 쏜살 같이 달려 주인에게 보고. 보병과 기병 2천 명 남진이라고 급보했어.

하지만 속지 마라. 대단하네. 꼴좋게, 구마 자식 화를 내는데 큰 눈을 부라리며 고함을 질러대는 것이, 그때의 공포심이란 망을 보고 자시고 할 계제가 아니었어.

나는 붙잡혀서 죽는 게 아닌가 했는데, 단 한 마디, 놓쳤나? 딱 그 한 마디뿐, 그 길로 영영 이별. 이건 경성에 돌아온 후의 일이었어. 기가 푹 죽어서.

이건 주인 쪽 이야기야. 의주 바로 앞에서 로스케들이 구더기처럼 우글거리는 속을 태연하게 바람이 어디서 부는가 하는 식으로 느긋하게 긴 담뱃대를 물고 혈혈단신. 일본 남자야. 무사지. 아무도 못 당해. 훌륭하게 의주 구경을 하겠다며 뽐을 냈지. 적의 한 복판을 입장료 없이 구경하겠다고 하다니. 이런 기량을 갖고 있는 사람이었어.라고 하며 또 한 숨. 두 어깨에 힘을 주고 본받으라고 하는 소리가 들리는 것 같다.

이야기가 잠깐 새서 미안한데, 적당한 곳은 아니지만 이야기를 끊을게. 자 들어 봐. 하지만 그런 기량을 가진 사람이 말이야. 연애 문제에 있어서는 달랐지. 협객은 아니지만 여자들은 잘 홀리고 남자들은 인기가 있어야 한다는 말이 있지. 아마 고향은 북쪽이었을 거야.

누구 앞에서든 유들유들하게 구는 강자가 말이지. 들어보라구.

시베리아, 만주를 여기저기 돌아다니며 알렉세프든 봉천 총독이든 사람을 사람으로 생각하지 않고 마름대로 주물럭거리던 닳고 닳아빠진 여자 자전거 오렌(お蓮)에게 꽂혔지. 정말이지. 볼만 하지 않아?

아니 뭐 오렌이 왜 왔냐구? 싫증이 났기 때문이지. 그때 시베리아에 질렸는지 그 여자 조선에 흘러 들어와서 대관(여보)의 피를 빨아먹고 있었지. 그런데 그 여자가 엄청난 미인인데다 얼마나 배짱이 좋은지. 수많은 남자들의 피로 단련된 배짱이니 말야. 돌아가신 가와카미 씨도 한 수 아니 두 수는 접었던 여자라니까.

처음 만난 것이 ○○야. 구마 자식 한 눈에 뿅 갔는데 한 번 말을 붙였다가 보기 좋게 채인 게 틀림없지. 자포자기하는 마음으로 술을 진탕 마셨는데 직경 두 척이나 되는 큰 대접으로 두세 잔 들이켰지. 그때 그 여자가 하는 말이 걸작이었어.

"당신 생각한 것보다는 잘 마시는데? 나중에 보살펴 달라면 사절이야."

어떤가 대단하지 않아? 술을 부은 대접을 언니가 대적. 멋지게 다섯 잔 반을… 하며 몸짓을 해 보였다. 언니, 뜨거운 것 줘, 하며 곤드레만드레가 되어 쓰러졌지. 체면이고 뭐고 불구하고 말이야.

"보세요, 설마 하고 전부터 거절을 했으면 좋았을 것을. 구렁이는 뱀 상대가 안 되죠."라는 식이었지. 어때 대단하지 않은가? 언니, 그렇게 깜짝 놀라지 않아도 돼. 나야. 이야기해도 돼. 어이쿠 손 밑 조심해.

이제부터가 또 재미있다며 한숨을 한 번 내쉬고 이야기를 계속했다.

구마 자식-주인은 멀리 나갔지-구마 자식 그리고 나서 말인데. 눈에 띄게 주량이 늘었지. 밤이고 낮이고 무턱대고 마셔댔지. 술로 죽는 게 소원이라며 말야.

오렌 언니도 이거 보통일이 아니었지. 지금까지 안하무인이었던 그 여자가 구마를 보고 나서는 말야. 그냥 멍하니 있는 일도 있고. 하지만 역시 여자 중의 여자니 말야. 어느 날 구마에게 이렇게 말했지. 맞아, 이렇게.

"지금까지 남자라면 수없이 만나봤지만 아직 당신 같은 사람은 만난 적이 없어요. 그야 나도 남자는 알 만큼 알지만, 남자 중의 남자를 만나면 조금은 다른 느낌이 들겠죠. 하지만 여자는 고집이 세기 마련이니 그 고집을 꺾으려면 여간 고생하는 게 아니죠. 그런데 당신에게 내 몸을 맡겼어요. 당신도 내게 허락을 받은 이상 좋아하는 술도 끊고 도락이라는 도락은 모두 그만두어요. 그리고 백골이 난망할 때까지 내 곁에 붙어 있어야 해요. 그리고 그 뒤로는! 아무 필요 없어요. 내 앞에서 두 손을 짚고 무릎을 꿇었으면 이제 그 몸은 당신 것이 아니니까요."

이러는 거야. 기가 막히지. 말도 참 뻔지르르하지.

… 아이쿠 벌써 이렇게 밤이 되었네. 오렌 그 여자 달밤에 신이 나서 말야, 곳은 남산, 한인(여보)이 아주 좋아하는 영천이 솟는 계곡, 그곳에 있는 미인찻집을 오른쪽으로 꺾어서 슬슬 올라갔는데… 아, 그래 계곡으로 툭 튀어나온 벼랑 위에서 달빛을 머리끝에서부터 받으며…마치 관음보살처럼, 비유해서 말하자면 별나라에서 내려오신 부처님 같고 하느님 같았지. 술집여자라기에는 아까울 정도였어. 그런데 그게 역시 벼랑 위에 서 있었단 말이야. 정말 재미있는 대목은 여기야. 잘 들어. 구마 녀석 어디서 어떻게 냄새를 맡고 찾아왔는지 가만히 보고 있기라도 한 것처럼 여자 뒤에서 바위처럼 우뚝 서 있었는데, 견디지 못하겠는지 갑자기 여자 뒤를 따라와 껴안았어. 완전히 무아무중으로 자기 마누라가 되지 않겠느냐, 그렇다고 해라, 고개라도 끄덕여 봐라. 아래는 천 길 낭떠러지. 나 구마야. 자 어서 대답을 해라. 이런 구마의 말에 기분 나쁠 만큼 침착하게 깔깔 웃으며 이렇게 말했지.

"귀찮게 왜 이래. 내가 아무리 이런 신세라지만 이래 봬도 이 몸은 하느님 거야. 손끝이라도 하나 건드려 봐. 그냥 두지 않을 테니."
라고 하며 생각지도 않은 대답을 했지.

제 아무리 호인인 구마도 몸부림에 몸부림을 치고 깊은 한숨을 쉬며 칠전팔도(七顚八倒)의 괴로움.

하지만 한쪽은 완전히 끝이 났지. 뒤도 돌아보지 않고.

벼랑 끝에 우뚝 서서 달빛이 비치는 풍경을 정신없이 바라다보고 있었어.

그런데 이상하지 않아? 시커먼 계곡 밑에서 몇 백 몇 천이나 되는 작고 하얀 아기의 손이 부르는 게 보이는 거야. 구마 자식 멱살이라도 잡힌 것처럼 바닥에 쓰러져 몹시 고통스러워하는데 미친 듯 울부짖는 소리라니. 귀신이 외치는 것처럼 땅이고 하늘이고 무너질 정도였지… 그 꼴은 두 번 다시 볼 게 못 돼.

이쯤에서 침을 한 번 꿀꺽 삼키고는. 오렌 언니는 어떻게 됐냐구? 대단했지. 한동안 가만히 계곡 밑을 가만히 바라보는가 싶더니 또 침착하게,

"기다려 내가 갈 테니."

하며 마치 미쳐 날뛰는 멧돼지가 울부짖으며 달려드는 것처럼 제멋대로 달려드는 구마를 손짓으로 제지하는가 싶더니 바로 큰 몸을 가볍게 끌어안고, 제길, 천 길이나 되는… 위험천만한 계곡 아래로 뛰어들었어.

순식간에 지금까지 주변에 시커멓게 끼어 있던 구름이 싹 사라지고 계곡에 원광이 비친 것 같았지.

어떤가, 선녀 한 명이 몇 백 몇 천인지 셀 수도 없는 아기들에게 둘러싸이고, 그 뒤를 이어 인왕 같은 놈이 불길에 싸여 하늘로 휙 날아올라갔어. 정말이야. 내가 봤어.

물론 나는 선녀를 본 적은 없어. 하지만 정말이지 오렌 언니를 보았지. 그야 오렌 언니는 정말로 죽기는 죽었어. 하지만 정말로 선녀가 되어 하늘나라에서 살고 있어. 지금쯤은 아마 새처럼 자유롭게 하늘을 날아다닐 거야. 어쩌면 별나라에 있을 지도 모르지.

그런데 생각해 봐. 구마 앞에 엎드려 이 몸을 맡기겠다고 했어 봐. 이미 오렌이 아니지. 자기 몸이 아니니 자기 마음대로 할 수 없는 거야.

그리고 보면 몸은 죽어도 정신은 정말 부활한 거지. 자전거 오렌은 아직 살아 있어. 거짓말 같으면 달이 뜬 밤에 저 계곡에 가 봐. 오렌은 확실히 살아 있어.

구마만 해도 그렇지 않아? 설령 오렌을 꺾었다 해도 사랑을 이룰 수 있었을까? 영혼은 확실히 죽었지. 오렌도 여자가 아니겠어? 그렇다면 여자들이 늘상 그렇듯이, 하늘이 무너지고 땅이 갈라져도 당신과 나는 하나가 되어 떨어지지 않을 거야,라고 했겠지.

여자의 일념은 코끼리도 움직이지. 틀림없어. 여자에게 사랑을 받으면 받을수록 남자는 점점 더 자유롭지 못하게 되는 법이지. 그야말로 백골이 난망할 때까지 착 들러붙어 있어야 해. 그렇게 되면 사람을 사람으로 보지 않는 구마라는 호걸도 아무것도 아닌 목상이 되는 거지. 살아 있어도 죽은 거나 마찬가지지.

뭐 천구에게 잡혔다고 하며, 세상 사람들은 천하에 구마도 겨우 그깟 여자의 손에 걸려 멱살을 잡혀 죽었네, 꼴좋다,라고 할지도 모르지만, 나는 그렇게 생각하지 않아.

태어나서 죽을 때까지 몇 명이나 되는 여자를 좋을 때는 데리고 놀다가 싫증이 나면 버리지. 돈으로는 물론이고 왕의 위광으로도 누를 수 없어. 비뚤어진 심성에 얼굴만 예뻐가지고 하늘에서 부활한 오렌을 사모하여 그 불꽃에 몸을 태우며 허공으로 몸을 던졌나 생각하면 나도 이제 아무 말도 못 하겠어. 눈물도 얼어붙을 정도야.

자전거 오렌은 여자야. 인간이지. 몸은 정말로 더러워졌음에 틀림없지만, 마음이 중요한 것이지. 마음까지 더러워지지는 않았으니까 말야. 라며 의기 탱천.

이상은 사실을 말하자면, 간다(神田)의 형님, 수년 동안 사내 행세를 하며 지내왔고 지금은 어쨌든 경성거류지에서 신사의 얼굴로 통하는 토목청부업을 하는 히키다 후카고로(疋田深五郎)가 술만 들어가면 십팔 번처럼 하는 이야기이다.

뮤즈는 질투의 신이다. 모든 것을 희생하지 않으면 만족하지 못한다. 연애 그 자체는 자유다. 모든 남자는 모든 여자를 위해 살고, 모든 여자는 모든 남자를 위해 산다. 이 세 가지 사실이 진실임을 나는 믿는다.

달은 남산을 몇 번이나 돌고 겨울밤에는 특히 아름답다. 은빛 사를 토하는 얼어붙은 빛의 덩어리로 보이기도 한다.

그리고 오늘 저녁달은 마침내 하늘에 맑게 떠서 이 세상의 빛 같지 않은 빛을 빈틈없이 비추고 있고, 제비꽃 계곡은 그 달을 향해 크게 입을 벌리고 밑바닥에 간직한 비밀을 남김없이 드러내는 것 같다.

방금 전 노옹의 모습도 이제는 보이지 않는다. 나는 무명의 한 청년 화가. 홀로 남산 위에 서서 밤의 정기를 동경하고 있다. 내려다보니, 제비꽃 계곡, 보라색 향기를 내는 그림자가 흔들리는 것처럼 보이고 미인 한 명이 한없이 달빛을 받으며 지금이라도 영천(靈泉)에서 물을 긷고 있는 것 같다. 이는 하늘에 살고 있는 연꽃이 아닐까?

듣건대 남산에 무녀가 있는데 점쟁이와 은둔자가 함께 산다고 한다. 그들은 얼마나 복 받은 사람들인가?

기생을 보지 못한 이야기

원자(圓子)

집요하게 꽃을 시샘하는 집요한 조선의 늦추위도 동쪽에서 불어오는 따뜻한 바람이 산하원택(山河原澤)을 감싸는 데에 이르러서는 옥상의 잔설을 지붕 끝으로 떨어뜨렸다. 그렇지 않아도 호색한으로 추위에 위축되기는 했지만 마음이 들떠 2월 21일 자 편집을 마치고 밤 8시 무렵 적자(適子) 먼저 입을 열어 이제부터 기생집을 가면 얻을 것이 많을 것이라 했다. 얻을 것이 무엇이냐고 하니 그것은 편집자료라고 한다. 그때의 표정과 말투 매우 착실해 보였지만, 사실 적자는 그 이름 위에 호색이라는 글자를 붙여야만 하는 성질임을 알고 있는 나는, 곧 그와 마찬가지로 보고 온 것 같이 거짓말을 하는 것은 강담사에게는 용납될지 몰라도 문사에게는 용납되지 않는다, 좋다 실제로 탐방을 해서 기생집과 기생의 모습을 묘사하고 기생의 정을 설명하여 강호제현에게 소개해야겠다,라고 생각했다.

이렇게 충실한 문사 둘은 함께 난시(南子)의 거처를 찾았다. 난시는 조선통이면서 또 말을 잘 했다. 설교를 들으러 가자는 권유가 아닌 한 어찌 난시에게 이의가 있겠는가? 서둘러 신을 신고 셋이서 우선 죽동으로 방향을 잡고 가기를 2, 3정. 일찍이 고심참담한 끝에 겨우 그 소재를 파악해 놓고 아직 기생이 무엇인지 모른다는 이야기를 하고는 그 곳을 향해 오른쪽으로 돌았다. 길이 어두워 앞으로 나아가기 어렵다며 적자는 한인 상점에서 등불을 구했다. 간편한 등불의 값은 2전 5리, 이로써 어두운 길을 밝히기에는 충분하다. 과연 눈이 녹은 길은 질퍽거렸고 등불이 없었다면 큰일이 났을 것이다. 호색한 마음이 인 세 사람, 그것을 전혀 고생이라 여기지 않고 다른 일이라면 돈을 준다고 해도 이런 길은 반 정도 못가겠다고 했을 텐데 들뜬 발걸음으로 목적지에 도착했다. 입구에 5척 정도 되는 아이가 있어 기생이 있느냐고 물었다. 없다고 했다. 난시는 그것이 거짓말이라고 생각하고, 우리는 일찍이 기생과 서로 사귀어 친밀해졌고 오늘 밤에 찾아온 것은 미리 약속을 했기 때문이다, 우리가 왔다고 기생에게 이야기하면 된다고 적당히 꾸며대며 분위기를 살폈다. 그래도 여전히 없다고 하며 문을 닫았다.

허둥지둥 발길을 돌린 세 사람, 좀처럼 포기하지 못하고 다시 수표교로 나와 왼쪽으로 도니 본능사(本能寺)가 없지는 않았다. 하지만 세 명 모두 어디를 봐도 풍모가 볼품이 없고 주머니가 두둑해 보이지 않아 천금을 척척 내는 호객(豪客)으로 보이게 하기 위해서는 우선 인력거를 불러 그 부족한 자격을 보충할 필요가 있었다. 덜컹덜컹 인력거를 타고 차부로 하여금 양반을 안내하는 것처럼 하지 않으면 눈을 빤히 뜨고 문 앞에서 쫓겨날 것이다, 이 역시 묘책을 강구해야 한다며, 적자는 다리를 건너 인력거를 불러 거기에 타고 난시와 나는 하인처럼 그 뒤를 따르다가 도중 적당한 때를 봐서 온전한 신사가 되었다. 그곳에서 강가를 따라 가기를 수 정, 위세 좋게 홍등가에 들어갔다.

차부로 하여금 입이 딱 벌어질 만큼 돈을 아낌없이 낼 신사들이 미인을 사모하여 왔다고 전하라 했다. 주인여자는 매우 기뻐하며 맞이하고자 하다 우리들이 일본 복장을 하고 있는 것을 보고 매우 이상하게 생각한 것 같았다. 기생은 오늘은 다른 곳에 불려가서 한 명도 없다고 대답을 했다. 실패! 또 실패! 난시 천천히 차부에게 설명하게 하여 이르기를, 풍류를 아는 선비는 원래 장난을 좋아한다, 손님은 모두 한국의 양반이지만 일부러 일본 옷을 걸치고 재미있게 기생하고 놀고자 함이다, 일본인이라고 오해하여 모처럼 찾아온 고객을 놓치지 말라, 한다. 하지만 그녀는 결국 수긍하지 않았고 수고롭게도 우리는 다시 물러나지 않을 수 없었다. 또 차부에게 다른 곳에 기생집이 없는지 찾아보게 했다. 올 때는 양반처럼 타고 온 적자였지만 떠날 때는 차부가 버린 인력거를 스스로 끌고 다리를 건넜다. 그 참담함이라니 남들 눈에 띄지 않은 것이 다행이다.

너무나 분해 야심이 더욱더 불타올라 성내를 밤새도록 구석구석 뒤져서라도 기생의 얼굴을 보지 못하면 조상의 낯을 어떻게 볼까 하는 심정으로, 누구에게도 뒤지지 않을 만큼 강한 집착이 생겼다. 그리하여 세 남자는 다시 왕성 방면을 목표로 출발을 했다. 안내를 부탁할 만한 차부가 있을 것이라고 생각하여 난시는 네거리에서 대기를 하고 있는 차부에게 말을 붙였다. 차부는 인력거를 타려는 것인 줄 알고 기뻐하며 다가왔는데, 자네 기생집을 아나 하고 물었다. 차부가 모른다고 대답하니, 그러면 자네에게는 볼일이 없다고 하고는, 다시 서쪽으로 돌아 부지런히 가니 골목길이 나왔다. 그곳으로 들어가 왼쪽으로 꺾어지니 이 역시 춘심을 끌어내는 곳으로 골목 입구에는 전기불이

하나 걸려 있어 인생의 미로를 비추었지만 삭막한 분위기인데다 사람의 흔적이 보이지 않는다. 그저 인력거 바퀴 자국이 한 줄 나 있을 뿐, 미남이 왔는지 미인이 떠났는지 알 수 없었고, 밤은 이미 저물어 삼경이 되었으며 사방의 사람들은 모두 조용했다. 홍규(紅閨)1) 속에서 춘몽이 한창 무르익었는지 다 파했지만, 정부도 아닌 세 사람이 길을 잃은 것이나 마찬가지가 되어 여기에도 넙죽 저기에도 넙죽 차부는 계속 문을 두들기며 풍류객이 왔다고 전한다. 안에서 잠을 자다 말고 부스스한 목소리로 대답을 한다. 기생은 공연에 불려가서 아직 돌아오지 않았다고 한다. 또 실패! 일이 이 지경에 달하니 아무리 음탕한 호색한도 좌절하지 않을 수 없었다. 참는 것도 정도가 있어서, 기호지세(騎虎之勢)도 결국은 꺾여 깃발을 접고 패잔의 길에 올랐다.

생각건대 이는 난폭한 일본인들이 사자처럼 으르렁거리며 모란꽃을 어지럽히고 기생의 집에 낭적의 흔적을 남긴 일이 있기 때문일 것이다. 그렇지 않으면 외국에서 온 멋진 신사, 일본에서는 무시하지 못할 남자로서 그런 방면에서는 한 가닥들 할 터인, 입으로 말은 하지 않지만 모두 제각각 제 잘난 맛에 사는 사람들을 이렇게도 무참하게 문전박대를 할 이유가 없을 것이다. 그렇지, 그래. 호색남의 죄가 아니라 일본인 중에 무식한 작자들이 있는 게 잘못이다. 이렇게 체념을 하고 떠나려고 보니 이제까지 동분서주하며 주선을 한 한인 차부의 동정을 견딜 수가 없다. 귀공자들 아직도 기생집에서 놀고 싶으면 2, 3일 시간을 두고 은근히 기생집을 찾아놓고 미리 귀공자들이 가벼운 남자

---

1) 화려하게 꾸민 여인의 침실.

들이 아니라고 믿게 한 후 삼가 알선의 수고를 해야 한다, 그리고 나는 항상 수표교 네 거리에서 대기를 하고 있다, 귀공자들이 먼저 와서 나를 찾아서 청해라, 오늘 밤 실패했다고 나가떨어지지 마라, 지성이면 감천이라고 호색한 마음도 쌓이면 우습게도 차부의 동정심을 끌기에 충분한 것 같다. 피곤한 다리에 부글부글 치밀어 오르는 화를 싣고 크게 한숨을 쉬며 명동으로 나와 거류지로 돌아와 보니, 참담하게 깨진 뱃속의 벌레에게 술을 주지 않을 수 없었다. 모 루에 올라 벌컥벌컥 들이키기를 몇 시각, 흔해 빠진 둥근 얼굴에 늙어빠진 작부를 상대로 먹고 마시고 떠들며 겨우 고생을 위로하고 돌아왔는데, 이는 역시 뭔가의 응보인 것 같다.

주막(술집)과 매춘가(갈보집)

자적헌(自適軒) 주인

한국(韓國)이란 한국(寒國)을 의미한다고 신참자인 모 씨가 응축해서 표현한 것도 맞는 말로, 11월에서 2월까지는 경성에 익숙해진 사람들도 북한산에서 불어오는 바람에 귀고 코고 모두 떨어져 나갈 것 같은 추위에 밖에도 나가지 않고 온돌 삼매경으로 지낸다. 그것이 3월에 들어서면 산의 눈도 녹고 한강도 다시 흐르게 되어, 이 씨의 도성도 춘색을 띠며 남산의 소나무는 초벌의 봄풀과 함께 푸르러 가고 강변의 버드나무도 싹이 튼 가지를 늘어트려 사람들의 마음에도 저절로 봄기운이 돈다. 어느 날 저녁 만작(晩酌)에 적당히 취해 기분 좋게 집을 나서서 발길 닿는 대로 가다보니, 청루가 몹시 번창하여 왜성대로 산보를 가는데 제일 먼저 귓전에 울리는 것은 가야금 소리. 과연 듣기 나쁜 소리는 아니지만 산기슭에 있는 요정으로 올라가면 이름 있는 게이샤는 새로 온 관리들 차지가 되어 얼굴을 보기도 힘들기 때문에 애초부터 등루를 하지 않는 것이 현명하다. 내려오는 길에는 가야금 소리를 흘려들으며 혼마치(本町) 거리로 나오니 신마치(新町)를 다녀오는 손님을 태운 인력거가 기세 좋게 동쪽으로 달려가는 것도 볼 만하고, 어슴푸레 떠 있는 달빛을 의지하여 신마치의 아무개 혹은 등불을 내건 요리집을 연구하면, 다소 독자에게 소개할 만한 재료가 없지는 않을 것이다. 하지만 그것은 훗날을 기약하고 이번에는 한국의 주막(술집)과 매춘가(갈보집)의 모습을 소개하는 것으로 소임을 다하려 한다.

주막(술집)

주막(술집)이라는 것은 일본의 이자카야(居酒屋, 선술집)와 같은 것으로 조선에서도 우선 하등한 노동자를 유일한 단골로 하고 있는 곳이다. 한인 마을에는 도처에 이런 주막(술집)이 있어 어느 집을 둘러봐도 네다섯 명의 손님이 들어 있지 않은 곳이 없다. 그리고 어느 집이나 정면에는 부인(婦人)이 앉아서 손님의 주문에 따라 술을 따르고 있다. 그 부인 앞에는 김치라고 해서 일본에서 말하는 야채절임-그렇다고 해서 단지 무우를 절인 것은 아니다. 무우를 사각형으로 썬 것이나 푸성귀에 마늘, 그리고 고춧가루를 듬뿍 넣은 절임음식으로 최고의 안주다. 그리고 쇠고기, 생선 등을 딱 한 젓가락으로 집을 수 있을 크기로 잘라서 구운 것을 술 한 잔에 하나씩 추가하여 계산하는 방법이기 때문에, 손님은 사발이라고 해서 밥그릇 같은 용기에 술 한 잔을 주문하고는 그 안주를 하나 집어 우물우물 먹는다. 물론 김치는 얼마든지 먹어도 된다.

다만 이것만으로는 독자들은 술을 마시고 고기나 생선을 곁들여 김치를 먹는다는 정도의 느낌밖에 들지 않을 것이다. 하지만 도대체가 조선의 가옥(상류층의 가옥은 별도로 치고)은 지붕이 낮고 그들에게는 청

결이라는 것이 안중에 없기 때문에 지저분한데다가 주막(술집) 같은 곳은 어육을 굽는 연기와 담배 연기로 실내 공기가 더럽다. 게다가 일종의 냄새가 코를 쿡쿡 찌를 뿐만 아니라 어두침침한 양등(램프)이 실내에 걸려 있다. 한인들은 그 안에서 입맛을 다시며 술을 마시는 상황. 손님이 다 마시고 상위에 사발을 놓으면 부인은 손을 뻗어 그 그릇을 갖다가 더러운 물 안에 넣고 더러워질 대로 더러워진 헝겊으로 그것을 닦는다. 일본인의 눈으로 보면 깨끗이 닦고 있는 것인지 때를 묻히고 있는 것인지 판단이 서지 않을 정도이다. 그 그릇으로 그들은 아무렇지도 않게 자못 맛있게 마시고 있는데, 부인에게 농을 거는 일은 별로 눈에 띠지 않는다. 하지만 역시 남자보다는 여자가 술을 따라 주는 것이 좋은지 어느 주막(술집)이나 작부는 모두 여자이다. 술은 조금 신맛이 나며 목 넘김이 좋지 않으나 김치는 일본보다 훨씬 맛있다. 물론 조선통이 되지 않으면 맛을 모르겠지만 나는 그렇게 느꼈다. 고기도 생선도 먹고 싶은 생각이 들지 않을 뿐 아니라 '국수'라고 해서 소의 머리 껍질을 벗긴 채로 솥에 넣어 끓인 수프 같은 국물로 면류를 삶은 것은 정말 맛있다고 어떤 통이 말했다. 하지만 나는 소머리를 눈앞에서 보고 그 국물을 들이킬 만큼의 용기가 없다. 앞에서 기록한 것은 주막(술집)에서 제일 먼저 손님의 입에 오르는 것으로 그 외에 호두, 땅콩, 마른 생선, 대추 등도 진열되어 있다. 어육을 먹지 않는 사람은 이런 것들을 마음대로 집어 먹는다. 그래서 술 한 잔에 얼마를 하는가 하면 한화로 5전, 일본화로 환산하면 2전 5리. 어육을 네다섯 점이나 먹고 술 대여섯 잔을 마시면 아리랑 노래라도 부르고 싶어진다. 품삯을 적게 받은 날에는 술 한 두 잔을 마시고, ( )라는 두부 찌꺼기를 원료로 하여 여러 가지를 넣은 것과 함께 두세 잔이나 먹고 한화 10전, 일본화 5전만 내면 배가 부르게 된다. 주막(술집)은 이런 정도의 노동자와 하등한 한인의 유일한 위안의 장이다. 그러나 더러운 것을 신경쓰지 않는 한인은 실내에서도 봉당으로 코를 푼다. 술을 마신 후에는 침을 뱉는다. 발밑을 보면 기분이 나쁘다. 그것을 참고 재료를 찾아낸 기자도 보통이 아니다.

매춘가(갈보집)

주막(술집)에서 여자라도 살 것 같은 얼굴을 한 한인을 찾아 백동 두세 개를 쥐어 주고 매춘가(갈보집)를 안내해 달라고 부탁하니, 기꺼이 안내를 하겠다고 한다. 그 뒤를 따라가니, 돌아다니기에는 위험해 보이는 골목길로 데리고 들어가 어느 집 대문을 두드리며 소리를 지른다. 그러자 안에서 그 목소리를 듣고 남자가 나왔다. 안내를 해 주던 한인은 자랑스럽게 손님을 데리고 왔다고 이야기하면서 심이 2부 정도 되는 어슴푸레한 램프가 켜져 있는 온돌방 한 켠으로 안내를 했다. 실내에는 얼굴에 백분으로 떡칠을 한 여자 두세 명이 있었는데, 손님의 얼굴을 빤히 바라보며 간택을 당하려는 요량으로 손님 옆으로 다가왔다. 그러자 머리에 잔뜩 바른 기름 냄새가 코를 찔러 불쾌한 느낌이 들었다.

그래서 그 냄새를 없애려고 소매에서 권련초갑을 꺼내 불을 붙이니,

"용가미상[1]), 담배 주세요."

---

1) 한국어 '영감'에 일본어 존경접미어 '상(さん)'을 붙인 말.

라며, 주워들은 일한절충어로 아무 생각 없이 말하는 여자도 있다. 그런가 하면,

"당신 저 좋아해요?"

라며 자신을 팔고자 하는 여자도 있다. 거류지 부근에 산재하는 매춘가(갈보집)의 여자들은 요즘에는 어지간히 일본인에게 익숙해져서, 일본인이라는 말을 들어도 숨거나 하는 일은 이제 옛 이야기가 된 것 같다. 이런 집의 여자들 중에는 한 번 놀아보고 싶은 생각이 드는 여자가 한 명도 없었기 때문에 한 동안은 말을 붙이고 싶은 생각도 안 들었다. 실내도 어두침침하고 아무런 장식도 없이 살풍경하다. 이런 집에서 하룻밤의 봄을 사는 것은 어지간히 여자와 연이 없는 남자거나 별난 취향을 가진 남자가 아니면 불가능한 일이다. 한어라도 마음대로 구사할 수 있는 사람이라면 그들 매춘부(갈보집)의 경력담이라도 듣고 의외의 재료를 얻어 독자에게 소개할 수 있을 것이다. 하지만 기자는 그 정도까지의 한어 소양도 없어서 그럴 수도 없으므로, 다시 만날 것을 구실로 백동 두세 닢을 주인에게 주고 도망치듯 나왔다.

거현세현

천연제

○ 뭐든지 돈이 최고. 애초에 목적이 돈을 벌고자 하는 것이므로, 조선에 온 사람에게 애써 풍류를 말하는 것은 처음부터 안 될 말.

○ 이제부터는 영주 목적으로 조선에 뼈를 묻으려는 사람도 적지 않을 것이다. 아니 오히려 영구이주를 할 생각으로 왔으면 좋겠다. 이제는 잠깐 거쳐 가는 기분으로 분위기만 어지럽히고 돌아가는 것은 옛날 일로, 앞으로는 그렇게 안 될 것이다.

○ 그런데 착실하게 영주하기에는 오락이 너무 적은 곳으로, 잠깐 숨을 돌이킬 일이 있으면 우선 요리집, 실패를 해서 자포자기하는 마음이 들어도 요리집, 즉 여자와 노닥거리는 것을 유일한 즐거움으로 삼고 있다.

○ 분노, 질투, 2, 3십 원의 화대로 내 것인 양, 다른 사람이 손을 댔다는 말을 들으면 그것을 천착하기에 바쁘고 그 자가 다른 방의 손님이라는 하면 이를 갈며 궁색한 4장반짜리 다타미방에서 비싼 술을 마시고 돌아온다. 이 외에는 달리 오락의 방법이 없으니 한심하다.

○ 당구, 바둑, 장기, 화투 등이 아주 많이 유행하고 있다. 이것도 집안의 오락인데 어쩐지 기를 쓰며 한다. 느긋한 마음을 기를 수가 없다.

○ 산을 보고 물을 보며 직접 자연을 접하며 웅대한 기상을 기르는 것이 조선에서는 불가능한 것 같다.

○ 장소가 없다는 말은 먹히지 않는다. 경성부근에도 동소문 밖이나 노량진 같은 곳은 잔디 위에서 주먹밥을 먹어도 맛있을 것이다.

○ 꽃구경 같은 것은 전혀 없다 할 수 있다. 그렇지만 남문 밖 복숭아꽃은 내지에서는 찾아볼 수 없을 만큼 아름답다. 만개의 계절에 꽃나무 아래에서 초밥이라도 먹으려는 사람은 손에 꼽을 정도밖에 안 되므로 신사(紳士)나 신상(紳商)이라 해도 뱃속은 저속함을 알 수 있다.

○ 꽃보다 경단1)이라 해도 될 것이다. 술 없이 무슨 재미내고 해도 될 것이다. 봄은 봄처럼 표주박을 어깨에 걸치고 답청(踏靑)을 즐기러 가지 않으면 경찰 신세를 져야한다고 생각할 정도로 변변한 것이 없다.

○ 장충단 계곡은 좋은 오락장이다. 대부분의 사람은 눈길도 주지 않지만, 그곳 초원 위에 빈 박스가 흩어져 있거나 빈 맥주병이 뒹굴러 다니지 않으면 경성의 발전도 어찌 될지 모를 것이다.

○ 아리(我利)와 아리의 조화를 꾀하는 것은 예기와 창기뿐이라고 하니, 역시 아리가 되지 않을 수 없기 때문에 경성의 천지는 조금도 여유가 없다.

○ 인천에는 '느긋한 모임'이라는 것이 있다. 느긋하게 먹고 마시고 이야기하는 것인데 그래도 회비는 겨우 2엔 정도라고 한다.

○ 평소에는 한눈팔지 않고 열심히 일하고 한 달에 한두 번은 지갑

---

1) 금강산도 식후경에 해당하는 일본 속담.

사정 생각하지 않아도 될 오락기관을 설치하지 않는 것은 잘못된 것이다.

○ 보기 싫게 있는 척 하는 것은 일본인의 버릇이다. 경성의 상인으로 방귀 좀 뀐다 싶은 사람은 연미복과 실크 햇이 없는 사람이 없다 한다. 이는 외교관풍이 거류지에 흘러들어온 결과이다.

○ 외교에 급급했던 시절에는 형식도 필요했겠지만 이제부터는 쓸데 없는 형식은 싹 없애버렸으면 좋겠다.

○ 관민화충(官民和衷)이라는 것이 필요하다면 관리가 조금 더 서민적 이 되어야 한다. 역시 잘난 사람은 잘난 사람이니까.

○ 삼척오비(三尺帶)[2]를 한 부랑자나 무뢰배들을 단속하는 것은 찬성 이다. 하오리(羽織)를 입은 깡패들을 단속하는 것도 찬성이다. 신사 의 가면을 쓰고 도둑질을 하는 자들도 단속해야 할 것이다. 관리로 서 뇌물을 받는 자들도 단속해야 할 것이다. 이들을 모두 몰아낸다 면 거류지에는 경찰서장 한 명 남아서 이번에는 자신을 단속해야 할 것이다.

○ 영세한 돈도 모이면 큰돈이 되는 것으로, 경성에서 하녀 봉공을 하 는 사람들이 제일은행에 맡긴 돈만 해도 1년에 3만 엔 정도라 한 다. 그 외 다른 은행에도 맡길 것이고 고향에 송금도 할 것이니 모 두 합치면 막대한 금액이 될 것이다.

○ 경성, 인천에서 큰 요리집이라고 하면 1개월에 삼천 엔 정도의 수 입이 있다고 한다. 그중에서 술안주를 사들이느라 요리집에서 내

---

2) 에도시대 서민 남자들이 간단하게 착용했던 것으로 길이가 짧아 이런 명칭이 붙음.

는 돈은 정량만으로 5백 엔 정도 될 것이다. 그런데 집을 짓거나 도구를 사거나 예기를 두는 것이 모두 고리의 빚으로 하는 것이기 때문에 적어도 2,3백 엔의 빚이 있을 것이라 한다. 3부 이자라 해도 한 달에 9백 엔, 이것을 손님에게 받은 돈으로 충당하는 것이다. 그리고 집에 드는 잡비가 5, 6백 엔, 이것도 역시 손님이 내는 돈으로 충당하는 것이다. 그리고 가끔 장난을 쳐서 값을 깎는데, 이 역시 손님이 낸 돈으로 충당한다. 이렇게 모든 사정을 알고 보면 요리집 계산을 비싸다고는 할 수 없는 셈이다.

○ 상인들은 불경기라서 요리집의 고리 빚까지 내줄 만큼 친절하지 않기 때문에 한 때는 군인들 전용이었다. 하지만 요즘에는 다시 통감부 전용으로 첫 번째 방도 통감부, 두 번째 방도 통감부, 경성에 통감부가 어찌나 많은지….

○ 신마치의 여자는 확실히 통감부의 덕을 보지 않고 뒤에서 비난하여 말하기를, 통감부, 통감부 하지만 통감부는 궁둥이나 무는 부예요.

『한반도』

제2권 제3호(1906.6)

박정한 사람

도모에노스케(巴のすけ)

봄은 이미 배나무 꽃이 한창 피고 복숭아꽃이 지기 시작할 무렵이 되었지만, 장소가 장소인 만큼 경성은 아직 솜을 넣은 옷을 입어야 하는 계절이다. 4, 5일 전만 해도 하얀 눈이 펄펄 날릴 정도였다. 하지만 역시 틀림없는 것은 봄날 밤의 하늘 빛, 아련하게 흐려 요염해 보이는 달 빛, 거리에 가득한 꽃소식에 사랑 점을 치는 점쟁이의 목소리를 보면 모두 봄날 저녁 풍경이다.

이곳에서 유명한 요리점 기쿠스이루(掬翠樓)에서 기어 나온 젊은이, 밤에 봐도 확실하게 보이는 큰 무늬의 옷, 손잡이가 굵은 스틱을 느긋하게 허리에 찔러 넣고 팔짱을 끼고 유유히 노래를 흥얼거리며 파성관(巴城館) 앞을 왼쪽으로 꺾어지려 한다. 바로 그때 뒤에서 허둥지둥 달려 나와 소매를 휙 잡은 여자, 목덜미가 투명할 정도로 희다.

"당신 너무 하네요. 잠깐 기다리라고 하는데."

"그러니까 기다렸잖아."

"거짓말. 내가 쫓아오지 않았으면 그냥 가 버렸을 거면서."

"그야 물론이지."

"물론이라니요. 당신 어쩜 그렇게 태평해요?"

라고 하며 질렸다는 듯이 남자의 얼굴을 빤히 본다.

"느긋하다고? 이래 봬도 느긋해 보이나 보지?"

"그냥 보면 아무런 문제없어 보이지만 다리는 쉴 새 없는 물오리 같은 게 저라는 생각이 들어요."

"하하하하, 뭐 그렇게 매달리지 말고 걸어. 보기에 엄청 추해 보일 뿐만 아니라 단벌 옷 상할 수 있단 말야."

"당신 정말 어떻게 해 주지 않으면 나 이제 아무것도 할 수 없어요, 그러니까 당신이 안 된다면 갈게요. 네? 괜찮죠? 그렇게라도 해 주지 않으면 저는."

라고 하는 목소리는 떨리고 있었다. 서쪽으로 흘러가는 달에 낀 구름을 보면 내일은 아무래도 비가 내릴 것 같다.

"그건 안 돼. 운노 뎃페이(海野鐵平), 여자를 훔쳐서 잠적했다는 말을 들으면 체면이 말이 아니지. 아무리 말해도 그건 절대 안 돼."

하고 분명히 말한다.

"그럼 저는 어떻게 하면 좋아요? 정말이지 저는 죽고 싶어요."

라고 생각다 못해 하는 말. 흘러내린 머리칼을 쓸어올리며 남자의 옆모습을 가만히 바라보고 있지만, 남자는 허공만 바라보며 대답도 없다.

"당신 정말 너무 해요. 당신은 저 같은 것한테는 조금의 동정도 없는 거죠. 방금 전에도 말한 것처럼 다른 사람의 첩이 될 바엔 저는 살아도 사는 게 아니에요."

라며 애절하게 한숨을 쉰다.

"그럼 죽겠다는 것인가? 좋아. 하지만 죽으면 허리 아래는 없어져. 하하하하. 오엔(お艶) 언니 어때?"

라고 고개를 숙이고 있는 여자의 옆얼굴을 바라보았지만 다시 불쑥 허공을 올려다보며 입술을 꽉 깨물었다.

"전 이제 몰라요. 사람을 이렇게 걱정하게 만들어 놓고, 당신은 아무것도 아니라는 식이군요."

라며 간간히 말을 하다가 갑자기 머리를 지으며 입을 다물어 버렸다. 그 눈에는 눈물이 반짝반짝 빛나고 있다. 두 사람은 어느 새 경성소학교 앞까지 와 있었다. 마침 야간수업이 끝나고 돌아가는 학생들이 시끌시끌 떠들며 나왔기 때문에 뚝 떨어져서 오른쪽 언덕으로 올라갔다.

"아무리 그래도 그렇지 저 그런 짓은 못하겠어요. 그런 사람의 첩이 될 바엔 차라리 죽는 게 훨씬 나아요."

가슴 언저리까지 나온 붉은색 잠옷을 요염하게 내보이는데, 그렇게 말을 하고 원망스럽다는 듯이 양어머니 오쓰루(お鶴)의 얼굴을 들여다보고 있는 것은 오엔이다.

머리맡에는 등잔 위 램프 불빛이 눈부시게 빛나고 있고 오쓰루는 안절부절못하며 듣고 있었는데, 피우고 있던 담뱃대를 허둥지둥 화로에 탁탁 털며 무릎걸음으로 한 걸음 다가가며,

"뭐야, 그런 사람의 첩이 되는 것은 싫다구? 건방진 말 하지 마. 똥오줌 받아주며 이제 겨우 남들처럼 키워 놓으니, 별 시답지 않은 가난뱅이 서생 놈에게 정신이 팔려서 이 에미는 굶어죽든가 말든가 상관없다는 말이냐? 너 그게 키워 준 부모한테 할 말인지 잘 생각해 보거라."

라고 마침내 치밀어 오르는 화를 억누르며 이렇게 말했지만, 눈은 날카롭게 빛나고 이마에는 굵은 정맥을 드러나고 있다.

오쓰루는 여자이기 때문에 하고 싶은 도락은 있는 대로 다 하고, 이

제 나이 60을 바라보고 있음에도 파렴치하게 자식뻘 되는 나이의 건달 구마(熊)라는 자를 정부로 두고 폭 빠져 있을 정도로 기가 센 여자. 오엔은 부모가 누구인지도 모르고 태어나자마자 이 오쓰루에게 와서 자랐다.

팔자인가. 기예라는 것은 먹고 살 만큼만 있으면 되는 것인데 오히려 더 박복하게 할 만큼 좋았고, 뛰어난 용모는 오히려 독이 되어, 오엔은 신바시에 작부로 팔린 이래 열아홉 살이 된 오늘날까지 혹독한 대접을 받으며 온갖 고생을 했다. 그러니 어디로 보나 야무지기는 했지만, 어디까지나 여자인지라 아무리 친 부모가 아니라도 이건 너무하다며 특별히 원망을 하는 것은 아니었지만 남몰래 울기도 많이 울었다. 그러면서도 늘 오쓰루가 시키는 일은 착실하게 해 왔다.

하지만 사랑이란 것은 보통일이 아니라 뜻밖에도 오쓰루는 운노와의 사이를 눈치채고 나서 무슨 일이든 트집을 잡으며 불효자라는 둥 음탕하다는 둥 입에 담기에 민망한 말로 욕을 퍼붓기 때문에 오엔도 결국은 가만히 있지는 못하게 되었다. 그런데다 남의 첩이 되라고 다그치니 요즘에 오엔은 자포자기하는 심정이었다. 오늘도 아침부터 병이 났다고 하며 마음대로 늦잠을 자고 일어나지 않았다.

오엔은 오쓰루가 부르르 하는 것을 보고 또 시작이군 하고 생각했다. 그래도 될 수 있으면 화를 나게 하지는 말아야지 하고는,

"그러니까 몇 번이나 말씀드렸잖아요. 열심히 벌어서 어머니가 사는 데 문제없이 하겠다구요. 이런 일만 아니라면 어머니가 하라고 하는 것은 뭐든지 다 해요. 하지만, 어머니 이번 일 만큼은 제발 부탁이에요."

라고 조근조근 이야기했다.

오쓰루는 눈과 눈 사이를 씰룩거리며 듣고서는,

"농담하지 마. 어머니가 사는 데 문제없이 하겠다구? 듣자듣자 하니 어이가 없어서 원. 이날 이때까지 언제 한 번이라도 문제없게 한 적이 있니? 흥 이제 나는 미래가 없어. 게다가 좋아하는 술 한 번 언제 실컷 먹게 해 준 적 있니? 그런 주제에 건방진 소리 마. 아무리 발버둥 쳐도 그냥 내버려 두지는 않을 테니까 그런 줄 알아. 흥, 너희가 하는 말 일일이 오냐오냐 하며 받아주면 좋겠지만, 이 에미가 굶어 죽는다구. 뻔뻔스러운 것 같으니. 음탕한 계집애, 천하의 불효자식."

라며 소리소리 질렀지만 아직도 분이 덜 풀렸는지 입가를 실룩거렸다.

이렇게 된 이상 오엔도 이제는 될 대로 되라는 기분이다.

"불효자식이라니요, 듣기 거북해요. 그만두세요. 어머니야말로 구마 같은 파렴치하고…."

말이 끝나는 것을 기다리지 못하고 화를 참느라 그런지 오쓰루는 부들부들 볼 살을 움직이며 분해서 떨리는 입술로,

"뭐라구? 이 년이…."

라며 얼굴이 시뻘개져서 울부짖었지만 이제 말이 입안에서만 우물거릴 뿐이다. 갑자기 담뱃대를 들어 올렸는데, 허둥지둥 달려온 조추 오타마(お玉)가 은행의 야마다(山田) 씨가 왔다고 고한다.

게이샤 집 오엔의 다타미 6장짜리 거실에 주문을 했는지, 안주와 뚜껑이 덮인 춘경(春慶)[1]에 담긴 음식이 차려져 있다. 그 옆에서 화로

---

1) 갈색 표면에 노란 유약(釉藥)을 띄엄띄엄 뿌린 도자기.

를 사이에 두고 오쓰루와 마주앉아 홀짝홀짝 술을 마시며 조용조용 이야기를 하고 있는 것은, 오엔을 첩으로 삼고 싶어 하는 모모(百) 은행 지배인 야마다 고키치(山田剛吉)라는 남자.

실업계의 거물, 당시 나는 새도 떨어뜨릴 정도로 위세가 대단하여 신산귀모(神算鬼謀)2)로 대단한 수완을 발휘하는 야마다이지만, 황금도 권력도 발톱의 때로 여기는 오엔 만큼은 마음대로 할 수 없었다. 그래서 적을 쏘기 위해서는 먼저 그 말을 쏘라는 병법을 응용하여, 매달 백 엔의 돈을 보내 주겠다는 미끼로 오쓰루를 손에 넣고 끝까지 자신의 의지를 관철하고자 하는 것이었다.

야마다는 벌써 꽤 취했다. 몽롱하게 취한 눈으로 천정을 바라보며 오쓰루가 하는 말을 하는 말을 듣고 있다가,

"그래서 아무래도 안 된다는 것인가?"

라며 좀 풀이 죽었다.

오쓰루는 다급하게 말을 바꿔,

"안되다니 그럴 리가 있나요. 다만 아직 통 어린애라서 애를 먹이는 거죠."

라며 얼버무린다.

"그러니까 바로 그게 자네 수완 아닌가?"

눈을 빠꼼히 번득이며,

"어떻게 해 주면…"

하고 스스로를 비웃듯이 픽하고 코웃음을 치고 도중에 말을 끊었다.

---

2) 뛰어난 계략과 귀신 같은 꾀.

"그야 물론 야마다 씨 같은 분께서 어떻게든 해 주시면, 지금까지처럼 돈을 벌게 내버려 두고 다달이 주시니까 이렇게 좋은 일은 없겠지만요."

라고 오쓰루는 어디까지나 명료하지 못 한 대답. 평소 기가 센 오엔이 그런 일을 저지르지 않는다는 보장도 없다. 그렇게 생각을 하니 오쓰루도 쉽게 확답을 주기 힘들다. 야마다는 언제까지고 명료하지 못 한 대답에 화가 치밀어 어깨에 불끈 힘을 주며,

"할멈, 그런 뜨뜻미지근한 이야기로는 곤란해. 받을 건 다 받고."

라며 목소리가 점점 격앙되기 시작한다.

오쓰루는 눈을 찔끔하며,

"그런 민망한 말씀 마세요. 당신이 오셨을 때도 안에서 잔뜩 기름을 쳐 두는 참이었는데, 그게 말이예요 자식 이기는 부모 없다고 시간이 들고 품이 드는 것은 아니지만 아무리 뭐라 해도 이러쿵저러쿵 난리를 치면 당신도 영 좋지만은 않을 것이니 2, 3일만 더 기다리세요. 꼭 어떻게든 할 테니까요."

라고 하며 불안한 듯이 야마다의 기색을 살핀다. 야마다는 팔짱을 낀 채 고개를 숙이고는 잠시 생각을 하더니 얼굴을 홱 들고는,

"아니 뭐 상관없어. 나도 여기까지 왔으니 이대로 물러나지는 않을 거니까."

라고 험악한 눈으로 가만히 보더니, 엇 하고 혼자 생각이 났는지 안 주머니를 더듬어,

"우선 이것만이라도 받아 두셔."

라며 아직 **빳빳**한 지폐 뭉치를 한 다발 던져 주었다.

오쓰루는 곁눈질로 힐끗 지폐를 보더니,

"호호호호, 야마다 씨도 참 성급하다니까."

라며 히죽히죽 웃으며 가만히 생각했다. 그리고는,

"그럼 야마다 씨, 이렇게 합시다."

하며 뭔가 귀에 대고 한참 동안 속닥였다. 두 사람은 얼굴을 마주 보며 싱긋 웃었다.

―――――

팔베개를 하고 쿨쿨 자고 있는 야마다의 얼굴을 들여다보며 코끝으로 싱긋 웃으며,

"히히히히, 그럼 나으리 다녀올 테니까, 뒷일은 부디 잘 부탁드려요."

라고 한다. 오쓰루는 목욕탕을 간다며 오타마를 데리고 나갔다. 오엔은 오쓰루가 나가는 것을 뒤에서 보고 있었다.

"뭐 마음대로 해 보시라지."

라고 마음대로 중얼거리며 천정을 바라보았다. 잠시 후 문득 생각이 났는지 품속에서 화투 모양으로 된 남자의 반신상 사진을 꺼내 가만히 흘려보듯 정신없이 바라본다. 가끔 정신을 차린 듯 생긋하며 미소를 짓다가, 다시 원래대로 소중하게 몇 겹이고 종이에 싸고는 다시 비단에 싸 두었다. 가슴 주변을 두 손으로 꼭 누르며 타오르는 듯한 눈동자는 더욱더 교태와 요염함을 더하고 황홀경에 있는 모습이 마치 흐드러지게 피어 있는 꽃향기에 취해 훨훨 날아다니는 나비처럼, 뭔가 즐거운 그림자를 쫓고 있는 것 같다.

쓱 하고 맹장지를 여는 소리가 나더니 이윽고 히죽 기분 나쁘게 웃으며 들어온 것은 야마다이다. 오엔은 즐거운 꿈에서 깨어 정신이 번

쩍 든 것처럼 잠시 멍했지만, 머리맡에 앉아 있는 야마다를 보고는 목
례를 까딱했을 뿐, 무어라 말할 수 없는 불쾌한 표정을 지으며 외면해
버렸다.

"어디 아프지 않아? 어때?"

라고 야마다는 상냥한 소리로 물었지만 날카롭게 빛나는 눈은 꿈쩍도
않고 가만히 그 옆얼굴을 응시하고 있다.

"예? 뭐 아무렇지도 않은데요. 두통이 좀 나서요"

라고 오엔은 매우 음울하게 말했지만, 야마다가 뱀 같은 눈을 하고 떫
은 감 맛이 나는 술냄새를 풍기며 자신의 얼굴을 들여다보고 있기 때
문에 참지 못하고 이불로 얼굴을 뒤집어썼다.

야마다의 눈은 번개가 치듯 번득였지만, 무릎을 쭉 갖다 대고는,

"그렇게 많이 아픈가?"

하며 이마에 손을 댔다.

오엔은 완전히 굳어졌다.

야마다의 무릎은 이불에 더 가까이 다가갔다.

오엔은 귀신이라도 붙은 듯 몸을 부들부들 떨다가 견딜 수가 없어
벌떡 일어나서 야마다의 얼굴을 가만히 들여다보았다. 그리고는 곧
고개를 숙이고 말았다.

머리카락이 흘러내린 이목구비가 또렷하고 흰 얼굴, 타오르는 듯한
붉은 잠옷, 마치 비가 개인 후 뜬 달을 벚꽃 사이로 보는 것 같았다.

"오엔, 나도 남자야. 그렇게 무시당할 사람이 아니라구."

라고 하는 야마다의 목소리는 떨리고 있었다.

오엔은 자기도 모르게 몸서리가 치는 것을 참지 못하고 벌떡 일어

서서 옷걸이에 걸려 있는 옷을 꺼내 입었다.

야마다는 숨을 몰아쉬고는 오엔의 동작을 지켜보며 자리에 앉기를 기다리며,

"오늘 밤은 무슨 일이 있어도 이대로 돌아가지는 않을 거야. 할멈도 그런 줄 알고 돈을 받고 다마를 데리고 밖으로 나갔으니까."

라며 이제는 무릎을 세우고는 오엔의 손을 잡으려고 했다.

그 손을 뿌리치며 벌떡 일어선 오엔의 얼굴은 뭐라 형언할 수 없는 위엄을 드러냈다.

"당신은 남자답지 못 해요. 뭐예요? 만약 제가 안 된다면 어쩔 거예요?"

라고 엄숙하게 말했다.

"뭐라구? 건방진 소리 하네."

라며 야마다는 그야말로 폭발을 할 기세. 하지만 어찌할 도리가 없어서 그저 떨고 있다.

오엔은 경멸하는 눈으로 힐끗 한 번 볼뿐, 수그러들 기색이 없다.

"다른 사람은 모르지만 오엔의 몸은 파는 물건이 아니에요. 죄송하지만 당신에게는 그렇고 그런데서 굴러먹는 여자가 어울려요. 이 오엔은 조금 과분해요."

라고 하며 벌떡 일어서서, 고개를 숙이고 있는 야마다를 한 번 보고는 방을 나가려 했다. 야마다는 확 열을 받아 난폭해져서,

"이 년이, 기다려."

하고 일갈하고는 옷깃이 손에 잡히자 있는 힘껏 잡아당겨 쓰러뜨리고는 억지로 몸을 빼앗으려 했다.

"뭐 하시는 거예요?"

라며 오엔은 잡힌 손을 뿌리치려고 기를 쓰며 아름다운 이를 꽉 물었다. 눈은 분노로 타오르고 죽을 듯이 몸부림을 치며 발버둥을 치니, 과연 사납게 날뛰던 야마다도 감당을 못하고 수그러들었다. 그러자 5부 옥이 박힌 비녀를 뽑는가 싶더니 야마다의 면상에 내리꽂았다. 불의의 공격에 상대가 깜짝 놀라자 그 틈을 놓치지 않고 오엔은 몸을 홱 돌려 그대로 밖으로 뛰쳐나갔다.

오엔과 헤어진 그날 밤의 일이다. 달팽이 같은 하숙집 온돌 한 켠에서 등불을 켜는 것도 귀찮아 캄캄한 어둠 속에 몸을 던져두고 있는 운노 뎃페이, 무슨 생각을 그리 하는지 희미해서 어렴풋이 보이는 봄날의 달을 창문 너머로 바라보며 멍하니 앉아 길게 탄식했다.

장부다운 기상 쉽게 남에게 고개를 숙이지 않고 황금이나 권위에 굴복하는 것을 떳떳하지 못 하게 여기는 운노 뎃페이, 10년을 고학한 몸으로 올해 27세가 된 요즘 이역을 방랑하며 온돌 한 켠에서 자취를 하는 신세지만, 본성이 듬직하고 담력이 있으며 느긋하여 타고난 종횡의 기재(奇才)를 미우(眉宇)에 번득이며 세상의 기세를 엿보는 모습이 보통 사람은 아니다.

하지만 뎃페이는 원래 열정이 있고 정이 많은 남자, 진흙 속의 흰 연꽃 같은 박복한 미기 오엔이 바치는 절실한 사랑에는 제 아무리 철심장이라도 찢어지지 않을 수 없다.

품으로 날아든 새, 이것을 죽이지 않는 것은 남자의 의기이다. 그런데 지금 큰 나무에 얽혀 사는 담쟁이처럼 그저 나 하나만을 생명으로 의지하고 있는 가련한 오엔, 아아, 어찌 이대로 그녀를 떨쳐 버릴 수 있겠는가? 과감하게 그녀의 청을 받아들일까, 나는 타오르는 불을 굳이 억누르고 그녀를 속이고자 하는 것이 아닌가? 나는 정말로 이렇게 증오할 위선자가 아닐까? 여자는 사랑에 사는 법이다. 나는 그 사랑을 가지고 놀려 한 것이 아닐까? 실로 참혹하다. 나는 악마다. 그러나 받아들여서 어찌하겠는가? 내 이상에 잘 동화를 할까? 만약 동화를 하지 못하면 나는 오히려 그녀를 나락의 사지로 빠트리는 자가 되는 것은 아닐까? 나는 어디까지나 인생을 위해 이 험악한 사회와 계속해서 분투해야 한다. 섬약한 여성을 빈곤과 고통으로 울게 하고 내가 이 고투를 계속할 수 있을까? 나는 그런 참혹한 짓은 도저히 할 수 없다. 차라리 이 기회에 단호하게 떼어버리는 것이 두 사람을 위해 득책이 아닐까? 그러나 그렇게 했을 때 그녀는 얼마나 실망을 할까? 상상만으로도 끔찍하다. 어쩌면 정신적으로 죽어 버릴 지도 모른다. 참으로 비참하기 짝이 없지 않은가? 도저히 견딜 수가 없다. 어차피 한 번 사는 인생이다. 몸을 속류에 던져 달콤한 사랑의 향기에 취해 볼까? 아니야 아니야, 안 돼. 운노 뎃페이는 그런 약한 남자가 아니다. 그렇다면 차 버릴까? 그녀에게 사형을 선고하는 것이나 마찬가지다. 도저히 견딜 수 없다.

———

유정의 극은 무정. 한 때 견디기 어려웠던 감정을 견디고 그녀의 백년의 장계(長計)를 꾀하자. 좋아, 내 사랑은 그녀에게 바치자. 내 육체는 어디까지나 사회와 분투해야 한다.

세상은 암흑의 손에서 떠나 밝게 빛나기 시작했다. 창밖으로 번뜩 하늘을 올려다보는 뎃페이의 면상, 형언할 수 없는 희망의 빛과 용감

한 기운을 드러낸 눈에 눈물이 뚝뚝.

왜성대 앞 1정보 정도의 땅에 담을 둘러치고 마석 기둥과 주철로 된 대문을 하고는 여봐란 듯이 장엄하고 광대하게 서 있는 집 한 채. 이것이 바로 뱃사람으로 밥을 먹고살던 비천한 출신으로 출세를 해서 일대 몇 백만 원이라는 재산을 형성하여 만한(滿韓) 일대를 대상으로 사업을 하고 있는 대무역상 다치카와 가쿠조(達川角藏)의 주택이다.

송아지 같은 어깨를 흔들며 지금 막 그 현관에 도착한 청년, 그 안의 칸막이를 노려보며,

"계세요?"

하고 불렀다.

"네."

하고 대답을 하고 나온 남자, 청년의 풍채를 가만히 내려다보더니,

"누구신지?"

라며 매우 수상쩍다는 눈을 껌뻑껌뻑하고 있다.

"주인은 댁에 계신가?"

"아, 예, 근데 그게 좀 어수선해서요."

"나는 그걸 묻는 게 아니네. 계신가? 주인양반."

하며 이 자식 무례하네 라는 말이라도 할 듯한 눈빛.

"예, 그게 그러니까 무슨 일이신지? 성함은?"

청년은,

"음, 음."

하고 고개를 끄덕이며,

"나는 운노 뎃페이라는 사람이네. 용건은 직접 뵙고 부탁드릴 것일세."

'부탁드린다…' 운노 뎃페이는 혼자 중얼거려 보고 잠깐 생각을 하는 듯했다.

아무래도 생각이 나지 않는다는 표정을 하고는 말이다.

"그런데 그게 무슨 용건인지를 모르면 만나실지 어떨지… 바쁘셔서요."

라며 멸시의 기색을 노골적으로 띤다.

"직접 뵙고 말씀드려야 해. 그냥 운노 뎃페이라고 전하면 그것으로 알 거네."

"그럼 어쨌든."

결국 마지못해 들어갔는데 금방 나와서,

"실례했습니다. 어서 들어오세요."

라고 태도가 싹 바뀌어 몹시 공손. 하지만 이상한 자식이라는 말을 하고 싶은 표정. 힐끗힐끗 돌아보며 넓은 서양풍 응접실로 안내했다.

꽃무늬 카펫이 깔려 있고 타오르는 듯한 진홍색 테이블보, 금색 찬란한 테두리로 표구한 벽에 걸린 유화, 갈색 커튼, 창문 너머로 몇 그루 보이는 붉은색 복숭아꽃이 살랑살랑 부는 봄바람에 나부끼며 지는 모습이 이루 말로 다 표현할 수 없다. 비로드로 덮은 의자에 느긋이 앉아 자상하게 바라다보는 뎃페이.

지금 막 잘생긴 하인이 권한 커피를 홀짝홀짝 마시며 목을 움츠리고 실눈을 뜨고 콧방울을 실룩실룩 움직이며 웃고 있는 한 남자, 기분 나빠 보인다. 대문에서 안내를 한 사람이 수상쩍게 보고 하마터면 문전박대를 당할 뻔한 것도 무리는 아니다.

덕의(德義)는 어디론가 사라지고 인정은 종이장보다 얇으며, 사람들은 개미가 단 것에 몰리듯이 앞에 있는 사람을 밟고 뭉개고서라도 앞서 나가려 몸부림을 치며 운집하는 명리(名利)의 문, 신기하게도 세상을 등진 근성의 남자는 모름지기 다가가서는 안 된다며 발길을 뚝 끊고 오랫동안 찾지 않은 동향의 선배 다치카와 저택의 문을 두드린 뎃페이. 세상 사람들이 흔히 하는 것처럼 비위를 맞추고자 번거롭게 허례허식을 차릴 사람이 아닌데 무슨 마음이 들었는지 입가에 기분 나쁜 웃음을 띠며 주인을 기다리는 모습이 이상하고 또 이상했다.

기다리기를 잠시, 마침내 앞에 있는 문을 열고 나온 것은 주인 가쿠조였다.

"이야, 잘 왔네. 발길을 뚝 끊었다고 생각했는데."

라고 웃으면서 팔걸이의자에 앉았다.

일어나서 그를 맞이한 뎃페이는,

"본의 아니게 그만 격조했습니다."

라고 머리를 숙이는 태도가 매우 공손했다.

주인은 언제 봐도 기분 좋은 녀석이라고 하고 싶은 표정.

"자, 어서 앉게나."

라고 천천히 테이블 위에 있는 담뱃갑에서 궐련을 집어 들고 불을 붙이고는 느긋하며 빨아들이며 뎃페이에게도 담뱃갑을 권한다.

"오랜만이군, 그런데 뭐 재미있는 일이라도 생겼나?"

"아, 예 여전히 무능한 범골(凡骨), 여전히 멍하니 지내고 있습니다."

"하하하하, 교룡 풍운(蛟龍風雲)3)을 만나지 못해 연못 속에 잠들어

---

3) '교룡'은 때를 만나지 못해 뜻을 이루지 못한 영웅호걸을 비유하는 말. '풍운'은 영웅호걸이 뜻을 이루게 해 주는 좋은 기운.

있다는 말이군. 하지만 붙잡을 기회는 얼마든지 있지. 내 쪽에도 이번에 만주에 꽤 재미있는 일이 생겼는데 어떤가? 어디 한 번 내게 와서 좀 해 보겠나?"

온갖 고초를 겪으며 일대에 그 정도로 입신을 한 가쿠조이니 어딘가 보통사람과는 다른 구석이 있다. 아무리 시달려도 확실히 뛰어난 인물, 애석하게도 가지고 있는 재주를 진흙 속에 묻어두는 것은 아깝다며 종종 부르지만 신기하게도 천성이 세상과는 연이 먼 뎃페이, 범골은 쓸 데가 없다고 생각하고 있는 정도.

아까부터 고개를 갸우뚱하며 듣고 있던 뎃페이,

"저 같은 무능한 사람을 그렇게 생각해 주시니 진심으로 감사합니다. 하지만 실은 오늘 좀 생각한 일이 있어서 찾아왔습니다. 말씀드리기 어려운 일이지만 돈을 좀 빌려 주세요."

라고 하고는, 무슨 대답이 나올까 하며 이마 너머로 살피고 있다.

"이야, 드디어 천하의 자네 입에서 돈을 빌려 달라… 재미있군. 얼마진 모르겠지만 빌려 주겠네. 그래 생각한 일이란 무엇인가? 사업인가? 자네가 하는 일이니 뭐 기상천외한 일이겠지. 어때 괜찮으면 나도 한 자리 끼워 주겠나?"

라며 몹시 유쾌한 듯이 웃는다.

뎃페이 점점 더 공손한 태도로,

"이렇게 말씀드리면 혹 선배님께 실례가 될지 모르지만, 뎃페이 태어나서 처음으로 하는 사업이고 게다가 원래 범골이기 때문에 성패여부는 미리 기약을 할 수 없는 일이라서요. 그냥 빌려 주셨으면 합니다."

이건 또 웬 말인가? 안 될 일도 반드시 될 거라며 설득을 하는 것이 보통 사람들의 마음인데, 성패여부는 미리 기약을 할 수 없는 일이니. 그냥 빌려 달라니, 아무리 봐도 별난 작자라며 다치카와는,

"음, 그렇지, 음."

하고 고개를 끄덕끄덕하면서 기분 좋게 듣고 있었다. 그리고는,

"좋아, 재미있군. 그럼 군이 묻지 않겠네만, 열심히 해 보게."

라고 하며 뎃페이의 얼굴을 다시 보았다. 그리고,

"하지만 성패는 시운이니 실패했다고 해서 조금도 마음 졸일 필요 없네. 웬만한 상담은 다 응할 테니 쓸데없이 체면 차리지 말게."

라고 한다. 배포가 보통 큰 것이 아니다.

쫓아내는데 아무런 문제가 없는 여자 한 명의 문제이지만, 정에 얽매인 뎃페이. 어젯밤에 갑자기 오엔이 뛰어들어 와서 동정의 눈물이 가슴까지 꽉 차오르는 것을 이를 악물고 참았다. 오엔의 결심 굳은 바위처럼 움직이지 않으니, 적당히 댈 핑계도 없어 그저 안 된다 안 된다 하며 밀고 나갈 뿐 화를 낼 수도 없고 웃을 수도 없었다. 그렇다고 울 수도 없는 괴로움이라니. 마음속에서 아홉 번이나 생각을 해 보고, 돌아가겠다느니 안 돌아가겠다느니 옥신각신하다 밤을 새고 말았다. 벽에 등을 기대고 입술을 꼭 다물고는 글썽이는 눈으로 천정을 가만히 바라보는 뎃페이 앞에서 오엔은 엎어져 울고 있었다.

하필이면 이때 옆집에서 사람을 부르는 소리가 났다. 이윽고 얼굴을 내민 것은 오쓰루의 정부 구마다.

뎃페이는 외면을 하고 눈길도 주지 않는 오엔을 흘깃 보았지만 곧 히죽하고 험상궂게 웃으며,

"혹시 오엔이라는 여자 와 있지 않나?"

뎃페이는 고개를 푹 숙이고,

"와 있지. 어젯밤부터."

"잠깐 할 이야기가 있어서, 미안하네."

라고 들어와서는,

"나는 구마라는 사람인데 잠깐 이 여자에게 할 말이 있네."

라며 오엔을 보고 말했다.

"이 봐, 오엔. 나, 온 것 모르겠어? 어머니가 데리고 오라 해서 왔다구."

이때 드디어 고개를 들어 구마를 흘깃 보고는,

"어머, 그래요? 고마워요. 하지만 구마 씨. 저 안 돌아가요. 돌아가서 어머니에게 그렇게 전해 주세요."

"헤헤헤헤, 교육하나는 잘 받았다니까. 그렇게 호락호락 물러갈 구마 씨가 아니지. 어설프게 잔말 말고 돌아 가."

라며 눈썹 주위를 씰룩거리고 있다.

"당신이 아무리 뭐라고 해도 나는 돌아가지 않아요. 내 몸을 내가 마음대로 하는데 당신이 무는 참견이에요?"

라고 아주 대담하게 쏘아붙이고 얼굴을 홱 돌려 천정을 바라보았다.

뎃페이는 아까부터 잠자코 두 사람이 옥신각신 하는 것을 듣고 있다가,

"구마 씨, 당신 남자지?"

라며 당연한 이야기를 한다.

"당연하지."

하며 어깨를 으쓱였다.

"그럼 됐네. 잠깐 들어 보게. 당신은 이 여자를 끌고 가서 어떻게

할 셈인가? 그걸 묻고 싶네."

"그야 당신이 알 바 아니잖아. 어떻게 하든 그건 이쪽 마음이야."

"그래? 하지만 그 이야기를 듣기 전에는 나도 이 여자 못 돌려보내."

"뭐라구? 어설프게 까불지 말아. 이렇게 나오면, 좋아, 상대는 자네야. 어쩔 거야. 이 구마 남자라구."

라며 옷자락을 홱 걷어붙인다.

"하하하하, 당신 같은 구더기도 역시 허세는 좀 부릴 줄 아는군. 하지만 정승이나 부자 앞에서도 그렇게 허세를 부릴 수 있어? 어디 한 번 허세를 부릴 테면 인간답게 제대로 한 번 부려 봐. 약한 여자를 괴롭히는 주제에, 그래도 네가 남자야?"

큰 속물은 큰 성인에 가깝고 악에 강한 것은 역시 의(義)에도 강하다는 말이 있다. 세상 모든 일을 알 수 없는 것이 세상의 인정. 지식이나 학문 같은 시시한 이치를 그럴싸하게 내세우는 무리나 법도를 자기 혼자만 아는 것처럼 떠들고 다니는 무리들이 어찌 알까. 눈물은 오히려 삼척오비(三尺帶)를 꼭 묶은 부랑자나 무뢰배들에게 더 많을 지도 모른다.

뎃페이는 아까부터 하던 말을 계속하며,

"이 봐. 구마 씨. 사람은 한 번 나락으로 떨어지면 그 길로 끝이지. 약한 자라고 알게 되면 걷어차서 바닥의 바닥까지 빠트리고 그리고도 부족해서 머리 위에서 돌을 퍼붓는 것이 세상이야. 참혹한 사람들 아닌가? 그야 뭐 나나 자네나 사람인 것은 같을 거야. 누런 것으로 거들 먹거리는 똥통의 구더기 같은 작자들이나 호가호위하며 돌아다니는 여우같은 작자들이 제 멋대로 참혹한 짓을 하는 것을 피 끓는 남자가 그냥 보고만 있을 수 있나? 어떤가?"

라고 열변을 토하며 세상에 대해 분노하는 뎃페이. 눈썹은 오르락내리락, 얼굴은 시뻘개져서 타는 듯하다.

그 앞에 거북하게 무릎을 꿇고서 무릎 위에 손을 올리고 고개를 숙이고 있는 구마, 세상에 대한 분노가 불처럼 타오르는 뎃페이의 열정이 32년 동안 잠들어 있던 충심의 선을 건드려, 아까부터 회한의 염을 견디지 못하고 눈물을 뚝뚝 흘리고 있다. 그는 이제 울고 있다. 그런 구마를 가만히 지켜보던 뎃페이,

"이제 됐네. 잘못은 누구나 저지를 수 있지. 후회하고 개심을 하면 그게 바로 훌륭한 사람이 아닌가? 누구를 원망하겠는가? 하지만 어디까지고 참혹한 것이 세상이지. 한 번 잘못을 저지르게 되면 쉽게 용서받지 못해. 아무리 후회를 해도 개심을 해도 어디까지나 냉대를 받고 배척당하고 점점 더 못 살게 굴며 사람대접을 하지 않지. 그게 바로 인간이 약하다는 증거지. 뭐야 될 대로 돼라, 나도 내 멋대로 할 거다라며 자포자기하여 점점 더 깊은 나락으로 떨어지지. 그러면서도 인간의 피를 빨고 있는 거물 놈들은 대낮에 어깨를 활짝 펴고 대도를 활보하고 있지 않은가? 세상은 그런 거네. 하지만 구마 씨, 누가 뭐라 하든 내가 용서하겠네. 나는 어디까지나 자네 편이야."

이때 고개를 번쩍 든 구마, 표정이 싹 바뀌어 눈물에 젖은 얼굴에 뭐라 말할 수 없는 감사와 결심의 빛을 드러내며,

"뎃페이 씨, 죄송합니다, 죄송합니다. 저는 이제 잠에서 깨어났습니다. 저는 한심한 짓만 하고 살아왔습니다. 인간도 아니었습니다. 면목 없습니다. 이제 완전히 개심하겠습니다. 뎃페이 씨, 부디 이 구마를 진

정한 남자로 만들어 주세요."

라고 비 오듯 쏟아지는 눈물을 주먹으로 닦으며 잔뜩 다짐하는 모습.

오엔도 남 일 같지만은 않았다. 자기도 모르게 어느새 눈물을 흘리고 있었다.

밟으면 밟히는 인간 세상이지만 굳이 밟히고 싶지 않은 비뚤어진 세상, 그만 발을 잘 못 디뎌 빠진 어둠 속에서 방황하는 구마, 어쩐지 한 줄기 빛이 희미하게 보여 가슴속에서 뭔지 모를 따뜻함을 느꼈다.

흐르고 흘러 수없이 갈라지는 계곡 물이지만 원래는 모두 같은 샘에서 흘러나온 맑은 물, 선이 되느냐 악이 되느냐 하는 것은 세상의 박해를 견디느냐 그에 굴복하느냐 그 차이가 있을 뿐이다. 어느 쪽이든 바로 잡으면 선한 인간의 본성. 구마는 확연히 깨달았다.

오엔과 뎃페이의 얼굴을 번갈아 바라보던 구마,

"뎃페이 씨, 개심을 한 증표로 뎃페이 씨께서 꼭 들어주었으면 하는 일이 있습니다."

라고 사뭇 진지한 표정.

"개심을 한 증표 같은 것 필요 없지만 무슨 말인지 해 보게."

라고 하며 뎃페이는 구마의 얼굴을 가만히 살펴보았다.

"뎃페이 씨, 오엔을 잠깐만 그대로 있게 해 주세요."

뎃페이 자기도 모르게 눈길을 돌리고는,

"구마, 그건 안 될 말이야. 안 돼. 오엔은 어젯밤부터 감당이 안 돼. 게다가 데리러 온 자네까지 한 통속이 되면 곤란하지 않은가?"

"뎃페이 씨, 오엔은 순전히 뎃페이 씨를 사모하는 마음 때문에 그 험한 고생을 했습니다. 그러니 뎃페이 씨, 정말 가엾지 않나요?"

라고 하며, 불쌍해서 견딜 수가 없다는 듯이 눈물을 글썽이며 오엔을 바라보았다.

입술을 꼭 다물고 눈을 감고 있던 뎃페이, 몸을 부들부들 떨며 팔짱을 끼고 고개를 숙여 버렸다.

오엔은 눈도 깜짝 않고 가만히 지켜 보다 뚝뚝 떨어지는 눈물을 소매로 닦으며,

"저는 당신이 아무리 단념하라고 말씀하셔도 단념하지 않을 거예요. 그러니 억지 쓴다고 할 지도 모르지만, 이틀이든 사흘이든 좋으니까 내버려 두세요. 저는 이제 그것으로 만족해요. 어쩔 수 없어요."
라고 한심하다는 듯이 말을 하고는 푹 엎어졌다.

"당신에게는 정말로 딱한 일이지만 말이에요. 하지만, 하지만, 저는 아무래도 단념이 안 돼요."
라고 매우 애절하게 말하더니 이제 참을 수가 없는지, 응, 응 하고 듣고만 있는 뎃페이의 무릎에 엎어져 울었다.

구마도 자기도 모르게 슬퍼져서 동정의 눈물에 목이 메었다.

"뎃페이 씨, 이렇게 당신을 연모하여 고생을 하고 있는 오엔이 불쌍하지도 않습니까? 이렇게 불쌍하고 가련한 오엔을 뎃페이 씨, 굳이 비참하게 만들어야겠습니까?… 이러다 오엔 죽고 말거예요, 뎃페이 씨."

그리고 보니 뎃페이의 얼굴에는 고민의 빛이 역력하여 도저히 견딜 수 없을 것 같았다.

내던져진 돈다발에 눈이 어두워져서 목욕을 다녀오겠다며 다마와 함께 나갔다가 이제는 돌아가도 되겠지 하고 돌아와 보니, 화로 앞에 풀이 푹 죽어 있는 야마다. 처음부터 억지로 몸을 빼앗으려는 각오로

덤벼들었으니, 지금에 와서 화를 내려도 낼 수도 없고 분노를 억누르며 실패담을 이야기하니, 아니 이대로 둘 수는 없다 하며 펄쩍펄쩍 화를 내는 오쓰루. 도망갈 곳은 필시 그곳밖에 없지 하고는 보낸 구마, 맥없이 무너져 적의 충복이 될 줄은 몰랐으니 제 아무리 오쓰루라 해도 한 방 크게 먹은 것이다.

오엔은 구마의 진력으로 어쨌든 뎃페이의 옆에 있게 되었다.

지금 막 아침밥을 마친 오엔은 상을 정리하고 화로 앞에 앉았다. 이윽고 끓는 물을 주전자에 옮기며,

"여보, 차예요."

휙 돌아누워 신음 소리를 내고 있는 뎃페이. 불과 5, 6일 전까지만 해도 자취를 하던 신세를 생각하면 벌떡 일어나고도 남을 상황이지만, 언제까지고 뚱한 것이 돌아보지도 않고 그저 손을 뻗쳐,

"이쪽으로, 이쪽으로."

라고 할 뿐이었다. 오엔은 어이없다는 표정을 짓다가 곧 생긋 웃으며,

"아이, 안 돼요. 일어나세요. 당신 너무 부스스해요."

"바보 같은 소리. 지금까지 부스스한 적 없었어. 근데 지금은 네가 있으니까 그러는 거야."

라고 했지만 결국 일어났다. 오엔은 생각이 났다는 듯이 말했다.

"이제부터는 부스스 하든 말든 마음대로 하세요. 그런 것은 어찌 돼도 상관없어요. 하지만 당신 정말 고집 세요. 만약 구마 씨가 그렇게까지 해 주지 않았다면, 지금쯤 나는 어떻게 되었을까요."

라며 새삼스럽게 눈물을 흘렸다.

"무슨 바보 같은 소리하고 있어? 그보다 당신 아까부터 어딘가 간

다 하지 않았어? 빨리 다녀와."

"아, 그렇지. 오토키(お時) 언니한테 그 때 이후 한 번도 얼굴을 내밀지 않아서요… 당신 이제 볼일 없어요?"

"아무것도 없어. 빨리 다녀와."

"그럼 잠깐 다녀올게요."

"응, 응."

오엔은 허리띠를 다시 매고 뒤를 돌아보며 생긋 웃어 보이고는 밖으로 나갔다.

그 뒤를 가만히 지켜보던 뎃페이, 휴 하고 크게 한숨을 쉬고는 고개를 숙였다.

"불쌍한 오엔."

하고는 홱 돌아누웠다.

"그랬구나… 부모를 등지고 남자한테 갔으니, 뭐 열심히 살아야겠네"

라고 생긋 웃으며 오엔을 지켜보고 있는 것은 언니 게이샤 오토키이다. 오엔도 자기도 모르게 생긋 웃으며,

"누가 아니래. 지금은 저러고 있지만 나중에는 꼭 훌륭한 사람이 될 거야."

"맞아. 지난번에도 말야. 왜 그 있잖아, 다치카와 씨 말야, 무역을 하는, 같이 온 사람하고 이야기를 했는데, 운노를 저렇게 놔두는 것은 아까워, 어디에 내놓아도 잘 할 거야."

"그래, 하지만 그 사람은 남에게 머리를 숙이는 것을 싫어해서 할 수 없다니까. 하지만 시원시원하고 활발하고 남자다워서 얼마나 좋은

지, 나는 평생 가난해도 그런 게 좋아."

라고 하며 기분이 좋은 모양이다.

오토키는 어이없다는 표정으로,

"얘는 정말 뭐니? 아침부터 주책없이. 하지만 운노 씨도 대단해. 그렇게 무신경하면서 남자를 싫어하기로 이름이 난 오엔을 이렇게 만들어 놓다니 말야. 어디 얼굴 한 번 보여 줘. 어떤 얼굴을 하고 무슨 말을 하는지 들어 봐 줄게."

라며 일부러 얼굴을 들여다보려 한다.

"어머, 언니 왜 이래?"

라고 얼굴이 빨개져서 고개를 돌린다.

시계는 열한 시를 울렸다.

"어머 벌써 열한 시네, 나 돌아가야 해."

라고 오엔은 옷매무새를 고친다.

"좀 더 있다 가도 되지 않아?"

"그래도 점심때인 걸. 나중에 또 와서 천천히 있다 갈게. 언니, 잘 있어."

라고 인사를 하고 벌써 일어섰다.

"그래 그럼 또 와."

라고 하며 앞에 내놓은 과자 접시 위의 서양과자를 종이에 싸서,

"이거 가져 가. 그리고 있잖아, 운노 씨에게 안부 전해 줘."

라고 꾸러미를 내밀었다.

"어머, 고마워. 그럼 안녕."

"나도 조만간 놀러갈 테니 또 천천히 놀러 와."

오엔은 점심 준비를 해야 한다며 서둘러 돌아왔다.

"어머, 아무도 없네, 어디 간 거지?"

라고 하면 앉았다.

"아, 피곤해."

중얼거리며 방을 둘러보니, 책상 위에 편지 봉투가 하나 눈에 띄었다.

오엔에게… 뎃페이가

깜짝 놀라 집어 든 오엔, 봉투를 뜯어 읽어보니, 두루마리 한 척 정도 되는 길이로,

　　　덧없는 세상이야, 도저히 인연이 아니라고 생각하고 단념해.

　　　경성을 떠나며, 뎃페이

　　　　　　　　　　　　　　　　　　사랑하는 오엔에게.

오엔은 순식간에 낯빛이 바뀌며 뚫어져라 바라보다가는 서둘러 장롱을 열어 보았다. 가방이 없었다. 옷장 서랍을 열어 보았다. 날짜 지난 신문만 있었다. 옷은 하나도 없었다.

털썩 주저앉은 오엔. 눈을 치켜뜨고 입술을 꽉 깨물고 아무 데나 노려보았다.

"도망을 쳤네, 도망을 쳤어. 아아, 정을 모르는 박정한 사람."

하고 입 밖으로 소리를 내며 부들부들 몸을 떨었다. 그러다 결국은 엎어져 울고 말았다.

마침내 정신을 가다듬고 일어난 오엔,

"어디로 도망을 쳐도 내가 그냥 둘 것 같아?"
라고 험악하게 새파래진 얼굴을 번쩍 들었다.

"언니, 그 사람 도망갔어. 나 버림받았어. 아아, 억울하고 분해."
라고 하며 옷소매를 찢어질 만큼 꽉 물고 몸을 부들부들 떨며 엎어져
울기 시작했다.

"박정한 것은 남자라고 했던가. 정을 모르는 박정한 남자. 이 사랑
을 단념하라니. 오엔에게 죽으라는 것이겠지? 아아, 이 오엔의 사랑은
죽어도 단념할 수 없어, 그런 사랑이 아니란 말야. 도저히 꺾을 수 없
는 남자의 고집이라면 설령 이대로 사랑에 괴로워하다가 죽는 한이
있어도 절대로 억지로 잡을 오엔이 아니야. 잘 못 본 것인가? 이럴 수
가. 지금 다시 한 번 만나서 물을 건 묻고 할 말은 한 후가 아니면 이
대로 어떻게 보내겠어? 이 오엔이 얼마나 무서운데. 남자가 되어 가지
고 비겁하게 도망쳐 숨다니. 남자에게 남자의 고집이 있다면 오엔에
게도 여자의 고집이 있지. 내가 어떤 사람인지 보여줘야 해."

필시 이곳으로 도망쳤을 거야,라고 미친 듯이 몸부림을 치며 인천
으로 쫓아간 오엔. 곧바로 배 시각을 알아보니 방금 전 출발한 안동현
으로 다니는 소증기선 외에 오늘은 배가 뜨지 않았다고 한다. 보니,
물과 하늘 사이에 있는 작은 섬 옆으로 검은 연기를 내뿜으며 지나가
고 있다. 아아, 저거야 저게 틀림없어,라고 발을 동동 굴렀지만 때는
이미 늦었다. 그 외에도 하숙집을 비롯하여 갈 만한 곳을 모두 찾아보
았지만, 결국 있을 만한 곳이 없었다. 결국 지금 떠난 배에 탔을 것이
라고 결론을 냈다.

오엔은 돌아오자마자 바로 그 길로 오토키의 집으로 하소연을 하러

온 것이다. 오토키는 글썽이는 눈으로 엎어져 울고 있는 오엔을 지켜보았다.

"오엔, 너처럼 그렇게 한순간에 마음을 주면 도리가 없잖아. 우선 마음을 가라앉혀. 그것도 무리가 아니잖아. 그렇게 고생을 하고 나간 것이니까. 하지만 운노 씨의 마음도 그렇게 오엔이 말하는 대로라고만은 할 수 없어. 나이는 아직 젊지만 인정도 잘 아는 사람이니까. 그렇게 박정한… 아마 속으로는 울고 있을 것이라 생각해."

"흑흑흑흑."

목이 메어 대답도 하지 못 한다.

"그리고 오엔, 너 구마 씨한테 갔더니 점심때부터 부재중이었다고 하지 않았어?"

"응…."

하고 대답을 할 뿐 고개도 들지 않는다.

오토키는 끄덕이며,

"그게 아무래도 이상하다구. 난 아무래도 구마 씨도 같은 마음이라고 생각하는데 어때?"

마침 입구의 격자문이 드르륵 하고 열리며,

"실례합니다. 나 구마인데요, 여기 혹시 오엔이 와 있지는…."

오엔은 얼굴을 번쩍 들고는 귀를 쫑긋했다.

"어머, 어서 오세요."

는 오토키의 말.

"실례해요."

라고 하며 주저주저 들어온 구마는 제대로 자리를 잡고 앉아 고개를 숙이고 있다.

"오엔, 오늘 나 정차장에서 뎃페이 씨 만났는데, 잠깐 인천에 다녀온다면서 오엔에게 전해 달라고 하네."

라며 품속에서 두터운 편지를 오엔에게 건네고 가만히 그 얼굴을 바라본다. 그리고는 홱 얼굴을 돌리며 희미하게 한숨을 쉰다.

오엔은 아무 말 없이 받아들고 봉투를 열었다. 안에서 나온 것은 4, 5십 장의 10엔짜리 지폐로 그 외에는 종이조각 한 장 들어 있지 않다.

오엔은 이를 부득부득 갈며 구마의 얼굴을 쏘아보듯이 바라보았다. 뚝뚝 떨어지는 눈물을 닦을 생각도 없이 정색을 하고는,

"당신까지 한 통속이 되어 거짓말을 하네요. 당신, 오늘 운노 씨를 인천에서 전송했죠? 자 어디로 도망을 쳤는지 그걸 말해 주세요. 말해 달라니까요."

라고 눈빛이 바뀌며 몰아붙였다.

오토키는 오엔과 구마의 얼굴을 번갈아 보다가,

"오엔, 그렇게 몰아붙여 봤자 소용없어. 우선 나한테 맡겨 둬."

라고 하며 구마 쪽을 돌아보았다.

"구마 씨, 오엔은 지금 제정신이 아니니 화내지 마세요."

구마는,

"아니 뭐, 그게."

라고 무슨 말인지 하려고 하다가 차마 하지 못하고 어깨를 뚝 떨구고는 다시 고개를 숙여 버렸다.

오토키는 눈도 깜짝 않고 그 모습을 보다가 혼자서 고개를 끄덕거리며,

"이 봐요, 구마 씨. 당신도 말하기 힘들겠지만, 그러니 뭐 당신을 원

망하는 것도 아니고, 이 정도의 돈을 보내려고 한 운노 씨가 또 당신과 만나려고 정차장에서 기다릴 리도 없잖아."

"이 돈은 또 뭐예요? 돈을 받았으니 단념하라는 것인가요, 구마 씨? 좋아요, 나는 운노 씨를 잘 못 봤어요. 이런 더러운 것 가지고 가 줘요. 이걸 받으면 내가 죽고 싶어도 죽을 수가 없어요. 너무해요. 너무해. 운노 씨 정말 너무해. 구마 씨 한 번만 더 만나게 해 줘요. 저 이대로는 도저히 단념 못 하겠어요…"

라고 오엔은 이제 원망과 분노로 미친 듯이 몸부림치고 있었다.

이럴 것이라고 도중에 각오를 한 구마이지만 그 심정을 알고서는 아무런 위로의 말도 나오지가 않았다. 새삼 뎃페이의 무정함을 원망하지 않을 수 없다. 결국은 같이 울어 버리고 말았다.

달에는 먹구름이 끼고 꽃에는 바람이 분다고 했던가? 마음대로 되지 않는 것이 인생사라지만 인간 귀추의 광명이 자연히 그 안에 있다. 믿을 수 없는 덧없는 세상 그 자체가 오히려 오묘하여 헤아릴 수 없는 인생이 가장 가치가 있는 것이다.

눈물은 누구의 눈에나 있겠지만, 유정이든 무정이든 단지 떠 있느냐 가라앉아 있느냐의 차이가 있을 뿐. 눈물샘에서 터져 나오는 눈물을 이를 악물고 참고 마음속으로 우는 괴로움, 달군 쇠를 삼켜도 이렇게 아프지는 않을 것이다. 진정한 정은 이곳에 있는 것을.

오엔도 오토키도 얼굴을 들 수가 없다. 무릎 위의 손수건은 흠뻑 젖어 있다.

구마는 감개(感慨)를 참지 못 하겠다는 듯이 휴 하고 길게 한숨을 쉬고는 다시 또 이야기를 계속했다.

"그러니까 말야, 오엔. 그리고 이 돈을 준 것은 말야. 이 오백 원은 안동현에서 일을 할 생각으로 미리 다치카와에게서 빌린 것이야… 아무래도 그녀를 죽게 내버려 둘 수 없다고. 이것을 줄 테니 어머니와 연을 끊고… 그 일에서 발을 빼라고 말야."

라고 말을 끊었다가 이었다.

"그리고 나도 그녀를 내버려두고 가는 것은 정말이지 가슴이 찢어지는 것처럼 괴롭지만 지금 여기서 굴복하면 지금까지 지켜온 남자의 체면을 도저히 지킬 수 없고, 그녀는 저렇게 마음이 강한 성격이지만 여자이니 부디 신경을 써 줘… 부탁하네… 그렇게 강한 뎃페이 씨가 눈물을 흘렸어."

오엔은 엎어져 울고 말았다.

오토키는 마침내 눈물을 닦으며,

"그런데 운노 씨는 따로 돈을 갖고 있었나요?"

"나도 그렇게 생각을 해서 물어보았지만, 나는 남자야, 아무래도 괜찮아. 여자는 약하니까… 나는 인천에서 옷을 팔아서 10엔 정도만 가지고… 뎃페이 씨야말로 진정한 남자야. 난 정말이지 감탄했다니까… 울지 않으려고 생각했지만 이 눈이 허락을 해 주지 않아서 말야."

라고 고개를 숙이고 무릎 위에 눈물을 뚝뚝 흘렸다.

잠시 후 다시 정색을 한 오엔은 비에 젖은 배꽃처럼 흠뻑 젖은 얼굴에 뭐라 말할 수 없는 결심의 빛을 드러내고,

"구마 씨도 언니도 고마워. 이제 걱정하지 말아요. 이제 다 알았어요."

라고 분명히 말했다. 마침내 늘 가슴속에 품고 다녔던 반신상 사진을 꺼내들고는,

"운노 씨."

하고 소리 내어 불러 보았다. 그리고,

"저 됐어요. 이제 죽어도 여한이 없어요. 하지만 참고 기다릴게요."
라고 황홀하게 언제까지고 들여다보고 있었다.

한 달 정도 후 오엔은 경성 병원의 간호부 견습이 되었다.

야마다는 여전히 오엔을 따라다니며 괴롭히고 있다고 한다.

어디를 가도 비참한 인간세상. 매춘부지옥, 간호부들은 추업부 오
엔을 온갖 조소와 매도와 냉소로 대했다. 아무리 결심을 했다고는 해
도 여자다. 평소 오기가 있던 오엔의 마음 부채질하여 종종 그 각오를
위험하게 했지만,

"그렇게 되면 뎃페이 씨께 미안하지."
라고 늘 구마가 위로하고 격려했다.

가는 봄

하세가와(長谷川) 자적

상

봄 바다가 하루 종일 너울너울, 범선은 느긋하게 떠가고 가까운 앞 바다에 날고 있는 갈매기 모습도 선명한 어제오늘의 맑은 날씨. 얇은 옷으로 갈아입고 기분이 좋은 김에 산으로 놀러가서 새로 돋아난 풀 위에 앉으니, 보라색 제비꽃에 이름도 모르는 들꽃 하얀 것 노란 것 군데군데 피어 자연의 꽃무늬를 만든 것은 봄의 신이 주신 선물이니 고맙다. 거기에 주연을 열고 눈을 들어 바라다보니 멀리 보이는 미소 짓는 듯한 산은 물을 건너 봄 단장을 한 모습, 말할 수 없이 아름답다. 평소에는 지저분한 시장에서 이득을 찾기에 급급한 시정인들도 이 자연의 풍경을 눈앞에 놓고는 마음까지 화창해지고, 진애에 찌든 몸도 이때 만큼은 맑아져서 이욕의 마음과 멀어진다. 한 통의 술은 더 향기롭고 바구니에 담긴 안주는 진수성찬보다 더 맛있으니 주거니 받거니 취해 노래를 부르는 봄날의 소풍에 세상근심을 잊는 즐거움은 실로 일각이 천금 같이 값지다. 해가 서쪽으로 기우니 석양을 좇아 내려오는 발걸음, 입으로 흥얼거리는 노래에 이상하게도 갈지자 모양. 몸도 마음도 봄이고 어깨에 걸친 빈 표주박 덜렁거리며 발길 닿는 대로 거닌다.

옆방은 소풍을 갔다 돌아온 단골손님들을 맞이하여 와자지껄하고 노랫소리 웃음소리에 밝은 분위기지만, 수심에 잠긴 몸에는 그게 오히려 더 시끄럽게 들리니 휴 하고 한숨을 내쉬며 서쪽으로 난 방의 장지문을 쓱 열고 몸을 장지문에 기댄 채 저물어가는 하늘을 눈물을 글썽이며 바라다보는 여자가 있다.

석양은 이미 공원의 숲 그늘로 지고 화개동(花開洞) 근처 저녁연기 모락모락 피어오르는데, 지는 해의 잔광을 받은 고루(高樓)는 확 밝아지면서 창백한 여자의 옆모습에도 비추어 우두커니 서 있는 모습은 더 선명해 보인다.

가스사(瓦斯絲)[1] 겹옷에 검은 공단과 유젠치리멘(友禪縮緬)[2]으로 된 주야오비(晝夜帶)[3]를 묶고, 오시마가스리(大島飛白)[4]의 하오리를 걸치고 나이는 스물두셋은 넘은 듯하다. 갸름한 얼굴에 지장눈썹(地藏眉)[5]은 귀엽고, 눈, 코, 입도 또렷하며 사람들의 눈길을 끄는 모습이지만 뭔가 근심에 마음이 묶여 우울해 보이는 얼굴은 병 때문만은 아닌 것 같다.

———————

가만히 공원의 숲 쪽을 바라보면서 옷깃에 얼굴을 묻고 깊은 생각

———————

1) 가스실이란 가스 불 속으로 실을 통과시켜 실 주위의 잔털을 태워 매끈하게 만든 실.
2) '유젠'은 '유젠염색(友禪染め)'의 준말로 비단 등에 화려한 채색으로 인물·꽃·새·산수 따위 무늬를 선명하게 염색하는 일. '치리멘'은 바탕이 오글쪼글한 비단.
3) 겉과 안을 다른 천으로 만든 여자옷의 띠.
4) '오시마'는 지명. '가스리'는 붓으로 살짝 스친 것 같은 잔무늬.
5) 지장보살의 눈썹처럼 눈썹 뿌리는 굵고 끝은 가늘고 길며, 둥글게 굽은 눈썹.

에 잠겨 있을 때 복도 쪽에서 타박타박 발소리를 내며 장지문을 연 여자가 있었는데, 그 모습을 보고는 발소리를 죽이며 조용히 다가와 등을 살짝 친다.

"수고했어. 또 생각하고 있구나. 네가 아무리 생각을 하고 있어도 다카하마(高濱) 씨도 혼자 몸도 아니고 오고 싶어도 올 수 없는 경우도 있어. 게다가 그 사람, 안 됐지만 아내에 대한 체면도 있을 것이고 혼자 사는 사람처럼 그렇게 쉽게 나올 수 없지. 조금은 이해를 해 주지 않으면 다카하마 씨도 힘들 거야. 오늘 편지를 보냈으니까 오시기는 오시겠지만 너무 보채면 안 돼. 정말로…."

이렇게 이야기를 하며 생긋 웃는 나카이를 돌아다보는 와카무라사키(若紫)는 지장눈썹을 찌푸리며 쓸쓸한 미소를 짓는다.

"알고 있어요. 하지만 오타카(お高) 언니, 내 입장도 좀 생각해 줘요. 언니도 나를 돌봐 주긴 하지만 언니 아니면 다카하마 씨 외에 내가 의지할 사람이 없어요. 이렇게 병이 들어 아플 때는 생각이 나지 않을 수가 없어요."

목소리는 점점 더 가라앉고 눈가는 젖어 있다. 오타카는 그 모습에 덩달아 다음 말을 잇지 못하고 와카무라사키의 얼굴을 가만히 바라보았지만 마음이 꽤 움직인 듯, 자기도 옷소매에 뜨거운 눈물을 뚝뚝 떨어뜨렸다. 그리고는 또 위로하려는 듯이,

"그럼 나도 알지. 나도 일이 많아서 마음속으로는 이것도 해 주고 싶고 저것도 해 주고 싶지 하고 생각은 하면서도 생각처럼 되지가 않아. 그러니까 다카하마 씨가 오시는 것을 얼마나 학수고대하고 있겠니. 지금 한 말은 그냥 한 말이니 용서해 줘. 알았지 와카무라사키?"

오타카가 적지 않게 자신을 동정해서 해 준 말에 와카무라사키는 마음속 기쁨을 얼굴에 드러내며 비로소 찌푸렸던 이마를 폈다. 그리고 오타카의 위로에 감사하다는 듯이 갑자기 오타카의 손을 잡고,

"언니 고마워요. 언니의 고마운 마음은 잊지 않을 거예요."

잡은 손에 힘을 꼭 주자, 오타카도 자신의 진심이 와카무라사키에게 통한 것 같아 적지 않이 기뻤다. 게다가 어찌 된 일인지 와카무라사키하고는 마음도 맞고 친자매 같은 생각이 든다.

"뭘 이런 걸 가지고 고맙다 해? 나는 그래서 와카가 싫다니까."

라고 오타카는 불만스러운 빛을 얼굴에 드러냈다. 그러자 와카무라사키는 다시 이마를 찌푸리며,

"거슬렸다면 용서해 줘요. 네, 언니? 나 너무 기뻐서 그만 고맙다고 한 거예요."

변명을 한 후에도 여전히 마음이 거북하여 가만히 오타카의 얼굴을 살피고 있다. 오타카는 마음에도 없이 화를 좀 낸 것을 정색을 하고 반응하니 새삼 딱하다는 생각이 들었다.

"와카 너는 남처럼 굴어서 싫어. 나 같은 것은 아무래도 친언니라는 생각이 안 드는 거지? 다카하마 씨라는 오빠가 붙어 있으니까."

라고 오타카는 와카무라사키의 얼굴을 바라보며 생긋 웃었다.

"아유, 언니도 참 나빠요. 나는 그런 뜻으로 한 말이 아닌데. 마음 상했다면 용서해줘요. 얼마든지 사과할 테니까요."

와카무라사키가 끝까지 정색을 하고 말을 하니 오타카는 지금에 와서 그것을 부정할 수가 없다. 그래서 다음 말을 잃고 멍하니 고개를 갸우뚱하고 있는데, 맞은편 복도에서 자신의 이름을 자꾸만 부르는

다른 나카이의 목소리가 들려왔다. 소리가 나는 쪽을 돌아봄과 동시에 바쁘다는 것을 깨닫고는 몸을 일으키며,

"오스기(お杉)가 자꾸 나를 부르니 가 볼게. 이제 곧 다카하마 씨가 오실 테니까. 기대하고 있으렴. 그럼 또 올게."

이렇게 위로를 하고 오타카는 서둘러 방을 나가 버렸다. 그 뒷모습을 바라보고 있던 와카무라사키는 휴 하고 한숨을 쉬며, 다시 또 옷깃에 얼굴을 묻고 우울하게 아무 생각 없이 창밖을 내다보고 있다. 해는 벌써 저물어 공원의 숲도 안개에 싸인 것처럼 어렴풋이 보일 뿐이다. 게다가 어디에서 나는지 모르겠지만 한인이 부르는 청승맞은 아리랑 노래가 들려 더한층 마음이 쓸쓸해져 심약한 와카무라사키의 눈에는 눈물까지 고였다.

얼마 후 등불도 들여오고 장지 창문도 닫고는 불기가 얼마 남아 있지 않은 화로 옆에 앉았지만, 담배를 피우는 것도 아니고 그저 아무 생각 없이 긴 담뱃대를 집어 들고는 오른손으로 만지작거리며 램프를 바라보고 있다.

옆방의 손님은 어느새 돌아갔는지 조용해졌지만, 맞은편 방은 두 팀 정도 손님이 더 있는지 우타지(歌治)라는 게이샤가 신경질적인 목소리로 도도이쓰(都都逸)6)를 부르는 소리가 손에 잡힐 듯 들린다. 그리하여 아무 생각 없이 귀를 기울이고 있자니 이번에는 손님이 무슨 노랜지 부르고 있다. 그것이 끝나자 또 우타지의 목소리로,

---

6) 속요(俗謠)의 하나로 가사는 7 · 7 · 7 · 5 조(調). 내용은 주로 남녀 간의 애정에 관한 것임.

하루… 만나지 않으면 우물에 기대어 야위지는 않았을까 거울에 비쳐 보네.

라고 목청을 높여가며 어지간히 옛날 노래를 부르더니, 또 손님이 뭔가 불렀다. 하지만 그것은 알아들을 수가 없었다. 그것이 끝나자 또 우타지의 목소리로,

천한 신분이기는 하지만 함께 누우면… 하룻밤의 아내라도 아내는 아내!

라고 시원시원하게 부르는 노랫소리가 들렸다. 그것을 멍하니 넋을 잃고 듣고 있던 와카무라사키는 자신의 처지로 여겨져 그만 눈물을 뚝뚝 흘렸다. 마침 그때 우타지가 목소리에 힘을 주어, 처음 만난 당신과 지금은 풀어버리려야 풀어버릴 수 없는 실이 되었네,라고 노래하는 것을 듣고 또 자신의 처지로 여겨져 얼굴이 살짝 붉어지면서 한숨을 쉬었다.

그와 동시에 다카하마와 자신 사이가 언제까지고 변하지 않기를 바라기는 하지만, 남자의 마음이란 가을 하늘 같아서 혹시 변하지 않을까 하는 생각이 들어 결국 어떻게 될까 하여 쓸쓸해진다. 게다가 자신은 이렇게 비천한 몸이고 다카하마 씨는 훌륭한 아내도 있다. 내게 싫증이 나서 아내에게 돌아가면 어쩌나, 설마 오늘 아침 꿈이 사실이 되는 것은 아닐까, 병이 난 탓도 있지만 앞일이 걱정이 되어 자리에 앉아 있을 수도 없어 침대에 몸을 던지듯이 누웠다. 바로 그때 타닥타닥 바쁜 발걸음소리를 내며 나카이 오타카를 따라 들어온 남자가 있었다.

자른 지 얼마 안 되는 머리에 기름을 발라 깨끗이 빗은 머리는 숱이 많고, 짙은 눈썹, 오뚝한 코, 야무진 입매에 희고 부드러운 얼굴을

한 남자다. 눈에는 금테 안경을 쓰고 옷은 오시마가스리의 솜옷에 똑같은 하오리, 그 위에 회색 외투를 입고 갈색 중절모를 손에 든 채 와카무라사키의 곁에 와서,

"어때? 좀 안 좋아 보이는데."

이렇게 와카무라사키를 위로한 후에야 비로소 모자를 던져놓고 외투의 단추를 풀기 시작했다. 오타카는 뒤로 돌아가서 얼른 그것을 벗겨준다.

"또 병이 났어요. 하지만 당신이 와서 얼굴을 보여 주셨으니 와카의 병도 곧 나을 거예요."

"하하하, 그런 병이라면 우선 안심이군. 하지만 와서 보기 전에는 얼마나 아픈가 해서 걱정이 되었지."

오타카는 와카무라사키를 돌아보며,

"그 봐. 그러니까 다카하마 씨가 걱정하시니까 내가 귀찮게 하지 말라고 했잖아. 말을 안 들으니 참."

그렇게 말하며 외투와 모자를 옆에 있는 모자걸이에 걸고 있다. 그러자 와카무라사키도 조금 활기를 띠며,

"그래도 언니 저 외로워서 못 견디겠어요."

와카무라사키는 변명처럼 이야기하며 사랑스러운 지장눈썹을 조금 찌푸렸지만, 오타카의 말대로 다카하마의 옆얼굴을 살짝 훔쳐보고는 기쁜 기색을 보이며 볼에 보조개를 드러냈다.

───────────

다카하마가 와카무라사키의 지금의 처지에 보통 이상의 동정을 기울이게 된 것도 와카무라사키가 다카하마에게 개인적으로 마음을 기

울여 지금처럼 깊은 관계가 된 것도 무리가 아닌 사정이 있다.

특별요리점이 생긴다는 소문이 마침내 사실이 되어 시키시마루(敷島樓)가 개업을 한 지 열흘 정도 지난 후의 일이었다. 야사카루(八阪樓)에서 열린 어떤 연회의 2차가 이 시키시마루에서 열리게 되었다. 그 연회에 출석했던 다카하마 히데노스케(高濱秀之助)도 어쩔 수 없이 서너 명의 친구들과 인력거를 타고 나란히 왔다. 하지만 자신은 이미 아내가 있는 몸이기 때문에, 게이샤를 불러서 한판 신나게 놀고 난 후에는 집으로 돌아갈 생각이었다. 그런데 신나게 놀고 나서 얼마 안 있어 여자들의 모습을 모은 사진첩을 가지고 오자, 친구들은 술에 취해 정신이 희미한 가운데 그 사진첩을 서로 빼앗아가며 돌려보고 있었다. 히데노스케도 아무 생각 없이 문득 사진을 보았는데, 학창시절의 첫사랑으로 이만저만 마음을 졸인 게 아니었던 여자와 닮아도 너무 닮아 쌍둥이라 해도 좋을 여자의 사진이 있었다. 그것을 한 번 본 순간 갑자기 가슴이 뛰기 시작했다. 하지만 사람들 앞이라서 체면도 있고 하여 가만히 참고 있었다. 곧 친구들의 상대도 대략 정해졌고 자신도 상대를 정해야 하는 순간이 되어 마침내 그 사진을 보여 주었다. 히데노스케가 첫사랑으로 아직까지도 잊지 못 하는 것은, 오사카의 상업학교에 통학할 무렵 하숙집 옆에 있던 과자가게집 딸이었다. 히데노스케가 하숙을 하던 당시에는 장사가 잘 되고 있어서 자연스레 그 집 딸과 이야기를 하게 되었고 얌전한 성격임을 알고 남몰래 마음을 기울이게 된 무렵, 갑자기 그 과자가게가 이사를 가 버렸다. 하숙집 아주머니에게 어디로 이사를 갔는지 물어 학교를 다니는 길에 일부러 길을 돌아 찾아간 적도 있었다. 그런데 과자가게는 여전히 하고 있었지만 딸의 모습은 두 번 다시 볼 수가 없었다. 나중에 하숙집 아주머니에게 들은 이야기로는, 딸은 일가의 생계를 위해 히로시마(廣島)의 어느 유곽에 몸을 팔았다고 했다.

그 후 세월이 흐름에 따라 그 처녀의 일도 까맣게 잊고 있었는데, 지금 그 처녀와 꼭 닮은 사진을 보고서는, 집으로 돌아가겠다고 스스로 결심했던 사실도 잊고 그 사진을 보여준 것이다. 그리고 그 여자가 자기 앞에 나타나기 전까지는 그 처녀가 아닐까 하는 마음이 들어 어쩐지 가슴이 두근거렸다. 그런데 나타난 사진의 주인공인 와카무라사키는 다른 사람이었다. 하지만 얼굴모습 하며 얌전한 성격 하며 모두 닮았기 때문에 적지 않은 동정을 기울이게 된 것이다. 와카무라사키 역시 여자는 도저히 따라 가지 못 할 다카하마 남자다움과 친절한 말씨에 첫눈에 반했다. 다음날 아침에는 어쩐지 돌려보내고 싶지 않았지만 결국 다시 만날 것을 굳게 약속하고 헤어졌다. 하지만 하룻밤을 보내는 슬픈 여자 입장에서는 다시 오겠다는 남자의 말은 믿을 게 못 됐다. 와카무라사키가 그렇게 푸념을 하고 있던 어느 날 밤, 느닷없이 다카하마가 찾아와 주었다. 그날 밤 허심탄회하게 자신의 신상에 대해 이야기를 하고 불우한 처지에 동정을 구했다.

그 후 서너 번 만남이 거듭됨에 따라 격의 없는 사이가 되었다. 얼마 안 있어 와카무라사키는 사는 곳도 바뀌고 해서 그런지 병에 걸렸다. 그렇지 않아도 병에 걸리면 힘든데 일을 하는 사람한테 병은 더 괴로운 법이다. 이렇게 병이 든 와중에도 다카하마는 종종 인력거를 타고 병든 와카무라사키를 위로했다. 와카무라사키는 그 친절함이 골수에 사무쳐 너무나 기쁜 나머지 종종 눈물에 소매를 적셨다. 지금도 그것이 고마워 종종 그때 얼마나 기뻤는지 이야기를 하고 있다.

———————

계산대 벽시계가 11시를 알린 것은 방금 전이다. 와카무라사키의 방에서는 다카하마가 외투를 걸친 채 화로 앞에서 담뱃재를 떨어뜨리며 서 있고, 와카무라사키는 다그치듯이,

"저 당신, 이제 통금시간 다 됐어요. 제 일은 걱정 마시고 어서 돌아가세요. 그렇지 않으면 부인께도 미안하잖아요."

와카무라사키의 주의를 듣고서야, 다카하마는 회중시계를 꺼내 보았다. 긴 바늘이 딱 30분을 가리키고 있지만 여전히 출발을 하지 못하고 머뭇거리고 있다.

"그럼 돌아갈 테니 지금 말한 것처럼 내일이라도 오타카하고 둘이서 스에나가(末永) 포목점에 가서 어울리는 것을 골라서 사. 오타카에게도 뭔가 적당한 것 있으면 사 주구. 그리고 사오 일 안에 학교 운동회가 있어서 약수터 근처가 떠들썩해질 것이니까, 그 옷을 입고 운동 겸 가 봐. 그러면 조금은 보양도 되고 기분전환도 될 테니까. 나도 될 수 있으면 가서 볼 생각이니까. 어딘가에서 만날 수 있겠지."

다카하마가 그렇게 말하며 위로하자 와카무라사키는 남자의 얼굴을 물끄러미 바라보면서,

"저 그 날 기대하고 꼭 가보겠어요. 오늘은 어서 돌아가세요. 그렇지 않으면 제가 부인께 죄송해서…."

와카무라사키는 마음을 굳게 하고 그렇게 말은 했지만, 젖은 눈에서는 견딜 수 없는 슬픔의 눈물이 뚝뚝 떨어져 무릎 언저리를 적셨다. 소매에서 분홍색 비단 손수건을 꺼내 닦는 모습을 보니, 남자는 더 떠

나기 힘들었을 뿐만 아니라 덩달아 풀이 푹 죽었다.

"너는 금방 이렇게 돼서 곤란해. 그래서 나는 될 수 있으면 오늘 밤에는 이야기하지 않으려 했어. 그런데 너도 몸도 안 좋고 이런 모습을 보면, 일전에처럼 이럴 때는 자주 와서 위로를 해 주고 싶어. 하지만 지금도 이야기한 것처럼 세상일은 생각대로 안 되는 법이야. 어찌 된 일인지 하필이면 오늘 네가 보낸 편지가 마누라 손에 들어갔지 뭐야. 그러니 사람들 보기에도 그렇고 너하고 좀 멀어지지 않으면 안 되겠어. 그런 내 사정을 조금은 헤아려 주었으면 해."

손수건 끝을 깨물며 고개를 앞으로 숙인 채 듣고 있던 와카무라사키는 남자의 말이 끝나자 바로,

"알고 있어요. 당신 마음 잘 알고 있어요."

젖은 눈에 감사의 마음을 드러내며 다카하마의 얼굴을 올려다보았다. 하지만 한 번 터진 눈물은 그칠 줄 모르고 볼을 타고 흘러내려, 손수건으로 얼굴을 덮고는 엎어져 울었다.

중

평소에는 인적이 드문 약수터 주변이었건만, 오늘은 학교 유치원 운동회가 있어 천막이 회장의 삼면을 둘러싸고 내걸린 국기들은 봄바람에 펄럭이고 있다. 사람들은 화사한 옷으로 치장을 하고 이곳으로 몰려들었다.

웃음을 짓는 듯한 봄 산은 물 건너로 푸르게 보이고, 새로 돋아난 잔디는 부드러워 운동회 장소로서는 더없이 적당한 곳이다. 유치원생

아이들은 파릇파릇한 풀을 밟으며 즐겁게 뛰놀고 있다.

갈색 하카마를 입은 보모들은 손뼉을 치고 있고, 어떤 이는 바이올린과 풍금으로 아이들 창가에 맞춰 연주를 하며 지금 막 천진난만한 놀이를 끝낸 참이다.

다음에는 빨강, 파랑, 하양, 노랑 모자를 쓰고 제각각 운동 셔츠를 입은 남학생들의 도보경주가 시작되려고 하고 있다. 많은 관객들은 빨강 이겨라, 파랑 이겨라, 하양 이겨라, 노랑 이겨라 하며 제각각 경주자들의 승리를 예상하며 신호의 종이 울리는 것을 이제나저제나 하며 기다리고 있다.

"사모님 좀 보세요. 요시오(芳雄) 도련님, 얼마나 늠름한지."

지금까지 나란히 앉아 소매를 잡아당기며 이야기에 정신이 팔려 있던, 머리를 뒤로 묶은 여자와 쪽진 머리를 한 부인은 갑자기 이야기를 멈추고 서로 약속이라도 한 듯이 시선을 저 멀리 보내고 있다.

"어머나, 빨간 모자를 쓰고, 호호호."

쪽진 머리의 부인은 마음속의 기쁨을 통통한 얼굴에 그대로 드러내며 그렇게 혼잣말을 했다. 머리를 묶은 여자는 그 말을 이어받아,

"정말이지 요시오 도련님은 얼마나 활기가 있으신지. 꼭 이길 거예요."

머리를 묶은 여자가 이렇게 장단을 맞춘 것은 그냥 따라 하는 말이 아니다. 여기저기서 빨강 이기라는 말이 들려왔다.

마침 이 여자들 자리로 다가온 한 미남자가 있었다. 새로 맞춘 양복에 금테 안경, 조끼에는 금줄이 걸려 있고 오른손에는 갈색 중절모가 들려 있다.

"아유, 다카하마 씨 어서 이쪽으로 오세요."

자리를 내 주며 남자를 맞이한 것은 이 자리의 주인으로 모 상회 지점장 모 씨의 부인이다. 남자는 정중하게 인사를 하며,

"어서 자리에 앉으세요. 곧 갈 거라서요."

남자는 이렇게 사양을 하며, 포켓에서 조용히 악어가죽 담뱃갑을 꺼내 들고는 권련초를 꺼내어 성냥불을 켜서 불을 붙이더니 뻐끔뻐끔 하얀 연기를 내며 피운다.

주인 되는 부인(夫人)은 재빨리 음식 바구니의 안주를 식기에 담아 젓가락을 올려 새로 온 손님에게 내민다.

"한 번 드셔 보세요."

음식을 권하자 남자는 고개를 가볍게 숙임과 동시에,

"아 예 감사합니다."

옆에 있던 머리를 묶은 여자는 남자의 인사말을 이어받아,

"부인 그냥 내버려 두세요. 이 분은 곧 간다고 하니까요. 감사합니다."

이렇게 말을 더하고 있을 때 갑자기 출발 종이 울렸다. 사람들의 함성은 대단하여 하양 이겨라 아니다 빨강 이겨라 하며 반쯤 일어섰다. 모든 사람들의 시선은 경주자에게 집중되어 이들의 대화도 중지되었다.

얼마 후 종소리가 다시 들리고 결승점에 선착을 한 것은 빨강, 뒤를 이어 하양, 노랑, 파랑의 순서가 되었다. 머리를 묶은 여자는 틀어올린 머리의 부인에게 만면의 미소를 보이며,

"좀 보세요. 요시오 도련님이 우승을 해서 상품을 받고 계세요."

틀어올린 머리의 부인은 사랑하는 자신의 아들이 승리를 한 것도 기쁜데다가 또 다카하마 부인에게서 이렇게 기분 좋은 말을 들어 생 긋 미소를 지으며 저 멀리 시선을 옮겼다.

다카하마는 이 자리를 뜰 기회를 노리다가 천천히 일어서서 여학생들이 군집해 있는 쪽으로 시선을 옮겼다. 그때 회장 너머 맞은편에 보라색 양산을 쓰고 길을 가로지르는 두 여자의 모습이 문득 눈에 들어왔다. 그러자 재빨리 스틱을 집어 들고는,

"부인 실례가 많았습니다. 나중에 또 뵙겠습니다. 잘 먹었습니다."

고개를 숙이며 인사를 했다. 부인은 서둘러 돌아보며,

"어머 좀 더 계서도 되지 않아요? 이제 곧 남편도 올 것인데요."

이렇게 대답하면서 자꾸만 붙잡았다.

———————

다카하마는 마침내 만류하는 여자들의 자리를 빠져나와 자신의 눈에 비친 양산의 주인을 찾았다. 그들이 지나간 자리를 쫓아 회장 주위를 빠른 걸음으로 돌아다녔다. 하지만 그들이 어디로 갔는지 다시는 그 모습이 보이지 않았다. 이윽고 초조한 마음에 이쪽저쪽을 둘러본 후, 혹 사람들이 수근덕거리는 것을 피하기 위해 산으로 올라간 것이 아닐까 하여, 마음에 짚이는 대로 한 발 한 발 회장에서 멀어져 최근 개간된 도로를 따라 동쪽 산으로 올라갔다.

———————

다카하마가 새로 난 도로를 다 올라간 곳에서 딱 마주친 것은 인천의 예기 중 최첨단을 걷고 있는 모 루의 고쓰마(小妻)였다. 두 갈래로 갓 빗어 묶은 머리에 빗과 물결모양을 조각한 투명한 비녀를 꼽고, 회색빛이 도는 연보라색 지리멘의 긴 쥬반 위에 같은 색 지나공단의 주야오비를 묶고 흰 버선에 눈이 올 때 신는 나막신으로 멋을 낸 차림으로, 미모가 더한층 돋보인다.

"어머, 다카하마 씨, 마침 잘 만났네요. 좀 하고 싶은 말이 있는데 요즘에 통 오시지 않으셔서요. 고이네(小稻)한테만 다니시고…."

고쓰마는 손에 들고 있던 양산을 펴며 남자에게 바싹 다가가 남자의 얼굴을 가만히 보면서 이렇게 원망을 했다. 하지만 남자는 인사를 흘려들을 뿐 기분 좋게 대답을 하지 않는 것이 여자는 꽤나 못마땅한 것 같다.

"다카하마 씨 그래도 한 번 정도는 대답을 해 주셔도 되잖아요? 걱정 안 하셔도 고이네 귀에는 안 들어가요."

거듭 이야기를 해도 대답을 하지 않고 뭔가 생각에 잠겨 있으니, 자신이 말을 심하게 했나 해서,

"무슨 일 있으세요? 아무 말씀도 안 하시고 제가 한 말이 거슬렸나요?"

라고 물으며 눈을 동그랗게 뜨고 남자의 모습을 지켜보았다.

남자는 가는 벚나무 스틱을 아무 생각 없이 만지작거리며 머리를 들어 한가로운 푸른 하늘에 떠 있는 두세 개의 연에 시선을 옮긴 채, 고쓰마의 원망을 듣고 있었다. 사람 발자국소리가 가까워지는 것 같아 뒤를 돌아보니 위아래로 양복을 맞춰 입은 세 명의 남자가 다가오고 있다. 남자는 그것을 피하며,

"어이쿠, 사람이 오니까 저쪽으로 가자구."

하며 무뚝뚝하게 군다. 여자는 웃는 얼굴로 받아주며 남자를 따라 걷기 시작했다.

저쪽 산 위에도 이쪽 소나무 숲 그늘에도 오늘만큼은 사람들이 많아 남자에게 불편할 것이라 생각했다. 그것을 피하기 위해 정처 없이

발길을 옮기는 여자도 마음속으로 그것을 바라는 것처럼 남자의 뒤를 따라 작은 소나무 사이를 누비다, 이제 막 부드러운 잔디가 돋은 평지로 나왔다.

"잠깐 여기 좋지 않아요?"

여자가 말을 꺼내자, 남자 역시 아픈 다리를 쉬어야겠다며 엉거주춤한 자세로 잔디 위에 앉아 다리를 뻗고는 담뱃갑을 찾기 시작했다.

─────────

간간이 사람들의 함성이 메아리가 되어 울리는 것은 스모의 승부가 결정 났기 때문일 것이다. 다카하마는 조용히 담배를 피우며 고쓰마의 이야기에 귀를 기울였다.

"어떠세요, 다카하마 씨? 제가 이렇게까지 이야기해도 당신은 들어주지 않는군요. 무리한 부탁이니 당장 그러겠다고 하시는 것은 어렵겠죠. 하지만 고이네한테서 받은 것이 그렇게 소중해요? 지금 뭐라고 하셨어요? 아무 관계가 없지만 준 반지니까 끼고 있는 거라고 하시지 않았어요? 그렇다면 내가 하는 말을 듣고 돌려주세요. 대신 제가 반지도 드리고 언젠가 말씀하신 시계도 드릴게요."

남자는 고쓰마가 너무 제멋대로 지껄여댈 뿐만 아니라 자신을 무시하는 것처럼 들리기도 해서 순간 화가 치밀었다. 하지만 돌이켜 생각해 보면 사회 통념상 세상의 소문이나 친구들 사이에서 이러쿵저러쿵 소문이 난 이상은 서로 남에게 뒤지고 싶지 않아서 이렇게까지 내게 들이대는 것이겠지라고 생각하니 딱한 마음도 들었다. 그리하여 아무런 사이도 아니지만 고쓰마의 체면도 세워 주고 싶었다. 그렇다고 고이네에게 망신을 주고 싶지도 않았다. 그리고는 잘못 한 것은 좋지 않은 물건을 받은 자신이었음을 깨달았다.

"그러면 네 말 대로 이 반지는 고이네에게 돌려줄게. 그런데 네 친절은 고맙지만 지금 이야기한 물건은 받을 수 없어. 그것만은 사양할게."

"그야 그렇겠지요. 저 따위가 주는 선물은 안 받겠죠."

비에 젖은 꽃처럼 풀이 죽어 있는 모습을 보니 남자는 더 안쓰러운 생각이 들어 어떻게든 위로를 하고 싶었다.

"아니 네가 주는 것이라서 받지 않겠다는 것은 아니라, 고이네에게도 그렇게 내 맘대로 할 수 없잖아. 그 점은 너도 좀 이해를 해 주지 않으면 안 돼."

남자가 하는 말에 조금도 틀린 점이 없다는 것을 모르는 것은 아니다. 하지만 고쓰마는 언젠가 남자에게도 의중을 털어놓고 이야기한 적이 있는 것처럼 죄스러운 일이기는 하지만, 지금의 아내와 헤어지게 하고 될 수 있으면 자신이 남자를 차지하여 그 모습을 고이네에게 보여주고 싶은 것이 바람이다.

"제가 이런 생각을 하고 있어도 당신에게는 통하지 않으니 할 수 없어요."

이렇게 말을 끝내고 한숨을 쉬는 것이었다.

───────────

산자락에 바다를 한 눈에 조망하는 멋진 서양식 가옥이 있는데 이는 일한무역상회 지점장 가시와기 에이스케(柏木榮輔)의 저택이다. 정각 오후 한 시 무렵 문 앞에 있는 벚나무를 올려다보며 조용히 나막신 소리를 내고 대문을 들어서는 여자가 있었다.

소리를 한층 높여 짖어대는 개 울음소리는 사람에게 놀란 소리가

아니라 아는 사람을 반갑게 맞이하는 소리로 들린다. 그에 이어,

"존 안 돼. 그렇게 뛰어오르다니."

하며 꾸짖는 여자의 목소리가 났다. 그와 동시에 문이 열리는 소리가 나며 열일고여덟의 영양이 나타났다.

"어머 요시코(美子) 양, 이제 좋아졌어요?"

인사를 하면서 곁에 와서 영양의 얼굴을 올려다보며 멈춰 선다. 존은 긴 귀를 쫑긋쫑긋하고 거친 숨을 몰아쉬며 고개를 갸우뚱하고 두 여자들을 올려다보며 기계적으로 꼬리를 흔들고 있다.

마침 그때 식사를 끝낸 어머니 유키코(雪子)는 요시코의 침실에 돌아가 보았다. 환자는 그림자도 보이지 않는다. 응접실을 살펴보니 손님이 왔는지 요시코가 입구까지 가서 맞이하고 있다. 그 모습을 보고 서둘러 자신도 그 옆으로 가서,

"어머 다카하마 씨가 아니세요? 자 어서 들어오세요. 요시코, 그렇게 돌아다니면 좋지 않아."

이렇게 말하고 자기가 앞장서서 손님을 맞이하여 의자를 권했다. 자신 역시 옆에 있는 의자에 앉아 기세 좋게 벨을 울려 하녀를 불렀다.

"실례가 많았습니다. 자 어서 앉으세요."

거의 손을 잡아끌다시피 하며 권하자,

"실례하겠습니다."

하고 다카하마 부인은 조용히 앉았다. 그와 동시에,

"아무래도 요시코 양이 몸이 좋지 않다고 해서… 어제는 전혀 몰라서 찾아뵙지도 못하고"

라며 인사를 했다. 그러자 그 말을 받아,

"아유, 뭘요. 별거 아니예요. 어제 아침 너무 일찍부터 정원을 산책하는 바람에 그만 감기에 걸린 것 같아요. 어제는 열이 좀 나서 원장님께서 왕진도 해 주셨고 아주 가벼운 감기라고 해 주셔서 덕분에 안심했어요."

라고 하다 말을 끊고, 요시코 쪽을 돌아보며 미소를 지었다. 그리고 자애롭게 물었다.

"요시코, 오늘은 연습이 있는 날인데, 어떻게 할래? 역시 할 생각이니? 아직 열도 좀 있는 것 같으니 오늘은 쉬는 게 어때? 아니면 잠깐 복습이라도 할까?"

요시코는 어머니가 말할 것까지도 없이 오늘은 쉴 생각이었지만, 얌전한 성격이었기 때문에 직접 자신이 나서서 말을 할 수 없었다. 하지만 어머니가 잘 물어 봐 주었기 때문에 안심을 하고 대답했다.

"그러면 선생님 힘들게 와 주셨지만, 연습은 쉬고 다른 볼일이 없으시면 천천히 쉬시다 가세요."

요시코가 인사를 끝냈을 때 하녀가 들어왔다. 부인은 홍차와 과자를 가지고 오라고 명했다.

———

다카하마 다케코(高濱竹子)는 화목토 삼일을 영어 강습날로 정하고 요시코를 가르치려고 가시와가를 찾고 있다. 오늘은 마침 목요일이기 때문에 영양이 병이 났다는 이야기를 듣지 못 했어도 찾아올 생각이었지만, 오늘 아침 인편으로 요시코가 병이 났다는 말을 들었기 때문에 평소보다 이른 시간에 찾아온 것이다. 하지만 자신이 예상한 것 보다는 요시코의 병태가 가벼워 남 일이기는 하지만 안심을 한 참인데

영양이 정중하게 거절을 하자,

"아프잖아요, 그런 걱정 안 하셔도 돼요. 공부가 아니더라도 병이 나셨다는 말을 들으면 와 봐야지요. 실은 어제 문안을 오지 못해서 미안했어요. 상회에서 돌아와서도 남편이 아무 말도 하지 않았어요. 오늘 아침이 되어서야 병이 나셨다는 말을 다른데서 들었어요. 실례했습니다. 게다가 그저께 왔을 때는 그런 기색이 없으셨어요."
라고 인사를 했다. 영양과 부인에게 사정 이야기를 다 마쳤을 무렵 홍차와 과자가 나왔다.

이윽고 영양이 침실로 물러간 후, 부인들끼리 격의 없이 한 시간 가까이 이야기를 계속했다.

"걱정하지 마세요. 남편에게도 이야기해서 어떻게든 해 볼게요."
라고 부인은 위로하듯 말했다. 다케코는 처음으로 찌푸린 이마를 펴며,

"부끄러운 말씀이지만 잘 부탁드립니다. 그런 말씀드리고 싶지는 않지만요."
라고 하며 매우 창피해했다.

"아니예요, 다카하마 씨는 매우 심지가 굳은 분이세요. 우리 남편도 그렇게 말했어요. 고쓰마라는 게이샤하고 고이네라는 게이샤가 다카하마 씨한테 꽤 열을 올리고 있어서 어딘가 연회에서도 악착스럽게 따라다녔지만 다카하마 씨가 잘 빠져나갔다구요. 근데 또 어째서 시키시마에 있는 여자하고 그런 관계가 됐을까요?"

"그 일은 저도 잘 모르지만, 알고 계시는 대로 그런 사람이니 걸핏하면 노동자나 천업부에게 동정을 잘 해서요. 교회에를 가도 바로 요즘

세상은 빈부의 차가 심하다느니 사람들의 생활이 평등하지 않다느니 하며 연설을 하니, 뭔가 그런 차원에서 좀 돌봐 줬는지도 모르겠어요."

"그렇겠죠."

부인은 그렇게 말하며 고개를 갸우뚱했다.

―――――

요시코는 자기 침실에 돌아와서 침대에 누웠지만, 다카하마 부인에게 무뚝뚝하게 군 것 같기도 하고 어쩐지 찜찜한 기분이 들어 30분 정도 후에 다시 응접실로 나갔다. 그리하여 두 사람의 이야기도 중단이 되었다. 그러자 요시코는 다카하마 부인에게,

"선생님 실례했습니다. 기분도 어지간히 좋아졌으니 오르간 복습이라도 할까요? 아니면 한 곡 들려주세요."

하고 청했다. 환자에게 복습을 하라고 할 수는 없어서, 다카하마 부인은 내키지는 않았지만 대답했다.

"그럼 기분전환을 위해 한 곡 쳐 볼까요? 요즘엔 오르간을 만져 본 지가 오래돼서 잘 되지는 않겠지만요."

가시와기부인은 후훗 하고 웃으며,

"그것 참 좋은 생각이에요. 어서 들려주세요. 한 동안 당신 오르간 연주를 듣지 못했어요. 얼마나 좋을까요. 요시코하고 늘 이야기하고 있었어요…."

라고 함께 청했다.

"죄송합니다. 실력이 아주 좋아서요, 호호호호."

웃음소리와 함께 의자에서 일어나 오르간 옆으로 다가갔다.

―――――

영국 명가의 손에 의해 그려진 서양 풍경화와 프랑스 파울루스 포테르(Paulus Potter, 1625.11.20.~1654.1.17)[7]가 그린 방목하는 소 그림이 정면의 적당한 자리에 걸려 있다. 그 오른편에는 서가가 있고 왼편에는 둥근 테이블 위에 아직 단단한 봉오리 상태인 향기로운 백장미 화분이 놓여 있다. 다카하마 부인은 남쪽 창문 가까이 위치한 오르간 앞의 의자에 조용히 앉았다. 그리고 평소에 좋아하면서도 가장 자신이 있는 스위트 홈(즐거운 나의 집)을 연주하기 시작했다.

부인은 고개를 살짝 옆으로 하고 미소를 지으며 듣고 있다. 그 옆에서는 요시코가 백옥 같이 가늘고 흰 손가락으로 테이블 위를 아주 가볍게 두드리면서 박자를 맞추고 있다. 아직 어린 요시코의 귀나 문외한이라 할 수 있는 부인의 귀에는 평소와 다름없이 들렸겠지만, 연주자인 다케코의 가슴은 진정이 되지 않았을 뿐만 아니라, 음정이 틀려 마음이 산란한 가운데 겨우 연주를 끝냈다.

다카하마가 갑자기 경성의 점포로 전근을 명령받고 상경한 후 와카무라사키는 그 뒤를 쫓아 두세 번이나 상경을 했다. 다카하마 역시 몇 번인가 인천에 내려가 와카무라사키의 마음을 위로해 주었다. 하지만 몸이 멀어지니 와카무라사키의 마음은 점점 더 불안해져서 매일매일 편지를 보내지 않으면 마음이 놓이지 않았다.

지금도 어쩐지 다카하마가 그리워 시간만 맞출 수 있다면 마지막

---

7) 프랑스가 아니라, 네덜란드의 대표적 동물화가로, 여름 햇살에 싸인 밝고 부드러운 자연을 배경으로 소나 말 등을 뚜렷하게 부각시킨 작품을 특기로 했다. 대표작은 『목장의 말』(1649, 암스테르담, 국립미술관).

열차를 타고 달려가고 싶은 마음이 들어, 방 창가에서 몸을 쭉 내밀고 저 멀리 시선을 보내고 있다. 마침 저 멀리 아득히 기적 소리를 내며 마지막 열차가 떠나고 있었다.

"아, 지겨워."

아무렇게나 혼잣말을 내뱉고 매우 낙담한 모습이었다. 하지만, 다시 생각이 바뀌었는지 서둘러 자기 자리로 돌아와서 먹을 갈아 편지를 썼다.

───────

경성의 손님이라고 하면 기꺼이 맞이하여 돌고 도는 다카하마에 대한 소문도 듣고, 자신 역시 그에 대해 이야기하는 것을 더 없는 위안거리로 삼고 있었다. 그러나 한 때는 나카이인 오타카까지 걱정을 할 만큼 와카무라사키의 상태가 심상치 않은데다가 다카하마와의 편지 교환도 아주 잦아서, 혹시 동반자살 같은 끔찍한 일이라도 일어나는 게 아닌가 하는 소문까지 돌았다.

일한무역상회 경성지점의 점원들도 다카하마와 와카무라사키의 관계를 전해 들었을 뿐만 아니라, 이상한 여자 두 명과 다카하마가 왜성대를 산보하는 모습을 본 사람도 있어서, 소문은 꼬리에 꼬리를 물고 번져나갔고 개중에는 나서서 충고를 하는 사람까지 있었다. 하지만 다카하마는 그 충고를 받아들이지 않고 오히려 불쌍한 창기를 변호하기에 바빴기 때문에, 그는 미쳤다며 충고를 하는 사람도 없어졌다.

다카하마의 부인과 그 백부에 해당하는 하이쿠(俳句) 선생 난보(南畝)는 달갑지 않은 소문을 듣고 걱정이 이만저만이 아니었다.

───────

어느새 벚꽃도 져버리고 푸른 잎 뒤에 숨은 두견새 울음소리가 들리는 계절이 되었다. 그와 동시에 몸이 멀어지면 마음도 멀어진다고 했던가, 요즘에는 다카하마를 그리워하는 와카무라사키의 마음도 점점 옅어져 가는 것 같았다. 다카하마도 애써 잊으려고 한 것은 아니지만, 남의 말도 석 달이라고 소문도 별로 귀에 들어오지 않게 되었다.

남산 기슭에 터를 잡고 송풍이 내는 소리에 마음의 귀를 기울이며 마음에 새겼다가 푸른 소나무에 대해 이런저런 노래를 읊는 난보 선생도 이제 겨우 마음을 놓게 되었다. 마침 회합에 참석한 다케코에게 선물로 준 단책에 먹으로 선명하게 마음에 떠오르는 대로 시 한 구를 적어 주었다. 그 구의 내용을 보니,

'동반자살의 소문도 나더니만 봄도 다갔네'

라고 되어 있었다. (끝)

통영유기(統營遊記)

횡천명(橫天溟)

일전에 모치쓰키(望月) 군과 약속을 해서 통영을 구경하기로 했다가 사정이 생겨서 뜻을 이루지 못 했다. 3월 6일 무로(室) 군이 가자고 몹시 재촉하여 기선 신료마루(神龍丸)에 몸을 싣고 함께 갔다. 부산항을 출발한 것은 아마 오후 7시 무렵이었을 것이다. 밤은 조용하다고 하지만, 뒤를 돌아 바라보니 반짝이는 불빛들이 늘어선 것이 오히려 흥성해 보였다. 산 남쪽의 곶을 돌아 바다 가운데로 나오니 하늘에 가득한 달빛이 천리를 밝히고 금빛 파도의 아름다움에 자꾸만 흥이 일기는 했지만, 그저 바람만 높고 스산하여 갑판에 오래 서 있을 수 없어 두세 명 방 테이블에 둘러앉아 이야기를 한다. 가덕수도(加德水道)를 지날 무렵 무로 군이 먼저 잠자리에 누웠다. 나 역시 따라 누웠다. 한참 지나 기적소리가 들리고 사람들 역시 시끄럽게 떠드는 소리에 놀라 잠이 깨서 보니 마산에 도착한 것이었다. 배 취급점 미키(三木) 씨의 내방이 있었다. 마침 달이 져서 신구 마산포는 드문드문 켜진 등불에 의해 겨우 그 위치를 확인할 수 있을 뿐이었다. 화물과 승객, 탈 사람은 타고 내릴 사람은 내린 후 배는 이미 출발했다. 하지만 무로 군과 나, 다시 잠들지 못하고 방담고론(放談高論)에 결국 밤을 새웠다. 그 신기원의 진해만도 어느새 암흑 속에서 지나가고 마침내 날이 밝자 왼편에 거제도, 오른편에 고성반도. 물은 맑고 파도는 조용하여 풍광 역시 아름다웠다. 과연 거제도는 대단하여 이곳 전면에 걸쳐 만을 형성하고 있다. 진해만 서남쪽 섬과 반도의 일단이 서로 마주 보는 곳에 매우 협소한 해협이 있다. 견내량수도(見乃梁水道)라고 하는데, 물살이 가장 세서 기선이라도 소형이면서 속도를 낼 수 없는 것은 대부분 뒤로 밀린다고 한다. 진해만은 이미 지나왔지만 거제도의 권역은 아직 다하지 않았고 좌우 크고 작은 꼬불꼬불한 해안선은 마치 호수 안에 있는 것 같은 느낌이 들게 했다. 8시 무렵 통영에 도착했다.

통영은 사람들이 이미 잘 알고 있듯이 한국 남쪽 양도의 명승지에 해당하며 왕시에는 수군통영이 있던 곳이다. 지금도 여전히 진위대 2대대가 주재하고 있다. 임진왜란 때 우리 수군이 제일 먼저 진로가 막혔던 곳 역시 이곳이다. 뒤로 보이는 산 중턱에 큰 누각이 있다. 세병관(洗兵館)이라 한다. 항만의 부지에 패잔의 누문(樓門)이 있다. 수항루(受降樓)라 한다. 모두 그 당시를 기념하는 것이다. 수항루는 아마 처음에 아군에 이롭지 않은 사정으로 건립된 것일 것이다. 우리나라 사람들의 눈에 불쾌한 것은 물론이겠지만 오늘날에는 오히려 재미있어 보인다. 미요시(三好) 장군은 북한에서 가토 기요마사(加藤淸正, 1562~1611)[1] 격퇴비라는 것을 떼어 왔다고 하니, 양국의 친교는 거의 한 나라나 마찬가지인 오늘날 이렇게 나쁜 기념물은 모두 철거하는

---

1) 일본의 무장(武將). 많은 전투에서 전공을 세웠고 시즈가타케 전투에서 뛰어난 활약을 했다. 임진왜란이 일어나자 함경도 방면으로 출병했다. 세키가하라 전투에서 이에야스 측에 참전했다.

것이 옳을 것이다. 하지만 기요마사 격퇴의 비도 역사가들의 고증에 의하면 사실무근이라는 설도 있으므로 이 수항루도 결국 뭐가 뭔지 알 수가 없다. 또한 항구 서쪽에 석봉(石棒)이 서 있다. 당시 군함을 묶어 둔 것이라고 전한다. 군함을 봉에 묶어 둔다는 것은 매우 우스운 것 같지만 군함이라고 해도 당시의 군함이니 이는 거의 없는 것이나 마찬가지일 것이다.

우리들은 상륙을 해서 우선 마루야마 긴지로(丸山金次郎) 씨에게 가서 볼 일을 보고, 무로 군 및 기관장과 함께 시내 구경을 했다. 세병관에 이르는 언덕을 올라가니 문이 있다. 관의 동서 폭이 약 스무 칸, 안쪽 길이 아홉 칸 정도 된다. 마치 우리나라 신사와 비슷한 건축이다. 입구 좌우에는 '삼만 육천 구 장졸(將卒), 오백사십팔 전선(戰船), 삼도 주사(舟師) 통제영(統制營), 일국남번대장군(一國南蕃大將軍)'이라는 목패를 죽 걸어 놓고, 정면 가운데에는, '장갑병어심흉이신위담(藏甲兵於心胸以身爲膽) 전충의어골수우국여가(塡忠義於骨髓憂國如家)', '전축아장고양후이요무(錢軸牙檣鼓陽侯以耀武), 웅동우패천오이절충(熊憧羽旆天吳而折衝)'이라고 적혀 있다. 또 위에는 크고 작은 다양한 액자로 장식을 해 두었는데, 간간이 에마(繪馬)2)와 같은 것도 있다. 내부 상태 역시 우리나라 신사와 별 다름없지만, 왜소하고 지저분한 초가지붕에 흙으로 만든 조선집만 보았던 우리들의 눈에는 이런 광대한 건축이 있다는 것이 놀랍다. 나는 정말이지 도한 이래 이러한 것을 처음 보았다. 세병관이 높은 곳에 있어서 시가를 내려다보고 있고, 만 맞은편 산야가 한 눈에

---

2) 발원(發願)을 할 때나, 소원이 이루어진 사례로 말 대신에 신사(神社)나 절에 봉납하는 말 그림 액자.

들어오는 전망이 매우 좋다. 이러한 벽지에 보기 드문 좋은 건축을 해두고 헛되이 폐허로 내버려 두는 것은 아깝다. 일행 중에는 사원으로 쓸 수 있다, 학교로 해야 한다고 하는 사람도 있었다. 나는 일한인교제회합 클럽용 공관으로 삼아야 한다고 주장했지만 그래도 아깝다. 달리 의견이 없으면 나의 별관으로 삼고 싶다.

세병관을 나와 이순신 사당으로 향했다. 사당은 시가의 서문 금숙동(金肅門)을 나와 약 7정 정도 되는 곳에 있었다. 문을 영모문(永慕門)이라 하고 그 누각을 강한루(江漢樓)라고 한다. 누각 위에 액자를 죽 걸어 놓은 것은 세병관과 같다. 이는 한국 일반의 풍습인 것 같다. 사당을 둘러싼 벽이 낮아 밖에서 들여다 볼 수 있다. 그러나 그 형상은 우리나라의 것과 별 차이가 없다. 우리들은 거기에서 우선 마루야마 씨에게 돌아갔다가 이어서 일어학교를 보았다. 학교는 처음에는 혼간지(本願寺)[3]의 스님 마쓰우라(松浦) 모 씨가 창립한 것으로 후에 외무성 보호를 받았다. 그러다가 일한 유지자의 동정을 얻어 지금은 와타나베 히로미(渡辺浩躬) 씨가 경영을 하게 되었다. 교사는 원래 통영민 공유의 건물을 사용하여 대수선을 한 후, 생도 40여 명을 수용했다. 학과는 우선 일어를 가르치고 다음에 우리 소학교 정도에 준해 수학, 지리, 역사 등도 가르쳤다고 한다. 한인교육은 굳이 고상할 필요가 없다. 단지 이 나라의 개발을 위해서는 성실, 근면, 종순 등 보통양민으로서 도덕을 함양하는 것이 요체이다. 특히 일어의 보급은 이 나라를 동화시키는데 가장 효과가 있을 뿐만 아니라 실지실용으로서도 일본인의

---

3) 사원의 명칭으로 일반적으로 혼간지(本願寺) 계의 정토진종(淨土眞宗) 각파의 본산인데, 각지에 같은 명칭의 사원이 있다.

이식이 점점 더 많아짐에 따라 피아 이익이 더 커질 것이다. 한인은 어학 능력에 있어서는 전 세계에서 걸출하여 학습기간이 남았는데도 이미 일어를 능숙하게 구사하는 사람도 있다. 하지만 일본인은 어학 능력에 있어서는 오히려 하위에 있다고 한다. 즉 이 지역으로 이식하는 일본인에게 먼저 난제인 한어를 열심히 배우게 하기보다는, 오히려 일본인이, 와야 할 이 지역의 사람들로 하여금 소질이 있으니 일어를 배우게 하는 것이 피아 교제상에 있어서 훨씬 첩경이고 득책임은 물론이다. 들은 바에 의하면, 한인들도 최근의 형세에 의해 일어를 아는 사람은 자연히 그 지역에서도 세력을 얻고 정보통으로 귀한 대접을 받으며 또한 자유롭게 일본인과 교제하여 이익을 얻을 수 있는 길이 많아, 일어학습의 바람이 크게 불었다고 한다. 이미 이쪽 방면에서도 진주에는 방인(邦人)이 설립한 일어학교가 있다. 근래 고성에서도 한인 스스로가 학교를 설립하여 일본 교사를 초빙했다고 하며 또한 통영 맞은편의 미륵산 용화사에는 승려들 사이에 일어 학습 희망자가 많아 혼간지의 승려를 교사로 초빙하는 일을 교섭중이라고 한다. 그 외에 삼천리에서도 무라카미 이치로(村上一郎)라는 사람이 약장사를 하는 한편 일어학교 설립을 기획중이라 한다. 반가운 소식이다.

오후에 무로 군, 마루야마(丸山) 씨와 함께 김모라는 통변(通辯, 통역)의 도움으로 진남 군수를 찾았다. 마침 손님이 있어서, 잠시 후 떠나서 진위대에 이르렀다. 조선류인지 모르겠으나 어쨌든 병영은 병영답게 광대한 건물을 갖추었다. 경비 초소병에게 검문을 받은 것까지는 괜찮았지만, 정작 중요한 역할은 역시 모두 조선인이었다. 우리는 깊숙한 곳으로 안내를 받아 대장의 방에 들어가 담소를 나누었다. 우리

가 말하기를,

"군대도 많이 있습니까? 일본인이 멀리 이 나라에 온 것은 모두 이 땅을 개발하고 이 나라를 부식하기 위해서입니다. 오해 없도록 교시해 주시기 바랍니다. 외적을 받아들였다고 걱정할 일이 아닙니다. 그저 마음 편히 내부를 정리하여 바보 같이 준동하는 일이 없도록 진무하세요. 일본에 놀러 가 보실래요? 부산의 박람회에 가 보세요."

그가 말하기를,

"군대가 있어도 나라가 약해졌으니 원망스럽습니다. 우리나라의 존망은 귀국의 이해와 큰 관련이 있습니다. 부디 이 나라의 진보발달을 위해 진력해 주시길 부탁드립니다. 한 번은 관직에서 물러나 시간을 내서 일본에 가 보고 싶습니다. 부산 박람회 건은 감사합니다."

그리고 나서 다시 군수에게 갔다. 군수 박일헌(朴逸憲) 씨, 나이는 사십 오륙 세로 일견 온화한 군자 같다. 들은 바에 의하면 업무를 수행함에 있어 공평하고 염직(廉直)하여 다른 한국류의 관리들하고는 그 유를 달리하며 우리 재류민과의 사이 역시 좋아 원활함을 유지하고 있다고 한다. 우리들은 잠시 볼 일을 끝내고 자리를 뜨려 했다. 군수가 안주를 내어 환영하는데 구석구석 세심하다. 기생 셋이 자리에 나와 오랫동안 노래를 했다. 군수는 내가 한어를 모르기 때문에 일일이 그 노래를 적어서 보여주었다. 아깝게도 그것을 길에서 잃어버렸다. 지금 일일이 다 기억을 할 수가 없다. 다만 마지막 노래 몇 가지 「원헌남산수(願憲南山壽)」, 「동자만취귀(童子滿醉歸)」, 「소원무불성(所願無不成)」 등이 기억난다. 느긋하다고나 할까. 잘 아는 아리랑 같은 것도 무위무사(無爲無事)하게 천 년을 즐기자는 뜻을 노래한 것이라고 들었는데,

역시 조선인들은 한없이 천하태평이다. 저녁이 되어서야 마루야마 씨에게 돌아갔다. 그날 저녁 고토 조로쿠(後藤長六) 씨의 내방이 있었다. 하지만 우리들은 전날 수면부족에서 오는 피곤함에 취기가 더하여 이야기를 나누는 가운데 이미 비몽사몽 상태에 들어갔다.

다음날 날이 밝으니 8일, 이 날은 고고노에마루(九重丸)가 내항하는 날이었는데 기다리고 기다렸지만 끝내 오지 않았다. 하는 수 없이 하루 더 체류하기로 하고 10시에 고토, 마루야마, 스에야마(陶山) 씨들과 함께 배를 띄워 강을 건너 미륵산 용화사에 놀러갔다. 절이 세 군데로 분립되어 있고, 또한 한 곳에 수 동(棟)의 사당이 있다. 조선에서도 절과 관청은 역시 가장 아름다운 것 같다. 여기에서 민가가 점점 더 왜소해지는 것은 완전히 관의 주구를 벗어나기 위해 재산을 은폐하기 위함이라는 사실을 알게 되었다. 가람 안에는 천정까지 그림으로 장식되어 있어서 재미있었다. 또한 기이한 모양의 인형을 죽 늘어놓은 곳도 있다. 이는 오래된 것은 아니지만 축성전(祝聖殿)이라는 것이다. 황제와 황후, 황태자, 영친왕의 장수를 기원하는 곳이다. 우리들은 산 중턱의 깨끗한 계곡을 찾아 자리를 잡았다. 닭을 잡고 생선을 조리하고 술을 데워 자리에 늘어놓았다. 장소가 그윽하고 여유 있었고 전망역시 아름다웠다. 그리고 향기로운 술을 먹고 마셨다. 이럴 때의 맛은 각별하다. 나도 이 날은 특별히 멋지게 마신다는 소리를 들었다. 어떤 사람들은 이를 이상하게 여겼다. 내가 대답하여 이르기를, 마실 수 있을 때도 있고 마실 수 없을 때도 있다, 마시는 것도 가능하고 마시지 않는 것도 가능하다, 내 입이 마시는 것이 아니라 그저 흥이 나서 저절로 마시게 하는 것이다,라고 일동은 크게 웃었다. 고담(高談), 방어(放

語)의 기쁨 이루 말할 수 없었다. 실로 하루 동안 잘 놀았다. 4시가 넘어서야 육로로 귀로에 올랐다. 미륵산은 원래 통영시가 남부에서 돌기하여 반도를 이루고 있고, 통영과 마주 보며 통영만을 감싸고 있다. 그 통영과 이어지는 곳에 땅이 매우 좁은 곳을 굴착하여 작은 물길을 냈다. 옛날에 가토 요시아키(加藤嘉明)가 만든 곳이라고 한다. 만약 지금 이 물길을 조금 더 확장하여 선박이 자유롭게 다닐 수 있게 한다면 이 지역은 더욱 더 번영할 것이다.

이 날 밤 고토 무로 씨와 함께 엄청 마셨다. 9일 아침 또 마셨다. 그러나 고코노에마루가 오지 않아 결국 오후 2시에 조선 배를 고용하여 출발하였다. 낮 동안에는 밖에서 사방을 조망했다. 바람이 있어서 돛을 부풀리며 달리는 동안은 꽤 속도가 났다. 밤이 되자 한기가 몰려왔다. 선실(그렇게 말할 수 있다면) 안으로 들어가니 냄새가 난다기 보다는 숨이 막힌다고밖에 할 수가 없다. 밤이 더 깊어지자 비가 내렸다. 위에 있는 창문(이라고 하는 것도 가능한지 모르겠다)을 닫았을 때는 정말이지 죽을 지경이었다. 하지만 바람이 멎어 돛이 소용없게 되고 삐거덕 삐거덕 노를 저어 봤자 좀처럼 앞으로 나자지 못했다. 간신히 구마산포에 도착한 것은 다음날 새벽 6시 무렵이었다. 하지만 이 배 한 척을 빌리는 값이 4관문이라니 대단하다. 이렇게 되고 나서야 비로소 기선이 얼마나 고마운지 알게 되었다. 구마산포에서는 미키 씨를 두들겨 깨워서 밤을 샜다. 그리고 나서 신마산포에 이르러 모치쓰키관에 들어가려고 하다가 영산에 가려 하는 미네 하치로(嶺八郎) 씨 등을 만나 무로 씨와 함께 미우라(三浦) 이사관을 방문했다. 그리고 오후 2시 20분 마산 발 기차를 타고 부산으로 돌아왔다.

통영 나들이는 그냥 이랬다. 나중에 여러 사람에게 물어본 바에 의하면, 이 지역의 호구 수는 1만여 호, 인구 약 5만이며, 산물로서는 이렇다 할 만한 것은 없지만 해륙교통의 요충지이며 뒤로 창원, 진해와 같은 부촌을 두고 있다. 또한 이 방면에서는 유일한 어업 재료 공급지로, 특히 여름철에는 이 나라 어선의 일용품 공급을 여기에서 거의 다 하기 때문에 수입항으로서는 가장 유망하다고 한다. 일본인이 처음 이곳에서 온 것은 1899년에서 1900년 무렵 사사키(佐々木) 모(지금 하동에 있음) 씨가 약품상으로서 온 것이다. 다음에 이나가키(稻垣) 모 씨가 부산 다니(谷) 상점 출장점원으로서 마산에서 왔다. 그다음은 마쓰노(松野), 야시마(矢島), 모리(森) 씨 등이 있었지만 이동이 많았다. 고토 씨가 온 것은 1902년의 일이고, 1900년 겨울에는 20여 명이 있었다고 한다. 전쟁 후 점차 증가했지만 작년 2월 무렵에는 여전히 20호 60, 70명에 지나지 않았지만, 4, 5월 무렵에 이르러 갑자기 증가해서 지금은 호구 수 거의 50호에 인구 190명에 달한다고 한다. 구미인은 국민이 먼저 가서 자연히 국기를 전진(轉進)하게 하지만 일본인은 유감스럽게도 여전히 상당히 국기의 보호에 의존하는 느낌이 든다. 러일 개전 후에 방인의 이식 발전이 특히 더 현저해진 것은 각지에서 자주 듣는 말이지만, 세세하게 그 뒤를 생각하면 아마 개발하는 곳이 더 많아야 할 것이다. 이러한 정세 하에서는 정치적 진취성이 국력발전의 선구임을 알아야 한다. 또한 통영의 물가 상황을 들어보면, 일본 잡화는 대략 부산의 배에 해당하며 생선가격은 부산의 4분의 1에 해당한다고 한다. 이는 교통이 불편해서 그런 것인데, 운전을 잘 하면 상당히 돈을 벌 것이다. 진정으로 한국을 개척하는 길은 교통운수의 편의에 있

다. 연안항로가 점점 더 열리게 되면 통영은 점점 더 번영할 것임을
의심치 않는다. (끝)

산영수성기(山影水聲記)

모 씨

○ 인왕산 기슭의 매화 : 백악산과 인왕산 사이 물살이 급한 계곡이 하나 관통한다. 서쪽 땅은 모두 관우(官宇)로 출입금지이다. 몇 그루 있는 매화나무, 아마 오늘 비에 낙화할 것이다.

○ 교외의 유채꽃 동에서 서로 : 동문을 나가면 평평한 교외가 이어진다. 유채꽃이 동쪽에서 서쪽으로 이어진다. 바구니를 들고 들판의 개울을 건너 이 황금 세계를 거닐어라.

○ 복숭아꽃 언덕 : 남문 성 밖 구릉은 복숭아꽃 동산이다. 오늘 비가 개이면 8부 정도 필 것이다.

○ 꽃 문에 은자(隱者)가 있다 : 노란색 꽃이 집 주위를 두르고 황금 가지가 문의 형태를 만들었다. 동소문 밖 계촌에 이 꽃과 집이 있다. 한 번 찾아가 보라.

○ 두견화와 위벽(危壁) : 남산의 서쪽에 위벽이 하늘을 가리고 우뚝 서 있어서 오를 수 없다. 그곳에 홀로 피어 있는 것은 두견화이다. 이 꽃은 얼마나 운이 좋은 것일까?

○ 대 궁인(宮人)의 무풍류 : 궁궐에 있는 매화나무 몇 가지에 꽃이 피었다. 비가 한 번 오고 바람이 한 번 불면 궁궐 가득 지는 꽃이 눈

과 같이 날린다. 궁인이 꽃을 알지 못하고 깨끗이 쓸어버린다. 경
복궁, 창덕궁, 이 낙화를 밟으며 부드러운 봄밤을 보기에는 지금
이 딱 좋은 계절이다.

○ 신사 남쪽의 물고기 : 용산진과 노량진 사이 한강의 물살은 급하
고 얕다. 물이 빠졌다가 차니 돛 그림자가 조용히 물을 거슬러 올
라가고 노 젓는 소리가 갑자기 들려온다. 태공 서너 명이 낚싯대
를 어깨에 메고 흐르는 물에서 낚시를 하니 살아 있는 물고기가
펄떡거린다. 큰 것은 바로 먹고 작은 것은 집에 들고 간다. 저녁에
김포의 산에 가까이 갔다. 행인들이 서둘러 마포를 돌 무렵이 가
장 좋다.

○ 동쪽 근교의 유채꽃 : 『고킨슈(古今集)』1)를 읽으며 동쪽 교외에 다
다랐다. 유채꽃이 동쪽에서 서쪽으로 이어졌다. 황금세계는 가까
워졌다. 들판 물웅덩이 가장자리에 미나리 예쁘게 자라고 있고 성
밖 길에는 들꽃이 피어 있다. 시인의 사랑은 여기에 있다. 바구니
를 들고 있는 처녀아이들은 꽃보다 예쁘고 시골 노인은 천진난만
하게 들길을 거닌다. 성 밖에서 연인이 되어 하루의 환락을 구하
기에는 동대문 밖에서 왕십리 사이가 가장 좋다. 멀리 송파의 경
치는 절경이다.

○ 노인정, 화수정(花樹亭), 단풍정 : 이는 모두 개인의 소유이다. 아아,
노인정만 봄의 손님, 가을 사람을 송영한다. 주정(酒亭)의 잔을 들
고 청루의 기생과 놀지 말고 이곳 정자에 와서 계곡 물을 한 잔

---

1) 헤이안시대(平安時代) 최초의 일본의 최초 칙찬 와카집인 『고킨와카슈(古今和歌集)』(905).

마시라. 그 사람은 노인정의 친구가 될 것이다.

○ 소는 신록을 먹고 말은 들판의 물을 마신다. 복숭아꽃 마을을 지나 두견화 계곡을 넘어 송파가도를 따라 가면 목장이 있다. 저 멀리 넓디넓은 교외의 들판이 이어진다. 들판은 온통 푸른 모포를 깔아 놓은 듯하다. 이곳에서 말들이 일부는 힝힝거리고 일부는 뛰어다니며 들판의 물을 마신다. 버드나무 아래에 소 몇십 마리가 어떤 것은 잠을 자고 어떤 것은 누워 있다. 목장 주인은 예수님처럼 고상해 보인다.

○ 유곡(幽谷)의 무녀 : 왜성에서 걸어서 목멱산(木覓山)을 향한다. 계곡이 깊고 소나무 숲은 하늘을 덮고 있다. 그 사이에 있는 샘물이 떨어지는 소리는 가야금 소리로 들린다. 위벽의 오솔길을 걸어가자 이윽고 산이 가까워졌다. 깊은 계곡이 하늘을 덮고 있는 곳에 초가집 서너 채가 작은 사당 위에 있다. 장엄하고 격한 사람소리가 자꾸 들린다. 산에 종과 북소리가 울려 퍼진다. 문에 들어가서 들여다보니 무시무시함 8부에 2부의 미인이 춤을 추며 노래를 하는 것이 보였다. 이것이 샤먼의 기도이다.

○ 석양 동작진에 있다 : 여행을 하는 나그네 몇 명과 말, 소가 있다. 장정이 있다. 늙은 아낙이 있다. 가마가 있다. 앞 다투어 나루를 건넌다. 석양은 이미 지평선 아래에 있다. 동작 나루에서 어부들의 노랫소리가 들려오기 시작한다.

○ 계곡 밑의 돗자리 : 낙양의 공자(公子) 미기(美技)를 거느리고 동쪽 성문 밖 한가한 절에서 놀며 당세 권세가와 문인을 따르게 하고 서강의 정자에서 풍류를 자랑했다. 돈이 많으면 노래를 하고 미주

가 있으면 춤을 추는 것은 황금신사가 하는 짓이다. 뒷동네 나가
야(長屋)2)의 부부 두 사람, 아이 둘, 친구 서너 명이 전후하여 남산
계곡에서 도시락을 펼쳤다. 술은 이미 몇 잔을 걸쳐 취기가 얼굴
에 드러났다. 아이들은 아버지가 술이 취해 무너지려는 것을 보고
기뻐하면서도 욕을 한다. 인생 무서울 것 없고 행락에 차별은 없
다. 천지의 봄을 이 작은 돗자리 안에 담아두고 득의만만하다. 이
제 깊은 계곡에서 저녁 바람이 인다. 남은 해가 서쪽 벽을 비춘다.
산골 아낙 귀가를 서두른다. 취한 남편, 방만하게 앉아 꼼짝을 않
고 하는 말이, 이 계곡의 신과 함께 돌아가겠다, 한다.

○ 제비꽃 : 들판의 꽃들은 제각각 피기 시작했다. 계곡 사이 흰 제비
꽃도 피었다. 이것을 캐어 우리 집 정원에 심었다. 향기가 강하여
내가 산 꽃보다 더 예쁘다.

○ 춘강야박(春江夜泊) : 이 날 저녁부터 내리기 시작한 가랑비 추적추
적, 강물에는 안개가 가득하다. 남은 봄바람 강하여 춥다. 돛을 내
리고 노를 기울인다. 마포 서강 버드나무는 드디어 푸른색을 띠었
다. 어린 아이들, 이들 뱃사공을 불러 물고기를 찾는다. 뱃사공, 물
고기와 백주 한 잔을 바꾸자 한다. 어린 아이들, 오지 않는다. 뱃
머리에 부딪히는 파도소리 높은데 배 안에서 밤을 보낸다. 이는
참으로 배안의 태평한 광경이다.

○ 고성문(古城門)의 황혼 : 소를 끌고 땔나무를 파는 노인은 해가 지
는 것이 원망스럽다. 목동은 말을 몰아 귀로를 서두른다. 병사 다

---

2) 칸을 막아서 여러 가구가 살 수 있도록 길게 만든 집.

섯 명이 검문을 빠져나와 행인을 제지하고 순검(巡檢) 두 명은 오가는 사람을 검문한다. 때가 태평하여 방문을 읽는 이가 없고 오가는 손님들은 문이 닫히는 것이 두려워 정신없이 출입을 서두르고 있다.

○ 은자의 마을 : 동소문을 나와 벽을 따라 북쪽으로 갔다. 북한산 물이 계곡이 되어 흐른다. 남쪽으로 졸졸졸 흐르는 물이 맑다. 찢어진 모자를 춘풍에 날리며, 여행복은 떨어지는 꽃잎에 감싸인다. 흐르는 물을 마시고 계곡물을 건너니 바로 신선경이다. 게다가 완만한 길에 노송이 빽빽이 들어서고 기봉이 앞을 가로지른다. 꽃같이 아름다운 외국인 소녀가 오는 것을 몰래 본다. 어린 아이들이 모여 선경을 가리킨다. 곧 걸어서 한 걸음 넘어가니 마침내 동네 문이 희미하게 보이고 기와집 대여섯 채가 서로 붙어 있다. 모두 당세 권세가들의 집이다. 문으로 들어갔다. 어젯밤 갑자기 내린 비에 떨어진 꽃잎이 문 위에 쌓여 있다. 집주인이 한참 동안 오지 않았다. 산속의 마을, 시정 사람이 오는 것을 이상하게 여기지 않는다. 참으로 산의 경치를 보고, 자연을 노래하는 물소리를 들을 수 있었다. 이곳이 바로 은자의 마을이다.

○ 산속에 태평함이 있다 : 우리를 사흘 동안 먹여 주었다. 천하에 근심할 것이 없다. 아침에 일어나 집 주인에게 청하여 삼청계곡에 가서 노래를 읊고 이야기를 나누며 먹고 담소하고 옷을 빨았다. 빚쟁이도 오지 않고 옥리도 찾아오지 않으니, 하루를 태평하게 안식했다.

○ 계곡의 꽃, 시정인의 나막신 : 우리 초가집은 계곡 위에 있었다.

복숭아꽃이 만개하였고 아침부터 큰비가 쏟아지고 바람은 미친 듯이 불어 낙화를 흩날렸다. 산속의 낙화는 비와 함께 계곡물로 떠내려갔다. 계곡물 흐름이 급하여 꽃의 잔해가 처덕처덕 떨어져 쌓였다. 무정한 비, 유정의 꽃, 산골 마을을 순식간에 을씨년스럽게 만들어 버렸다. 행인이 이 모습을 보고 봄이 끝나감을 슬퍼하며, 꽃의 잔해에 조의를 표하고 시내로 내려왔다. 슬프게도 시내 거리는 진흙투성이가 되었고 시정인들의 나막신은 낙화를 짓밟고 있었다.

○ 두견이 우는 저녁이 오다: 성내 가득하던 꽃도 다하고 신록의 광경이 펼쳐졌다. 만춘에 앉아 태평함을 슬퍼하며 두견소리를 들으며 난마(亂麻)[3]를 그리워하는 저녁이 되었다.

○ 동작진의 벽류(碧流) : 한강수는 멀리 동에서 내려오고 송파를 지나 산은 점점 넓어지며 들판이 널리 펼쳐졌다. 천문(天門)이 중단되고 동작진에 다다르니 벽류는 완만하고 양안의 버드나무 늘어져 있는데, 단정(短亭) 장정(長亭)이 서로 접해 있다. 물은 완만하고 돛 그림자는 조용하다. 이 나루에서 왔던 배 한 척이 노를 저으며 신사 남쪽의 급류를 내려간다. 배켠을 두드리며 노래를 하는 목소리가 물결 너머로 들려온다. 만약 청진(靑衫)[4]을 눈물에 적시는 사람이 있다면, 미기를 데리고 녹주(綠酒)를 싣고 이 벽류에서 놀면 될 것이다. 공명을 잊고 염세를 잊기 어렵지 않다.

○ 빛이 나는 풀 : 늦봄에 비가 내려 들판의 풀에서 빛이 난다.

---

3) 삼처럼 뒤얽힘. 혼란.
4) 푸른색의 홑옷 혹은 젊은 서생을 이르는 말.

○ 일모교대(一眸郊大)[5] : 영등포 구릉에 서서 서남쪽을 바라보니, 푸른 산은 아득하고 보리밭은 광대하게 펼쳐져 있다. 유채꽃은 연노랑, 소와 사람은 시골에서 밭을 간다. 구름은 없고 안개가 끼었다. 바람은 없고 춘광이 움직인다. 안중의 광경 참으로 광대하다.

---

5) 일모(一眸)는 한 눈에 바라봄. 조망.

봄날 저녁 꿈

자적헌 주인

통감부 개청 축연에 초청을 받은 많은 손님들도 지금은 다 흩어지고 4일 저녁 달빛이 아스라이 서녘 하늘에 빛나고 있다. 때에 맞지 않게 호도원(好道園)에 피어 있는 조화도 저물어가는 빛에 싸여 한층 아름다움을 더 하는 저녁때이다.

요보¹⁾ 여보 하며 부르는 사람 목소리가 났다. 문득 들려오는 송뢰(松籟)²⁾ 소리와 저녁 바람에 몸서리를 치며 꿈에서 깨어났다. 산중턱의 정자에 나 혼자뿐이라고 생각하고 있는데, 이게 웬일인가, 천사로 보이는 한미인(韓美人)이 오도카니 서 있는 서 있는 것이 아닌가?

'이팔수씨낭(二八誰氏娘) 인운성시이(人云姓是李) 명모여유광(明眸如有光) 교엽사함향(嬌靨似含香) 일별만인광(一瞥萬人狂) 미빈천객상(微顰千客傷)'이라고 문사가 형용한 미인과 같다. 미인이 내 뒤에 서 있기 때문에 나는 새삼 아직 꿈을 꾸고 있는 것은 아닌가 했다. 하여 나는 아직 잠이 덜 깬 눈을 비비며 미인의 용모와 풍모를 똑바로 보기 위해 시선을 집중했다.

---

1) '여보'로 당시 한국인을 비하하여 부르던 명칭.
2) 소나무에 부는 바람.

피부는 한없이 희고 원산(遠山)의 눈썹 화사하며 눈꼬리는 시원하고 코는 높지도 않고 낮지도 않으며 입술은 붉은 꽃을 머금고 있고 이마는 시원하게 넓으며 머리는 검어 옻칠을 한 것 같은 것을 목덜미쯤에서 묶고 있다. 녹색 저고리에 남색 치마를 두르고 별갑(鱉甲) 단추로 가슴을 장식하고 보라색 술이 달린 장도, 연분홍 술이 달린 향낭 등을 치마의 하얀 끈과 함께 늘어뜨리고 오른손에는 윤기 있는 조화 한 송이를 들고 있다. 그 꽃의 색이 저고리 소매에서 삐어져 나온 하얀 단도에 반사되어 섬섬옥수의 손가락에 이르러 산호 반지와 아름다움을 다투고 있다. 천사와 같은, 봄의 여신 같은 그 미인이, 일별하면 만인이 미칠 것이라고 형용하고 싶은 눈으로 나를 살짝 바라보며 교엽사 함향이라 할 수 있는 아름다운 보조개를 깊이 드러내며 생긋 웃는 입가의 사랑스러움이라니. 나는 그저 그 아름다움에 정신이 팔려 아연실색, 제정신이 아니었다.

공… 공(公)… 이라며 그는 나를 부르며 곁으로 다가왔다. 내가 비몽사몽 간에 요보, 요보라고 귀에 울렸다고 생각한 것은 내가 헛들은 것이다. 이렇게 아름다운 미인이 어떻게 그런 천한 말을 사용할 수 있단 말인가?

미녀는 내 곁으로 다가왔다. 그와 동시에 춘향이 부동(浮動)하는 것처럼 란사(蘭麝)3)의 향기가 코를 확 찔렀는데 그것은 입고 있는 옷에 간직한 향낭에서 나는 것이다.

그녀는 내게 다가와서 원산의 눈썹을 찌푸리며 뭔가 자꾸만 이야기

___

3) 난꽃 향기와 사향의 향기(대단히 좋은 냄새의 비유).

를 했다. 하지만 나는 한어가 짧아서 그 뜻을 알 수가 없어, 주머니를 뒤져 수첩을 꺼내 연필과 함께 건넸다.

미녀는 손에 들고 슥슥 글씨체도 예쁘게 적어서 돌려주었다. 보니,

'접대랑기구의(接待郎旣久矣) 청토로경경지정(請吐露筸筸之情) 감이욕소어랑(敢而欲訴於郎), 그대 보시오. 저기에 서 있는 호도원의 비는 당신 나라의 아름다운 이름 하에 거친 독수리가 동양에 날개를 펼치듯 폭력을 제압하기 위해 전장에 임하고 다시 우리나라에 와서 백성을 지켜 주시는 대장의 기념비. 그 명성 높은 호도원에서 오늘 개최된 축연은 매우 기쁜 일이지만, 비천한 여자들의 모임으로 이 영지를 더럽히시는 것은 실망스럽습니다. 이렇게 말씀드리면 여자의 질투심에서 제가 쓸 데 없는 말을 덧붙이는 것 같지만, 잘 생각해 보세요. 어느 나라 나으리들도 여자를 좋아하시는 것은 모두 똑같지만, 일본은 풍경도 뛰어나 세계의 공원일 뿐만 아니라 우리나라의 민둥산 풍경과는 달리 산자수명경(山紫水明景)이 많아 아름다운 경치로 성장하였으니 자신의 미를 사랑하실 것이라고 생각했는데, 썩은 꽃을 사랑하시니 참으로 실망스럽기 그지없습니다. 남산은 한경(韓京)의 영지로 귀국의 뛰어난 풍경에는 미치지 못해도 다소 자연의 경치를 갖추고 등산을 하면 오진(汚塵)이 멀리 사라져 선경(仙境)에 노는 기분이 드는 곳인데 지금은 연회 때마다 더러운 발걸음에 오염이 되었습니다. 이것도 시대의 흐름이라고는 하지만 의를 존중하는 귀국의 나으리들 너무나 한심하지 않으신지요. 이렇게 되면 우리 국민도, 해가 뜨는 나라로서 받들어지는 귀국도 여자가 없으면 밤을 보내지 못하는 나라라고 노래할 것입니다. 실망스럽기 그지없습니다.'

미녀는 이렇게 말하고 흐르는 눈물을 닦았다. 매우 풀이 죽은 그 모습 비온 후의 해당화가 더 아름다운 것처럼 나는 그 모습에 감동을 받아 미녀를 위로하고자 하여,

"그렇게 탄식하지 마시오. 몸이 더러워지는 것은 비단 천한 여자의 그것만이 아니오. 설령 그런 여성의 발에 밟히지 않는다 하여도 오늘 모여든 주객들 중에도 자연을 사랑하는 사람이 몇 명이나 있겠소? 부귀에 아부하고 권세에 아부하는 무리들 뿐, 그들 중에 자연을 즐기는 자 없다고 한다면 비단 비천한 여자만 다그칠 것은 아니오."

더한층 힘을 주어 설명을 하는 말소리가 내 귀에 들어와 눈을 뜨니 미인의 그림자는 어느새 사라지고 송뢰가 살랑살랑. 내 몸은 호도원 내 정자에 혼자 남아 남가일몽, 취하여 쓰러진 것을 산신령에게 사죄하고 저녁 달빛에 의지하며 산을 내려왔다.

차청지수(遮晴止睡)

혹의선(黑衣仙)

○ 미란 무엇인가? 찰나의 감동의 가치가 있는 사이엔데 자얀데 (Zayandeh) 빌딩이다. 절대 자얀데 그 자체가 아니다. 명공의 손에 의해 이루어진 조각을 볼 때 천재가 연주하는 오묘한 곡을 들을 때 사람은 말할 수 없는 황홀경에 빠지는 것이 보통이다. 이러한 찰나의 감동이 아니고 무엇이랴.

○ 이미 자연 세계로는 만족하지 못하고, 또 도덕 세계의 번뇌를 견디지 못하는 인류는 이에 다른 이상세계를 그림으로써 자기만족을 주는 현실세계를 만들고자 하는 희망과 장애 사이에 고민하며 여전히 종용하여 형락의 여지를 발견하고자 한다. 이상세계란 곧 미의 세계이다.

○ 종교가 신앙을 바탕으로 하고 법률이 권리와 의무 위에 구축될 때 미의 개념은 감동의 감정에서 일어난다. 실로 지식이나 도덕은 힘 없는 목소리이다. 약한 자여 왜 바다를 건너 트리톤(Triton)[1]의 노래를 들으면서, 표묘(縹渺)[2]한 운진(雲陣)를 가르는 별의 속삭임을

---

1) 해신(海神) 포세이돈의 아들. 머리와 몸통은 사람인데, 물고기 꼬리가 있음.
2) 비할 바 없이 운치가 넘침.

듣지 않는가?

○ 지저스 크라이스트가 말하기를, 옛말에 간음하지 말라는 말이 있는데 이는 너희들이 들은 적이 있을 것이다. 하지만 내가 너희에게 이르노니 아마 여자를 보고 색정을 일으키는 자는 마음속에서 이미 간음을 한 것이나 마찬가지이다. 만약 오른쪽 눈이 너희를 죄로 이끌면, 이를 도려내어 버려라. 아마 오체 중 하나를 잃는 것은 전신을 지옥에 빠뜨리는 것보다는 나을 것이다. 미모와 부와 지위를 위해 배우자를 구하고 미복(美服)과 미의(美衣)를 바라는 귀부인과 영양에게 속지 마라. 부자가 아니라서 교육을 받지 못 해서, 부모를 위해 집안을 위해 몸을 팔며 고생하는 천업부의 처지를 돌아보라. 죄악이라는 점에서 어느 쪽이 더한가? 사랑 없는 결혼은 죄악이 아닌가? 만약 사랑만 존재하면 곧 육욕이 이에 동반되느냐 아니냐는 깊이 논할 필요가 없다.

○ 미인의 앞에 무릎을 꿇는 사람을 비웃지 마라. 그는 왕의 앞에 무릎을 꿇고 황금을 앞에 놓고 무릎을 꿇는 것을 마다않는 사람보다 낫다. 미인을 갖는 국민은 행복하다. 미인은 예술가와 사상가와 마찬가지로 국민의 자랑이다.

○ 나의 어머니, 나의 형제는 누구인가? 또한 이르기를, 나의 어머니 나의 형제를 보라. 신의 뜻을 따르는 자는 곧 나의 형제이고 나의 자매이고 나의 어머니이다,라고. 남을 사랑하기를 나를 사랑하는 것과 같이 한다면 어찌 임금과 부모와 형제와 자매가 아니겠는가? 설령 선행을 하더라도 신의 뜻에 부합하지 않는다면 영원한 생명에 들어갈 수 없다.

○ 황금을 위해 명예를 위해 일국을 위해 예술을 하는 예술가는 저주 받아야 한다. 예술가이면서 신을 경배하는 마음이 없다면 그 작품 은 얼마나 비천한 것이겠는가? 목욕재계한 후 단련의 효험이 나 타나야 마사무네(正宗)[3]의 명도(名刀)가 된다는 유명한 옛 조각가 가 무엇 때문에 자기보다 큰 자신의 작품 앞에 무릎을 꿇고 신의 이름을 기렸는지 생각해 보라. 그것도 예술가가 보편 지식의 우주 에 존재함을 사람들에게 알리고자하여 태어난 것이다.

○ 솔로몬의 영화가 극에 달했을 때에도 백합꽃 하나 꾸미지 않았다 고 하지 않는가? 밤의 냉기와 이슬의 괴로움을 견딘 나팔꽃은, 산 봉우리에 부는 바람에도 정정하게 천년의 푸르름을 지키는 소나 무의 절개와 다를 바 없다. 내일의 목숨을 기약할 수 없는 가련한 한 송이 꽃조차 꽃술에 몰려드는 벌을 믿고 아낌없이 피어 있는 것을 보라. 하물며 사람은 정성을 다해 성심을 다해 하늘에 계신 하나밖에 없는 신을 모셔야 한다.

○ 사회주의자는 설령 부의 분배를 평등하게 한다 해도 남녀관계를 평등하게 지키지 않으면 진정한 평등은 얻을 수 없다. 남녀의 관 계를 평등하게 유지한다는 것은 현재의 가족제도를 근저에서 파 괴하는 것과 같다. 파괴하여, 말하자면 세계의 남자 전체는 여자 전체를 소유하고, 세계의 여자 전체는 남자 전체를 소유하는 것이 다. 그러나 그 사이에서 태어난 아이는 세계 전체가 양육하면 된 다. 절대로 새로운 이상이 아니다. 하지만 진리에 가깝다.

---

3) 생몰연도 미상. 가마쿠라시대(鎌倉時代) 말기에서 남북조시대(南北朝時代) 초기에 활동한 도공(刀工).

○ 만약 나에게 극동의 지도를 그리게 한다면, 필경 만주를 카키색으로 하고 조선을 흑색으로, 그리고 일본을 제비꽃색으로 칠할 것이다. 왜냐하면 일본 남녀의 마음은 제비꽃색으로 싸여 있고 만주는 카키색 군복을 입은 장사(將士)가 가득하고 한반도는 쇠망, 암흑, 혼란 상태에 있기 때문에 흑색으로 표현하고자 하는 것이다.

거현세현

천연제

○ 오늘도 연회, 내일도 연회, 매일 마시고만 있으니 어디까지나 천 하태평해서 재미가 없다고 한다.

○ 다른 물건은 내지와 비교해서 2, 3할 정도 고가이다. 술만은 내지와 다르지 않은 것이 내게는 편리하다고 하며 주당은 득의만만.

○ 주세환급은 폐지되어야 한다고 어떤 기독교도가 진지하게 주장을 하자 같이 있던 영사가 하는 말, 자네는 술을 논한 자격이 없다.

○ 작년에 모 대의사(代議士)가 한국을 시찰하기 위해 출장. 국비절감 자료를 모아 의회에 제출해야 했는데, 유감스럽게도 경성에 공사 와 영사 둘을 두는 것은 좀 낭비라고.

○ 관사료(官舍料)로서 30원 정도를 받는 관리 2십 원짜리 셋집에 살 며 10원 정도의 차액을 챙긴다고 한다. 그런데 관사가 생긴다는 말을 듣고, 우리들은 관사를 지어 주지 않아도 된다고.

○ 통감부가 설치된 이래 관리가 증가하자 신사 도래자가 많아져서 하녀의 급료가 5원 정도에서 8, 9원으로 급등했다고 한다. 그리고 보면 그 덕은 역시 여자가 본다.

○ 아마쿠사(天草)1) 출신 혹은 이와 동등한 지역의 출신으로, 처음에

는 밥 짓는 일을 하다가 밥 푸는 일을 하고 다음에는 매춘부가 되었다가 첩이 되고 나중에는 아내가 되는 식으로 출세가 빠른 것은 조선에 한한다.

○ 상품의 정체로 두통이 나서 머리를 둘러맨 상인이 자포자기하는 마음으로 술을 마시고는 꼬부라진 혀로 말하기를, 예창기 수입에 관세를 징수하지 않는다는 법은 없나.

○ 금방 수입을 하다 곧 폐업을 하는 식으로 신진대사가 가장 빠른 것이 예창기인데, 얼굴이 예쁘지 않은 사람은 며칠이고 정체되어 있다고 한다.

○ 길에서 예기를 만나 어이 하고 눈꼬리를 내리며 말을 걸자 옆에서 저 사람은 남의 부인이니 주의를 하라 한다.

○ 모 시찰자의 수첩에 조선의 창기 30전에서 1엔까지, 기생 4엔에서 10엔까지, 관기 15엔, 일본의 매음부 50전에서 2엔까지, 창기 하룻밤 4엔 50전, 예기 10엔에서 30엔까지, 라고 기록되어 있었다. 이것도 조사사항의 하나일 것이다.

○ 러일전쟁 이전에 없었던 것으로 전쟁 후 엄청나게 이식한 것은 창기와 변호사와 중고 양복점 세 가지인데, 이것으로 조선이 얼마나 변화하고 있는지 알 수 있다고 한다.

○ 신도래자가 말하기를 오래 재류한 일본인에게 방심하지 말라, 재류자는 말하기를 신도래자에게 방심하지 말라.

○ 일본인에게 타인의 성공을 질투하는 버릇이 없어지지 않는 동안

---

1) 규슈(九州) 서쪽의 섬.

은 조선에서 방인의 사업도 전망이 좋지 않을 것이라 한다.

○ 해고를 한 고용인을 반드시 나쁘게 말하고 보는 것은 일본인의 나쁜 버릇이고 고용인 역시 옛 주인을 좋지 않게 말한다. 해외이주자는 적어도 이 버릇만은 고칠 필요가 있다.

○ 입맛이 당기는 이야기나 좋은 돈벌이 이야기가 쏟아지는 동안은 한국에서 착실한 사업은 일어나지 않을 것이다. 시험 삼아 다소의 자본을 가지고 와 보시라. 좋은 돈벌이 이야기가 얼마나 많은지.

○ 뇌물이 시장에까지 나타나서 뇌물 매매까지 하는 조선이다. 받지 않는다고 해도 사람들은 믿지 않으므로 정말로 착실한 사람은 손해를 본다.

○ 지금까지 규칙이나 법령이 거의 없었던 나라에 무슨무슨 규칙, 무슨무슨 조례라고 일본을 본받아 자꾸만 발포를 하는데, 그 김에 뇌물규정, 커미션 조례라는 것을 설치하여 뇌물과 커미션에 제한을 가하면 많은 도움이 될 것이다.

○ 있는 자가 먹히면 대개 시세는 정해져 있다. 하지만 지금까지는 일본인이 조선인을 먹은 적도 많았을 것이지만, 지금은 일본인이 조선인에게 먹히는 일이 많은 것 같다.

○ 속속 도래하는 무리들 중에 남대문 정차장을 내려 차를 타지 않고 터벅터벅 걷는 사람은 영주를 하는 사람이고 차를 타는 사람은 허풍을 치다가 곧 돌아갈 사람들이라니 재미있는 관찰이다.

재조일본인이 그린 개화기 조선의 풍경

『한반도』 문예물 번역집

초판 1쇄 인쇄 2016년 3월 23일
초판 1쇄 발행 2016년 3월 30일

편역자 김효순

펴낸이 이대현
편 집 이소정
펴낸곳 도서출판 역락 | 등록 303-2002-000014호(등록일 1999년 4월 19일)
주 소 서울시 서초구 동광로46길 6-6(반포4동 577-25) 문창빌딩 2층(우137-807)
전 화 02-3409-2058(영업부), 2060(편집부) | 팩시밀리 02-3409-2059
이메일 youkrack@hanmail.net
역락블로그 http://blog.naver.com/youkrack3888

ISBN 979-11-5686-315-1 93830
정 가 25,000원

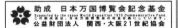
助成　日本万国博覧会記念基金
Supported by the Japan World Exposition 1970 Commemorative Fund.
公益財団法人　関西・大阪21世紀協会

본서는 정부(교육과학기술부)의 재원으로 한국연구재단
의 지원을 받아 수행된 연구(NRF-2007-362-A00019)임.